DOMINIK

BLICKT HINTER

DEN

HORIZONT

ROMAN

Verlag: BoD · Books on Demand GmbH,
Überseering 33, 22297 Hamburg,
bod@bod.de
Druck: Libri Plureos GmbH,
Friedensallee 273, 22763 Hamburg
ISBN: 978-3-8192-0814-0

Erste Auflage 2025

Wer träumt unsere Träume?

Du, ich oder etwas Größeres?

Gibt es lichte Träume?

Gibt es dunkle Träume?

DIES ERWARTET DICH

Wenn nicht jetzt wann dann.
Ein persönliches Wort an Dich

1

Es war einmal.
Drei Worte, die uns versprechen, dass das Gute immer siegt. Aber was, wenn Gut und Böse nur Illusionen sind?

Was, wenn am Ende nur Fragen bleiben.

Fragen, die weder ein Märchen. noch sonst jemand beantworten kann?

Deshalb beginne ich anders.

Die Geschichte die du schon kennst und dieser dritte Teil gehören nicht in Reiche aus Gold, in Welten voller leuchtender Feen oder in Zeiten, in denen Zauberer mit einem Wink das Schicksal wenden. Nein, sie führt dich an Orte, an denen Zweifel nagen und die Grenze zwischen Realität und Traum fast unmerklich verschwimmt.

In jenen Augenblicken, in denen du dich fragst:

»Ist das wirklich geschehen oder spinnt der Erzähler doch nur ein Märchen? Vielleicht, doch ich bitte dich: Vertraue mir. Denn alles, was du erfährst, entspringt einer Welt, die uns ständig umgibt. Einer Welt, die unsere Entscheidungen, unser Handeln und selbst unsere tiefsten Gedanken beeinflusst, auch wenn wir es oft nicht bemerken.

Lange glaubte ich nicht an eine solche Welt, bis ich jemanden traf, der die Anderswelt nicht nur kannte, sondern sie gelebt hat. Dieser Jemand hat das Unaussprechliche erfahren, durchlitten und ertragen, und mir offenbart.

Darum fällt es mir nicht schwer, diese Geschichte zu Papier zu bringen. Ich bezeuge ihre Substanz, ihre Wahrheit.

Sie ist so wahr, wie sie innerhalb der Grenzen unserer Wahrnehmung existieren kann. Doch sei gewarnt. Es wird (hat schon) Momente geben, in denen Traum und Realität sich vermischen und die Grenze zwischen Wahrheit und Fiktion zu verschwimmen droht.

Deine Aufgabe wird sein, herauszufinden, wo das eine endet und das andere beginnt. Nun nach langem Zögern weiß ich, dass ich diese Geschichte erzählen muss.

Warum?

Weil sie schlussendlich uns alle betrifft. Weil sie mich verändert hat. Indem ich sie niederschreibe, werde ich sie vielleicht endlich begreifen, welche Bedeutung die Schnittstellen zwischen seinem und meinem Leben wirklich bestehen.

Ein guter Freund, dem ich einen Einblick in diese Geschichte gewährte, sagte einst:

»Niemand, der sich für den Sinn des Lebens interessiert, wird von dieser Geschichte unberührt bleiben.«

Außerdem flüsterte mir eine Stimme zu, eine Stimme, von der wir immer wieder hören werden, dass die Zeit gekommen sei, diese Geschichte zu erzählen.

Schließlich habe ich verstanden.

Kein Leben gleicht dem anderen.

Niemand hat erfahren, was ein anderer erfahren hat.

Niemand hat gelebt, wie ein anderer gelebt hat.

Nun sitze ich hier an meinem Schreibtisch und versuche, das Erlebte in verständliche Worte zu fassen.

Eines möchte ich noch erwähnen.

Stell dir ein Puzzle vor, dass du endlich vollständig zusammengesetzt hast. Jedes Teil sitzt perfekt. Das Bild ist vollkommen.

Und dann, ohne ersichtlichen Grund, entgleitet das Puzzle dir aus den Händen. Es zerfällt in seine Einzelteile.

So ist es auch mit dieser Geschichte.

Mit jedem Wort hältst du ein Puzzlestück in der Hand.

Erst wenn du alle Teile gesammelt hast, wird sich das vollständige Bild offenbaren. Oder es bleibt für immer unvollständig.

Sollte letzteres geschehen, empfehle ich dir:

Fang noch einmal von vorne an.

Die Zeitenwende.
Feuer formt Werkzeuge aus Erz.
Eisen verändert.

2
Aufbruch

Alles ist perfekt.
Wen will ich belügen?
Perfekt gibt es nicht.
Doch wie gestalte ich den Übergang von Teil 2 zu Teil 3?
Am besten unkompliziert.
Wenige Tage vor unserer Abreise sitzen Jennifer, Sandra, Boris und ich früh morgens in meinem Wohnzimmer. Wir trinken Kaffee und auf dem großen 65-Zoll-Bildschirm sind mehrere Fenster geöffnet. Sandra wendet sich an mich.
»Kannst du bitte die Karte von Syrien aufrufen?«
Ohne zu zögern, erfülle ich ihre Bitte.
Aus Neugier und um unsere Nerven zu beruhigen, wollen wir sicherstellen, dass wir keine interessanten oder wichtigen Orte entlang unseres Reisewegs verpassen. Langsam scrolle ich die Karte nach unten.
Plötzlich entdecken wir einige Ziele die unsere Aufmerksamkeit wecken. Während ich sie auf einem Zettel notiere, überkommt mich ein unwohles Gefühl, ein leises Ziehen in der Magengegend. Ich halte inne.
Warum fühle ich mich wenige Tage vor der Abreise noch immer unsicher?
Nach einem tiefen Atemzug erinnere ich mich.
Vor einigen Tagen hatte ich meinen Onkel Rudi kontaktiert, um seine Meinung einzuholen.

Oft hat er mir geholfen, wenn ich mich in meinen eigenen Gedanken verstrickt habe.

Ich hatte ihn über eine Internetplattform angerufen und gefragt, ob ich ihm unsere Reiseroute schicken dürfe, damit er diese nach interessanten Informationen überprüft. Seit dem Tod meines Vaters ist er mein Mentor in wichtigen Fragen des Lebens.

Zwar reagierte er zunächst skeptisch, als ich ihm von unserem Vorhaben erzählte, doch schließlich stimmte er zu.

Mich wieder im Hier und Jetzt findend unterbreche ich Bodo, der sich mit Jennifer unterhält.

»Übrigens, ich habe meinen Onkel vor ein paar Tagen von unserer Reise erzählt. Ich dachte, der Blick eines Unbeteiligten könnte hilfreich sein. Ich habe ihm unsere Pläne geschickt und ihn gebeten, sie sich anzusehen. Vielleicht hat er nützliche Hinweise für uns.«

Boris lässt ein Grummeln hören. Ich gehe allerdings nicht darauf ein.

»Was denkt ihr, soll ich ihn mal anrufen«, frage ich in die Runde.

Nach kurzem Überlegen stimmen meine Freunde zu. Ohne weitere Umschweife stelle ich eine Verbindung zu meinem Onkel ein. Kurz darauf erscheint das Gesicht meines Onkels auf dem Bildschirm.

»Guten Morgen, Dominik!«, ruft er mir mit einem breiten Grinsen entgegen.

»Hallo Rudi«, wir haben ein lockeres Verhältnis, »ich hätte da mal eine Frage an dich.«

»Bist du gerade aus dem Bett gefallen«, fragt er mit einem schelmischen Lächeln, ohne auf direkten Weg auf mich einzugehen, »war wohl eine lange Nacht.«

»Geht so.«

»Ein starker Kaffee könnte dir helfen. Aber lassen wir das, kommen wir zu deinem Anliegen. Was kann ich für dich tun?«

Seinen Kommentar ignorierend, komme ich zum Punkt.

»Hast du dir die Route angesehen, die ich dir geschickt habe?«

»Natürlich. War eine lange Nacht«, er schmunzelt, »doch ich habe wirklich Interessantes gefunden.«

»Was genau«, mischt sich Boris ein.

»Hallo Bodo. Gut, dass du auch da bist. Also, zuerst dachte ich, ich hätte ein anderes Ziel gefunden, dem eure Kriterien besser entsprechen würde. Doch schlussendlich akzeptierte ich euren ursprünglichen Plan«, mein Onkel legt eine kurze Pause ein, »es war der Baum der Götter, der schließlich den Ausschlag gegeben hat, dir Boris und dir Dominik zuzustimmen.«

»Danke Onkel Rudi, und was hast du sonst Interessantes noch gefunden?«

»Erinnerst du dich an deine Reise, die du vor einigen Jahren unternommen hast? Du erzähltest, dass ihr eine längst verfallenen Stadt Namens Ragnarök aufgesucht habt. Stimmt doch?«

Mein Herz schlägt schneller. Ich erinnere mich an diese lang vergangene Zeit.

»Stimmt, und was hast du in diesem Zusammenhang herausgefunden?«

Er zögert kurz und sagt mit ernster Stimme.

»Auf eurem Weg zum Ziel werdet ihr direkt an Ephesos vorbeikommen. Dies ist auch eine verfallene Stadt mit interessanter Geschichte. Deshalb, so denke ich, solltet ihr dort unbedingt einen Zwischenstopp einlegen. Bestimmt gibt es da Hinweise für deine Suche nach dem Sinn.«

»Ephesos?« frage ich verwundert, »warum sollte die Stadt für uns wichtig sein?«

»Ephesos war eine der bedeutendsten Städte der Antike. Homer soll dort gelebt haben, und der Apostel Johannes wurde dort beerdigt. Vielleicht sogar der Apostel Lukas. Und in der Nähe soll das Haus der Mutter von Jesus stehen.«

Ich bin irritiert.

»Und was hat das mit unserer Reise zu tun?«

»Nun«, erwidert er nach einer kurzen Pause, »wer eine Reise unternimmt, sollte hinterher etwas erzählen können. Viele Städte sind im Laufe der Jahrhunderte untergegangen. Doch Ephesos hat eine besondere Bedeutung. Vielleicht wird dieser Ort dir neue Perspektiven eröffnen. Und wer weiß, vielleicht findest du dort Antworten auf deine Fragen.«

Nachdenklich lasse seine Worte auf mich wirken. Der Gedanke an Ephesos und seine historische Bedeutung beeindruckt mich. Vielleicht ist es kein Zufall, dass unsere Route genau an diesem Ort vorbeiführt. Die Namen Lukas, Johannes sind mir nicht fremd, und meine Neugier ist geweckt.

»Es ist mir schon klar«, fährt mein Onkel fort, nachdem ich nicht antworte, »dass du jetzt nicht unbedingt glaubst, dass dies etwas mit deiner Reise zu tun haben könnte. Aber wenn du dir vor Augen führst, dass zur gleichen Zeit, als diese Stadt entstand, in China Peking gegründet wurde, also eine Hochkultur entstand, dann finde ich das durchaus erwähnenswert. Vielleicht findest du dort sogar Antworten auf deine eigentlichen Fragen.«

»Okay, du hast recht. Ein Abstecher zu dieser Stadt könnte sich vielleicht auf unserem, meinem, Weg lohnen. Was meint ihr Sandra und Jennifer.«

»Warum nicht. Wenn der Zug dort hält«, antwortet Sandra.

»Guten Tag Jennifer und Sandra, da ist ja die ganze Truppe zusammen. Also Sohn, nicht vielleicht, sondern tatsächlich. Reisen bildet. Wenn ihr zurückkommt, möchte ich etwas über diesen Ort von euch hören.«

»Okay, Rudi, wir werden dort vorbeischauen.«

Doch offensichtlich ist mein Onkel nicht zufrieden. Er will mich mit weiterem Wissen verdeutlichen, dass ich auf keinen Fall diesen Ort übergehen soll.

»In Ephesos befand sich einst der größte und prächtigste Tempel der Antike, das Artemision, der Göttin Artemis geweiht und eines der Sieben Weltwunder. Später ließ Kaiser Justinian über dem Grab des heiligen Johannes eine Kirche errichten. Von dieser geschichtsträchtigen Stadt berichtet sogar die Bibel. Heute existiert Ephesos als lebendige Stadt nicht mehr, doch Archäologen legen ihre beeindruckenden Überreste Stück für Stück frei. Also wenn ihr schon in der Nähe seid, müsst ihr unbedingt einen Besuch einplanen.«

Während er mir dies alles erzählt, schweifen meine Gedanken ab. Ich frage mich, wie ich diesem Gespräch entkommen kann, ohne unhöflich zu wirken. Doch je mehr ich seinen Worten lausche, desto klarer wird mir, er hat recht. Es scheint, als reisten wir tatsächlich in eine Region voller Geschichte und Religion. Hier, wo die griechischen Götter und die Apostel ihre Spuren hinterlassen haben, scheint die Luft von Mystik erfüllt.

»Also, Dominik, du bist bereit, darüber nachzudenken«, bemerkt Onkel Rudi, fast so, als könne er meine Gedanken lesen, »ich will dich nicht länger aufhalten. Ich wünsche deiner Frau, deinen Freunden und dir eine gute Reise. Möget ihr finden, was ihr sucht.«

15

»Danke, Onkel Rudi für deine Mühe«, antworte ich, »wir melden uns, wenn wir zurück sind. Dir wünsche ich einen erfüllten Tag.«
Nachdenklich unterbreche ich die Verbindung. Die Reise ins Ungewisse kann beginnen.

In den darauffolgenden Tagen trafen wir die nötigen Vorbereitungen. Wir tauschten Geld in US-Dollar, türkische Lira, syrisches Pfund und besorgten die erforderlichen Impfungen. Unsere Frauen packten die Koffer mit einer beeindruckenden Gründlichkeit. Schließlich überprüften wir unsere Reisedokumente und informierten uns, ob wir die Fahrkarten direkt im Reisebüro bestellen könnten. Es war möglich.
Dort erwartete uns eine Überraschung. Die nette Mitarbeiterin wies uns darauf hin, dass wir Plätze im legendären Orientexpress reservieren könnten. Seit Kurzem verkehrt der restaurierte Zug wieder, nachdem Nostalgiker ihn mit viel Hingabe und Liebe zum Detail restauriert haben. Unsere Abreise fiel mit seiner dritten Fahrt zusammen.
Ein glücklicher Zufall?
Mit dem Orientexpress würden wir in höchstem Luxus bis nach Istanbul reisen. Unsere Frauen waren von der Vorstellung begeistert, und die Erinnerung an unsere letzte, bescheidene Reise im alten Bus war plötzlich wie ausgelöscht. Die bevorstehende Fahrt versprach, nicht nur der Beginn einer Reise, sondern eines besonderen Abenteuers zu werden. Wir buchten vier Plätze.

Das Ziel der Idealisten und bestimmt einigen cleveren Geschäftsleuten, die beinahe vergessene Vergangenheit wieder zu beleben ist gelungen, wie wir beim Antritt der Reise feststellen können. Trotzdem erscheint mir der Gedanke erstaunlich, dass die Nostalgiker, anscheinend durch den Hang zur Vergangenheit beflügelt, sich darauf eingelassen haben Altes neu zu beleben.

Für mich gilt, wenn unser Herzen und unsere Vorstellungen zu sehr in der Vergangenheit verharren, sind wir in Gefahr unsere Gegenwart und unsere Zukunft nicht wirklich zu erleben.

Allerdings gibt es das Gesetz des Ausgleiches, möglicherweise muss es in jeder Generation Menschen geben, die davon überzeugt sind, dass das Vergessene und verloren Geglaubte, also die gute alte Zeit, das Beste war, was es jemals in der Menschheitsgeschichte gab. Bestimmt ist die Vorstellung Vergangenes zu erhalten, ein anerkennenswerter Gedanke. Früher geschaffenes sollte nicht per se als unbedeutend hingestellt werden.

Und wenn ich die andere Seite der Medaille betrachte, die Zerstörung der Vergangenheit durch Gewalt, Gedankenlosigkeit, Zorn, Neid und dem natürlichen Verfall, werde ich traurig. Zwar lässt der Zerfall, die Zerstörung Raum für Neues, doch oft ist trifft es die falschen Dinge.

Doch trotz Zerfall, gibt es eigentlich nichts Neues. Das Leben ist ein Fluss aus der Vergangenheit, in die Gegenwart und schließlich in die Zukunft.

Alles strebt dem Wachstum entgegen. Wenn Altes nicht dem Druck der Erneuerung nachgeben würde, dann gäbe es keinen Grund für einen Wandel.

Verlust ist nur Verwandlung, rufe ich mir mal wieder in Erinnerung.

Nun was soll dieses lange hin- und her grübeln, für uns ist es ohne Frage ein willkommener Glücksfall, dass es immer wieder Menschen gibt, die die Vergangenheit wiederbeleben.

>>>

Unsere Reise, die länger dauern wird, als wir zu diesem Zeitpunkt wissen können, erhält durch diesen Anfang einen Anstrich des Besonderen.
Gut, dass wir die Zukunft nicht kennen.
Übrigens, Ephesos haben wir niemals besucht.

Kein Wind weht im Land.
Nur das Herz ist aufgewühlt.
Fahnen flattern nicht.

3
Der Weg ist das Ziel

E s ist Freitag der 13. Ein Tag der eigentlich nichts Außergewöhnliches an sich hat, außer seiner Zahl. Vergessen wir die abergläubischen Gedanken. Konzentrieren wir uns auf diesen Tag, an dem unsere Reise beginnt. Eine Reise, die mich ganz sicher, und vielleicht auch meine Frau und unsere Freunde, auf besondere Weise bereichern wird; im Inneren wie im Äußeren.

Unser Tag des Aufbruchs unterscheidet sich kaum von dem, was andere Reisende erleben. Zunächst lassen sich die Koffer nicht schließen, obwohl noch einige wichtige Reiseutensilien hineinmussten. Eine lebhafte Diskussion darüber, was eine Frau auf Reisen wirklich benötigt, entbrannte. Dann verschwanden auf mysteriöse Weise einige Unterlagen, die dringend gebraucht wurden.

Die übliche Harmonie ist gestört, bis wir uns schließlich beruhigen und unser Taxi bestellen, das sich, wie eigentlich zu erwarten, ein wenig verspätet.

Trotz aller Hektik kommen wir rechtzeitig, ja sogar zu früh, am Bahnhof an. Unsere Freunde sind noch nicht da. Ich begebe mich auf die Suche nach der Treppe zur oberen Etage, wo sich, laut Boris, ein kleines, charmantes Café befinden soll, ein Geheimtipp, den er uns als Treffpunkt vorgeschlagen hat. Den Treppenaufgang finde ich ohne große Mühe.

Mit Jennifer, die neben mir steht, steigen wir gemeinsam die Treppe hinauf. Oben angekommen lasse ich meinen

Blick schweifen. Das Café entdecke ich schnell. Doch bevor ich weitergehe richte ich mein Augenmerk auf die beeindruckende Bahnhofshalle.

Stahl, Glas und massiver Stein prägen den Raum. Alles wirkt harmonisch, alt und für die Ewigkeit geschaffen. Der Bahnhof, wie ich inzwischen weiß, ist Anfang des 19. Jahrhunderts erbaut worden. Die kunstvolle Architektur beeindruckt mich.

Wie war es möglich, eine Glaskuppel mit so wenigen Stahlstreben zu errichten, die selbst den Kräften der Natur widerstehen kann?

Eine Meisterleistung menschlichen Geistes, die mir Rätsel aufgibt. Ein Gedanke drängt sich mir in fiesem Zusammenhang auf.

Warum habe ich diesen Bahnhof noch nie zuvor besucht? Aber ist das nicht typisch für uns?

Der Satz; warum in die Ferne schweifen, wenn das Gute liegt so nah, mag wohlbekannt sein, doch das Gute, das uns nahe ist, nehmen wir oft als selbstverständlich hin. Wir verschieben das Kennenlernen unserer Heimat auf später, weil wir glauben, dass uns die Nähe immer zur Verfügung steht.

Ein Zug fährt mit lautem Getöse ins Bahnhofsareal ein. Das Geräusch von Eisen auf Schienen und die Funken, die im Fahrtwind sprühen, ziehen meinen Blick nach unten. Von meinem Platz in der oberen Etage hatte ich einen perfekten Überblick über das Bahngelände.

Ich beobachte die Reisenden, wie sie hastig in verschiedene Richtungen eilen, getrieben von der Zeit, ihre Ziele schnellstmöglich zu erreichen. In diesem Moment wird mir bewusst, dass dieser Ort nicht nur ein Durchgangsort ist – er ist ein Spiegel des Lebens selbst. Ein ständiges

Kommen und Gehen, voller Geschichten und Möglichkeiten. Ihre Koffer hinterherziehend, einem mir schwer erschließbaren Muster folgend. Abreisende und ihre Begleiter verteilen sich auf den Bahnsteigen, die durch Schienen voneinander getrennt sind.

Plötzlich, als ich mich auf eine Eisenbahnschiene konzentriere und mir vorstelle, dass diese Schienen einen Kontinent durchqueren, entdecke ich einen hochgewachsenen Mann, der aufgeregt mit den Armen gestikuliert. Er wirft unverständliche Zeichen von seinem Bahnsteig, über die Geleise, zu einer Frau hinüber. Diese steht etwas verloren am Rande des gegenüberliegenden Bahnsteiges. Schließlich scheint sie den Mann zu bemerken und winkt ihm zurück. Irgendwann haben sie sich wohl in dem Trubel verloren und sich nun auf verschieden Seiten der Wirklichkeit gefunden.

Auf der Suche nach weiteren Besonderheiten sehe ich lachende, traurige, hoffnungsvolle, zufriedene und auch ausdruckslose Gesichter. Sie alle schauen aus den Fenstern der abfahrenden Züge.

Die, die zurückbleiben müssen, schauen teilweise wehmütig, sehnsüchtig und erleichtert hinter den davonfahrenden Zügen her.

»Na träumen wir mal wieder?«

Ein kräftiger Schlag landete auf meiner Schulter und brachte mich ohne Umwege zurück in die Realität. Boris und Sandra stehen neben mir. Wir begrüßen uns mit einer Umarmung, wobei ich den Schmerz in meiner Schulter deutlicher spüre.

»Schön, dass ihr da seid«, sagte Jennifer, »nun kann ja unsere Reise beginnen.«

Sandra umarmt Jennifer, Küsschen links, Küsschen rechts. Ich greife nach einem Teil unseres Gepäcks, um diesem

Ritual zu entgehen. Den leichteren Teil überlasse ich meiner Frau.

»Jennifer mein Liebling, lass uns losgehen, wir sollten uns etwas beeilen, in fünfzehn Minuten fährt unser Zug am Gleis acht ab.«

Jede Reise beginnt mit dem ersten Schritt, schießt mir durch den Kopf.

Rasch überwinden wir die Treppe, tauchen kurz in die Unterwelt ein, um wenige Minuten später am Gleis acht anzukommen.

»Sind wir hier richtig«, fragt Jennifer leicht außer Atem.

»Ja, da drüben steht unser Orientexpress,« zeigt Sandra nach links.

Ohne etwas zu erwidern, gehen wir hinüber zum Zug. Am Zug angekommen schauen wir uns um, nach unserem Eisenbahnwagen.

Während wir noch überlegen, in welchen Waggon wir einsteigen sollen, kommt mit schnellen Schritten ein Mann auf uns zu. Er stellt sich als unseren persönlichen Steward vor. Sein Name sei James. Ob der Name nun echt war oder nur ein Klischee bediente, hat er uns während der gesamten Zugreise nicht verraten. Ab und zu stahl sich ein Lächeln auf sein Gesicht, wenn es wieder einmal einer von uns genauer wissen wollte.

In diesem Moment wirkt er allerdings er ein wenig nervös. Auf seinem schmalen, leicht gebräunten Gesicht zeichnet sich ein gequältes Lächeln ab.

»Die Zeit wird langsam knapp«, murmelte er vor sich hin, anstatt einer Begrüßung.

Nahm er unsere Verspätung übel?

Seine braunen Augen weiteten sich ein kleines Stück.

Wahrscheinlich sind Sandra und Jennifer der Grund, und tatsächlich entspannt er sich. Er schaut auf unsere Koffer, schüttelt unauffällig mit dem Kopf. Seine dunkelblonden gewellten Haare setzen sich dabei in Bewegung.

»Gehen sie schon mal in den Zug, sie können ihr Abteil nicht verfehlen, während ich ihr Gepäck verstaue«, seine Stimme klingt angenehm ruhig und dunkel, »ich komme gleich nach.«

Erfreut nehmen wir zur Kenntnis, dass wir von nun an gut betreut sein würden.

Während James die Koffer einsammelt, frage ich mich zum wiederholten Mal, ob wir tatsächlich all diese Gepäckstücke brauchten. Wie er es schafft, die Koffer so geschickt an seinem Körper zu verteilen, dass er sie mühelos transportieren kann, bleibt mir ein Rätsel.

Während unser Betreuer mit dem Gepäck beschäftigt ist, steigen wir mit unserem Handgepäck in den Zug. Ohne große Mühe finden wir unsere großzügig ausgestatteten, nebeneinanderliegenden Abteile. Die Frauen stoßen bewundernde und freudige Ausrufe aus, während wir das Handgepäck verstauen.

»So, jetzt kann die Reise beginnen«, sagt Sandra erleichtert.

»Der erste Schritt ist getan«, fügt Jennifer entspannt hinzu.

»Und was machen wir jetzt mit dem Rest des Tages?«, fragt Boris in die Runde.

»Wie wäre es mit einem Brunch?«, lässt sich eine Stimme aus dem Hintergrund vernehmen.

Überrascht drehen wir uns um. James steht zwei Meter entfernt mit einem aufmunternden Lächeln.

»Hört sich gut an. Wohin müssen wir uns wenden?«, frage ich.

»Bitte folgen Sie mir.«

James führt uns durch die schmalen Gänge des Zuges. Kurz darauf betreten wir den Speisesaal, und ich staune

nicht schlecht. Vor meinen Augen wird eine fast vergessene Welt lebendig.

»Bitte suchen Sie sich einen Platz aus«, fordert James uns
mit einer ausladenden Geste auf und deutet in den Raum.
Nur wenige Gäste sitzen mit Essen beschäftigt an den Tischen.

»Im Moment ist nur wenig Publikum da.«

»Dort drüben sieht es gemütlich aus«, schlägt Sandra vor
und deutet auf einen Tisch am Fenster.

»Ich sitze am Fenster!«, rief Jennifer und steuert, ohne
eine Reaktion unsererseits abzuwarten, den Tisch an.

Wir anderen folgen ihr und nehmen Platz an dem perfekt
gedeckten Tisch. Die weiße Tischdecke, die funkelnden
Kristallgläser und das polierte Silberbesteck verleihen der
Tafel eine nostalgische Eleganz.

Alles vom Feinsten, geht mir durch den Kopf.

Wir schauen aus dem Fenster und lassen die vorbeifliegende Landschaft auf uns wirken. Das gleichmäßige Rat-
tern der Räder und der sanfte Schwung des Zuges bildeten
eine beruhigende Melodie.

Ein Geräusch hinter mir lenkt mich ab. Mich umdrehend
sehe ich James der sich vom Buffet löst, mehrere Tabletts
balanciert und an unseren Tisch trägt.

Mit geübten Bewegungen stellte er die Tabletts in der
Mitte des Tisches ab. Vor uns breiteten sich eine Vielfalt
von Speisen aus, begleitet von einer einladenden Duft-
wolke. James verlässt uns und kehrt kurz darauf mit zwei
Flaschen in den Händen zurück.

»Dies ist ein Wein aus dem Anbaugebiet Burgund«, erklärt er und zeigt mir das Etikett, »und hier haben wir Wasser, gewonnen aus den Gletschern des Nordpols.“

Jennifer, Sandra und Boris entscheiden sich spontan für
Wasser, ich bleibe mir treu und entscheide mich für den

Burgunder. Während wir uns um unser Wohl kümmern, bewundern wir das Innenleben unseres außergewöhnlichen Zuges. Wir alle können unsere Faszination nicht verheimlichen.

»Wir fahren in einem rollenden Museum«, meint Boris, während er eine Lachsschnitte in den Mund schob.

»Mir kommt es sogar so vor«, ich stelle das Glas mit dem exzellenten Wein auf den Tisch zurück, »als wäre jedes Detail des Zuges in seinem ehemaligen Originalzustand.«

»Längst vergangene Handwerkstraditionen sind hier professionell und liebevoll in die Arbeiten eingeflossen«, ergänzt Sandra, die sich auf diesem Gebiet etwas auskennt.

»Ich finde besonders ansprechend die vergoldeten Details, welche uns beinahe überall entgegenstrahlen«, meint Jennifer.

»Am Eingang habe ich ein Messingschild gesehen, darauf steht, dass das Baujahr dieses Orientexpresses das Jahr 1883 war.«

Nach diesem kurzen Wortgeplänkel widmen wir uns still dem Brunch, der in allen Belangen unseren Wünschen entspricht. Eine halbe Stunde später sind wir mit der Welt und uns zufrieden.

Unser Steward taucht wie aus dem Nichts auf und fragt, ob alles unseren Wünschen entsprach. Mit Gesten und lobenden Worten geben wir unserer Zufriedenheit Ausdruck. Sein freundliches Nicken beschließt diese Runde bevor er fragt, in welchem Speisewagen wir zu Mittag essen wollen.

Bevor wir nach den Unterschieden fragen können, beginnt James auch schon, uns die verschiedenen Restaurantwagen zu schildern.

Jedes hat, erklärt er, seinen eigenen unverwechselbaren Charakter. Ein Wagen sei zum Beispiel ganz auf Veganer

eingestellt, ein anderer auf asiatische Küche und ein weiterer auf europäische Gerichte.
Nach dem ausgiebigen Brunch entscheiden wir uns allerdings, auf ein Mittagessen zu verzichten. Stattdessen wollten wir uns um 17 Uhr im europäischen Wagen treffen. Wir verabschiedeten uns von unserem Steward und suchen unsere Abteile auf

>>>>>

Jennifer und ich betreten pünktlich um 17 Uhr den europäischen Restaurantwagen. Ein Kellner nimmt uns freundlich in Empfang. Nachdem er unsere Namen erfragt hat, führt er uns zu dem für uns reservierten Tisch.
Jennifer ist überwältigt. Bestimmt zum hundertsten Mal. Auf den Tischen liegen schneeweiße Tücher, deren Leuchtkraft uns beinahe blendet. Im sanft beleuchteten Raum kommen die glänzen Kristallgläser besonders zur Wirkung. In den geschliffenen Facetten sammelt sich einfallendes Licht und zerlegt sie in ihr Farbspektrum.
Die Atmosphäre aufsaugend, gehe ich zu unserem Tisch und setze mich. Die Stille genießend betrachte ich das faszinierende Farbspiel welches die Gläser auf das Tischtuch werfen.
Während ich vor mich hinträume, treffen unsere Freunde ein. Nach einer kurzen Begrüßung setzen sie sich. Kaum sind wir alle beisammen, taucht auch schon ein Kellner auf.
Kurz frage ich mich, wo James ist, doch schnell vergesse ich die Frage. Unsere Bedienung überreicht jedem von uns eine Getränkekarte und tritt einen Schritt zurück.
Ohne Hast schlagen wir die Karten auf, und unsere Köpfe verschwinden hinter den großen Karten. Nacheinander

26

tauchen die Köpfe wieder auf, und jeder spricht seinen Getränkewunsch aus.

Der Kellner notiert achtsam unsere Wahl – Wasser und Wein –, befreit uns von den Karten und verschwindet lautlos in den hinteren Teil des Speisewagens.

Neugierig schauen wir uns um, und übergangslos verweben sich unsere Schwingungen mit der Atmosphäre, die uns umgibt. Schließlich beginnt Sandra mit dem üblichen Small Talk.

Die Frauen unterhalten sich über die Harmonie und Schönheit der Waggons. Besonders bewundern sie das makellos hochglanzpolierte Mahagoniholz und die Tischlampe im Jugendstil.

Boris und ich diskutieren darüber, ob die Technik des Zuges wohl dem neuesten Stand entspricht, und loben die hervorragende Verarbeitung der Dinge, die uns umgeben.

Schließlich taucht der Kellner wieder auf und stellt die Getränke ab. Danach übergibt er uns die Speisekarte. Wieder wartet er mit leichtem Abstand auf eine Entscheidung unsererseits. Erneut verläuft die übliche Zeremonie des Bestellens. Dies wiederholt sich noch zweimal.

Während des Essens werden wir immer wieder dezent nach unseren Wünschen gefragt. Das französische Essen, wir haben uns für die französische Küche entschieden, muss ein exzellenter Koch zubereitet haben. Es wird auf feinsten Meissner Porzellantellern serviert und verwöhnt unsere sensiblen Gaumen auf unbeschreibliche Weise.

Eine Stunde später sitzen wir zufrieden und satt am Tisch. Während wir Wein trinken, inzwischen haben sich auch die anderen dafür entschieden, werden unsere Augen, von der unberührten, im Abendlicht vorbeihuschenden Landschaften verwöhnt.

Das gleichmäßige Rollen der Wagenräder tritt in den Hintergrund, während wir still Wein und Natur genießen. Seit einiger Zeit schaue ich und die anderen schweigend aus dem Fenster. In mir entsteht der Eindruck, dass die Landschaft aus Bergen, Wäldern und weiten Ebenen zu einer weit entfernten Welt gehören.

Durch die hohe Geschwindigkeit des Zuges verändert sich das Bild ständig, welches sich vor mir ausbreitet. Immer flüchtiger werden die auf mich eindringenden Informationen von meinem Bewusstsein aufgenommen.

Irgendwann entsteht in mir die Vorstellung, dass nicht ich, sondern die Landschaft, wie auf einer überdimensionalen Leinwand an mir vorbeieilte. Bei der Betrachtung der vorbeihuschenden Bilder schweifen meine Gedanken, wie so oft, in meine Welt vergangener Erinnerungen ab.

Die Aussage eines Hirnforschers taucht unvermittelt auf. Wie beim ersten Mal als ich sie hörte, ärgerte sie mich auch in diesem Augenblick. Sofort drängt sich mir der Wunsch auf sie mit den anderen zu diskutieren. Die These die dieser Hirnforscher aufstellte, ist, der Mensch besitzt keinen freien Willen.

Tief atme ich durch. Anschließend schaue ich Aufmerksamkeit heischend zu Sandra und Boris hinüber. Einige Zeit geschieht nichts. Doch schließlich wendeten sie sich mir zu. Mit meinem unwiderstehlichen Blick fixiere ich Boris und frage.

»Was hältst du von der These, dass wir keinen freien Willen besitzen?«

»Fragst du das im Ernst«, Boris Stimme klingt abwehrend. Offensichtlich ist er nicht bereit, sich nach diesem opulenten Essen auf eine Diskussion einzulassen.

»Natürlich haben wir einen freien Willen«, geht Jennifer auf mich ein.

Ihre Stimme klingt für die Umgebung, in der wir uns aufhalten, etwas zu laut. Ein Unterton signalisiert Verärgerung.

Vielleicht habe ich sie aus einem angenehmen Gefühl der Zufriedenheit gerissen, frage ich mich.

Oder ist es die Vorstellung, dass wir fremdbestimmt sein könnten, die bei ihr einen empfindlichen Nerv trifft?

»Auf der Quantenebene gibt es keinen freien Willen. Dort herrscht der Zufall.«

Dankbar den Zwischenruf aufnehmend, wende ich mich lächelnd Sandra zu.

»Teils, teils«, sagt Boris, mühsam seinen Unwillen unterdrückend, und frage mit einem leicht süffisanten Unterton, »bist du wirklich der Meinung Dominik, dass wir unseren freien Willen infrage stellen sollten?«

»Warum sollte jemand von uns daran zweifeln? Es ist doch offensichtlich, dass wir einen freien Willen haben«, entgegnete Jennifer, nun etwas leiser.

Offensichtlich ist sie doch bereit, sich einzulassen.

»Da wir allerdings nicht auf der Quantenebene leben, ist mir das nicht deutlich«, wirft Sandra ein.

Es scheint, als habe sie sich bereits mit dem Gedanken über den freien Willen beschäftigt.

»Wie jemand auf die Idee kommen kann, wir hätten keinen freien Willen, bleibt mir rätselhaft. Ich glaube fest an den freien Willen, denn ich bin es der über mein Leben und meine Handlungen entscheidet.«

»Gibt es dazu irgendwelche wissenschaftlichen Forschungen Dominik, die dich veranlassen den freien Willen in Frage zu stellen« wendet sich Jennifer mir direkt zu.

Ich lächle ihr zu.

»Genau das ist der Grund, weshalb ich dieses Thema aufgreife«, erwidere ich, »tatsächlich gibt es einige Forschungen zu diesem Thema.«

Boris greift nach seinem halbvollen oder halbleeren Weinglas und trinkt einen eigentlich zu großem Schluck. Er wirkt auf mich, als habe er seine Balance verloren. Wahrscheinlich hätte er viel lieber seinen Wein in Ruhe genossen, als sich einer solchen Diskussion auszusetzen.

»Warum sollten wir jetzt klären, ob wir einen freien Willen haben? nachdem wir so gut gegessen haben.«

Boris verstummt und denkt nach.

Es wird still am Tisch. Jeder spürt, dass Boris mit sich im Widerstreit liegt. Schließlich lächelt er und lässt uns an seinen Gedanken teilhaben.

»Eigentlich hast du Recht. Wenn nicht jetzt, wann sonst sollten wir darüber reden? Die Vorstellung, einen freien Willen zu besitzen, bedeutet doch, dass wir fähig sind, frei zu entscheiden. Wie würde die Vorstellung, keinen freien Willen zu haben, unser Leben ändern? Manchmal scheint es mir, als könnten wir nicht frei entscheiden, doch dann frage ich mich, welchen Sinn das Leben dann hätte?«

»Vielleicht ist es nicht die Quantenebene, sondern die Welt unserer Gene. Sie sind es, die uns am Gängelband führen. Ich kenne nicht wenige, die sich ihrer schlechten Angewohnheiten bewusst sind, sie aber nicht ändern können oder wollen.«

»Ein interessanter Einwand, Jennifer«, gehe ich auf sie ein.

Für einen Augenblick bleibt es stumm am Tisch.

»Das wir einen freien Willen haben ist eine starke und weit verbreitete Überzeugung! Der Glaube an den freien Willen hat nicht nur eine philosophische Grundlage, sondern ist auch tief in unserem Alltag verankert. Er beeinflusst, wie

30

wir Verantwortung, Moral und Selbstbestimmung verstehen. Doch was ist, wenn es den freien Willen doch nicht gibt?«

»Da alles so unbestimmt ist, bin ich mir nicht sicher, ob wir uns solch eine Diskussion im Moment antun sollten«, meldet sich Sandra zu Wort, »jetzt wäre es mir wichtiger, die Fahrt zu genießen. Vielleicht werde ich irgendwann meinen Enkeln von dieser Reise erzählen. Deshalb würde ich mich lieber auf die schöne Umgebung, auf das Ambiente konzentrieren. So habe ich, haben wir, eine reale Chance diese Augenblicke nie mehr zu vergessen.«

Ihre Worte besitzen viel Wahrheit, doch wenn mich etwas beschäftigt, ist es für mich nicht einfach diese Gedanken loszulassen und so bleibe ich hartnäckig.

»Damit hast du ja Recht Sandra. Nach einem solchen Mahl beim Anblick der vorbeirauschenden Landschaft ist zurücklehnen und einfach Träumen keine schlechte Sache. Doch selbst wenn der freie Wille existiert, könnten unsere Entscheidungen unbewusst von äußeren und inneren Faktoren beeinflusst sein, etwa durch Erfahrungen und Erziehung, neurologische Prozesse, die wir nicht direkt kontrollieren und gesellschaftliche Erwartungen. Oder Boris?«, ich lasse eine kleine Pause entstehen und lehne mich zurück.

Boris schaut mich überrascht an. Schließlich beugt er sich langsam nach vorne und schaut mir direkt in meine graublauen Augen.

»Der Glaube an den freien Willen bildet die Grundlage für moralische Verantwortung. Wir halten Menschen für ihre Handlungen verantwortlich, weil wir davon ausgehen, dass sie frei entscheiden konnten. Ohne freien Willen würde der Begriff von Schuld und Verdienst an Bedeutung verlieren.«

»Boris, ich kann dir nur zustimmen«, tritt Jennifer an Boris Seite, »es ist doch so, ob wir frei sind zu entscheiden, wie unser Leben verläuft, wurde oft von Denkern untersucht und doch ist die Frage nicht eindeutig geklärt. Deshalb lasst uns dieses Ambiente einfach genießen, ohne solchen philosophischen Ideen nachzugehen.«

»Nun, wie ihr meint. Mir ist halt diese Info durch mein Gehirn geflitzt, und ich habe mich gefragt, warum in dieser Umgebung geschieht. Lasst mich, um einen Abschluss zu finden, kurz die Position von jedem von uns zu diesem Thema hören.«

Eine Antwort fordernd schaue ich in die Runde. Sie kennen meine Vorliebe für tiefere Gespräche und wissen, wann mir Antworten wichtig sind. Allerdings bleiben sie stumm.

Vielleicht denken sie nach, überlege ich.

»Was mich stört, ist«, sage ich laut, »dass sich Hirnforscher vor Fernsehkameras setzen und behaupten, sie hätten mit Hilfe von Hirnscans die Frage nach dem freien Willen ein für alle Mal gelöst. Beim Betrachten der Natur«, ich schaue aus dem Fenster auf eine vorbeiziehende Häuserfront, »die dort draußen an uns in den unterschiedlichsten Variationen vorbeihuscht, frage ich mich; wer hat dies alles geschaffen? Unterliegt die Welt dem Determinismus, also ist alles festgelegt und bewegt sich in vorgegebenen Grenzen?«

»Du mit deinen Fremdwörtern. Was bedeutet denn Determinismus?« Sandra klingt leicht gereizt.

»Up's, du hast wie immer recht. Das zu erklären ist nicht ganz leicht, da es verschiedene Definitionen gibt. Im Lateinischen heißt es 'determinare', also festlegen oder begrenzen. Für einige philosophische Denker bedeutet es, dass es für alles, was geschieht, Bedingungen gibt, aus denen wieder nur Bestimmtes und nichts anderes folgen kann. Alles ist voneinander abhängig, alles ist miteinander verknüpft, und dies ohne Ausnahme. Der Zufall ist zum Beispiel ausgeschlossen.«

»Was ist mit der Alternative? Indeterminiert! Sind wir da nicht auch nur Spielball kosmischer Abläufe?«, unterbricht mich Jennifer.

Vielleicht will sie mich ablenken. Bevor ich antworten kann, bringt sich Boris ein.

»Manche Denker favorisieren den ethischen Determinismus,« sagt Boris, greift nach der Weinflasche und schenkt sich ein, »demnach gibt es für den Willen weder Freiheit noch Verantwortlichkeit. Jede unserer Handlungen wird von äußeren Faktoren bestimmt.«

»Und was ist mit der Kirche? Die hat doch bestimmt eine weitere Variante,« fragt Sandra.

Bevor Boris antworten kann, melde ich mich zu Wort.

»Das wäre der theologische Determinismus. Das Fremdwort dafür«, ich kann mir ein Grinsen nicht verkneifen, »heißt Prädestinationslehre. Sie besagt, dass der gesamte Welteninhalt, einschließlich unserer Lebensläufe, von Gott vorherbestimmt ist. Allerdings spielt in dieser Vorstellung auch das Schicksal eine Rolle.«

»Können wir es nicht dabei belassen?«

Irritiert schaue ich Boris an, der offenbar nicht zustimmt.

»Nun, ich finde, die Suche nach einer Antwort ist wichtig. Gibt es noch eine Variante«, möchte Jennifer mit Nachdruck in der Stimme wissen.

»Es gibt da noch den kosmologischen Determinismus. Diese Sichtweise erklärt die Welt als eine Kette aus Ursache und Wirkung. Alles geschieht in genau dieser Reihenfolge. Die Ursache folgt der Wirkung.«

Jennifer hört aufmerksam zu.

»Wenn ich das richtig verstehe, haben wir keinen eigenen, keinen freien Willen. Unsere Reise hätte dann eigentlich keinen Sinn.«

Ist dies das Fazit von Jennifer?

Sandra stellt ihr Weinglas zurück und ein zufriedener Ausdruck ist in ihrem Gesicht zu erkennen.

»Würde eine solche Vorstellung nicht dazu führen, dass wir niemanden für seine Verbrechen bestrafen könnten? Schließlich konnte der Mensch ja nicht frei entscheiden, ob er so handeln wollte, wie er gehandelt hat. Vielleicht ist genau das der Grund, warum wir an den freien Willen glauben müssen. Ohne ihn wäre der Anarchie Tür und Tor geöffnet.«

Boris nickt langsam und schaut herausfordernd in die Runde.

»Ganz genau. Vielleicht wollen wir die Wahrheit gar nicht sehen. Wollen wir im Ernst den freien Willen negieren?«

Ich spüre die Spannung in der Luft, während Boris, ein durch und durch Realist, die entscheidende Frage stellt.

»Kommt es am Ende nicht darauf an, ob wir uns gut fühlen, in dem, was wir Leben nennen?«

Jennifer wendet sich mir zu.

»Was sagen eigentlich deine Wissenschaftler zu diesem Thema?«

»Wissenschaftler aus der Neurobiologie und Physiologie haben mit hochsensiblen Messelektroden im Gehirn einiger Menschen nach dem Ursprung des Willens gesucht und meinen …«

»Wo denn sonst?«

Boris zieht die Augenbrauen zusammen, sein Gesicht legt sich in ärgerliche Falten. Sein Einwurf bringt mich beinahe aus dem Konzept. Doch bevor es dazu kommt, atme ich tief ein und aus.

»Wie auch immer. Jedenfalls kamen die Neurologen zu dem Schluss, dass der freie Wille nur eine nützliche Illusion sei.«

Stille breitet sich aus. Jennifer, Sandra und Boris schauen nachdenklich, fast bedrückt. Es scheint, als ob jeder von ihnen versucht, diese Idee mit der eigenen Sichtweise in Einklang zu bringen.

»Und welchen Grund führen sie dafür an«, der Unwillen von Boris wird deutlicher, »dass sie glauben, was sie glauben? Wenn es keinen freien Willen gibt, wir keine eigene Wahl treffen können, woher wollen sie wissen, wer ihre Auswahl getroffen hat.«

»Warum ist es wichtig, ob wir einen freien Willen haben, solange wir ein Leben im Gleichgewicht leben«, versucht Sandra die Situation herunterzufahren.

»Da stellt sich mir die Frage, ist unsere Suche nach dem Sinn, abhängig von der Antwort, was ist eigentlich **dieser** Wille«, unterbricht mich Sandra.

Um meine Mitte zu finden schaue ich auf die vorbeihuschende Landschaft. Dämmerlicht taucht sie in ein mystisches Licht.

»Genau darum geht es Sandra. Um die Suche nach dem Sinn des Lebens.«

»Sind wir frei? Können wir entscheiden? Ist unser Weg vorbestimmt«, wirft Jennifer fragend ein.

Nachdenklichkeit breitet sich am Tisch aus. Die vorbeifliegende Landschaft wird allmählich in dunklere Farben getaucht.

»Also wenn ich einen bestimmten Zustand in der realen oder geistig erlebbaren Welt herbeiführen oder ihn erhalten will, fälle ich eine Entscheidung. Um diese zu treffen nütze ich meinen freien Willen«, ich nehme mein Weinglas in die Hand, hebe es hoch und halte es ins Licht.

Bewundere die Farbe, um anschließend einen Schluck zu trinken.

»Gute Entscheidung. Ich darf einen erstaunlich guten Wein genießen.«

»Wow«, Boris Stimme klang leicht süffisant, »das bedeutet offensichtlich, du lässt dich nicht von der Wissenschaft beeindrucken, glaubst fest an den freien Willen.«

»Ja!«

Ich schaue meine Freunde an und sehe in ihren Gesichtern wie sich die unterschiedlichsten Gefühle ausbreiten.

»Wieder einmal spielt der Glaube eine Rolle.«

Sandra meldete sich seufzend zu Wort.

Bevor sie weitersprechen kann, unterbricht sie Jennifer.

»Wenn wir jetzt auch noch Gott mit ins Boot holen, werden wir kein Ende finden. Lasst uns stattdessen unsere Reise genießen. Ist euch aufgefallen, dass wir seit einiger Zeit durch eine grandiose Gebirgslandschaft fahren?«

Der Aufforderung meiner Frau nachkommend beuge ich mich Richtung Fenster und schaue durch das Fenster direkt in eine dunkle Schlucht. Erschrocken weiche ich zurück. In diesem Moment ist von einem freien Willen nichts zu spüren. Um mein Gleichgewicht wieder zu finden, konzentriere ich mich auf den Tisch und bemerke die fast leeren Weingläser.

»Was meint ihr, sollten wir jetzt noch einen Kaffee bestellen?«

Ist es Zufall, wenn es ihn gibt, in diesem Moment kommt der Kellner an unseren Tisch und frage, ob wir noch irgendwelche Wünsche hätten. Boris übernimmt die Bestellung des Kaffees.

Die Zeit fliest dahin. Unsere weitere Fahrt soll noch fünf Tage dauern. gleichmäßig zieht die Außenwelt an uns vorüber. Allmählich gewöhnen wir uns an das luxuriöse Leben, das uns der Zug in reichem Maße bietet.

Zum Beispiel, immer wenn wir spät abends in unser Abteil zurückkehrten, ist es verschwunden. Das Tagesabteil hat sich auf wunderbare Weise in ein Schlafgemach verwandelt. Ein Doppelbett mit frischen Bettdecken aus Damast erwartet uns und lädt ein, in einen wohligen Schlaf einzutauchen.

Am nächsten Tag entdecke ich, oder er fand mich, einen Waggon, in dem sich nur eine Bar befindet. Ich erzähle Boris davon und in den darauffolgenden Abenden treffen wir uns dort. Ohne die Frauen.

Die Reise im restaurierten Orient-Express verläuft, wie erwartet, reibungslos und ohne Zwischenfälle. Ein positiver und zufriedenstellender Beginn unserer Reise.

Sollte es so weitergehen, steuern wir einem problemlosen, angenehmen Abenteuer entgegen.

Suche nach dem Jch
Erleuchtung finden im Jch
Herrschaft verschwindet

3
Ankunft

S eit einer Stunde begleitet mich das leise, eintönige Geräusch der Räder. Der gleichförmige, von rollendem Stahl erzeugte Ton lässt mich in längst vergangene Traumwelten abtauchen. Deshalb trifft es mich völlig unvorbereitet, als der Zug, begleitet von einem gequälten Aufschrei, der vom Kampf zwischen Schienen und Stahlrädern erzählt, übergangslos zum Stillstand kommt. Durch eine leichte Vorwärtsbewegung meines Körpers werde ich aus meinen Tagträumen gerissen. Orientierung suchend, blicke ich mich um. Nach draußen schauend blicke ich auf ein Bahnhofsgelände. Sentimentale Gedanken an Abschied, nehmen Besitz von mir. Mir wird bewusst, dass ein einzigartiges Erlebnis nun hinter mir liegt.

Mit etwas Wehmut im Herzen verabschieden wir uns von James, der uns ein wenig ans Herz gewachsen ist, und steigen aus dem Orient-Express. Ein lautes Pfeifen kündet die Weiterfahrt unseres Zuges an. wir schauen ihm nach bis er langsam am Horizont verschwindet. Während sich ein wenig Wehmut in meinem Herzen ausbreitet, taucht unser Zug auf. Widerwillig tauschen wir den Luxuszug gegen einen Zug der Kreisklasse ein. Erst jetzt können wir den Reichtum, in dem wir bis vor Kurzem noch geschwelgt haben, wirklich begreifen. Nach knapp drei Tagen, in denen wir immer heftiger auf den Boden der Realität zurückgeworfen werden, sind wir am Ziel.

Hungrig und müde, trotzdem zufrieden, haben wir endlich das vorläufige Ende unserer Reise erreicht. Es ist kurz vor der Mittagszeit. Ein wenig verloren stehen wir an der Bushaltestelle.

Vor wenigen Augenblicken hat uns ein nahezu dem Sterben überlassener Bus hier abgesetzt. Noch immer verwundert darüber, dass dieser Bus überhaupt fährt und es bis hierher geschafft hat, blicke ich ihm hinterher. Der Staub, den unser altersschwaches Transportmittel aufgewirbelt hat, legt sich, wie tausendmal geübt, wieder zur Ruhe.

Der Bus verschwindet dieselnd auf der anderen Seite des Dorfes hinter dem Horizont. Während er aus meinem Blickfeld verschwindet, überkommt mich ein merkwürdiges Gefühl des Verlassenseins.

Die drückende Hitze, die mich schon im Bus begleitet hat, lässt nicht von mir ab und wird zu einer Bedrohung für meine Nerven. Kein Windhauch bewegt die Bruthitze aus diesem Ort fort. Die Sonne brennt lustlos auf eine kleine Ansammlung von Häusern und Hütten herab. Nicht einmal die Sonne scheint diesem verschlafenen Nest etwas abgewinnen zu können.

Sandra versucht, künstlichen Wind zu erzeugen, indem sie heftig mit dem Reiseführer, um ihr verschwitztes Gesicht fächelt.

Aus meiner Sicht ein sinnloses Unterfangen!

Wie so oft, wenn ich einen unbekannten Ort betrete, versuche ich, mir einen Überblick zu verschaffen. Nacheinander nehme ich jedes Haus, jede Hütte in Augenschein. Vernachlässigt und traurig reihen sie sich entlang der staubigen Hauptstraße auf.

Endlich entdecke ich das Objekt meiner Begierde. Aus einem der wenigen Steinhäuser ragt eine Art Lanze aus der Hauswand. Daran hängt ein Schild.

39

Auf den ersten Blick denke ich, es wäre aus Metall, doch bei genauerem Hinsehen erkenne ich, dass es sich um ein verwittertes Holzbrett handelt. Mit etwas Mühe kann ich ein Wort darauf entziffern: Hirschen.

Überrascht stelle ich fest, dass es in weißer Schrift und in deutscher Sprache geschrieben ist.

Während ich über das Warum nachdenke, frage ich mich, ob dieser Ort einst ein vielbesuchtes Ziel war. Vielleicht ein besonderer Treffpunkt für Reisende aus aller Herren Länder. Der geschwungene Stil der Buchstaben lässt mich vermuten, dass der Besitzer einst stolz auf seine Gaststätte war.

Doch heute ist die weiße Farbe der großen Buchstaben an den Rändern ausgefranst und teilweise abgeblättert. Der Eindruck des Schildes ist nun eher traurig.

Inzwischen habe ich die restlichen, kaum lesbaren Buchstaben zu Wörtern zusammengesetzt und lese leise vor mich hin, was auf dem ausgedörrten Holzbrett steht:

❀ *WILLKOMMEN* ❀
❀ *ZUM FLINKEN HIRSCHEN* ❀

Ich nehme die Einladung an, trotz des dem Zerfall preisgebenden Schildes und der bröckelnden Hausfassade. Ich entscheide, es nicht als schlechtes Omen zu werten, sondern sage mir, andere Länder, andere Sitten. Meine Vorstellung von Perfektion kann an diesem verlassenen Ort nicht das Maß der Dinge sein.

»Dort drüben scheint ein Gasthaus zu sein«, sage ich zu meinen Begleitern und strecke meinen Arm aus, um auf das Gebäude zu zeigen.

»Hoffen wir, dass es drinnen besser aussieht und wir uns erfrischen und vielleicht etwas essen können«, meint Boris hoffnungsvoll.

Jeder greift nach seinem Gepäck, für das er verantwortlich ist. Ausgelaugt von der vierstündigen Fahrt und der Hitze schleppen wir uns über die lehmige Straße. Minuten später stehen wir erleichtert vor einer Schwingtür. Die Schwingflügel trennen uns von einer kleinen Empfangshalle erkenne ich.

die Halle betretend schaue ich mich im Halbdunkel um. Langsam gewöhnen sich meine Augen an das Licht, und ich entdeckte an der Rezeption eine Frau mittleren Alters. Wir gehen zu ihr hinüber, und sie begrüßt uns mit freundlicher Stimme. Wie zu erwarten, verstehen wir kein Wort. Doch mit etwas gutem Willen und Zeichensprache gelingt es uns, uns zu verständigen. Schließlich übergibt sie uns zwei ungewöhnlich aussehende Schlüssel für zwei Doppelzimmer im ersten Stock.

Plötzlich taucht aus dem Dunkel ein Hausdiener auf. Er begrüßt uns, überraschend mit gebrochenem Deutsch und einem angedeuteten Kopfnicken. Nachdem er sich einen Überblick verschafft hat, greift er nach dem Gepäck der Damen. Boris und ich nehmen unsere Taschen und folgen ihm eine überstrapazierte Treppe hinauf.

Nach einigen Schwierigkeiten und unangenehmen knarren der Stufen, erreichen wir den Flur im ersten Stock. Der Hausdiener wartet vor einer der Türen auf uns. Leicht außer Atem kommen wir bei ihm an. Sandra entscheidet sich für die Tür auf der rechten Seite, während Jennifer und ich das Zimmer gegenüber beziehen.

Die Zimmer waren in einem zu meiner Überraschung in einem guten Zustand. Alles wirkte sauber auf mich.

Nachdem wir uns erfrischt, es gab tatsächlich eine kleine Nasszelle und ein wenig ausgeruht haben, beschließen meine Frau und ich, uns um unser leibliches Wohl zu kümmern. Bevor wir nach unten gehen, klopfe ich an die Tür unserer Freunde und informiere sie, dass wir schon einmal vorgehen würden. Wir kommen nach, sobald wir uns ausreichend erholt haben, höre ich eine Stimme hinter der Tür. Vorsichtig steigen wir die knarrenden Stufen hinunter. Unten angekommen entdecke ich ein Messingschild, welches uns die Richtung zum Speisesaal aufzeigt. Beim Betreten des Gastraumes, stellen wir fest hier ist das Licht gedämmt, weshalb die Größe des Gastraumes im Dunkel bleibt.

Wir suchen, indem wir uns im Gastraum umschauen, einen freien Tisch. Neben einem Fenster entdecken wir einen passenden. Vorsichtig gehen wir auf ihn zu und setzten uns. Wenig später kommt der Wirt an unseren Tisch wir bestellen eisgekühlten Tee. Das Kopfschütteln des Wirtes ignorieren wir. Minuten später ist der Tee serviert. Auf die Frage, zu meiner Überraschung in Deutsch, ob wir etwas essen wollen, erwidere ich, wir warten noch auf unsere Begleiter. Schweigend, den kalten Tee genießend, öffnet sich geräuschvoll die Tür des Gastraums. Sandra und Boris betreten den Raum. Sie schauen sich um, entdecken uns und kommen auf direkten Weg zu unserem Tisch. Sie setzten sich.

Irgendwie wirken sie abgespannt. Auf Nachfrage stellt sich heraus, dass es in ihrem Zimmer es keine wirkliche Gelegenheit zum Erfrischen gibt. Zum Beispiel ist das Wasser aus der Dusche lauwarm. Bei dieser Hitze unangenehm.

Der Wirt tritt an den Tisch und fragt was er zum Trinken bringen könnte. Nach einem kurzen Austausch entscheiden wir uns für Kaffee.

Während wir warten versuche ich ein Gespräch über Armut anzufangen.

Das Thema stößt auf wenig Gegenliebe.

Schweigen?!

Also lasse ich die Umgebung des Gastraumes auf mich wirken. Irgendwo aus dem dunklen Hintergrund dringt asthmatische Brummen an mein Ohr. Begleitet von einem kaum spürbaren Wind, der es trotzdem irgendwie schafft mich nicht mehr allzu sehr schwitzen zu lassen.

Bestimmt eine vor sich hin kränkelnde, altersschwache Klimaanlage, überlege ich.

Obwohl ich mir nicht vorstellen konnte, dass Anlage noch lange ihre Arbeit verrichten würde, bin ich meinen Schutzgeistern dankbar für das Jetzt, denn sie tat, was sie kann, um ein bisschen wohltuende Abkühlung in mein verschwitztes Dasein zu bringen.

Der Wirt ist wohl in der Küche beschäftigt, denn ein anderer Mann tritt an unseren Tisch, vermutlich der Kellner, mit einem Block in der Hand. Als ich ihn anschaue, ist sein Bart das Erste, was mir an ihm auffällt. Tiefschwarz, glänzend, gepflegt und die Barthaare, die bis zur Brust reichten, sind zu Zöpfen geflochten. Mit tiefer Stimme spricht er uns an. Offensichtlich will er unsere Bestellung aufnehmen.

Da Wasser in diesen südlichen Ländern wohl nicht die beste Wahl ist und ich keinen Kaffee wollte, entscheide ich mich für Wein. Nach einigem Hin und Her empfahl uns der Kellner den Hauswein. Die anderen stimmten, zu meiner Überraschung, meiner Wahl zu, da wir es nicht kompliziert sein sollte, überlassen wir ihm die Entscheidung über das Essen.

Kurze Zeit später steht vor jedem von uns je ein Glas, und in der Mitte zwei Kühler mit einheimischem Wein, gepresst aus roten Trauben. Der süffige, leicht süße Wein brachte meine verschwundenen Lebensgeister zurück.

43

Schon nach dem ersten Glas Wein spüre ich den Alkohol. Meine Gedanken wandern, wie nicht anders zu erwarten in einem solchen Fall, unkontrolliert durch verschiedene meiner Interessengebiete.

Eine knappe Stunde nach der Bestellung wurde das Essen serviert. Während wir das einfache, aber schmackhafte Mahl genießen, plaudern wir über unsere Reise im Luxuszug. Es war irgendwie schön, in diesem zu warmen und halbdunklen Raum in diesen Erinnerungen zu schwelgen. Hätten uns die Einheimischen verstanden, wären wir bestimmt als dekadent eingestuft worden.

In diese lockere Stimmung hinein eröffnet diesmal mein Freund Boris ein Gespräch, außerhalb des oberflächlichen Gesprächs. Wie immer beginnt es mit einer Frage.

»Was bedeutet Wirklichkeit?«, fragte Boris in eine kurze Pause hinein. »Ist sie abhängig von unserer Wahrnehmung?«

Nachdenkliche Stille erfüllt unsere Runde.

»Sind wir nicht hier, um genau dies herauszufinden?«, fragt Jennifer.

»Schon klar«, erwidert Boris, »deshalb könnten wir jetzt einmal abklären, welche Vorstellung jeder von uns über die Wirklichkeit hat. Ihr wisst doch, dass jeder sogenannte Zeuge glaubt etwas anderes gesehen zu haben.«

Auffordernd blickt er in die Runde. Während wir noch versuchen eine Antwort zu finden, ergänzt er.

»Also, Freunde, was wissen wir, gibt es einen Unterschied zwischen Realität und Wirklichkeit?«

»Für mich gibt es keinen Zweifel«, eröffnet Sandra die Debattierrunde, »alles was wir mit unseren fünf Sinnen wahrnehme ist Wirklichkeit.«

»Was mich allerdings genauer interessiert ist, wie hängen Erleben und Wirklichkeit zusammen?« erwidert Boris.

»Was meinst du? Hängt es von unserer Sprache ab, bestimmt die Sprache, wie wir die Welt sehen«, meldet sich Jennifer zu Wort.

Indem ich die Hand hebe, versuche ich die Aufmerksamkeit auf mich zu lenken

»Ja, genau das meine ich. Die Sprache ist nicht nur ein Werkzeug, um unsere Gedanken auszudrücken. Sie ist vielmehr ein Rahmen, der unsere Wahrnehmung formt. Sie legt fest, wie wir Dinge benennen, kategorisieren und verstehen. Es gibt zum Beispiel Sprachen, in denen bestimmte Begriffe, die wir für selbstverständlich halten, gar nicht existieren. Und ohne diese Begriffe verändert sich das Denken über diese Dinge.«

»Das klingt ziemlich abstrakt. Kannst du ein konkretes Beispiel geben?«

Boris ist offensichtlich nicht zufrieden mit dem Verlauf unserer Diskussion.

»Klar«, antworte ich, nicht darauf eingehend, »nimm zum Beispiel die Sprache der Inuit. Sie haben unzählige Begriffe für Schnee, weil sie in einer Umgebung leben, in der Schnee eine zentrale Rolle spielt. Für uns ist Schnee einfach Schnee. Aber für sie gibt es unterschiedliche Arten von Schnee, die jeweils einen eigenen Namen haben – Pulverschnee, verharschter Schnee, frischer Schnee, alter Schnee. Ihre Sprache zwingt sie quasi dazu, genauer hinzusehen. Unsere hingegen nicht.«

»Interessant«, sagte Sandra. »Aber bedeutet das nicht auch, dass unsere Sprache unsere Wahrnehmung begrenzt? Wenn wir nur bestimmte Begriffe haben, können wir die Welt dann überhaupt in ihrer vollen Komplexität erfassen?«

»Eben das ist der Punkt«, erwiderte ich. »Unsere Sprache vereinfacht die Welt, weil unser Gehirn mit der gesamten

Komplexität überfordert wäre. Aber das heißt nicht, dass wir Gefangene unserer Sprache sind. Wir können sie erweitern, neue Begriffe schaffen, neue Perspektiven einnehmen.«

Sandra verschränkt die Arme und blickt mich skeptisch an.

»Aber wie kann man sich bewusstwerden, dass die eigene Sprache einen einschränkt, wenn man doch selbst Teil dieses Systems ist?«

»Indem wir so gut wie möglich für andere Möglichkeiten offenbleiben«, sage ich, »wir können andere Sprachen lernen, andere Kulturen erkunden. Bücher lesen die einen herausfordern. Es geht darum, sich selbst und die eigenen Denkweisen zu hinterfragen. Das ist der erste und einzige Schritt, um aus den Paradigmen auszubrechen, die uns prägen.«

Boris lehnt sich zurück und grinst.

»Dominik, du könntest echt in einer Talkshow auftreten. Aber mal ehrlich, glaubst du wirklich, dass unser Wissen die Welt verändert?«

Ich lache leise.

»Vielleicht nicht die ganze Welt. Aber es kann uns helfen, die eigene Welt bewusster wahrzunehmen. Realität so sehen wie sie ist. Und das ist doch schon mal ein Anfang, oder nicht?«

Sandra schüttelt den Kopf, diesmal aber ohne Spott.

»Ich gebe zu, das klingt gar nicht so schlecht. Vielleicht lese ich dein Buch ja doch noch.«

»Das wäre ein Anfang«, sagte ich mit einem Augenzwinkern. »Und wer weiß, vielleicht diskutieren wir beim nächsten Mal über die Frage, ob die Wirklichkeit überhaupt existiert, oder ob alles nur eine Projektion unseres Geistes ist.«

Die Runde lacht, aber die Diskussion war nicht zu Ende.

Eigentlich haben wir uns alle schon einmal dafür interessiert, darüber nachgedacht, was bedeutet Sein, unser ganz persönliches Sein.

Gibt es da einen Unterschied?

»Genau das wollte ich sagen. Es werden, wenn ich den Autor richtig verstanden habe, die uns umgebenden Dinge wahr, sobald wir sie benennen. Ist ein Baum ein Baum, weil wir alle gemeinsam ihn so benennen oder wird er erst dadurch zu einem Baum? Die Worte die wir ständig benutzten beeinflussen das Denken und die Gedanken und Dinge die wir nicht bezeichnen können existieren nicht. Aus all unseren Informationen destillieren wir die Wirklichkeit.«

Auffordernd blickte ich Boris an. Immer, wenn ich eine Vorstellung in den Raum stellte, war er mein natürlicher Gegenspieler. Boris ließ sich nicht lange herausfordern.

»Das bedeutet, Gott hat einen Namen und deshalb ist er wahr und existiert!«

Im Anfang war das Wort, kommt mir in den Sinn.

»Um es einfach auszudrücken«, antworte ich, »sage mir wie du denkst und ich sage dir wer du bist. Wenn ich erst einmal mich erkenne, erkenne ich auch die Wirklichkeit. Was meinst du Sandra.«

»Genau Dominik, sag mir deinen Namen und ich sage dir, wie du heißt. Oder so ähnlich«, sagt Sandra leicht grinsend und in gedehnten Worten.

Im Gegensatz zu mir scheint sie ein wenig tiefer in ihr Weinglas geschaut zu haben. Deshalb lege ich ihre Worte nicht auf die Goldwaage. Vielleicht ist es auch an der Zeit, das Thema zu wechseln. Um den anderen Gelegenheit zu geben das Gespräch in eine andere Richtung zu lenken, greife ich nach meinem Weinglas und trinke einen großzügigen Schluck und lege eine Pause ein.

»Du willst sagen, dass wir, sobald wir einen bestimmten Standpunkt eingenommen haben, darauf beharren«, hakt Boris nach, der offensichtlich Lust hatte, das Thema weiter zu vertiefen.

»Ja, genau das will ich sagen, Boris. Dabei entsteht die Gefahr, dass es beinahe unmöglich wird, sobald wir uns einmal entschieden haben, auf einen anderen Zug aufzuspringen.«

»Ist es nicht so, dass die meisten Auseinandersetzungen entstehen, weil wir glauben, im richtigen Zug zu sitzen? In dem Moment, in dem du einsteigst, triffst du eine Entscheidung und gibst dabei das Nachdenken über andere Möglichkeiten auf.«

»Genau so ist es, Jennifer. Fast immer teilen wir die Realität in ‚richtig‘ und ‚falsch‘ ein. Haben wir uns erst einmal entschieden, verharren wir in dieser Position. Doch ist ‚verharren‘ das richtige Wort? Vielleicht. Allerdings ist das nur die eine Seite der Medaille. ‚Positiv‘ und ‚negativ‘ können manchmal auch gleichberechtigt nebeneinander bestehen. Erst unsere Bewertung erzeugt ein Problem und hindert uns daran, die Wirklichkeit wirklich vollständig zu sehen. Denn ist es nicht so: Sobald du für dich die ‚Wahrheit‘ einer Sache kennst, muss das Gegenteil automatisch falsch sein? Und viel zu selten – wenn überhaupt – lassen wir uns auf ein ‚vielleicht‘ ein.«

»Das hätte ich nicht besser sagen können«, kichert Boris.

»Warum sollten wir auch nach dem ‚vielleicht‘ fragen, wenn die Dinge doch eindeutig sind?« wirft Sandra ärgerlich ein, ohne weiter auf Boris einzugehen, »das Gegenteil von Schwarz ist nun mal Weiß, von Gut ist Böse, von Schön ist Hässlich. Weiß ist Weiß, Gut ist Gut, und so weiter. Wer würde bei gesundem Menschenverstand daran zweifeln? Auf der Suche nach der Wahrheit gibt es kein möglicherweise«, das Wort möglicherweise zog sie ironisch in die Länge und betonte es besonders, »auch kein vielleicht. Wahr bleibt wahr!«

»Zum Glück hat die Welt noch eine östliche Hälfte«, flüsterte ich, um die ansteigende Anspannung aus der Diskussion zu nehmen, »dort würde niemand leichtfertig seine Hand ins Feuer legen, wenn ich ihn fragen würde: ‚Existiert Jennifer überhaupt?‘«, ich werde lauter und lasse eine nachdenkliche Pause entstehen, doch es kommt keine von mir erwartete Reaktion.

»Oder wenn ich fragen würde: ‚Ab wann, während der Apfel gegessen wird, ist er noch ein Apfel, und ab wann ist er ein Nichtapfel?‘«

»Na, na, sind das überhaupt richtige Fragen? Das mit dem Apfel hast du dir doch gerade ausgedacht, nur um uns zu beeindrucken – oder abzulenken«, wirft Boris spöttisch ein.

Er scheint sich inzwischen aus der Diskussion ausgeklinkt zu haben.

Die Frauen auch?

»Was sind denn eurer Meinung nach richtige oder falsche Fragen«, frage ich gelassen in die Runde.

Doch niemand will offenbar darauf eingehen. Alle schweigen.

»Lasst mich noch einmal zurückkommen zu dem halb vollen oder halb leeren Glas. Danach wechseln wir endgültig das Thema.«

Es folgt kein Einspruch.

»Betrachten wir die Aufgabe aus der Sicht von Buddha und Aristoteles«, verfolge ich meinen Gedanken weiter, »Buddha steht für das ‚Vielleicht‘, Aristoteles für das ‚Ja oder Nein‘. An dem Beispiel lässt sich vielleicht verdeutlichen, wie in unserem Denken Wirklichkeiten entstehen.

49

Also nehmen wir an, Person A entscheidet sich für ‚halb voll'«, ich halte kurz inne, »allein dadurch wird sie in den Augen der anderen optimistisch und positiv wahrgenommen. Der Begriff Positiv ist ohne Frage mit den Attributen freundlich, aufgeschlossen und angenehm besetzt. Diese Person ist ein Mensch zum Liebhaben und Knuddeln. So haben wir es ja gelernt.«

Ich greife zum Weinglas, nehme genussvoll einen längeren Schluck und stelle das halbvolle – oder halbleere Glas zurück auf den Tisch.

»Person B entscheidet sich für ‚halb leer'. Schon wird sie in die Schublade gesteckt, auf der ‚pessimistisch' und ‚negativ' steht. Negativ bedeutet zweifellos: introvertiert, nervend, unangenehm. Und damit wird B zu jemandem, mit dem niemand gern befreundet sein möchte. Nur wegen einer möglicherweise unüberlegten Aussage oder Tendenz. Einfach, weil diese Person die tatsächlichen Auswirkungen ihrer Worte nicht bedacht hat. Und so landet Individuum B in einer der vielen vorgefertigten negativen Schubladen. Währenddessen kann sich Individuum A freuen, das sich für ‚halb voll' entschieden hat.«

Der Wirt taucht auf und fragt, ob alles in Ordnung sei. Wir bejahten, und er beginnt, das Geschirr abzuräumen.

»Wir mögen es bedauern«, ich lasse mich nicht durch den Wirt in meinen Gedankenfluss unterbrechen, »dass die meisten Menschen Vorurteile mit sich herumtragen. Weil sie glauben, so ihr Leben einfacher gestalten zu können. Doch ich denke, hier ist ein ‚vielleicht' angebracht. Denn sobald jemand einmal in einer Schublade liegt, wird es schwer, dieses Image in naher oder ferner Zukunft zu überdenken. Von diesem Moment an existiert eine Wirklichkeit, mit der wir im Einklang leben."

»Antworten, die wir manipulieren ...«, beginnt Jennifer,

doch bedauerlicherweise wird sie unterbrochen.

In diesem Augenblick tritt ein Dorfbewohner an unseren Tisch, wie sich später herausstellt, ein Freund des Wirtes. Das Erste, was mir an ihm auffällt, ist sein Anzug. Dieser ist modern, aus feinstem Stoff, mit feinen Nadelstreifen, die seine breiten Schultern und beeindruckende Größe zusätzlich betonen.

Wie sich jemand in einem derart eng geschnittenen Anzug wohlfühlen kann, ist mir ein Rätsel, frage ich mich.

Aus meiner sitzenden Position muss ich weit nach oben schauen, um in zwei braune, wärme ausstrahlende, Augen zu blicken. Eine Aura außerordentlicher Selbstsicherheit umgibt ihn.

»Darf ich mich zu ihnen setzen«, fragt er im akzentfreien Deutsch.

Da wir uns der höflich vorgetragenen Bitte unmöglich verschließen können, laden wir ihn mit einer auffordernden Geste freundlich ein sich zu uns zu setzen.

Der Fremde greift nach einem Stuhl in der Nähe und setzt sich an unseren Tisch.

»Verzeihen sie mir bitte. Eigentlich wollte ich nicht stören. Doch ihrem lebhaften Gespräch entnehme ich, dass sie aus dem guten alten Deutschland kommen. Mein Name ist Aykut Sahin, Freunde nennen mich Ayk. Würden sie es mir gestatten, eine Runde aus dem Weinkeller meines Freundes auszugeben? Mein halbes Leben habe ich in Deutschland gelebt und würde gerne mal wieder die deutsche Sprache sprechen«, ein Lächeln huscht über sein Gesicht, »vielleicht können sie mir ein wenig über ihr Land, meiner zweiten Heimat berichten«, er begleitet die Worte mit einem leisen, warmen Lachen, »wir leben hier doch ein wenig abseits jeglicher Zivilisation. Aber lasst mich erst einmal einen besonderen Wein bestellen.«

Ayk gab dem Wirt ein Zeichen, woraufhin dieser an unseren Tisch kommt.

»Was kann ich für dich tun, Ayk?«

»Bring deinen besten Wein für meine Gäste.«

Die linke Augenbraue des Wirtes hebt sich ein wenig, doch mit einem knappen Nicken antwortete er:

»So soll es sein.«

Fünf Minuten später steht die Weinflasche auf dem Tisch. Ayk verteilt den Inhalt gleichmäßig in die Gläser, sodass die Flasche fast leer ist. Mit einem Wink fordert er den Wirt hinter der Theke auf, eine weitere Flasche zu bringen. Unseren Protest ignoriert er schlicht.

Es dauert nicht lange, und wir sind in ein äußerst amüsantes Gespräch verwickelt. Ayk erzählt von seinen Erfahrungen in Deutschland, die er mit ein paar lustigen Anekdoten würzte. Geschichten, wie sie wohl nur ein Fremder in einem fremden Land erleben kann.

Es sind immer die kleinen Dinge, die Menschen überall auf der Welt verbinden, denke während ich zuhöre.

Wieder einmal wird mir bewusst, dass die Welt genau so groß ist, wie es unsere Fantasie zulässt.

Mitten in die Geschichten von Ayk tritt der Wirt mit einer weiteren Weinflasche in den Händen an unseren Tisch. Er sieht in die Runde. Da alle Gäste inzwischen ihren Heimweg angetreten haben fordert Boris, ihn auf, sich zu uns zu setzen.

In diesem Augenblick fühle ich ein unterschwelliges Gefühl, welches mich auffordert die Freunde zu verlassen. Ich spüre, dass ich Stille und frische Luft benötige. Also stehe ich auf und biete dem Gastwirt meinen Platz an. Nach einigem Hin und Her verabschiede ich mich von meinen Freunden und Ayk.

»Wenn du Ruhe suchst, geh hinter das Haus.«

Ayk hat offensichtlich meinen Wunsch nach Stille bemerkt. Mit weit ausholenden Gesten und blumigen Worten erklärt er mir den Weg durch die hinteren Räume. Ich folge seinen Anweisungen, umgehe einige Bananen- und Orangenkisten, durchquere einen dämmrigen Gang und stoße schließlich eine schwergängige Tür auf.

Langsam, während das Gefühl, das ich vor Kurzem verspürt hatte, erneut nach mir greift, übertrete ich die Türschwelle. Angenehm klare, kühle Abendluft streicht über mein Gesicht, und eine ungewöhnliche Stille legt sich wie ein sanfter Schleier über die Umgebung. Die Sonne steht tief am Horizont, ihre Strahlen berühren fast den Rand der Erde.

Erwartungsvoll lasse ich meinen Blick schweifen und entdecke einige Stühle, die scheinbar nach dem Zufallsprinzip auf der Veranda verteilt sind. Ein Schaukelstuhl erregt meine Aufmerksamkeit. Er weckt Erinnerungen an eine längst vergangene Kindheit.

Ich lasse mich vertrauensvoll in den Stuhl sinken und setzte ihn in sanfte Bewegung. Mit jeder Schwingung fühle ich, wie die Anspannung von mir abfällt. Doch während ich mich in die beruhigenden Bewegungen des Stuhls wiege, drängt sich ein Gedanke in mein Bewusstsein: die geheimnisvolle Frau, die der weise Mann aus Ragnarök mir angekündigt hatte.

Sollte ich ihr nicht in diesem Dorf begegnen?

Die Vorstellung an sie lässt meine innere Ruhe bröckeln. Plötzlich packt mich Ungeduld.

Wann wird die Begegnung stattfinden?

Wie wird es dann weitergehen?

Plötzlich weiß ich, dass ich an einer Weggabelung stehe. In dieser Situation frage ich mich habe ich wirklich eine Wahl?

Wie soll es weitergehen?

Mein Herz beginnt schneller zu schlagen, unkontrolliert, fast unbeherrschbar.

Was ist los mit mir?

Ich weiß es nicht.

Indem ich meinen Fuß auf den Boden stelle stoppe ich die Schaukelbewegung, richte mich auf und beginne gleichmäßig ein und auszuatmen.

Einatmen Gelassenheit!

Ausatmen Unruhe und Stress!

Das Bild einer Frau taucht in meinem Kopf auf. das Gesicht der Frau ist mir irgendwie vertraut.

Wann wird sie auftauchen, und wie wird sie in mein Schicksal eingreifen?

Es ist seltsam, dass ich plötzlich so intensiv an die angekündigte Begegnung denke.

Woher sollte die Frau wissen, dass ich heute eingetroffen bin und sie erwarte?

Es ist eher selten, dass ein Mensch zur richtigen Zeit am richtigen Ort ist. Ein hundertprozentiges "Richtig" gibt es im Leben nicht wirklich. Wie sie mich finden will und wie sie wissen kann, dass ich auf sie warte, war mir schon vor Beginn der Reise ein Rätsel.

Um die negativen und unergiebigen Gedanken loszuwerden, konzentriere ich mich wieder auf die Idylle, die mich umgibt. Der liebevoll gestaltete Garten liegt friedvoll und augenscheinlich mit sich zufrieden vor mir in der Abendsonne. Ich lasse meine Blicke schweifen.

An den Garten grenzt eine weite Landschaft. Vereinzelt erkenne ich Bäume. Das Zirpen von Insekten im Gras erreicht meine Ohren. Vielfarbige Schmetterlinge flattern von Blüte zu Blüte. Bei genauem Hinsehen, wenn ein Lichtstrahl die Königinnen der Lüfte trifft, erkenne ich prächtige Farbschattierungen auf ihren Flügeln. Immer wieder tauchen sie, trotz ihrer ungewöhnlichen Größe, in die noch offenen Blüten ein. Immer mehr im Einklang mit dem Hier und Jetzt fühle ich förmlich, wie sie den Blütennektar in sich hineinsaugen.

Während die Sonne immer tiefer hinter dem Horizont abtaucht, bringen die verglimmenden Sonnenstrahlen die Blumenwiese zum Leuchten. Heute Mittag sah ich nur Kargheit, Staub und Armut, und jetzt öffnet sich vor mir ein Füllhorn an Schönheit.

Zum wiederholten Mal werde ich daran erinnert, dass ich nicht immer nur die Oberfläche betrachten darf. Die schönen Dinge liegen tiefer, oft im Verborgenen.

Meine Gedanken verlieren sich in der Flora, und auf wunderbare Weise fühle ich mich eins mit Mutter Natur. Fasziniert schaue ich über die prächtige Gartenlandschaft hinweg zum fernen Horizont, der durch eine dunkle Bergkette seine natürliche Grenze findet. Die letzten Strahlen der Sonne malen allein für mich einen besonders extravaganten, orangeroten Himmel. Mein Bewusstsein fällt schrittweise in den Alphazustand, ich schließe die Augen und beginne zu träumen.

»Guten Abend. Schön, dass du da bist. Ich habe dich erwartet.«

Leise gesprochene Worte erreichen meine Traumwelt und bewegen mich, sie zu verlassen. Langsam öffne ich die Augen. Nach und nach bildet sich ein weibliches Wesen auf meiner Iris ab. Sofort werde ich hellwach. Eine ungefähr ein Meter siebenundsiebzig große Frau, mit einer allumfassenden, besitzergreifenden Aura, steht wenige Meter vor mir. Mit katzenähnlichen Bewegungen nähert sie sich mir und bleibt direkt vor mir stehen.

Die tiefstehende Sonne lässt ihr Kleid transparent erscheinen, und ich kann die Umrisse ihres schmalen Körpers erkennen. Nach einer gut kalkulierten Pause des Schweigens, während der sie mich intensiv betrachtet, setzt sie sich wie selbstverständlich auf den Stuhl mir gegenüber. Ein leichter Wind trägt einen betörenden Duft heran. Irgendwie kommt er mir vertraut vor. Dem Duft nachspürend glaube ich, leicht überrascht, dass ich sie von irgendwoher kenne.

Obwohl sie mich ein wenig verunsichert, schaue ich sie direkt an und suche ihren Augenkontakt. Sie wirkt nachdenklich auf mich.

Denkt sie darüber nach, wieso sie hier ist und wie sie mich auf meinen Weg bringen soll?

Wie wird meine Reise weitergehen?

Endlich beugt sie sich ein Stück zu mir herüber. Intensiver als zuvor spüre ich ihre Stärke, ihre Nähe und ihre geheimnisvolle Ausstrahlung. Jede Pore meiner Haut wird für sie zu einem Eingang in meine innere Welt. Lächelnd schaut sie mir in die Augen, und etwas Ungewöhnliches geschieht. Anstatt die Nerven völlig zu verlieren, entspanne ich mich.

Ihr Blick wandert an mir herunter und bleibt schließlich an meinem Halsausschnitt hängen. Zögernd greift sie nach dem Amulett an meinem Hals und berührt mich dabei leicht. Ein elektrisches Feld rieselt durch meinen Körper. Jedes Härchen richtet sich auf.

Seit ungefähr zwei Jahren trage ich das Amulett nun um den Hals. Inzwischen betrachte ich es als mein Talisman.

Vor einigen Jahren hatte meine Frau das Amulett in irgendeiner Schublade gefunden und gefragt, warum ich sie nicht trage. Sie meinte, dass mir der Anhänger aus einem bestimmten Grund geschenkt wurde und wenn ich nicht wüsste welchen, könnte er mir zumindest als Talisman mir Glück bringen. Seit dieser Zeit trage ich die Gemme an einer goldenen Kette um meinen Hals.

Die geheimnisvolle Frau bewegt das ungefähr zwei Zentimeter durchmessende Amulett zwischen ihren schmalen Fingern und betrachtet es von allen Seiten. Besonders lange schaut sie das sorgfältig gearbeitete Frauengesicht auf der Gemme an. Für einen Augenblick glaube ich, eine Veränderung in ihrem Gesicht zu erkennen. Etwas scheint sie tief zu erschüttern. Schließlich lässt sie meinen Glücksbringer los, der von nun an eine andere Bedeutung für mich hat.

Anschließend wendet sie ihren Kopf und blickt in eine imaginäre Ferne. Auf unbestimmte Weise vermittelt sie mir den Eindruck, als wäre sie in eine andere Dimension gewechselt. Leise, sodass ich genau hinhören muss, spricht sie mit ihrer warmen, eingängigen Stimme zu mir: »Hier am Ort gibt es eine kleine Autowerkstatt. Dort kannst du dir einen Wagen mieten. Mit diesem fährst du auf der Landstraße nach Südosten. Verlasse die Straße nicht. Fahr bitte früh am Morgen los, denn dein Ziel ist ungefähr eine Tagesreise entfernt. Am Abend wirst du an einem Landhaus ankommen. Da es auf einer Anhöhe steht, kannst du es unmöglich übersehen. In diesem Gasthaus fängt deine eigentliche Reise an.«

Ein leises Lachen begleitet ihren letzten Satz. Sie verstummt, und Stille kehrt ein und ich kann meine innere Anspannung, die ihrem Höhepunkt entgegenstrebt, nicht kontrollieren. Endlich spricht die ungewöhnliche Frau weiter: »Deine Zeit wird knapp. Eigentlich habe ich dich früher erwartet. Also zögere nicht mehr länger. Ich wünsche dir und deinen Freunden alles Gute und denke in schwierigen Situationen an dein Ch'i.«

Souveränität ausstrahlend, steht sie auf, ohne auf eine Reaktion von mir zu warten. Ohne ein weiteres Wort verschwindet sie in die Nacht. Für einen Augenblick habe ich den Eindruck, sie löst sich einfach auf. Von einem Moment auf den anderen bin ich allein.

Der Hinweis auf mein Ch'i löst Gedanken in mir aus. Es dauert eine ungewisse Ewigkeit, bis ich ins Hier und Jetzt zurückfinde. Nachdenklich greife ich nach der Halskette. Ich nehme das Amulett in die Hand und betrachte die Gemme. Lange habe ich dies nicht mehr so intensiv getan. Während ich den filigran geschnitzten Linien des Gesichts folge, kommt mir ein seltsamer Verdacht.

Habe ich dieses Gesicht nicht vor Kurzem gesehen?

Das Gefühl, dass ich einmal mit der Frau, vor vielen Leben, verbunden war, überwältigt mich.

Während ich das Amulett intensiv betrachte, beginnt sich meine Umgebung zu verändern. Bilder tauchen auf, und ich fühle mich in eine andere Zeit versetzt. Offensichtlich überschreite ich eine Grenze.

Wie, dies bleibt das Geheimnis meines Schicksals!

Musik aus längst vergangener Zeit hüllt mich ein. Menschen in aufwendigen Kleidern und Roben umgeben mich. Stimmengewirr erreicht meine Ohren. Instinktiv schließe ich meine Augen.

Szenenwechsel!

Ich liege auf einem großen Bett. Das schmale, blasse Gesicht einer Frau taucht auf. Ich spüre Verlust und Schmerz. Ich halte ein Amulett in meiner Hand und glaube Blut darauf zu erkennen.

Tiefe Zuneigung und Liebe erfüllen mich. Während ich diesem Gefühl nachspüre, verändert sich das Schmuckstück. Weiße Steine, die die Gemme einfassen – ich vermute Brillanten – werden roter.

Erschrocken lasse ich das Amulett los.

In meinem Kopf entsteht ein grelles Licht, welches langsam verblasst. Zurück bleibt ein anderes Bild.

Jennifer!

Sie ist meine große Liebe. Seit dem Tag, an dem wir uns zum ersten Mal begegnet sind, spüre ich eine tiefe Verbindung zu ihr. Sie ist die Frau, die ich ohne Zweifel schon immer gesucht habe. Schon bei der ersten Berührung fühlen wir den Gleichklang unserer Seelen.

Doch wer ist diese Frau in meiner Vision?

Offensichtlich habe ich sie geliebt. Erneut greife ich nach dem Amulett. Diesmal betrachte ich das eingeritzte Antlitz distanzierter. Nach einiger Zeit, in der ich es einfach geschehen lasse, verliert das Gesicht der jungen Frau immer mehr seine Fremdheit, und plötzlich weiß ich, warum mir die Frau so vertraut vorkommt. Ich kenne sie. Ich habe sie vor langer Zeit gekannt. Das Gesicht, auf das ich blicke, und das Gesicht der entschwundenen Frau – beide sind unleugbar (gut, ich gebe zu, ein bisschen Fantasie spielt mit) dieselben und ich glaube auch, dass sie Jennifer ähnelt.

Wie ist das möglich?

Vergangenheit, Gegenwart und Zukunft gleichzeitig?

Das Gesicht der entschwundenen Frau zeichne ich in meinem Verstand nach. Eine schmale Nase, leicht schräg stehende Augen, eine hohe Stirn, welliges langes Haar – jung, höchstens dreißig Jahre alt.

Bilde ich mir die Ähnlichkeit nur ein?

Plötzlich wird mir meine Umgebung wieder bewusst. Erstaunt stelle ich fest, dass die Nacht weit vorangeschritten ist. An einem wolkenlosen Himmel stehen Sterne, und ein gelber Vollmond versucht, die Herrschaft über die Nacht zu übernehmen. Die abendliche Kälte nimmt Besitz von meinem Körper.

Es wird Zeit, in die Wärme des Gasthauses zurückzukehren. Bedauernd stehe ich auf. Der Schaukelstuhl verabschiedet sich schwungvoll, begleitet von leisen, flüsternden Geräuschen. Nach wenigen Schritten betrete ich den Flur. Eine einsame, müde Glühlampe versucht, Licht zu spenden und den weiteren Weg zu erhellen.

Während ich versuche, den diversen Hindernissen auszuweichen, taucht ein Satz in meinem Geist auf. Ich bleibe kurz stehen, um ihn wirken zu lassen.

Wenn ich mich richtig erinnere, meint meine Reiseführerin, dass ich meine Reise erst jetzt beginne. Ich muss leise lachen.

Wie oft habe ich diese Worte schon gehört?

Bin ich nicht schon lange auf meiner Reise?

Reise gleich Weg, Weg gleich Reise?

Bin ich naiv, wenn ich glaube, ich sei auf dem Weg?

Vielleicht sind Seelenreisen nichts Dreidimensionales, sondern die Seele bewegt sich in der fünften Dimension?

Vielleicht bewege ich mich bisher nur auf der Oberfläche?

Ohne genau zu wissen, wie, stehe ich unerwartet vor der Tür zum Gastraum.

Den Gastraum betretend suche ich nach Jennifer, Sandra und Boris. Ich entdecke sie sitze am Tisch und warten auf mich. Erfreut sie zu sehen gehe ich zu meinen angeheiterten Freunden hinüber und setze mich zu ihnen. Mit einem knappen Nicken zeigt mir Boris, dass er meine Anwesenheit zur Kenntnis nimmt. Vor mir steht ein unberührtes Weinglas. Ich greife nach der Weinflasche, gieße mein Glas halbvoll und nehme einen Schluck. Erneut bin ich überrascht, einen solch wunderbaren Wein genießen zu können.

»Der Wirt hat uns übrigens in einer Garage einen Wagen für morgen gemietet«, spricht mich Boris unerwartet an.

»Es kommen offenbar doch öfter Touristen in dieses verschlafene Nest, als es den Anschein hat«, meint Sandra.

Woher weiß der Wirt, dass wir morgen unser eigentliches Ziel ansteuern wollen und dazu einen Wagen brauchen?

»Interessant. Woher wusstest du, dass wir für unseren weiteren Weg einen Wagen benötigen?«

»Oh, wusste ich nicht. Doch Ayk hat gemeint, wir sollten uns unbedingt die Umgebung ansehen. Es gäbe da einen besonderen Ort, den wir aufsuchen sollten. Wir würden es nicht bereuen.«

»Stimmt wo ist Ayk?«

»Er ist gegangen«, beantwortet Jennifer meine Frage.

»Und wie war es draußen in der Natur? Gab es etwas Besonderes«, Jennifer lehnt sich ein wenig an mich, »hast du die Frau getroffen, die dir, uns, den weiteren Weg aufzeigt?«

»Ich hatte schon geglaubt, ihr fragt mich überhaupt nicht«, bricht es lachend aus mir heraus.

Wir rücken zusammen, und ich berichte so detailliert, wie es mir möglich ist, über meine Begegnung. Ich lasse nichts aus. Nachdem Jennifer, Sandra und Boris meine Geschichte so gut wie möglich verarbeitet hatten, einigten wir uns darauf, morgen in aller Frühe sollte das Abenteuer beginnen.

Erstaunt, dass sich niemand darüber wunderte oder danach fragte, woher die Frau von meiner, das heißt von unserer Ankunft wusste, schwieg ich auch. Vielleicht stellten sie sich ja genau dieselben Fragen wie ich, kam mir in den Sinn, wollten aber nicht darüber sprechen. Für mich wurden die Ereignisse der letzten Stunde, je länger ich darüber nachdachte, auf jeden Fall immer mysteriöser.

Vielleicht hätte ich an dieser Stelle mein Schicksal beeinflussen können.

Da der Mensch jedoch gerne verdrängt, wenn er neugierig ist, eventuelle negative Antworten auf schwebende Fragen nicht hören möchte, gierig nach neuen Erfahrungen ist, ist er auch bereit die Augen vor einer ungewissen Zukunft zu verschließen.

Wie auch immer, wenn dies der Zeitpunkt gewesen wäre mein Leben in ruhigeren Gewässern zu halten und umzukehren, hatte ich ihn verpasst.

Aber ich will nicht klagen. Es sollte wohl nicht sein.

Abgerechnet wir immer erst am Schluss!

Wenig später gehen wir leicht berauscht hinauf in unsere Zimmer. Hoffentlich reicht der Schlaf aus, um morgen fit für den nächsten Schritt zu sein.

5
Betreten des Pfades

Mein Reisewecker versucht mich mit schrillen Tönen, aus dem Schlaf zu reißen. Es braucht zwar einige Zeit, bis mir bewusst wird, dass ich im Zimmer eines Gasthofes bin. Sonnenstrahlen dringen durch einen Vorhang in mein Zimmer. Chancenlos werde ich wach. Ich beginne meine Gedanken zu sortieren und mir wird klar, dass heute der Tag ist, der mich auf meinem spirituellen Weg weiterbringen wird.

Noch ein wenig unsicher stehe ich auf, gehe in die einfache Nasszelle und stelle mich unter die Dusche. Als ich mit dem kalten Wasser in Kontakt komme, werde ich schlagartig hellwach. Bevor ich mich großartig aufregen kann, sehe ich Jennifer im Türrahmen. Mein aufsteigender Ärger kommt zum Stillstand.

Nach einem gemeinsamen Frühstück, Sandra und Boris sind inzwischen zu uns gestoßen, das nicht nur meine Laune gewaltig hebt, begeben wir uns, bepackt mit unseren Reisekoffern, auf die gegenüberliegende Straßenseite. Nach ungefähr hundertfünfzig Metern stehen wir vor der Autowerkstatt. Der Garagenbesitzer erwartet uns bereits. Mit einigen erklärenden Worten, ich verstehe nichts, nicke aber zustimmend, übergibt er uns die Schlüssel für einen in die Jahre gekommenen Land Rover. Ayk hat wie versprochen alles für uns geregelt.

Wir laden unser Gepäck in den Kofferraum des Wagens und steigen ein. Wie selbstverständlich sitze ich hinter dem Steuer. Nach einigen mühsamen Startversuchen springt der Motor an, und wir fahren auf der staubigen Hauptstraße der aufgehenden Sonne entgegen.

Eine goldgelbe Sonne blinzelt über die Dächer hervor und begleitet uns, während ich im Schritttempo die staubige Hauptstraße hinunterfahre. Dringt angenehm kühle Luft durch die geöffneten Fenster in das Wageninnere.

Nachdem ich ungefähr hundert Meter, taucht ein struppiger Hund aus einer Seitengasse auf. Schwanzwedelnd springt er, einem seltsamen Rhythmus folgend, unserem Auto entgegen. Um mich an das Auto zu gewöhnen, fahre ich langsam. Allmählich nähere ich mich dem Dorfrand. Plötzlich fallen mir die mit Tüchern verdeckten Fenster auf, und es wird mir deutlich, wie weit wir von der uns gewohnten Welt entfernt sind.

Für den Streuner, der wie ein Mischling aussieht, sind wir wahrscheinlich eine erfreuliche Abwechslung. Inzwischen hat er das Auto erreicht. Bellend und mit kleinen Sprungeinlagen läuft er neben unserem Land Rover her.

In dem Moment, als ich die Dorfgrenze hinter mir lasse und das Gaspedal durchtreten will, gesellt sich, keine Ahnung weshalb und woher sie kommt, eine schwarze Katze zu dem Hund. Durch diesen tierischen Zuwachs wird die Situation vor meinem Wagen ein bisschen unübersichtlich. Da ich kein Tier verletzen möchte, stoppe ich mein Vorhaben und nehme meinen Fuß wieder vom Gas.

Beide Tiere begleiten uns einige Zeit. Als ich dann vorsichtig immer schneller werde, verschwinden zuerst die Katze und anschließend der langhaarige Mischlingshund irgendwo in den Büschen. Bevor ich endgültig auf meine Reisegeschwindigkeit beschleunige, werfe ich einen Blick in den Rückspiegel, um zu kontrollieren, wie es Sandra und Boris auf der Rückbank so ergeht. Boris wirkt entspannt. Sandras Kopf liegt auf seiner Schulter. Beide haben die Augen geschlossen und holen wohl etwas Schlaf nach. Jennifer neben mir tut es ihnen gleich. Nach der gestrigen Nacht ist das nicht erstaunlich.

Im Gegensatz zu meinen drei Mitfahrern fühle ich mich frisch und munter.

Vielleicht hat es mit gespannter Erwartung zu tun?

Das Gefühl, dass heute der Tag ist, der mich auf neue, erfahrungsreiche Pfade bringen wird, hat mich schon während des Frühstücks gepackt und lässt mich seitdem nicht mehr los.

Nach wenigen Kilometern bin ich mit dem Auto und der Straße im Gleichklang. Wie so oft in solchen Situationen gehen meine Gedanken auf Reisen. Die Reise beginnt bei dem fürstlichen Frühstück, das ich vor der Abfahrt genossen habe. Dieses trägt maßgeblich zu meiner guten Laune bei. Das reichhaltige Buffet, das auf dem Tisch stand, überraschte mich. Neben dem üppigen Frühstück, bereitete der Koch uns noch eine opulente Brotzeit. Zusätzlich kauften wir zwei Flaschen Landwein. Dieselbe Sorte, die wir am vergangenen Abend vielleicht ein wenig über Gebühr genossen haben. Wir hatten uns vorgenommen, unterwegs an einem Ort, einer kleinen Oase, von der Ayk, uns erzählt hatte, ein rustikales Picknick zu veranstalten. Besonders die Frauen freuten sich schon jetzt auf diesen Teil unserer Fahrt ins Ungewisse.

Obwohl ich wusste, dass wir dadurch Zeit verlieren würden, hatte ich keinen Einwand.

Wer konnte schon wissen, was uns am Ziel erwartet?

Deshalb wollte ich die Reise, die uns neue Erfahrungen bringen sollte, auf jeden Fall genießen.

Wir freuten uns auf eine abwechslungsreiche Landschaft, doch ich wurde enttäuscht. Die Umgebung, durch die ich fuhr, war trocken und staubig.

Die Landschaft, die ich gerade durchfahre, besitzt trotz ihrer Kargheit eine ursprüngliche Kraft. Nichts lenkte ab.

Von der Suche nach Antworten auf die Fragen des Lebens, nach dem Ursprünglichen. Fragen, die mich ständig begleiteten.

Wohin, warum, weshalb, wieso leben wir auf dieser Erde?

Wie funktioniert eigentlich das Leben?

Wie und wer stellt die Aufgaben, die unser Leben bestimmen?

Und woran kann ich die für mich wichtigen Lehren erkennen?

»Halt an Dominik«, dringt die Stimme von Sandra an mein Ohr, »ich glaube, dass wir dort Picknicken können.«

Überrascht lasse ich das Gaspedal los. Der Landrover wird langsamer.

>>>

Die Sonne steht tief, als wir übermüdet, aber glücklich am Ziel eintreffen. Beim Vorbeifahren an einem Wegweiser liest Boris laut: *„Zum goldenen Eng ...“*

Wieder ein deutscher Name!

Kann das Zufall sein?

Das verwitterte Schild, an dem der Zahn der Zeit heftig genagt hat, verrät nicht den vollständigen Namen unseres Ziels.

Gibt es auch dafür einen Grund?

Langsam fahre ich die staubige, etwas heruntergekommene Auffahrt zu dem Gebäude hinauf, das wie aus einer anderen Welt zu stammen scheint.

Nach dem Umfahren einiger Schlaglöcher erreichen wir eine Art Parkplatz. Mit sanftem Druck auf die Bremse bringe ich das Auto zum Stehen. Einer nach dem anderen steigen wir aus und schauen uns um. Ich atme die intensiv nach Gräsern duftende Luft tief ein.

Wie immer in einer fremden Gegend versuche ich, mir einen Überblick zu verschaffen. Etwa sechzig Meter vor uns steht das Landhaus, das uns beherbergen soll. Staunend betrachte ich das Anwesen. Einiges hatte ich ja erwartet, dies jedoch nicht. Überrascht schaue ich zu Jennifer, um zu sehen, wie sie auf das Gebäude reagiert, und bemerke, dass sie ebenso verblüfft zu dem urigen Haus hinüberstarrt. Ich blicke zurück auf das Gasthotel, und es kommt mir vor, als stamme es aus einer Traumwelt.

Wer nur hat sich ein solches Domizil hier in dieser Einöde gebaut?

Was wird uns drinnen erwarten?

Die Architektur des Hauses ist Lichtjahre von meiner Vorstellung eines normalen Hotels entfernt. Gerade Linien scheinen für den Erbauer ein Fremdwort zu sein. Eine rote Zipfelmütze thront auf einem Wehrturm, der, etwas verdeckt hinter dem Gebäude, alles majestätisch überragt. Ein seltsam geschwungenes, ebenfalls rotes Dach, dunkle Erker und kleine Fenster, die sehnsüchtig auf einen Anstrich warten, vervollständigen das märchenhafte Bild. Efeu rankt ziellos am Gemäuer nach oben. Der Anblick löst in mir die unterschiedlichsten Gefühle aus. Auf der linken Seite, im Hintergrund, entdecke ich ein kleines Wäldchen aus hochgewachsenen Tannen. Am Abendhimmel hängen ein paar Kumuluswolken, die von der untergehenden Sonne in verschiedene Rottöne getaucht werden. Die Reflexionen des Lichts ergeben in den bauchigen Wolken und dem Himmel ein mystisches Farbspiel.

Es beginnt mit einem leuchtenden Gelb, geht über in sanfte, verwaschene Orangentöne und endet in einem dunkler werdenden Blau.

Dieser außergewöhnliche Anblick lässt mich kurz vergessen, warum ich hier bin. Sonnenuntergänge faszinieren mich schon seit meiner Kindheit, zeigen sie doch die unendlichen Möglichkeiten der Natur. In solchen Momenten spüre ich eine besondere, nicht genau zu definierende Affinität zur Sonne. Trotz des friedlichen Anblicks und der Stille um mich herum überkommt mich eine dunkle Ahnung. Meine Magengegend verkrampft sich leicht.

Warum?

Etwas in mir fragt, welchen Gefahren und welche Aufgaben meine Begleiter und ich entgegengehen, und lösen müssen.

Werden wir sie lösen und überstehen?

Wird es spirituelles Wachstum geben?

Wie auch immer, weder weiß noch ahne ich, wie meine Zukunft aussehen wird.

Das Märchenhaus entpuppt sich, beim genaueren Hinsehen und dem Weglassen meiner Fantasie, als das, was es tatsächlich ist: ein altes Gemäuer, seit Langem dem Verfall preisgegeben. Eine Renovierung ist längst überfällig. Ganz leicht steigt in mir ein archaischer Groll auf. Etwas in mir ahnt, dass meine Idee, hierherzureisen, ins Unkontrollierbare führen wird.

Auch meine Frau scheint in diese Richtung zu denken, denn sie sagt mit leicht spöttischem Unterton:

»Na, da hast du uns ja an einen tollen Ort geführt.«

Sie hat jedes Recht, mich darauf hinzuweisen, schließlich ist sie eigentlich nur aus Liebe zu mir mitgereist.

Ahnt sie etwas von dem Kommenden?

Wahrscheinlich nicht.

Denn, wenn sie gewusst hätte, was auf sie und uns zukommt, sie wäre sofort umgekehrt.

Keiner von uns fragt in diesem Moment nach Ahnungen und Befürchtungen. Und so stolpern wir unvorbereitet – wie könnte es auch anders sein – in die Falle, die unser Schicksal von langer Hand vorbereitet hat.

Ich weiß, auch wenn ich das Gefühl habe, dass ich nicht für alles verantwortlich bin und sein kann. Deshalb soll an dieser Stelle nicht unerwähnt bleiben, dass auch meine Begleiterinnen und mein Begleiter den stillen Wunsch in sich tragen, ihr Wissen über die wahre Natur der Welt zu erweitern.

Allerdings bemerkt meine Frau eines Tages, als wir auf der Terrasse saßen:

Im Grunde ihres Herzens ist sie mit der geordneten Situation zu Hause glücklich und würde diesen Zustand nicht gern unnötig in Gefahr bringen oder aufs Spiel setzen. Doch aus Liebe zu mir hat sie diese Reise trotzdem angetreten.

Ich will meinen eigenen Anteil an der Reise nicht schönreden, doch niemand von uns kann die Zukunft kennen. Wir können höchstens Wahrscheinlichkeiten berechnen.

Und so konnte niemand das Folgende verhindern.

Leben bedeutet Entwicklung.

Deshalb möchte ich an dieser Stelle, ohne etwas beschönigen zu wollen, sagen, dass Jennifer sich zu Beginn unserer Reise darüber im Klaren war, dass wir unseren Erfahrungsschatz nur erweitern können, wenn wir bereit sind, unser sicheres Nest zu verlassen und ein Risiko einzugehen.

>>>

»Es ist wohl angesagt, dass wir auf unserem esoterischen Trip auf Komfort verzichten müssen«, sage ich leise, um die spürbar aufkeimende Unruhe zu besänftigen, »ich hoffe, dass jetzt keiner sagt, ich wusste es ja gleich und habe nichts anderes erwartet. Wir sind am Ziel unserer Reise, und wir sollten uns jetzt auf das Unbekannte einlassen, nur so können wir lernen!«

Schweigen.

»Na ja, so schlimm wie vor drei Jahren in Ragnarök wird es schon nicht werden«, sagt Sandra mit leicht gereiztem Unterton.

»Finde ich auch. Vergessen wir, wie es auf unserer letzten Bildungsreise war, als wir unserer Seele Nahrung geben wollten, und lassen uns auf die heutigen Umstände ein«, versucht Boris in der angespannten Atmosphäre zu vermitteln, »immerhin scheint es ja wenigstens ein Minimum an Komfort zu geben. Vergessen wir nicht, dass das Leben ein ständiger Strom ist.«

Auf seine lockere Art bringt Boris es auf den Punkt. Jedenfalls war die Reise bis hierher ein interessantes Erlebnis.

Warum sollte es nicht so weitergehen?

In diesem Moment dachte ich an das kosmische Gesetz der Resonanz.

Drei Gründe führten mich hierher: mein Schicksal, ein alter weiser Mann und eine ungewöhnliche Frau. Dies kann ich weder ignorieren noch als unwichtig abtun. Zweifellos muss ich meinen bisherigen Weg weitergehen.

Da bald die Dunkelheit hereinbricht und wir ein kräftiges Abendbrot benötigen, um unsere knurrenden Mägen zu beruhigen, schlage ich vor:

»Lasst uns hier nicht länger herumstehen. Gehen wir in das Gasthaus.«

Bestimmt haben alle Hunger.

Zuletzt haben wir vor einigen Stunden gegessen, als die Sonne an ihrem Zenit stand. Beim Gedanken an den Mittag tauchen Bilder in mir auf.

Die Sonne brennt erbarmungslos auf uns herab. Unser Fahrzeug steht kurz vor dem Infarkt. Verzweifelt halten wir Ausschau nach der von Ayk beschriebenen Oase. Sandra entdeckt sie als Erste etwas abseits der Landstraße. Sofort biegt Boris ab und steuert die Insel im Wüstenmeer an. Dort angekommen entdecken wir mitten in der Oase einen kleinen See. Für einen Augenblick glauben wir an das Paradies. Ein wundervoller Platz für ein Picknick.

Wir nutzen die Rast, um Seele, Geist und Körper eine Auszeit zu gönnen. Zuerst stillen wir unseren Hunger, das tut unserem Körper gut. Danach atmen wir die fremde Landschaft ein, eine Wohltat für unsere Seele. Schließlich fühlen, berühren und bestaunen wir diesen kleinen Flecken Erde, was unserem Geist guttut.

Nachdem alles einigermaßen im Gleichklang ist, schlagen die Frauen vor, nackt, wie Gott uns geschaffen hat, im See zu baden. Natürlich lassen wir Jungs uns nicht lange bitten. Schnell sind wir nackt, springen in den See und fühlen uns sofort erfrischt.

Das Wasser musste aus den Tiefen der Erde stammen, denn es war angenehm kühl. Nachdem wir abgekühlt waren stiegen wir aus dem See und ließen uns in der Sonne trocknen. Entspannt und ausgelassen genossen wir die Reste unseres mitgebrachten Essen. Beim Auftauchen dieser friedvollen Bilder erfüllte ein warmes Gefühl mein Herz. Das Leben ist Yin und Yang, es sucht nach Ausgewogenheit, nach dem Gleichgewicht.

Die Bilder verschwanden und ich wurde wieder mit der Realität konfrontiert.

Vor mir steht das seltsame, ein bisschen unheimliche Haus. Eine Ahnung, die ein Gefühl der Hilflosigkeit auslöst entsteht.

Soll das eine Vorwarnung sein?

Ahnt etwas in mir mein weiteres Schicksal?

Mein erster Gedanke ist, lass dich nicht ablenken.

Der nächste Gedanke ist, du wusstest doch, dieser Weg wird kein leichter sein.

Mein dritter Gedanke, wenn du schon jetzt nicht mit negativen Gefühlen klarkommst, was soll dann erst passieren, wenn die wirklichen Prüfungen beginnen?

Natürlich weiß ich, Praxis und Theorie sind fast nie deckungsgleich. Doch ich weiß auch, der Mensch verdrängt nur allzu gerne.

Ist das der Grund für meine negativen Gefühle?

Unbewusst habe ich wohl einen Ort der Erleuchtung, der Einkehr und des Friedens erwartet. Einen unkomplizierten und harmonischen Weg.

Ist es wirklich zu viel verlangt, dass ich mir so etwas wie ein Kloster vorgestellt habe, angefüllt mit alten mystischen Büchern und weisen Mönchen, die mich meinen Weg lehren?

Heftig schüttle ich meinen Kopf, um diese unfruchtbaren Gedanken loszuwerden. Hier herumzustehen und zu lamentieren hilft niemandem. Jetzt sollte ich mich auf das Naheliegende konzentrieren. Zum Beispiel auf meinen Magen. Der hat Hunger.

»In dieser Herberge erwartet uns bestimmt eine sättigende Mahlzeit«, versuche ich meinen Bauch zu beruhigen.

»Ja freuen wir uns darauf, was uns erwartet«, reagiert Jennifer.

»Richtig! Wollen wir noch lange hier herumstehen? Lasst uns endlich ins Haus hinübergehen.«

Die Stimme von Sandra verdrängt meine sinnlosen Gedanken.

»Sandra, du hast Recht. Vergessen wir die Äußerlichkeiten und konzentrieren uns auf die inneren Werte. Schauen wir erst einmal, was uns im Inneren des Hauses erwartet«, sage ich und füge nach kurzem Nachdenken ironisch hinzu, »vielleicht erwartet uns eine Überraschung hinter der Fassade des Märchenhauses. Haben wir nicht schon oft erfahren, dass der erste Augenschein trügt? Drinnen ist nicht immer das, was draußen draufsteht.«

Meine letzte Bemerkung löst undefinierbare Blicke bei Jennifer und Sandra aus.

»Okay, das reicht jetzt an Spekulationen. Begeben wir uns auf den Weg«, meint Sandra, dreht sich abrupt um und geht auf das Haus zu.

»Sandra, folgen wir Jennifer«, ruft Boris, während er nach seinen Koffern greift und sich in Bewegung setzt.

Danach fordert er uns auf.

»Stellen wir uns das Kommende ein.«

Erneut ermahnt mich eine leise Stimme zur Vorsicht. Doch für diffuse Meldungen aus meinem Unterbewusstsein habe ich jetzt keine Zeit. Meine äußeren Sinne nehmen im Moment wichtigere Ereignisse wahr.

Während wir dem Haus näherkommen, geschieht etwas Unwirkliches. Mit jedem Schritt über den knirschenden Kies, mit jeder Bewegung, die die Distanz zum Haus verkürzt, wird das Landhaus von immer dichteren Nebelschwaden umhüllt.

Mir drängt sich der Gedanke auf, dass sich das Haus uns entziehen will und einen schützenden Mantel über sich legt. Irritiert nehme ich zur Kenntnis, dass die Nebelwand immer undurchsichtiger wird.

Wo kommt der Nebel nur her? frage ich mich.

Wenige Meter vor der aus dem Nichts aufgetauchten Nebelwand stoppe ich. Das Landhaus ist inzwischen nicht mehr zu sehen, und so schaue ich mich nach meinen Begleitern um. Auch sie sind stehengeblieben und starren fassungslos auf das Schauspiel.

»Was geschieht hier?« Sandras Stimme ist nur ein Flüstern.

»Ich weiß nicht, aber es ist ziemlich beängstigend«, murmelt Jennifer, kaum verständlich.

Eine unheimliche Schwingung hüllt uns ein. Da ich bereits Erfahrung mit solchen Phänomenen habe, lasse ich meine Gefühle frei. Parallel dazu versuche ich, durch den dichten Nebel irgendetwas zu erkennen.

Vergebens.

Das alte Landhaus scheint verschwunden.

Nachdem ich bestimmt mehrere Minuten intensiv in den Nebel starre, habe ich schließlich den Eindruck, als befände sich das Haus nur circa zehn Meter von mir entfernt. Während ich versuche, das Gebäude mit meinen Sinnen festzuhalten, kommt es mir so vor, als würde es sich gegen meine Bemühungen wehren.

Unbekannte Kräfte scheinen alles daran zu setzen, es vor meinen Augen zu verbergen.

Warum?

Ich weiß doch, dass es existiert, und dass es mein vorbestimmtes Ziel ist!

Um meine schwankende Mitte wiederzufinden, rezitiere ich das Wort „Unmöglich" wie ein Mantra still vor mich hin. Plötzlich schießt mir ein ungewöhnlicher Gedanke durch den Kopf.

Ist der Nebel möglicherweise nicht real?

Ist er ein künstliches, unwirkliches Gebilde?

Soll er uns ausgrenzen?

Wenn ja, von was?

Während ich über diesen Gedanken nachdenke, um meine Möglichkeiten und mein weiteres Vorgehen herauszufinden, dringt ein schleifendes, klirrendes Geräusch an mein Ohr. Neugierig lausche ich in die grauweißen Nebelschwaden hinein. Das Klirren wird intensiver.

Eine menschliche Gestalt schält sich langsam aus der fast undurchdringlichen Nebelsuppe heraus. An der Stelle, an der sie steht, scheint sich der Nebel aufzulösen. Schließlich bleibt sie stehen. Auffordernd blickt sie auf unsere kleine Gruppe.

Die Nebelwand beginnt sich aufzulösen, und ich kann nun eindeutig eine weibliche Person erkennen. Sie wirkt auf mich etwas füllig, ist ungefähr einmetersechzig Meter groß und trägt so etwas wie ein Kittelkleid. Ihre genauen Formen und ihr Alter kann ich nur schwer einschätzen.

Eine Zeit lang taxiert sie mich mit ihren dunklen Augen, und ich glaube zu spüren, wie sie in meinen Kopf eindringt.

Bevor ich mich dagegen wehren kann, bewegt sie sich unheilvoll und schwerfällig weiter auf uns zu, umgeben von einer ungewöhnlichen Aura. Mit jedem Schritt, den sie mir näherkommt, geschieht etwas Merkwürdiges.

Eigentlich müsste mir diese Frau völlig fremd sein, doch dem ist nicht so. Je näher sie mir kommt, desto sicherer bin ich mir, dass ich sie kenne. Obwohl ich mir sicher bin, dass ich in meiner Welt noch nie einer solchen Person begegnet bin. Schließlich steht sie nur wenige Meter vor mir. Eine unterschwellige Vertrautheit breitet sich in meinem Körper aus. Doch das Gefühl ist flüchtig. Bevor ich es analysieren kann, verschwindet es wieder in den Untiefen meines Bewusstseins. Da sie nun ruhig vor mir steht, nehme ich sie genauer in Augenschein.

Ein Mann mit meiner Einstellung würde vielleicht sagen, dass sie ein paar Pfunde zu viel mit sich herumträgt, allerdings scheint sie sich damit arrangiert zu haben. Weniger Höfliche würden sie einfach als „fett" bezeichnen.

Überall an ihr sind die Spuren von Haltlosigkeit zu sehen. Ihre Fülle wird durch das glanzlose, enge Kleid, das sie trägt, noch betont. Dass ein Mensch so gegen sich selbst leben kann, ist mir unerklärlich. Fast bin ich versucht, die Ringe aus Fleisch zu zählen, die sich durch das dünne Kleid abzeichnen.

Ihr graues Haar hängt fettig und strähnig um ihr Mondgesicht. Plötzlich erscheint ein schiefes Grinsen auf ihrem Gesicht, und sie setzt sich wieder in Bewegung. Ihr linkes Bein, von der Natur offensichtlich etwas vernachlässigt und zu kurz geraten, zieht sie schleppend nach. In ihrer wulstigen Hand, an einem zu kurzen Arm, hält sie ein Schlüsselbund. Bei jedem ihrer Schritte, die ihr sichtlich Mühe bereiten und unharmonisch wirken, graben sich kleine Furchen in den Kies.

Je näher sie uns kommt, desto deutlicher wird, dass alles an ihr den Gesetzen von Schönheit und Harmonie spotten. Die metallisch klirrenden Schlüssel, die in einem seltsamen Rhythmus gegen ihren Oberschenkel schlagen, erzeugen eine unwirkliche Melodie. Der gut sichtbare Graben im Kies, den ihr nachhängender Fuß hinterlässt, kommt mir wie ein Wegweiser vor. Falls der Nebel zurückkehren sollte habe ich dadurch einen Wegweiser.

Kaum habe ich an die Wiederkehr des Nebels gedacht, da taucht eine ungebetene Szene in meinem Kopf auf.

Schlagartig verstärkt sich meine Unruhe. Ich sehe mich allein und verlassen auf dem Parkplatz stehen. Meine drei Begleiter sind spurlos verschwunden. Als ich mich suchend umschaue, bemerke ich, wie sich die Spur im Kies auflöst. Dicker Nebel hüllt mich plötzlich ein und verschlingt meine Umgebung. Wie eine an unsichtbaren Fäden geführte Marionette setze ich mich in Bewegung. Orientierungslos irre ich umher. Irgendwann beschleicht mich das Gefühl, dass ich im Kreis gehe.

Meine Kehle wird trocken, Müdigkeit überkommt mich, und meine Fantasie zieht mich immer tiefer in diesen albtraumhaften Horror. Doch schließlich spüre ich eine Energie in mir aufsteigen, die meinen Willen Kraft gibt. Schlagartig verändert sich meine Umgebung. Ich sehe meine Freunde, wie sie mich anstarrten, als wäre ich ein Geist.

Bevor ich darüber nachdenken kann, werde ich von meinem Willen überwältigt, und es platzt aus mir heraus:

»Kommt, Freunde! Lasst uns umkehren! Wir sollten zurückfahren, solange es noch geht. Mein Gefühl sagt mir, dass diese Reise ein Fehler ist.«

Auf den Gesichtern der beiden Frauen und meines Freundes erkenne ich Bestürzung, Enttäuschung und Frust. Deutlich kann ich ablesen, dass sie nicht zurückwollen.

»Dominik, wir sind seit heute Morgen unterwegs. Ich habe Hunger und bin müde«, kommt es vorwurfsvoll, hinter vorgehaltener Hand geflüstert, von Sandra.

Aus einem Grund, der meinem wahrscheinlich ähnelt, will sie wohl nicht, dass die Fremde es hört.

»Ich stimme dir zu«, ergänzt sie nun lauter, »diese Frau ist merkwürdig und nicht besonders vertrauenserweckend. Doch wir sollten uns davon nicht verunsichern lassen und unser eigentliches Ziel nicht vergessen.«

»Komm, Dominik«, auch Jennifer flüstert, »lass uns eine Nacht hierbleiben.«

Morgen ist auch noch ein Tag an dem wir darüber nachdenken können wie es weitergehen soll. Nach einem guten

Frühstück können wir immer noch darüber nachdenken wie es weitergeht. Ob wir tatsächlich ohne Antworten, nach all den Mühen, zurückreisen wollen.«

Ich spüre deutlich, wie sie sich allmählich in Rage redet, und bevor ich sie unterbrechen kann, spricht sie schon weiter.

„Dominik, ich habe keine Ahnung, was dich dazu bewogen hat, dass wir abreisen sollen. Aber lass uns wenigstens eine Nacht ausschlafen. Es kann bestimmt nicht schaden, wenn wir uns erfrischen und etwas essen. Wir alle haben Hunger und sind müde. Ein wenig Ruhe unter einem schützenden Dach klingt doch nach einer guten Idee.«

Ich seufze innerlich und versuche, mein ungutes Gefühl zu ignorieren.

»Was meinst du, Boris«, frage ich meinen Freund.

»Ich bin dergleichen Meinung wie die Frauen. Wir sollten bleiben und morgen entscheiden, wie es weitergeht.«

Boris wirkt erschöpft. Offensichtlich ist auch er müde. Vielleicht beschäftigen ihn ähnliche Gedanken oder Ahnungen wie mich. Wahrscheinlich will er erst einmal in einer anderen Umgebung über unsere Situation nachdenken. Die sengende Hitze des Tages hat viel zu unserer Erschöpfung beigetragen, und ein kühles Getränk würde uns allen guttun. Während unseres Disputs hat sich die seltsame Empfangsdame, oder was wahrscheinlicher ist, die Haushälterin, auf wenige Schritte genähert. Ein unangenehmer Geruch steigt mir in die Nase.

»Guten Abend und herzlich willkommen.«

Ihre Stimme klingt wie aus einer anderen Welt. Sie ist leicht rauchig, von Sinnlichkeit durchzogen und mit einer unterschwelligen Erotik aufgeladen.

Welch ein Gegensatz von Innen und Außen. Diese Stimme kann unmöglich zu diesem Körper gehören.

Ihr massiger Leib, ihre fahle, trockene Haut, aus der Nähe ist das deutlich zu erkennen, die aufgequollenen Tränensäcke, die glanzlosen Augen … nichts an ihr erinnert an eine begehrenswerte Frau. Vor mir steht eine Frau, die eindeutig in die Jahre gekommen, müde und verbraucht ist. Eine Frau, die sich seit Jahren hat gehen lassen.

»Bitte folgen Sie mir.«

Ihre Stimme ist fest, bestimmend, sie weiß offenbar um die Macht und Wirkung ihrer Stimme.

Sie dreht sich um und geht los, ohne sich zu vergewissern, ob wir folgen. Nach kurzem Zögern setzen wir uns in Bewegung und beschleunigen unsere Schritte, um sie einzuholen. Als sie die Eingangstür des Landhauses erreicht, geschieht etwas Eigenartiges. Die letzten Nebelschwaden verschwinden von einem Moment auf den anderen, als hätte der Nebel nie existiert. Gleichzeitig fällt eine Last von mir ab.

Alles Magische ist aus der Umgebung gewichen. Beinahe wäre ich mit der Frau zusammengestoßen.

Sie starrt uns einen Moment lang an. Öffnet ohne weitere Worte das schwer aussehende Tor. So als wäre es das Einfachste der Welt. Mit einer flüchtigen Handbewegung fordert sie uns auf, endlich einzutreten.

Nach kurzem Zögern betreten Boris und die beiden Frauen das Haus. Ich will ihnen folgen, da fällt mit etwas ein.

»Jennifer ich habe im Auto etwas vergessen«, rief ich meiner Frau hinterher, »geht schon mal vor, ich hole es und komme nach!«

Ohne eine Reaktion abzuwarten, gehe ich mit weiten Schritten zum Geländewagen zurück, öffne die Heckklappe, klappe das linke Seitenfach auf und greife nach unseren Reisedokumenten. Aus Vorsicht haben wir sie hier verstaut.

Während ich das Auto abschließe, klingt die dunkle, erotische Stimme dieser seltsamen Frau wie ein Echo in meiner Seele nach, und erneut wankt ein Teil meines Selbstvertrauens. Irgendetwas Merkwürdiges geht hier ganz sicher vor. Was ich fühle, ist eine Mischung aus Gefahr und drohendem Unheil.

War dies der erste Schritt auf einem Weg, den ich nicht mehr verlassen kann?

»Okay«, spreche ich mich hin, »der nächste Tag wird Licht ins Dunkel bringen.«

Tief atme ich ein paar Mal die klare, frische Abendluft ein. Dann entscheide ich mich, mein Schicksal anzunehmen. Mit einem letzten Atemzug trete ich entschlossen auf das Haus zu, und werde erneut mit etwas Unerklärlichem konfrontiert.

Nach jedem Schritt werden meine Beine schwerer. Es fühlt sich an, als wolle mich etwas zurückhalten. Das Gefühl wird immer intensiver, lähmt mich fast.

Erst als ein heller Aufschrei die Stille zerreißt, verfliegt die Schwere aus meinen Beinen.

Ich hatte es geahnt. Das Unheil ist da.

Ohne nachzudenken renne ich auf das Haus zu. Außer Atem komme ich am Eingang an und stoße heftig gegen das Tor, bereit, es notfalls mit Gewalt zu öffnen. Doch überrascht stelle ich fest, dass meine Kräfte kaum ausreichen, um die schweren Flügel zu bewegen.

Der Gedanke, dass Jennifer in Gefahr sein könnte, gibt mir den letzten Antrieb. Mit ein zwei weiteren kraftvollen Stößen schwingt das Tor schließlich auf.

Ohne nachzudenken trete ich über die Schwelle und bleibe abrupt stehen. Innerhalb kürzester Zeit habe ich zum zweiten Mal den Gedanken.

Verlasse dich nicht auf den äußeren Schein.

Ich stehe in einer riesigen Halle – einer Empfangshalle, die jedem großen Hotel der Welt standhalten könnte. Nachdem ich den ersten Schock überwunden habe, versuche ich die Eingangshalle in mein Weltbild einzuordnen. Sie ist nicht nur riesig, sondern auch gewaltig.

Unmöglich, denke ich.

Vier Säulen aus rosa Marmor ragen mindestens zwanzig Meter in die Höhe und tragen eine Kuppel, aus der ein gigantischer Kronleuchter hängt. Tausendfach bricht sich das Licht in der scheinbar goldenen Kuppel und taucht den Raum in ein mystisches Schimmern. Am Lüster hängen unzählige, kunstvoll geschliffene Kristalle, die das Licht in all seine Farben zerlegen. Die Wände sind mit Ornamenten in Weiß, Schwarz und Rot verziert. Der Prunk dieses Anblicks überwältigt mich.

Der spiegelglatte Boden aus schwarzem Marmor ist stellenweise mit Teppichen bedeckt. Mit Muster und Farben, die dem Orient zur Ehre gereicht hätten. Es fühlt sich an, als stünde ich in der Vorhalle eines orientalischen oder indischen Palastes. Diese Pracht übertrifft alle meine Vorstellungen von Luxus.

Als ich mich von diesem Anblick endlich losreißen kann, entdecke ich Jennifer und Sandra. Sie stehen staunend in der Mitte der Halle, sichtlich fasziniert vom Glanz um sie herum. Als ich mich gesammelt habe, rufe ich zu ihnen hinüber:

»Was ist los? Weshalb habt ihr geschrien?«

Jennifer dreht sich zu mir um, ihre Stimme klingt entrückt.

»Wir haben doch nicht geschrien. Wenn dann höchstens vor Begeisterung.«

Ihre Worte klingen, als kämen sie aus einer anderen Welt.

»Wir waren nur überrascht, hier einen solchen Luxus vorzufinden«, ergänzt Sandra.

81

Jennifer sieht mich mit glänzenden, fast kindlichen Augen an und lächelt. Ihr Gesicht strahlt Zufriedenheit aus und ein lautloses „Es geht mir gut."

Beruhigt drehe ich mich um und trete wieder ins Freie. Auf diese Weise hoffe ich hinter diese Täuschung zu kommen. Langsam entferne ich mich einige Schritte vom Eingang, bleibe stehen, drehe mich um und mustere das Haus diesmal noch genauer. Das Landhaus steht immer noch vor mir. Halb zerfallen, feuchte Wände notdürftig übermalt.

Ein Jammer.

Einige Kletterpflanzen ranken ungebändigt an der bröckelnden Fassade empor. Wäre dieser Ort nicht unser Ziel gewesen, wären wir ohne einen zweiten Blick daran vorbeigefahren.

Während ich über meinen Eindruck nachdenke wird mir etwas klar, dieses Haus gehört nicht in unsere Welt.

Es wirkt geduckt, als trüge es eine unsichtbare Last.

Ich spüre eine feine Schwingung in mir. Lausche in mich hinein. Etwas stimmt nicht. Eine Gänsehaut überzieht meinen Rücken. Bevor ich eine Analyse durchführen kann erscheint Jennifer in der Tür und winkt mich zu sich.

Ihre Geste ist eindeutig – ich soll zurück ins Haus. Zögernd setze ich mich in Bewegung. Auf dem Weg spüre ich, dass sich irgendetwas in mir sträubt.

Will mich mein Unterbewusstsein vor der Zukunft warnen?

Den Kopf schüttelnd gehe ich Jennifer entgegen, trete über die Schwelle und finde mich erneut in einer anderen Welt wieder. Erneut fühle ein schwaches Kribbeln auf meiner Haut. Ein Teil von mir weiß plötzlich, dass ich beim Überschreiten der Schwelle eine unsichtbare Grenze überschritten habe.

Mir wird klar, dass an diesem Ort zwei Welten auf eine mir unbekannte Weise aufeinandertreffen.

Tief in mir setzt sich eine unsichtbare Maschinerie in Gang. Jemand hat eine Fabrik aktiviert. Diese beginnt Stresshormone zu produzieren und meinen Körper damit zu fluten. Für einen Moment bin ich orientierungslos.

Soll ich auf etwas vorbereitet werden?

Plötzlich scheint mein Verstand zu schweben. Meine Gedanken treiben davon.

Ich muss eine Entscheidung fällen.

Aber welche?

Warum muss immer alles so kompliziert sein?

Wahrscheinlich weiß mein Unterbewusstsein auch nicht mehr als mein Verstand. Also beschließe ich, mich nicht länger mit diesen Fragen aufzuhalten, sondern zu handeln. Noch einmal will ich versuchen, meine Freunde zur Umkehr zu bewegen.

Ich gehe zu meinen Freunden, die an der Rezeption stehen und ungeduldig auf mich warten.

»Was sagt ihr zu all dem hier«, frage ich mit einer ausschweifenden Geste.

»Sollten wir nicht doch umkehren? Hier kommt mir alles wie eine Honigfalle vor. Ich spüre, dass wir gelockt werden. Mit Schein und Täuschung. Lasst uns umkehren, solange wir noch die Gelegenheit dazu haben. Findet ihr diesen unglaublichen Prunk nicht merkwürdig? Was wird damit bezweckt?«

Mit Nachdruck in der Stimme spreche ich meine Bedenken aus. Doch meine Worte erreichen sie nicht mehr, meine Bedenken kommen zu spät.

Für meine Frau und meine Freunde ist der Eindruck dieses Ortes zu überwältigend, die Faszination zu groß. Sie kleben am Leim.

Jennifer ist die Erste, die mir antwortet.

»Warum? Ich finde es hier faszinierend«, ihre Stimme klingt vorwurfsvoll, »wenn ich an unsere erste Reise auf den Spuren unserer Suche denke, dann werde ich es hier bestimmt aushalten können.«

Sie atmet tief ein und aus – als müsste sie sich sammeln.

»Ich will sagen, nach meinem ersten Eindruck…«, sie hebt die Stimme leicht, »wir sind hier genau richtig. Schon der erste Schritt in dieses Gasthaus hat mir gezeigt, hier werden wir erfahren, was wir brauchen, um in unserer Entwicklung weiterzukommen.«

Als ich ihr widersprechen will, sie fährt unbeirrt fort.

»Ja, es ist fremdartig das stimmt, doch ich spüre nichts Bösartiges. Gehört es nicht zum Weg dazu, dem Unbekannten zu begegnen? Vielleicht geht es genau darum; zu lernen, warum eine Realität so ist, wie sie ist. Nur wenn wir uns auf Neues einlassen, können wir wachsen.«

»Du hast ja recht, Jennifer…« versuche ich sie zu unterbrechen.

Vergeblich!

»Nur wer das Unbekannte entdeckt, kann die Welt neu sehen.«

Sie lacht leise.

»Und sag, was du willst – aber wenn dies kein Haus voller erstaunlicher Dinge ist, welches dann?«

Sie hebt den Blick zur Kuppel, ihre Augen verweilen auf dem Kronleuchter. Ich folge ihrem Blick und frage mich staunend über die schiere Größe dieses Leuchters.

»Wie ist er dort hochgekommen«, frage ich mich.

»Mir gefällt es hier auf jeden Fall besser als in Sibirien. Schlimmer als dort kann es hier nicht sein«, fuhr Jennifer fort, »übrigens stelle ich mir eine Reise zur Bewusstseinserweiterung genauso vor.«

»Beim Überschreiten der Türschwelle«, mischt sich Sandra ein, »spürte ich deutlich, dass ich eine Grenze überwunden habe. Zweifellos werden wir hier noch mehr Ungewöhnliches erleben.«

In diesem Moment wusste ich, es ist hoffnungslos. Diese Welt hatte sie mit all ihrem Gold geblendet. Weitere Versuche das kommende zu verhindern konnte ich vergessen. Gegen weibliche Argumente habe ich keine Chance. Ich stehe mit meinen Vorahnungen auf einsamen Posten.

»Jetzt mach keinen Stress Dominik. Wir bleiben«, meldet sich nun auch Boris zu Wort, der an der Rezeption stand.

»Nun, wenn ihr nicht auf mich hört wollt, ist das in Ordnung für mich. Ich wollte euch nur an meinen Gefühlen teilhaben lassen.«

Mit gemischten Gefühlen gehe ich zu Boris hinüber, während ich mich frage, in welch seltsame Welt wir geraten sind.

Kann ich hier wirklich den Sinn des Seins finden?

Ich erreiche Boris, der mit einem außerordentlich großen Mann spricht. Sein Anblick lässt erneut dunkle Schatten in meinem Kopf entstehen. Er ist ungewöhnlich gekleidet. In welchem Fundus er diese Livree aus dem letzten Jahrhundert wohl gefunden hat, schießt mir ein Gedanke durch den Kopf.

Halb langes, dunkles, seidenglänzendes Haar rahmt ein weißes Gesicht ein. Seine Haut wirkt glatt wie die eines Babys, als hätte er noch nie gelebt. Seine Hände sehen gepflegt aus. Die, meiner Auffassung nach, überlangen Finger enden in ungewöhnlich schwarzen, spitz gefeilten Fingernägeln. Seine dunkelbraunen Augen schauen mich intensiv an. Sein Blick wirkt irgendwie hypnotisch auf mich. Als ich mich für einen unkontrollierten Augenblick in seinen Seelenfenstern verliere, glaube ich, etwas Listiges,

Verstohlenes in ihnen zu sehen. Erschrocken weiche ich zurück und betrachte erneut sein Gesicht.

Es ist schmal und unnatürlich blass. Die Sonne hat es bestimmt noch nie gesehen. Der Eindruck, den es bei mir hinterlässt, wirkt larvenhaft und starr. Seine vollen, mit roter Farbe angemalten Lippen wirken durch den starken Kontrast besonders aufdringlich, irgendwie obszön. Plötzlich erscheint er mir verrucht und auf subtile Weise feminin. Eigentlich passt er in diesen surrealen, feudalen Raum zu perfekt, um real zu sein.

Etwas an ihm erinnert mich an die Frau, die uns hierhergeführt hat. Suchend schaue ich mich nach ihr um, kann sie allerdings nirgends entdecken. Unbemerkt von uns, von mir, ist sie irgendwann im Nirgendwo verschwunden. Ist auch sie, wie so vieles, was wir in den letzten Minuten erleben, eine Täuschung?

Ohne ein wirkliches Ergebnis zu erzielen, breche ich die Beobachtung des Mannes und mein Grübeln über diesen Ort erst einmal ab.

»Guten Abend, die Herrschaften«, sagt der Mann hinter der Rezeption, während er uns der Reihe nach von oben herab anschaut.

Nach einer kurzen Pause fragt er mit tiefer, sanfter Stimme: »Bleiben sie länger in unserem Haus?«

Ohne auf eine Antwort zu warten, seine Frage ist scheinbar nur rhetorischer Natur, fährt er mit seiner angenehmen Bassstimme fort:

»Tragen Sie bitte hier«, er deutet auf das vor uns liegende offene Buch, »ihre Namen ein.«

Seine Stimme hat sich um eine Nuance geändert und klingt plötzlich metallisch. Ein Schauer läuft über meinen Rücken. Offen sichtlich duldet er keinen Widerspruch. Mit seiner gepflegten Hand schiebt er Boris das Buch hin.

86

Dann ergreift er einen spitz zu gefeilten Federkiel, taucht ihn in schwarze Tinte, dunkles Blut schießt mir durch den Sinn und hält ihn Boris entgegen. Er deutet auf die Zeile, in die er seinen Namen eintragen soll.

Allmählich drängt sich mir der Verdacht auf, dass mit uns ein makabres Spiel getrieben wird. Jemand gibt sich sehr viel Mühe, um eine bestimmte Illusion zu erzeugen.

»Wir sind vier Personen«, sagt Boris und nimmt den Federkiel in die Hand, »wir benötigen jeweils ein Doppelzimmer mit Bad.«

Ohne eine Antwort abzuwarten, setzt er den Federkiel auf das Blatt. Ein kratzendes Geräusch entsteht. Er unterbricht kurz, taucht die Feder in das Tintenfass und überzeugt sich mit einer gewissen Aufmerksamkeit, ob diesmal die aufgenommene Tinte ausreicht. Mit besonderer Akkuratesse schreibt er seinen Namen auf das pergamentartige Papier. Während er schreibt, dringt erneut dieses Gänsehaut erzeugende Geräusch an meine Ohren.

Als Boris seinen Namen endlich eingetragen hat, reicht er die Feder an Sandra weiter.

»Ist es möglich, dass wir in einer Stunde etwas zu essen bekommen?«, fragt Sandra, während sie die Feder erneut ins Tintenfach taucht, und sorgfältig ihren Namen ins Buch einträgt.

In ihrer Stimme liegt ein leidender Unterton.

Offensichtlich verhungert sie gleich.

Der unheimlich steif dastehende Mann hinter dem Tresen, auf eine seltsame Art wirkt er beklemmend auf mich, sieht sie mit seinen unergründlichen Augen eine Weile an. Nach einer schmerzlich langen Pause antwortet er schließlich:

»Sie können später an der Bar noch eine Kleinigkeit zu sich nehmen. Das Restaurant ist zurzeit wegen Renovierung geschlossen.«

87

Seine Stimme, die aus den Untiefen des Universums zu kommen scheint, besitzt diesmal das Timbre eines Reibeisens. Ein weiterer Schauer läuft mir über den Rücken, während ein vielschichtiges Lächeln über sein Gesicht huscht.

Ein weiteres Zeichen an der Wand, denke ich.

»Sie scherzen!«

Jennifers Stimme unterbricht meine Gedanken. Sie klingt unwillig.

»Folgen Sie mir bitte«, er geht nicht auf die Proteste der Frauen ein, »ich zeige Ihnen Ihre Zimmer.«

Gemächlich, als wolle er das Kommende genießen, tritt er hinter seinem Tresen hervor und geht ohne uns weiter zu beachten zur Treppe. Lässig steigt er die weitgeschwungene Treppe hinauf.

Zögernd greifen wir nach unserem Gepäck und folgen ihm. Inzwischen wollen wir alle so schnell wie möglich in unsere Zimmer. Ich erhoffe mir dort etwas Abstand zu den bisherigen Eindrücken. Ich will mich nur noch ausruhen und entspannen.

Langsam folge ich meinen Freunden und erreiche die Treppe. Erst als ich davorstehe, wird mir ihre Dimension bewusst. Sie ragt in eine unbestimmte Höhe. Es ist mir unmöglich abzuschätzen, wo sie endet. Es fällt mir schwer, das, was mein Auge sieht, mit meiner Vorstellung über die mir bekannte Welt in Einklang zu bringen.

Es wird Zeit, dass wir auf unsere Zimmer kommen. Ich muss unbedingt mit Jennifer über all diese Ungereimtheiten reden.

Während ich den Flur entlanggehe, spüre ich einen sanften Widerstand unter meinen Sohlen, als würde der Teppich sich meinen Schritten entgegenstemmen. Ein merkwürdiges Gefühl – fast so, als laufe ich über Wasser.

Die Türen ziehen meinen Blick an. Rot, Blau, Grün, Gold, jede Farbe wirkt intensiver, leuchtender, als sie es in der realen Welt sein sollte.

Ich frage mich, ob die Farben eine Bedeutung haben.

Sind sie nur Dekoration?

Oder steckt hinter jeder Tür etwas anderes, etwas, das nur zu einem bestimmten Farbtyp passt?

Ein eisiger Luftzug streicht über meinen Nacken.

Ich drehe mich um – doch niemand ist hinter mir.

Unwillkürlich beschleunige ich meine Schritte. Sandra und Boris stehen inzwischen direkt vor einer purpurfarbenen Tür. Der Dominus (Hausherr, Gastgeber) scheint ihnen etwas zu erklären. Seine Stimme ist kaum mehr, als ein Flüstern, doch sie hallt durch den Korridor, als spräche er in einer gewaltigen Kathedrale.

Als ich näherkomme, hält er inne und richtet seinen Blick auf mich. Sein Lächeln ist nicht freundlich. Allerdings wirkt es wissend auf mich. Er verabschiedet sich von meinen Freunden und kommt auf mich zu.

»Willkommen«, sagt er mit einer Stimme, die mir durch Mark und Bein geht, »ihr Zimmer erwartet Sie.«

Eine seltsame Aussage, denke ich.

Ein leises Klicken ertönt – und die Tür vor mir schwingt langsam auf.

Mit steifer Höflichkeit beugt der Hausherr seinen Oberkörper nach vorne und macht eine ausladende Geste. Seine Bewegung wirkt gezwungen, so als müsse er gegen einen unsichtbaren Widerstand ankämpfen. Seine Stimme, kaum mehr als ein Flüstern, doch hart wie Eisen, schleicht sich in meine Ohren.

»Meine Herrschaften«, sagt er zu Jennifer und mir gewandt, »das ist Ihr Zimmer.«

Er öffnet die Tür zu unserer Suite ein weiteres Stück.

Ein kurzes, tiefgründiges Zögern folgt, eines, das mehr sagt als tausend Worte. Als würde er einen unausgesprochenen Gedanken in die Luft entlassen, fährt er mit seiner beunruhigend ruhigen Stimme fort:

»Ich hoffe, es wird Ihnen gefallen.«

Dann dreht er sich von mir weg und murmelt etwas zu meiner Frau. Seine Worte sind so leise, dass sie mir entgleiten, doch ihre Wirkung bleibt. Ich bin neugierig. Beinahe in Zeitlupe wendet er sich wieder mir zu.

»Wenn Sie etwas benötigen«, er deutet auf ein altmodisches Telefon, »rufen Sie die Nummer eins an.«

Abrupt dreht er sich um, geht zur Tür. Doch bevor er sie durchschreitet, hält er inne dreht sich zu mir um. Seine Augen ruhen für einen Moment auf mir. Auf seinem Gesicht erkenne ich – oder bilde ich mir ein, zu erkennen – Bedauern.

Diesmal klingt seine Stimme weicher, fast mitfühlend, als er wiederholt:

»Ich hoffe, es wird Ihnen gefallen.«

Will er mir etwas bestimmtes Mitteilen?

Ich weiß es nicht. Doch seine Stimme beunruhigt mich. Während ich versuche zu verstehen, weshalb ich eigentlich hier bin, trete ich in die Suite. In dem Moment, in dem ich die Türschwelle überschreite, strömt ein wohliges Gefühl durch meinen Körper. Eine knisternde, beinahe lebendige Energie umhüllt mich – sanft, freundschaftlich.

Für einen kurzen Moment verharre ich still.

Warum?

Ich weiß es nicht.

Will einfach nur genießen.

Dann ist es vorüber.

Zögernd trete ich noch einen Schritt ins Zimmer. Dieser eigentlich kleine Schritt verändert mein Leben.

Kaum bin ich eingetreten, spüre ich es. Etwas hat sich verändert. Etwas hat Besitz von meinem Bewusstsein ergriffen. Im nächsten Moment wird alles schwarz.

Dann – Licht.

Ein kalter Hauch zieht durch den Raum, obwohl die Fenster geschlossen sind. Die Luft riecht nach etwas Süßlichem, das ich nicht zuordnen kann.

Jennifer tritt an mir vorbei und inspiziert die Suite. Ich höre, wie sie leise etwas murmelt, doch ihre Worte erreichen mich nicht. Stattdessen spüre ich das Echo einer anderen Präsenz. Es ist, als wäre dieser Raum nicht leer. Ich schaue mich um. Auf der gegenüberliegenden Wand hängt ein großer, opulenter Spiegel. Der goldene Rahmen ist mit filigranen Verzierungen durchzogen, und das Glas ist so makellos, dass es eher wie eine Wasseroberfläche wirkt.

Ich gehe auf den Spiegel zu.

Mein Spiegelbild sieht mich an, doch dies ist nicht alles was ich erblicke. Eine zweite Person, kaum wahrnehmbar, bewegt sich hinter meinem Spiegelbild. Ich drehe mich um. Hinter mir ist nichts. Als ich wieder in den Spiegel blicke, steht die Person neben mir und scheint mir etwas zuzurufen. Doch ich verstehe nicht.

Erschrocken schüttle ich meinen Kopf, versuche ins Jetzt zurückzufinden. Nachdem ich zweimal meine Augen schließe und wieder öffne gelingt es mir endlich. Ich schaue in den Spiegel und sehe – nur mich.

Jennifer hat inzwischen alle verfügbaren Lampen eingeschaltet. Was ich nun sehe scheint Bestandteil meiner realen Welt zu sein.

Ein großzügiges Plüschsofa. Davor ein quadratischer Glastisch, auf dem ein farbenfrohes Blumenbukett steht. An den Fenstern hängen schwere Brokatvorhänge. Auf dem Boden liegt ein ornamentreicher Perserteppich.

Alles ist genauso, wie ich es mir in einem gehobenen Hotel vorstelle. Zumindest denke ich dies.

Schwindel erfasst mich erneut und alles beginnt sich zu drehen. Auch diesmal wird die Rotation immer schneller und schneller. Die Konturen der Gegenstände im Raum verschwimmen, lösen sich auf, gehen ineinander über. Ich glaube bereits, es wird mich zerreißen, da werde schlagartig gestoppt. Verwirrt senke ich meinen Blick schaue nach unten. Direkt zu meinen Füßen sehe ich einen Strudel.

Aus Wasser?

Ich halte den Atem an. Bedächtig hebe ich den Kopf und sehe mich um. Fassungslos nehme ich meine Umgebung wahr. Was sich meinen Augen darbietet, kann es nicht geben. Um mich zu vergewissern, dass ich nicht träume, blicke ich zu Jennifer hinüber. Sie steht völlig ruhig mitten in einem dichten, grünen Dschungel, der mich an den brasilianischen Regenwald erinnert. So als wäre das alles selbstverständlich. Sie wirkt entspannt. Ein sanftes Lächeln liegt auf ihrem Gesicht. Erstaunt höre ich, wie sie leise ihr Lieblingslied vor sich hin summt.

Ohne jede Hektik bewegt sie sich durch den Raum in Richtung Schlafzimmer. Was ich dann sehe kann ich nicht fassen. Es sieht aus, als würde Jennifer durch die Pflanzen hindurchgehen.

Wie ist dies möglich?

Sind wir nicht im gleichen Raum?

Auf dem Weg zu ihrem Ziel beachtet sie weder die hoch aufragenden Bäume, noch den dichten Farn. Schließlich erreicht sie ein riesiges Bett. Kurz hält sie inne, dann lässt sie sich hineinfallen.

Den Urwald, der mich umgibt, scheint es für sie nicht zu geben. Zweifel an meiner Wahrnehmung breiten sich in mir aus.

Habe ich auf eine verrückte, unerklärliche Weise eine parallele Welt betreten?

Plötzlich nehme ich vielfältige Duftnoten wahr. Erst jetzt fallen mir die exotischen Pflanzen zwischen all dem Grün auf. Ein Teil meines Bewusstseins versucht augenblicklich, sie einzuordnen. Für einen Moment vergesse ich die seltsamen Umstände und sehe genauer hin.

Zuerst entdecke ich Orchideen. Unterschiedliche Blüten ziehen mich in ihren Bann. Es dauert eine Weile, bis ich mich auf die anderen Pflanzen konzentrieren kann.

Flamingoblumen, Schamblumen, Triplochamys, Hibiskus. Leicht versteckt im üppigen Grün erkenne ich eine Goldtrompete, den scharlachroten Bleiwurz und die prachtvolle Trichterbromelie.

Wie zum Teufel findet diese Pflanzenwelt Platz in einem Zimmer, das höchstens dreißig bis vierzig Quadratmeter groß sein kann?

Mit der Frage, wie es meiner Frau geht, wende ich meinen Blick ihr zu. Da die Flügeltüren weit geöffnet sind, habe ich einen ungehinderten Blick ins Schlafzimmer. Unter einer weit ausladenden Palme steht ein großes Bett, geschaffen für Verliebte. Jennifer liegt nackt zwischen übergroßen Kissen und Fellen. Die kräftigen Farben von Gelb, Rot und Blau blenden mich für einen Moment. Erstaunt betrete ich das Schlafzimmer.

übergangslos verändern sich meine Umgebung.

Über mir erstreckt sich ein weiter, blauer Himmel. Weiße Wolken verleihen ihm eine harmonische Note. An den Wänden entdecke ich Tücher mit dezenten Bemalungen, die erotische Szenen zeigen. Ein Lächeln huscht über mein Gesicht. Für einen Moment tritt das mich umgebende Paradoxon in den Hintergrund. Wäre die Situation eine andere, wer weiß, wozu mich diese Bilder verführen würden.

Jennifer scheint zu schlafen.

Während ich nachdenke, wie mein nächster Schritt aussehen soll, drängt sich mir eine Szene auf.

Jennifer und ich liegen zusammengekuschelt, von flauschigen Satindecken eingehüllt, auf dieser Liebeswiese. Über uns hält ein Baldachin aus kobaltblauer Seide, angefüllt mit Tausenden Sternen, den Himmel bedeckt. Goldene Amoretten schauen verschmitzt auf uns herab. Ein Ort, der geradezu zum Liebesspiel einlädt. Wir geben uns diesem Spiel hin. Entspannt sinken wir in die Kissen. Müdigkeit erfasst uns. Träume lassen uns schließlich in einen tiefen, seligen Schlaf versinken.

Ein spitzer Aufschrei dringt an mein Ohr, und augenblicklich löst sich mein Traum in Wohlgefallen auf. Immer noch vor dem Bett stehend, sehe ich auf Jennifer. Ihre Augen sind weit aufgerissen. Ihr nackter Körper sinkt immer tiefer in die Federkissen ein. Auf geheimnisvolle Weise entfernt sie sich immer weiter von mir. Sie streckt ihre Arme nach mir aus. Ich will danach greifen. Doch bevor mir dies gelingt ist sei verschwinden.

Während ich nachdenke, wie dies möglich ist, taucht sie ungefähr einen Meter über dem Bett auf. Sie schwebt in der Luft, als wäre es das Normalste der Welt. In dieser Position verweilt sie für die Dauer eines Wimpernschlages regungslos. Fasziniert und hilflos halte ich den Anblick ihres von Gott geschaffenen Körpers fest.

Dann beginnt die Szene surreal zu werden.

Während ich darüber nachdenke, wie ich mit der Situation umgehen soll, beginnt Jennifers Körper flach zu werden, um sich anschließend irgendwie zu verflüssigen. Zuerst misstraue ich meinen Augen. Danach zweifle ich an meinem Verstand. Schließlich beginne ich zu akzeptieren. Die Szene erinnert mich an Salvador Dalí und seine Bilder über die zerrinnende Zeit. Seine amorphen Uhren tauchen kurz vor meinem inneren Auge auf. Ich spüre, wie die Zeit ihre Bedeutung verliert. Bevor ich die auf mich einstürzenden Informationen etwas Realem vernünftig zuordnen kann, verschwindet das Bild, und ich blicke auf eine leere Stelle.

Jennifer ist verschwunden.

Ohne Plan stürze ich mich, wie es sich für einen Helden nun mal gehört, in das große Bett, denn Jennifer muss ja irgendwo sein!

Instinktiv spüre ich, dass ich jetzt schnell, sehr schnell sein muss. Unkontrolliert wühle ich durch die Kissen, den Fellen und Decken. Jedes Mal, wenn ich ins Leere greife, wächst meine Verzweiflung. Da ich das Gefühl habe, ich verliere mich in der Zeit werde ich immer hektischer, irgendwann gebe ich schließlich auf.

Schwer atmend sitze ich mitten auf dem durchwühlten Bett. Langsam finde ich in so etwas wie Realität zurück. Doch dauert es noch einige Zeit bis mein Unterbewusstsein die Wirklichkeit akzeptiert. Eines ist allerdings gleich schon klar, alles was einmal in meinem Leben Bedeutung hatte, ist auf den Kopf gestellt.

Ein Schrei, der die aufgestaute Spannung in mir abbauen soll, entweicht meinem Körper, füllt das Zimmer, bis ich schließlich kraftlos in das Bett sinke. Still bleibe ich liegen.

Kann ich meine Zukunft zu meinen Gunsten ändern?

Kann ich mein Schicksal wenden?

Kann ich meine Frau retten?

Bin ich clever genug, um eine Lösung auf diese Fragen zu finden?

Wenn ich ehrlich sein soll, und dies ist ja nötig, lautet die Antwort auf alle Fragen – nein!

Also tue ich, was wohl viele in meiner Lage tun würden: Ich suche nach Schuldigen.

»Nehmt mich, verfluchte Geister und Götter, nehmt mich und gebt mir meine Jennifer zurück«, rufe ich aus dem Reservoir, in dem sich immer mehr Wut ansammelt, und lasse alles in die Freiheit.

Meine unpräzise Erwartung, dass ich erhört werde, dass etwas geschieht, wird wahr. Alles um mich herum löst sich auf, und ich falle. Trotz meiner Bemühungen, meinen Fall aufzuhalten, stürze ich ins Bodenlose. Anstatt in Panik zu verfallen, breiten sich während meines freien Falls seltsame Gedanken in mir aus.

Liebe ist ein stiller Fluss.

Liebe überdauert die Zeiten.

Worte gewinnen an Bedeutung, wenn sie ausgesprochen werden!

Ohne nachdenken zu müssen, weiß ich, wer mit mir spricht: Meine Seele!

Liebe!

Kann es ohne Jennifer für mich Liebe geben?

Was ist Liebe?

Ein Gefühl?

Eine Emotion?

Wie kann jemand ohne Liebe leben?

Während meines weiteren Falls steigt Verzweiflung in mir auf.

Falle ich in den Abgrund der Einsamkeit, in die Dunkelheit, in der es keine Liebe gibt?

Urplötzlich findet mein freier Fall ein jähes, unsanftes Ende. Nachdem der Schmerz langsam nachlässt, fühle ich, dass ich auf einem weichen Boden gelandet bin. Tastend erforsche ich diesen und stelle fest, dass er scheinbar aus tiefem Moos besteht.

Mit gemischten Gefühlen, darauf hoffend, dass das Schicksal auf eine für mich stimmige Weise positiv in mein Leben eingreift, bleibe ich erst einmal liegen.

Mit jeder Minute, die vergeht, wird deutlicher, dass nichts geschehen wird, wenn ich mein Schicksal nicht selbst in die Hand nehme. Um meinen nächsten Schritt zu planen, schaue ich mich um. Wenig überraschend umgibt mich ein Urwald. Doch dann stelle ich fest, dass es keine Geräusche gibt. Unglaublich, in meiner Umgebung herrscht eine fast unheimliche Stille.

Müsste ein Urwald nicht voller unterschiedlicher Geräusche sein, frage ich mich.

Obwohl ich intensiv in den Wald hineinlausche – nichts.

Die Stille beginnt, mich zu beunruhigen. Mir fällt weiter auf, dass kein Wind die Blätter der Bäume bewegt. Nur ein betäubendes Bouquet erzählt davon, dass es Leben in diesem Urwald gibt.

Tränen drängen sich ungefragt in meine Augen. Ungeduldig warten sie darauf, an meinen Wangen hinunter in die Freiheit zu fließen. Also lasse ich meinen Tränen ihren Willen, in der Hoffnung, dass sie die aufkommende Traurigkeit und Verzweiflung wegspülen. Nachdem ich mich eine Weile im Selbstmitleid gesuhlt habe, erinnere ich mich daran, dass ich eigentlich ein Mann der Tat bin.

In Ordnung, konzentriere dich auf das Wesentliche denke ich, jetzt nur nicht durchdrehen. Es gibt ja noch Sandra und Boris die mir helfen können. An diese Hoffnung klammernd versuche ich aufstehen.

Nicht ganz so einfach, wie ich dachte.

Auf dem feuchten, weichen Moos rutsche ich mehrmals aus. Irgendwie scheint das Moos mir auszuweichen. Schließlich schaffe ich es und stehe auf und gehe in die Richtung, in der ich die Hotelzimmertüre vermute.

97

Es dauert, bis mir klar wird, dass ich die Tür nie erreichen werde. Mein Gleichgewichtssinn meldet schon seit einiger Zeit, dass ich im Kreis laufe.

Da ich keine Ahnung habe, wie es weitergehen soll, lasse ich mich aus einem Impuls heraus auf die Knie fallen, falte die Hände und bete zu Gott.

Natürlich weiß ich, dies ist irrational, und hätte mir das jemand noch vor einem Tag vorausgesagt, hätte ich ihn für verrückt gehalten.

Wie auch immer, während meines unbeholfenen Gebets strömt – so nicht erwartet – eine friedvolle Schwingung durch mein Bewusstsein. Eine tiefe, erfüllende Ruhe lässt mich verstummen.

Ein Gedanke schießt mir durch den Kopf, das Schicksal oder Gott würfelt nicht. Hinter allem gibt es einen Sinn.

Ich muss meine Vergangenheit hinter mir lassen. Akzeptieren, dass das Wissen, von dem ich denke, dass es auf einem festen Fundament steht, nicht mehr gilt.

Gibt es für mich diesen einen Weg?

Aus Mangel an Alternativen atme ich erst einmal durch und lasse zu. Mein nächster Schritt muss sein, dass ich mich mit dem Gedanken versöhne, dass ich mich in einer anderen Welt befinde.

Warum und weshalb ist im Moment nicht wichtig!

Wichtig ist, meine jetzige Situation zu verstehen.

Altes Wissen unterdrückend marschiere ich los. Mit jedem Schritt wird mir bewusster, auf diese Weise erreiche ich nie das Ende des Waldes. Instinktiv beende ich den Versuch irgendwo hinzukommen, irgendwie meine Welt wiederzuentdecken.

Meine Atmung ist normal.

Meine Sinne reagieren normal.

Also vergiss das Vergangene!

Konzentriere dich auf deine Zukunft!

Während ich versuche, dieser Aufforderung nachzukommen, schiebe ich die Äste, die sich mir in den Weg stellen zur Seite. Nach wenigen Schritten blicke ich auf eine niedrig bewachsene Fläche. Es sieht wie Moos aus.

Anfang und Ende, kommt mir in den Sinn. Offensichtlich bin ich an der Stelle, an der meine Reise begonnen hat.

Und nun?

Nun, was du nicht besiegen kannst, musst du loslassen, meldet sich mein Unterbewusstsein.

Loslassen!

Da ich keine Ahnung habe, auf welche Weise ich aus diesem magischen Zimmer herausfinden könnte, laufe ich meiner Intuition folgend einfach los. Doch nichts geschieht. Also bleibe ich stehen.

Während ich auf neue Impulse wartend herumstehe, tauchen Erinnerungen an meine Kindheit auf.

Meine Eltern schauen auf mich herab, bin offensichtlich noch sehr jung, und ich höre deutlich ihre gut gemeinten Ermahnungen.

»Du musst jeden Tag einen Feldzug gegen dich selbst führen«, sagt mein Vater ermahnend, »sei deines Glückes Schmied.«

Meine Mutter:

»Worauf es im Leben ankommt, ist Lernen. Erinnere dich, es gibt immer einen Weg.«

Mein Vater:

»Wer aufgibt, hat schon verloren. Steh immer einmal mehr auf, als du fällst.«

Bla, bla, bla, denke ich.

Das sind doch nur weltfremde Sprüche.

Wie sollen mir solche Sprüche in meiner Situation helfen?

Doch zu meiner Überraschung haben sie eine Wirkung. In diesem Augenblick muss ich über diese Lebensweisheiten lächeln. Im Moment der Entspannung konfrontiert mich mein Bewusstsein mit Fragen, auf die ich keine Antworten habe.

Wohin ist Jennifer verschwunden?

Wie kann ich ihr helfen?

Gibt es einen Grund, weshalb sie von mir getrennt wurde?

Wie werde ich mit dieser absurden Situation trotz aller Widerstände fertig?

Welche Schritte muss ich gehen, um nicht noch tiefer in diesem Schlamassel zu versinken?

Warum geschieht das ausgerechnet mir?

Soll das alles der Anfang eines Lernprozesses sein?

Wenn ja, was kann ich lernen?

Mit jeder Frage wird mir deutlicher bewusst, dass ich keine Ahnung habe. Keine Lebensweisheiten oder Sprüche der Vergangenheit und Gegenwart können mir jetzt weiterhelfen.

»Erinnere dich«, spricht meine innere Stimme mir Mut zu, »dass du auf dem Weg bist. Du willst dich weiterentwickeln, um dich das Netz der Verwirrungen und Irrungen zu entwirren.«

Wie ich mich allerdings in dieser Lage der Hoffnungslosigkeit entwickeln soll, bleibt mir für den Augenblick ein Rätsel. Alles, was mich umgibt, ist fremdartig und entspricht nicht meiner Wirklichkeit.

Der einzige Hoffnungsstrahl, heißt es nicht, wir lernen, indem wir das Fremde zulassen?

Werde ich also erst dann verstehen, wenn ich meinen bisherigen Horizont hinter mir lasse?

Diese Gedanken durchzucken mich wie Blitze in einem reinigenden Gewitter.

Da ich nicht auf schönes Wetter warten kann, muss ich etwas unternehmen.

Und zwar jetzt!

Gedacht, getan, ich setze mich in Bewegung und folge meinem Instinkt. Überlasse die Richtung meinem Unterbewusstsein. Ich komme nicht weit. Schon nach wenigen Schritten verfängt sich mein Fuß in einer Wurzel, einem Fallstrick oder etwas Ähnlichem. Von einem Moment auf den anderen verliere ich die Fähigkeit zum aufrechten Gang. Heftig kämpfe ich um mein Gleichgewicht. Während ich nach einem Rettungsanker Ausschau halte, nähere ich mich dem Moosboden.

Mein Versuch die Balance zurückzugewinnen erweist sich als vergeblich. Es stellt sich heraus, dass das Unvermeidliche zu verhindern einem Kampf gegen Windmühlen gleicht. Schmerzhaft schlage ich auf den Boden auf. Dabei stoße ich mit der Stirn gegen einen harten Gegenstand. Mir wird kurzfristig schwarz vor Augen.

Während ich versuche, meine Orientierung zurückzugewinnen, kommt mir zum ersten Mal auf dieser Reise der Gedanke: Alles Besondere, alles Schöne, alles Wichtige ist mit Schmerz verbunden.

Als der Schmerz endlich nachlässt, versuche ich aufzustehen. Beim Abstützen mit den Händen, ertaste ich etwas Raues, Kühles, Metallenes. Wegen der Tiefe des Mooses kann ich nicht erkennen, was meine Finger ertasten, und so gleiten meine Hände langsam an dem Gegenstand entlang.

Nach und nach begreife ich: Ich halte einen Ring zwischen den Fingern. Ungewöhnlich dick und schwer. Dieser ist also der Grund meines Sturzes.

Etwas mühselig komme ich schließlich auf die Beine. Während ich darüber nachdenke, wie mein nächster

Schritt aussehen soll, bücke ich mich instinktiv und greife nach dem Ring. Mühsam kann ich ihn einige Zentimeter anheben. Als meine Kräfte mir signalisieren, dass es genug ist, lasse ich los und denke nach.

Schritt eins: Ich muss das Moos zur Seite räumen.

Nach einigen Mühen liegt ein rostbrauner Metalldeckel vor mir, auf dem ein Eisenring von ungefähr einem halben Meter Durchmesser ruht. Der Deckel wirkt uralt auf mich. Was wird unter der Metallplatte sein?

Wollte jemand den Zugang in die Unterwelt erschweren?

Wollte dieser jemand unliebsame Besucher abhalten?

Eingeprägte esoterische Symbole verstärken diesen Eindruck. Wie auch immer!

Vielleicht ist dies meine Möglichkeit, aus diesem Raum zu entkommen. Ab diesem Moment gilt meine gesamte Konzentration nur noch der Metallplatte.

Um die noch undeutlich erkennbaren Zeichen besser zu sehen, räume ich letzte Moosflechten zur Seite. Eingravierte Kreise und Linien tauchen deutlicher auf. sie werden von einem Strahlenkranz umgeben. Die Kreise sind merkwürdig angeordnet. In mir steigt die Idee eines Sonnensystems auf. Bei genauerem Hinsehen erkenne ich leicht verdeckt weitere Linien.

Um sie von den erdigen Resten zu befreien, hole ich mein Taschentuch aus der Hosentasche. Mit etwas Spucke reinige ich vorsichtig die Linien. Schließlich tauchen rechts und links Schriftzeichen auf. Auf den ersten Blick sehen sie aus, als stammten sie aus einer längst untergegangenen Zivilisation. Zeichen die ich nicht einschätzen kann.

Schließlich beende ich meine Arbeit und betrachte die Eisenplatte eine Zeit lang, verliere mich in den Formen und Kreisen.

Schließlich finde ich mich im Hier und Jetzt wieder.

Nach kurzer Orientierung wende ich meine Aufmerksamkeit wieder der Falltür zu.

Vielleicht liegt dahinter mein Weg hinaus, in die Freiheit? Ohne einen genauen Plan ziehe ich mit aller Kraft an dem Ring, und beinahe hätte ich es geschafft. Doch auf halber Höhe durchzuckt mich ein heftiger Stromstoß. Zumindest glaube ich das. Überrascht lasse ich los. Ein metallischer ohrenbetäubender Ton erreicht meine Ohren. Ich warte bis sich meine Ohren beruhigen, und finde langsam ins Gleichgewicht zurück.

Was war das, frage ich mich.

Langsam erholend, schaue ich mich suchend nach einer Lösung um. Einen weiteren Stromstoß wollte ich unbedingt vermeiden. Mein Blick fällt auf vereinzelte Pflanze. Könnte ich Pflanzen vielleicht als Isolator benutzen?

Während ich nach einem geeigneten Objekt suche, entdecke ich eine kniehohe Pflanze mit schmalen, langen Blättern. Ich gehe zu ihr, greife nach einem der Blätter und spüre, dass es dick, glatt und biegsam ist.

Möglicherweise hilfreich?

Mangels Alternativen reiße ich zwei Blätter ab, wickle sie um meine Hände, hole tief Luft, sammle meine zurückgekehrten Kräfte und versuche erneut, den Deckel zu öffnen. Der mich von meiner erhofften Freiheit trennt.

Diesmal gehe ich vorsichtiger vor. Ganz langsam hebe ich die Platte an. Kurz nachdem ich die bekannten fünfzig Prozent meiner Arbeit hinter mir habe, lassen meine Kräfte urplötzlich nach.

Kurz bevor ich loslassen muss, weil meine Arme zu stark schmerzen, durchzuckt mich ein Gedanke: Wenn ich jetzt loslasse, werde ich Jennifer nie wiedersehen.

Während ich ans Aufgeben denke, strömen aus einer geheimnisvollen Quelle stärkende Energien in mich zurück.

Dankbar konzentriere ich mich und mit einem gewaltigen Ruck fliegt die Bodenplatte auf.

Überrascht von meinem unerwarteten Erfolg verliere ich das Gleichgewicht, stolpere rückwärts und lande in einer Pflanze, die mich sanft auffängt. Dankbar will ich mich für mein aufdringliches Benehmen entschuldigen und aufstehen, doch plötzlich verändert sich die aufkeimende Beziehung zwischen uns. Eine Beziehung, die ich nicht gleich richtig eingeschätzt habe.

Wie auch?

Wir kannten uns vor dieser zufälligen Begegnung ja nicht. Schnell wird mir klar, dass Aufstehen nicht so einfach ist. Immer wieder sinke ich in die Pflanze zurück. Es fühlt sich an, als wäre ich auf einem schaukelnden Boot. Mein Versuch, souverän zu bleiben, scheitert, und ich beginne heftig zu zappeln. Doch mein Strampeln löst eine ungewollte Reaktion aus, mit der ich nicht gerechnet habe.

Seltsame Auswüchse beginnen beidseitig zu wachsen. Immer länger und bedrohlicher. Ein Hauch von Panik ergreift mich, und ich verstärke meine verzweifelten Befreiungsversuche. Doch es ist sinnlos. Fadenähnliche Schlingen winden sich um meine Arme und Beine. Immer fester wickeln sie mich ein. Nicht mehr lange, und ich werde als Kokon enden.

Eine verschwommene Ahnung dringt in mein Bewusstsein: Diese Pflanze könnte eine überdimensionale fleischfressende Pflanze sein.

Vielleicht eine Art Venusfliegenfalle?

Während ein Teil von mir verwirrt ist, sucht ein anderer Teil nach hilfreichen Informationen. Längst verdrängte, unangenehme Erinnerungen steigen in mir auf.

Einmal hatte ein Freund eine Venusfliegenfalle zu mir mit nach Hause gebracht. Er meinte, es wäre doch interessant zu beobachten, wie sie Fliegen einfängt und verdaut. Ich stellte also die Pflanze aufs Fensterbrett und zusammen schauten wir zu, wie eine Fliege, angelockt von den Ausdünstungen der Pflanze, in die Falle tappte. Kaum berührte sie die Innenseite des Blattes, löste sie einen Reflex aus. Die Falle klappte blitzschnell zu. Fast vollständig verschwand die Fliege in der Falle. Nur ihre zappelnden Beine ragten noch zwischen den feinen Borsten hervor. Ein verzweifelter Überlebenskampf, der keinen Erfolg haben würde. Nach wenigen Sekunden war es vorbei. Stunden später, hatte das Schicksal entschieden. Die Falle öffnete sich wieder. Und wir konnten nur noch ihren Tod feststellen.

Soll das jetzt auch mein Schicksal sein?

Ein kalter Schauer läuft mir über den Rücken. Beobachter zu sein ist das eine – doch selbst das Opfer zu werden, ist etwas ganz anderes.

Damals, als ich über Leben und Tod nachdachte und es meiner Frau beiläufig erzählte, meinte sie lakonisch, dass es noch weitere fleischfressende Pflanzen gibt. Und einige von ihnen, sagte sie mit einem Ton, der keinen Zweifel zuließ, können es sogar mit kleinen Tieren aufnehmen.

»Ich bin ein zu großer Brocken für dich. Ich bin kein Tier, ich bin ein Mensch! Einen Menschen willst du nicht als Feind«, rufe ich wütend, während ich mich verzweifelt aus den Schlingen der Pflanze zu befreien versuche, »lass mich sofort frei!«

Doch die fleischfressende Pflanze, deren Opfer ich zu werden drohe, nimmt von meinem eruptiven Ausbruch kaum Notiz. Sie folgt ihrem tief verwurzelten Instinkt und zieht ihre fingerdicken Tentakel enger um meinen Oberkörper. Die Blattwände legen sich inzwischen auf meine Seiten und drücken sanft auf meine Schultern.

Ganz gemächlich wickelt sie mich weiter ein und beginnt, ein schleimiges, klebriges Sekret abzusondern. Das Wissen darüber, was diese Flüssigkeit mit meinem Körper anrichten kann, lässt mich meine Anstrengungen verstärken. Wenn ich nicht enden will wie die Fliege damals in meines Freundes Venusfliegenfalle, muss ich so schnell wie möglich meine Lage verbessern. Noch ist es nicht an der Zeit zu sterben. Für einen Moment halte ich inne und überlege, was mein nächster Schritt sein könnte. Während ich nachdenke, habe ich das Gefühl, dass auch die Pflanze innehält. Eine Ahnung regt sich in mir.

Einem plötzlichen Impuls folgend, werfe ich mich mit einem ruckartigen Ruck zur Seite. Überrascht stelle ich fest, dass meine Fesseln sich gelockert haben. Die Pflanze hat zu spät auf meine Bewegung reagiert.

Oder kann sie es nicht?

Der Erfolg ermutigt mich, diese Strategie weiterzuverfolgen. Diesmal drehe ich mich langsam auf die Seite. Wieder bleibt die erwartete Reaktion aus. Ich rutsche ein Stück weiter in Richtung Freiheit.

Eine weitere Idee kommt mir in den Sinn. Ich fülle meine Lungen mit so viel Luft wie möglich und Weite meinen Brustkorb. Tatsächlich lockern sich meine Fesseln.

Will die Pflanze mich loswerden?

Die Hoffnung stirbt bekanntlich zuletzt.

Tatsächlich lockert sich der Kokon, der mich bisher umschlossen hat. Deutlich spüre ich, wie ich immer schneller in einen Spalt gleite. Urplötzlich melden meine Füße meinem Verstand Kontakt zum Boden. Jetzt gibt es kein Halten mehr. Ich weiß ich bin auf dem Weg, ich kann überleben.

Mit heftigen hin und her Bewegungen befreie ich einen Arm aus der geweiteten Hülle. Damit steht mir für den weiteren Kampf um die Freiheit ein zusätzliches Mittel zur Verfügung. Im Halbdunkel und in der Enge taste ich mich in Richtung Licht.

Endlich spüre ich mit meinen Fingern den Blattrand. Ohne nachzudenken ob es Sinn macht, drücke ich so kräftig wie möglich zu. Ich hoffe, die Venusfalle davon zu überzeugen, dass sie ein besseres Leben hat, wenn sie mich los wird.

Hat sie überhaupt so etwas wie Intelligenz?

Kann sie ihr Handeln koordinieren?

Die mich umgebende Welt gehorcht nicht den bekannten Spielregeln, so viel ist mir klar. Doch tatsächlich geschieht unerwartet das erhoffte Wunder. Die Pflanze verändert ihr verhalten. Sie lässt locker.

Es dauert, bis ich begreife, meine Chance ist gekommen. Mühsam befreie ich meine Arme und meinen Körper aus dem noch nicht vollendeten Kokon. Langsam richte ich mich auf. Mit einem heftigen Ruck versuche ich mich aus der glitschigen Pflanze zu befreien. Dabei wird meine Kleidung vollständig vom Schleim der Pflanze bedeckt. Ekel steigt in mir auf. Nur ein seltsamer Geruch, der meine Nase erreicht und mir ein gutes Gefühl gibt, verhindert, dass ich meinen Mageninhalt verliere.

Wie ein begossener Pudel stehe ich schließlich neben der Venusmenschenfalle. Tief atme ich durch und konzentriere mich auf meine Mitte.

Die letzten Minuten hinter mir lassend, richte ich meinen Blick nach vorn. Dabei spüre ich, wie das Sekret der Pflanze auf meiner Haut trocknet und unangenehm spannt. Ich muss den Schleim schnellstens loswerden. Ich bücke mich und klaube das herumliegende Laub vom Boden auf. Es ist feucht. Mühsam versuche ich, mein Gesicht zu säubern, doch der Schleim erweist sich als äußerst hartnäckig.

Ein unangenehmes Brennen und eine leichte Rötung bleiben auf meiner Haut zurück.

Beim Betrachten meiner Kleidung steigt in mir eine Stinkwut hoch. So ist der Mensch. Kaum ist er der Gefahr entkommen, bekommt sein materieller Besitz oberste Priorität.

Warum fällt es uns so schwer, das Wesentliche vom Unwesentlichen zu trennen?

Gibt es ein kosmisches Gesetz, das dies verhindert?

Kurz erinnere ich mich an den Tag, an dem meine Frau ihn mir zu meinem siebenunddreißigsten Geburtstag geschenkt hat. Zu besonderen Anlässen trage ich ihn mit einem gewissen Stolz. Jennifer hat ihn aus italienischem Stoff von einem bedeutenden Schneider fertigen lassen. Dieser einzigartige Stoff verhindert, dass ich selbst in größter Hitze ins Schwitzen komme. Auch hässliche Sitzfalten sind für diesen Anzug kein Thema. In ihm fühle ich mich immer perfekt angezogen.

Nun ist er dreckig und verdorben.

Stimmt, doch hat er wahrscheinlich mein Überleben ermöglicht?

Der Verlust meines Anzugs nimmt in diesem Augenblick genau den Raum meines Denkens ein, den ich eigentlich zum Analysieren meiner noch immer unerklärten Situation brauche. Die vor mir liegende Aufgabe sollte meine vordringlichste Sorge sein. Nicht ein ersetzbarer Anzug.

Die Frage, die im Moment meine höchste Aufmerksamkeit verdient, lautet:

Wohin ist Jennifer verschwunden, wie kann ich sie wiederfinden und uns aus dieser Lage retten?

Werde ich es irgendwie schaffen?

Eines ist mir in diesem Moment klar: Probleme oder Aufgaben zu verdrängen, hilft nichts.

Das ist nicht der wahre Weg.

Nur eines kann mich meinem Ziel näherbringen, ich muss mich der jeweiligen Realität Vorurteilslos stellen.

Jennifer ist verschwunden, und ich bin in einer seltsamen Welt gefangen. Erfolgreich sein bedeutet, einmal mehr aufzustehen, als hinzufallen. Also stehe ich auf, um den Weg, der vor mir liegt, Schritt für Schritt weiterzugehen.

Nach drei Schritten stehe ich vor dem Eingang in den Untergrund.

Wird es ein Weg ohne Wiederkehr sein? frage ich meinen inneren Partner.

Ich bekomme, wie könnte es auch anders sein, keine Antwort.

Lange schaue ich in den Abgrund und erinnere mich an den Spruch:

Wenn du lange genug in den Abgrund schaust,
schaut er irgendwann zurück.

Himmel und Erde.
Universelle Kraft schuf sie.
Staunen im Herzen.

6
Begegnungen

Den Zufall gibt es nicht. So viel glaube ich zu wissen. Es muss einen bestimmten Grund geben, der sich mir noch nicht erschließt, weshalb ich mich genau hier befinde, an diesem Ort.

Nachdenklich stehe ich über dem dunklen, schwarzen Schacht. Modriger, muffiger Geruch steigt aus ihm auf und beginnt, meine Nase zu beleidigen. Es muss schon lange her sein, dass frische Luft in diesen Zugang zur Unterwelt geströmt ist. Obwohl ich mich bemühe, etwas in der Tiefe des Lochs zu erkennen, starrt mir nur bedrohliche Schwärze entgegen.

Ich zögere. Unsicherheit ergreift mich.

Was wird geschehen, wenn ich hinuntersteige?

Was erwartet mich in der Dunkelheit?

Vorsichtig beuge ich mich nach vorne.

Obwohl ich zu diesem Zeitpunkt nicht wissen kann, welches vielschichtiges Labyrinth mich erwartet, lasse ich diese Gedanken zu: Wage es. Geh hinunter.

Schließlich siegt die leidige Neugierde. Meine dunklen Gedanken verdrängend lasse ich mich auf die Knie fallen.

Erwartungsvoll beuge mich nach vorne.

Nachdem ich einige Zeit in die Dunkelheit gestarrt habe, gewöhnen sich meine Augen allmählich an die lichtscheue Umgebung.

Nach einigem Mühen erkenne ich tief unten im Schacht ein schwaches Licht, eine Entdeckung, die mir Mut einflößt. Es existiert also Licht in der Unterwelt in ungefähr zehn Meter in die Tiefe. Ich werde nicht in völliger Dunkelheit stranden, wenn ich mich entscheide hinabzusteigen. Mit der Hand taste ich die oberste Stufe ab. Der Zahn der Zeit hat sie bereits stark gezeichnet. Meine Finger ertasten glitschiges Moos und abgebrochene Kanten.

Kann ich diese Stufen betreten?

Werde ich abzustürzen?

Solange ich äußerste Vorsicht walten lasse, nein!

Hast ohne Eile scheint mir der beste Weg zu sein.

Jeder meiner Sinne sträubt sich gegen den Schlund, der sich vor mir auftut. Nur mein sechster Sinn ist anderer Meinung. Er bedrängt mich und flüstert: Du hast keine Wahl. Du musst diesen Weg gehen. Steige hinab. Verdränge jede Gefahr.

Für Jennifer.

Für mich!

Jetzt!

Ein Seufzer entweicht meinen Lippen, und ich ergebe mich meinem Schicksal, stehe auf, drehe mich um und betrete vorsichtig die erste Stufe. Achtsam setze ich mit meinem Fuß auf die nächste Stufe. Alles scheint in Ordnung; ich finde weiterhin Halt.

Auch die nächste Stufe erweist sich als stabil. Nichts geschieht. Stufenweise komme ich voran. Kurz bevor ich endgültig in das Labyrinth eintauche, schaue ich ein letztes Mal zurück ins Zimmer, welches weiterhin einem Urwald gleicht. Ein seltsamer Anblick.

Es bleibt mir allerdings keine Zeit, darüber nachzudenken, gerate ich ins Rutschen. Sofort werde ich wach und daran erinnert, dass ich der Schwerkraft die nötige Beachtung schenken muss. Sollte ich das Gesetz missachten, ende ich wahrscheinlich schneller in die Tiefe, als es mir lieb sein kann. Ich wende mich also wieder meiner eigentlichen Aufgabe zu. Dem Verhindern eines Sturzes.

Nach der vierten Stufe geschieht etwas Seltsames. Die Stufe, die ich betrete, wird hell. Dieser Vorgang wiederholt sich nach jeder weiteren Stufe. Von nun an kann ich jede Stufe deutlich sehen und ohne Probleme überwinden. Zuversicht taucht in mir auf. Das Eindringen in die Unterwelt erscheint mir nun nicht mehr gefährlich.

Sofort übernimmt der Leichtsinn.

Zehn abgetakelte Stufen später passiert, was zu erwarten war. Ich gleite aus und verliere die Kontrolle. Eine Rutschpartie die schmerzt beginnt. Verzweifelt versuche ich, mit meinen Händen irgendwo Halt zu finden. Allerdings nur mit dem Ergebnis, dass nun meine Hände schmerzen und meine Fingernägel brechen.

Währcnd meines unfreiwilligen Falls in die Tiefe verfängt sich mein Körper in ekelerregenden, klebrigen Spinnweben. Ungezählte Generationen von Spinnen haben über viele einsame Jahrhunderte daran gesponnen, und nun komme ich und zerstöre ihre Arbeit. Als ich es mir dies bewusst wird, spüre ich ein winziges Gefühl des Bedauerns. Immer stärker wird mein Gesicht, meine Hände – ja, mein gesamter Körper – von den zerstörten Netzen, einstmals Meisterwerke der Spinnenkunst, überzogen und eingehüllt. Immer deutlichere Abscheu erfasst mich. Inzwischen presse ich meine Augen fest zusammen, um ein Eindringen der klebrigen Fäden zu vermeiden. Doch meine Lippen sind ungeschützt. Die Spinnenfäden verkleben meinen Mund, sodass es mir schwerfällt zu fluchen. In einem kurzen Augenblick der Schwerelosigkeit wische ich mit meinem Handrücken meinen Mund frei.

Sofort nutze ich die Gelegenheit, meinen Frust loszuwerden.

»Was soll das nun wieder?«, schleudere ich meinem imaginären Widersacher entgegen.

Für mich ist deutlich, nichts geschieht einfach so!

Irgendwer hat immer Schuld!

Plötzlich bekomme ich einen Schlag auf den Kopf und es wird um mich herum dunkel. Tiefer und tiefer versinke ich ins Nichts. Schmerzhaft spüre ich, wie ich mich weiter von meiner Wirklichkeit entferne. Irgendwo in meinem Gehirn öffnet sich kurzfristig ein Fenster in die Zukunft. Ungeordnet huschen Bilder einer noch zu lebenden Zeit durch mein Gehirn.

Für einen Moment glaube ich, einen Garten zu sehen. Eine schöne Frau pflegt Rosen. Eine seltsame Gestalt beugt sich über die Frau.

Sollte ich durch diese Bilder eine Botschaft für das Kommende erhalten?

Darüber nachzudenken habe ich keine Zeit. Weitere Bilder eines endlosen Labyrinths, durchzogen von verschlungenen, halbdunklen Gängen, überschwemmen förmlich meine Gedankenwelt. Die Geschwindigkeit, mit der ich immer tiefer in die Bilder hineingezogen werde, erhöht sich, wodurch sie verschwommener werden.

Mein Fall wird abrupt beendet und ich bleibe benommen liegen. Während sich der Nebel in meinem Verstand zögerlich auflöst, kümmere ich mich um den Zustand meines Körpers. Ich beginne, je nach Grad des Schmerzes, den eine gepeinigte Region aussendet, meine gequälten Knochen zu sortieren. Nachdem diese Arbeit einigermaßen erfolgreich erledigt ist und nichts defekt zu sein scheint, öffne ich meine Augen. Halbdunkel umgibt mich.

Doch ich kann erkennen, vor mir liegt ein langer Gang.

Mit einem befreienden Fluch raffe ich mich hoch. Mit fahrigen Bewegungen wische ich mir das Spinnengewebe aus dem Gesicht. Da mir erst einmal eine genauere Analyse meines Zustands als sinnlos erscheint und für Selbstmitleid keine Zeit ist, denke ich über meinen nächsten Schritt nach.

Zuerst unterziehe ich meiner Umgebung eine Prüfung. Noch einmal schaue ich nach oben zur Treppe. Was ich sehe, fällt mir schwer zu glauben. Auf den Rückwänden der Stufen kann ich orangefarbene, buchstabenähnliche Zeichen erkennen. Im ersten Augenblick fällt es mir schwer, diese irgendwie einzuordnen. Ich trete drei, vier Schritte zurück, und das Puzzle wird klarer. Stufe für Stufe der Treppe ergeben die Buchstaben eine Botschaft. Ich lese:

**Die, die ihr hier eintretet,
lasst alle Hoffnung fahren.**

Wieso kann ich diese Botschaft erst lesen, nachdem ich schon eingetreten bin?

Was ist hier schon normal, hörte ich meine innere Stimme.

Stimmt.

Vielleicht werde ich später verstehen.

Das Licht, welches mich umgab, war mehr als ungewöhnlich. Es schien keine bestimmte Quelle zu haben. Aus jedem Winkel, von allen Flächen, oben, unten, rechts und links erhellte das Licht die Höhle.

Überraschend schnell gewöhnen sich meine Augen an die veränderten Lichtverhältnisse, und ich kann weit in einen Tunnel blicken. Seltsam, denke ich, dort, wo Dunkelheit sein müsste, ist Licht.

Um diesem Geheimnis auf die Spur zu kommen, suche ich nach einer Erklärung.

Meine erste Erkenntnis: Decke und Wände phosphoreszieren in einer Mischung aus einem schmutzigen Gelb- und einem warmen Rotton. Der Ursprung dieses Lichts scheint etwas zu sein, das sich in den Wänden, auf dem Boden und in der Decke befindet.

Um eine mögliche Ursache zu erforschen, gehe ich zu der Wand auf meiner linken Seite. Je näher ich komme, desto intensiver leuchtet sie. So etwas habe ich bisher noch auf keiner meiner Reisen gesehen. Angekommen lege ich sanft meine Handfläche auf die Wand. Irgendwie fühlt sie sich an, als würde sie leben.

Überrascht greife ich mit meinen Fingern fester zu. Spüre dünne, kühle Pflanzenfäden, die sich zitternd bewegen. In dem Moment, als ich die ungefähr ein Zentimeter langen Fäden durch meine Finger gleiten lasse, geschieht etwas Sonderbares. Ich spüre, wie die Fäden versuchen, mir auszuweichen, und sehe, wie sich die Wand an diesen Stellen verdunkelt. Während ich das Phänomen beobachte, glaube ich, einen leisen Schrei zu hören. Erschrocken weiche ich ein Stück zurück. Natürlich ist es nicht ungewöhnlich, dass eine Pflanze lebt, doch dies hier ist anders als üblich. Ich lasse los und habe eine Idee.

Ich sollte ein Stück der Pflanze von der Wand lösen, um es näher zu untersuchen. Also trete ich an die Wand und greife nach einem Pflanzenknäuel, das sich scheinbar ein Stück weit von der Wand gelöst hat.

Dies ist leider keine gute Idee.

Zuerst spüre ich nur ein leichtes Kribbeln unter meiner Haut. Schließlich glaube ich, Teil eines starken Energiefeldes zu werden. Welches mich immer enger einschließt. Ohne nachdenken zu müssen vermute ich, es ist das Moosgeflecht, das sich gegen mich wehrt. Aus dieser massiven Gegenwehr schließe ich, dass es unter keinen Umständen von der Felswand getrennt werden will. Vielleicht ist das Moos ein symbiotischer Teil der Wand. Kurz kommt mir der Gedanke, dass ich es mit einer Schwarmintelligenz zu tun haben könnte. Erschrocken lasse ich das Stück Moos in meiner Hand los. Das Energiefeld, das mich eingeschlossen hat, verschwindet schlagartig.

Hoffentlich geht es nicht auf diese Art weiter, durchzuckt mich ein Gedanke.

Doch meine stille Hoffnung wird enttäuscht. Das nächste Rätsel lauert bereits am scheinbaren Ende des Tunnels auf mich. Zuerst nehme ich es nur mit der Nase wahr, dann fordert ein dumpfes, trommelndes Geräusch endgültig meine Aufmerksamkeit. Meine Fantasie wird von der Umgebung in eine bestimmte Richtung gelenkt, und eine Ahnung sagt mir, dass nächste, dass auf mich zukommt, wird mich nicht überraschen.

Das dumpfe, rauschende Geräusch wird lauter, und dieser unangenehme, meine empfindliche Nase reizende, nicht identifizierbare Geruch wird intensiver.

Übelkeit steigt in mir hoch, die ich nur mühsam unterdrücken kann.

Plötzlich bin ich dankbar. Komisch wie die Dinge eine neue Dimension erhalten, wenn die Situation es erfordert. Ich bin froh, dass ich lange nichts mehr gegessen habe.

Während ich versuche, mich auf das vorzubereiten, was auf mich zukommt, nehme ich aus den Augenwinkeln eine weitere Bedrohung wahr.

An den Wänden, Richtung Höhlendecke, kriecht langsam ein Schatten mit krallenartigen Ausläufern um mich herum. Deutlich spüre ich, dass eine Gefahr unaufhaltsam auf mich zukommt.

Während ich über die Möglichkeiten nachdenke, wie ich dieser Bedrohung ausweichen kann, wird mir schlagartig bewusst, dass es keine Chance gibt. Was immer da auf mich zukommt, wird mich rücksichtslos übernehmen. Tief in mir wird mein Fluchtinstinkt ausgelöst. Doch ich kann mich nicht bewegen. Der Schatten und die Geräusche, die ein herannahendes Unheil verkünden, verschmelzen immer mehr zu einem Ganzen.

Und dann ist das Unheil da. Meine Gedanken überschlagen sich. Meine Augen weiten sich bis an ihre natürlichen Grenzen und sogar ein Stück darüber hinaus. Als wollen sie kein noch so kleines Detail übersehen.

Eine ständig anschwellende Welle, bestehend aus unzähligen dunkelgrauen Ratten, strömt unaufhaltsam auf mich zu. Wenn sie mich endgültig erreichen, werden sie ohne erbarmen über mich herfallen. Meine Muskeln, denen ich den Befehl zur Flucht gebe, versagen kläglich. Panik, der Bruder des Todes, hält mich fest in seinem Griff.

Kann ich eine Konfrontation mit dieser Rattenflut überleben?

Unmöglich!

Gegen eine solche tierische Flut gibt es keine Chance. Dieses Rattenheer begräbt alles, insbesondere mich, unter sich, verletzt, knabbert an und verspeist mich wahrscheinlich Stück für Stück. Mein Ende ist eingeläutet. In wenigen Minuten bin ich Haupt- und Nachspeise.

Unerwartet, genau in dem Augenblick, als ich mich mit Gott versöhnen will und mich fatalistisch dem Tod hingebe, hält keine zehn Meter vor mir die Führungsratte inne; sie ist mehrere Meter der Welle voraus. Ihr verhalten erregt meine Aufmerksamkeit. Abrupt bleibt sie stehen. Blickt nach links und rechts. Schnuppert mit ihrer spitzen Nase in die Luft. Schließlich richtet sie sich vor mir auf. Mit ihren dunkel roten Augen mustert sie mich. Für eine kleine Ewigkeit erhöht sich meine Wahrnehmung mindestens um das Zehnfache. So erhalte ich die Gelegenheit, den vermutlichen Anführer des Rattenheeres genauer zu betrachten.

Das glänzende Fell der Ratte ist weiß. Auf ihrem Rücken verläuft ein rötlicher Streifen, der in diesem Höhlenlicht leicht durchsichtig schimmert. Für einen undefinierbaren Moment hält die Ratte inne, und ich blicke in dunkelrote, kluge, scharfsichtige, böse, verlangende, neugierige Augen. Erstaunlich denke ich, dass Augen all diese Eigenschaften auf einmal ausdrücken können.

Doch vielleicht ist es nur meine ausufernde Fantasie, die ihnen diese Eigenschaften zuordnet. Plötzlich habe ich den Eindruck, dass die Ratte mich irgendwie angewidert anblinzelt. Ihre nackten, fledermausartigen Ohren bewegen sich erregt hin und her. Wie Radarschüsseln, die versuchen, irgendwelche Signale einzufangen.

Ihre spitze, dünn behaarte Schnauze, an der lange Schnurrhaare besonders hervorstechen, reckt sie herausfordernd in die Höhe. Plötzlich stutzt sie, wird aufgeregt und gibt einen klagenden, meine Ohren schmerzenden Laut von sich. Offensichtlich ist dies ein Kommando, denn schlagartig stoppt die Rattenflut fast gleichzeitig ihre Vorwärtsbewegung. Durch diesen Vorgang gibt es ulkig wirkende Zusammenstöße unter ihnen. Manche überschlagen sich, einige landen dabei auf dem Rücken. Beim Zusehen ändert sich meine Gemütsverfassung, und Erleichterung breitet sich in mir aus. Ein Teil in mir meldet, dass die unmittelbare Gefahr gestoppt ist.

Fast lache ich laut auf. Doch ich spüre, dass eine solche Reaktion der Situation keineswegs angemessen ist. Deshalb unterdrücke ich jede Äußerung, die Einfluss auf die momentane Lage nehmen könnte.

Bewegungslos, den nächsten Schritt erwartend, verharren die Ratten und ich auf der Stelle. Schließlich finden die Ratten wieder in eine gewisse Ordnung zurück und stehen regungslos wenige Meter vor mir.

Für einen Augenblick tritt eine geisterhafte Stille ein. Alles um mich herum ist zu Eis erstarrt. Nichts rührt sich. Nur ungezählte, vielleicht tausende dunkel leuchtende Augen starren mich an, und eine unheimliche Atmosphäre entsteht um mich herum.

Die Ratten scheinen auf ein bestimmtes Signal zu warten. Zum Glück lässt dieses – meine Nerven sind bis an ihre Grenzen gespannt – nicht lange auf sich warten.

Erneut durchdringt ein schriller, auch diesmal für meine Ohren malträtierender Ton das Höhlensystem. Das zu einem Kunstwerk erstarrte Rattenheer, hebt wie auf ein geheimes Kommando hin gleichzeitig die Köpfe.

Ihre tückisch wirkenden Augen blicken erwartungsvoll auf mich. Scheinbar sind sie nicht bereit, mich einfach so gehen zu lassen. Sie strecken ihre spitzen, empfindlichen Nasen in die Luft. Dabei lassen sie ihre spitzen Zähne aufblitzen und nehmen eine für mich nicht nachvollziehbare Witterung auf. Schließlich entsteht eine gleichmäßige, schneller werdende Wellenbewegung, die das tierische Heer durchläuft. Wieder werde ich an eine Meereswelle erinnert. Während sie mich fixieren, treten sie mit Trippelschritten ein Stück auf mich zu.

Bevor ich weiß, was als Nächstes geschieht, drehen sie sich um. Nicht ohne mir einen letzten verächtlichen Blick zu hinterlassen. Mein Blick geht zum Anführer, und ich zucke zusammen. Es sieht so aus, als setze er zu einem weiten Sprung an. Seine Muskeln tanzen unter dem weißglänzenden Fell aufgeregt hin und her. Sein Rücken beugt sich in die Höhe.

Ohne dass ich den Augenblick richtig erkennen kann, schnellt das Tier, wie ein Pfeil. in meine Richtung.

Die Ratte wendet sich auf halber Höhe in Richtung Felswand, und ihre scharfen Krallen finden Halt in den Moosflechten. In der Erwartung, dass sie nun einen heftigen elektrischen Schlag erleidet, der sie tötet, entspanne ich mich. Doch nicht dergleichen geschieht. Für einen Moment denke ich darüber nach, weshalb die Ratte keine Reaktion zeigt.

Ist sie immun?

So, als gäbe es in dieser Höhle keine Schwerkraft, huscht der Anführer des Rattenmeeres an der Wand entlang – über deren Köpfe hinweg. Bei jeder Berührung des Mooses leuchtet dieses hell auf. Also doch, die Pflanze versucht die Ratte loszuwerden.

Einige weite Sprünge später verschwindet der Rattenführer auf der mir gegenüberliegenden Seite der grauen Masse, in dcr Tiefe der Dunkelheit. Kaum ist er in der Finsternis untergetaucht, dringt ein langgezogenes Pfeifen an mein Ohr. Zuerst ist es leise, dann wird es lauter und fordernder, schließlich entwickelt es sich zu einem quälenden Dauerton.

Einige der Unterwelttiere zögern und scheinen sich gegen den Befehl wehren zu wollen. Bis sie unerwartet ihre Köpfe wenden. Nicht bevor sie mir nochmals ihre spitzen Zähne zeigen. Ich fühle so etwas wie Bedauern in ihren schwarzen Augen.

Keine Frage, sie wollen mich noch immer!

Ihr Pfeifen wird schriller, fordernder.

Schweißperlen bilden sich auf meiner Stirn, während ich darüber nachdenke, wie sie sich wohl entscheiden werden. Schließlich geht ein Ruck durch die graue Masse, und sie setzen sich in Bewegung.

Entgegen meinen Befürchtungen entfernen sie sich von mir, auch jene, die mich offensichtlich gerade noch als ihre Beute angesehen haben.

Genauso unerwartet, wie sie gekommen sind, verschwinden sie in der Dunkelheit. Als die letzte Ratte im Dunkel untergetaucht ist, verstummt das penetrante Pfeifen.

Meine schmerzenden Ohren senden ein Signal der Freude an mein Gehirn. Wohltuende Ruhe umgibt mich. Stille legt sich wie Balsam auf jede Pore meiner Haut.

Erleichtert atme ich auf.

Es fällt mir schwer, dieses Wunder einzuordnen.

Habe ich einen Schutzengel?

Während langsam meine Panik nachlässt, sich mein Denken wieder normalisiert und die Energie, die mich mit dem Boden verwurzelt hat, in mich zurückfließt, dämmert ein Verdacht in mir. Doch bevor ich diesen weiter durchdenken kann, höre ich ein Piepsen direkt vor mir.

Als ich nach unten blicke, sehe ich eine Ratte zu meinen Füßen, die offensichtlich zum Sprung ansetzt. Bevor ich reagieren kann, springt sie und landet auf meinem Oberschenkel. Kurz verharrt sie, schnuppert mit ihrer Nase, und ohne Vorwarnung löst sie sich und stürzt in Richtung Boden. Dort bleibt sie auf dem Rücken liegen. Während ich noch über das Warum nachdenke, springt sie unerwartet auf und rennt so schnell sie kann in den Tunnel zurück – ihren Artgenossen hinterher.

Ist die Ursache des Verhaltens der Ratten die glibberige Masse auf meinem Anzug?

Mir wird schwindelig bei dem Gedanken, dass der von mir verwünschte Sturz in Venusfliegenfallenart mein Leben gerettet hat. Eine weitere Lektion in meinem Leben.

Wenn einem Unangenehmen und Schmerzhaften widerfährt, kann es sich im Nachhinein als Glücksfall erweisen.

Im allem Schlechten liegt der Keim des Guten – heute weiß ich, dass es dafür keine Ausnahmen gibt. Dies gilt auch umgekehrt.

In allem Guten ist manchmal das Böse verborgen.

Yin und Yang.

Wie kann ich unter diesen Umständen wissen, wann wo und ob mich ein nächster Angriff erwartet?

Wie kann ich wissen, welche weiteren Konfrontationen auf mich warten?

Fragen, deren Auflösung ich mit gemischten Gefühlen entgegenschaue. Eines ist jedoch deutlich, es kann kein Zufall sein, dass ich genau hier bin. Mir ist bewusst, nur wer vorwärtsgeht, seinem Ziel entgegenstrebt, kann etwas über seine Zukunft erfahren.

Also begebe ich mich auf den Weg, um mehr über die Welt, in der ich mich befinde, zu erfahren.

Wie so oft gleite ich mal wieder in meine Gedankenwelt ab, bis ich völlig überrascht von einer etwa eineinhalb Meter hohen Holztür gestoppt werde.

Sofort bin ich im Hier und frage mich, was sich wohl dahinter befinden könnte. Nachdem kräftiges Drücken die Türe nicht öffnet, trete ich mit meinem Fuß heftig dagegen. Mit einem lauten Knall gibt sie ihren Widerstand auf und ist offen.

Nachdem die Stille, die ich so brutal vertrieben habe, wieder zurückkehrt, beuge ich mich nach vorne, um nicht mit dem Kopf an den Türrahmen zu stoßen. Indem ich eine Schwelle überschreite, betrete ich einen in den Felsen gehauenen Raum, der mich in seiner Höhe beeindruckt. Verschiedene Ausbuchtungen, in denen steinerne Figuren stehen, erinnern mich an einen Felsendom. Die Wände und Decke sind, genau wie der Gang, mit unterschiedlich großen Moosinseln bedeckt.

122

Diese reichen aus, um den Raum auszuleuchten.

Der Raum liegt still, fast unheimlich still vor mir.

Während ich mich weiter umsehe, entdecke ich auf der mir gegenüberliegenden Seite eine Tür, über die ich offensichtlich das Gewölbe wieder verlassen kann.

Wohin wird sie mich hinführen?

Um die Antwort auf diese Frage zu finden, gibt es nur eine Möglichkeit. Ich muss zu der Tür hinübergehen und sie öffnen. Beim achtsamen Durchschreiten des domartigen Gewölbes, ich kann nicht wissen, ob es Fallen gib, schaue ich mich neugierig um und entdecke zwei weitere Türen. Eine befindet sich zu meiner Linken, die andere zu meiner Rechten. Dass sie alle eine andere Farbe haben, lässt mich innehalten.

Haben diese Farben eine Bedeutung?

Stehe ich vor meinem nächsten Rätsel?

Nach reiflichem Nachdenken wird mir eines klar, die Türen sind so angeordnet, dass jede den Weg in eine andere Himmelsrichtung freigibt.

Durch welche Tür soll ich gehen?

Ein Gefühl sagt mir, ich komme aus dem Norden.

Wäre es nicht logisch in Richtung Süden zu gehen?

Doch hat Logik in dieser Welt seinen Platz?

Einem ersten Impuls folgend, könnte ich einfach dem Zufall die Regie überlassen. Doch etwas hält mich zurück. Zweifel erwachen in mir. Ich bleibe stehen, überlege kurz und entscheide, mich langsam im Kreis zu drehen.

Zuerst erscheint eine gelb gestrichene Tür in meinem Blickfeld, danach eine grüne Tür. Beim Weiterdrehen taucht eine rote Tür auf, und anschließend die halboffene Tür, durch die ich hierhergekommen bin. Sie ist schwarz.

Gelb, Grün, Rot, Schwarz!

Kann die Farbenlehre mir die Entscheidung erleichtern?

Um die Türen genauer in Augenschein zu nehmen, entscheide ich, mir im Uhrzeigersinn jede Tür genauer anzusehen. Als die gelbe Tür vor mir auftaucht, trete ich zwei Schritte näher, bleibe stehen und betrachte sie genauer.

In der oberen Hälfte entdecke ich ein Pyramidendreieck, in dem ein stilisiertes lilafarbiges Auge zu sehen ist. Es erinnert mich dunkel an etwas. Da mir im Moment nichts Passendes einfällt, setze ich meine Drehung fort.

Auf der grünen Tür gibt es ein ähnliches Symbol, nur mit dem Unterschied, dass die Pyramide auf dem Kopf steht. Dieses Auge ist rot.

Bei der roten Tür muss ich zweimal hinschauen, um das Auge zu entdecken. Es befindet sich im Zentrum eines Hexagramms und ist in grüner Farbe gemalt.

Sollten die gezeichneten Augen in Verbindung mit den Farben der Türen mir helfen ein Problem zu lösen?

Würde die Lösung eines der Farbenrätsel eine Entscheidung herbeiführen?

Über das Hexagramm, welches eine magische Anziehung ausgelöst hat, weiß ich ein wenig. Zum einen ist es ein gnostisches Symbol für die Vereinigung zwischen Christus und Sophia. Es symbolisiert die Vergöttlichung der Menschen. Außerdem gilt es als zentrales Symbol im tantrischen Buddhismus und Hinduismus. Des Weiteren ist es ein Schutzsymbol gegen Dämonen und Feuer, und in der Alchemie symbolisieren die überlappenden Dreiecke die Elemente.

Könnte dies die Tür sein, durch die ich gehen soll?

Ein dumpfer Knall reißt mich aus meinen Überlegungen. Irritiert sehe ich mich um.

Bin ich nicht allein?

Als ich mich umdrehte bemerke ich, dass die Tür durch die ich gekommen bin, sich lautstark geschlossen hat.

Auch auf ihr hat jemand eine Pyramide gezeichnet. In dieser befindet sich allerdings ein farbloses Auge. Es sieht so aus, als befände es sich im Zentrum der Pyramide und schaut mich direkt an. Neugierig gehe ich auf die Türe zu. Kurz davor bleibe ich stehen und es kommt so vor, als wäre dieses Auge wach und würde mich beobachten.

Erregt und einem unguten Gefühl folgend, schaue ich direkt in das farblose Auge.

Von dem Auge geht eine hypnotische, besitzergreifende Kraft aus, die direkt zu mir strömt. Plötzlich verstummt jeder Gedanke in mir. Von einem Moment zum anderen habe ich das Gefühl, mich auf einer höheren Ebene zu befinden. Meine Sinne breiten sich zögernd im Raum aus, bis ein Luftzug mich berührt und ich ins Jetzt zurückfinde. Das Auge auf der Tür und ich schauen uns weiterhin an. Irgendwie habe ich den Eindruck, etwas in mir will mich zu einem bestimmten Handeln auffordern. Urplötzlich habe ich das Gefühl, die Kontrolle über einen Teil meines Verstandes zu verlieren. Meine Beine setzen sich in Bewegung, und ich steuere auf die Tür mit dem Hexagramm zu. Auf halbem Wege gelingt es mir, mich ein Stück weit aus dem Bann zu lösen, und wieder tauchen Fragen auf.

Bin ich vorbereitet auf das, was kommt?

Bin ich frei oder, wie so oft, ein Spielball fremder Mächte? Mit einem mittleren Gewaltakt gelingt es mir, mich aus dem inneren Zwang zu lösen, und ich bleibe stehen. Meinem Instinkt folgend drehe ich mich um. Mir kommt in den Sinn:

Warum sollte ich nicht das genaue Gegenteil von dem durchführen, was mir das Auge oder sonst jemand wahrscheinlich aufzwingen will?

Ich bin mein Herr!

Ich entscheide über mein Leben!

Doch ist es wirklich ein guter Gedanke, sich gegen sein Schicksal zu wehren?

Neun Schritte später stehe ich vor der von mir, wie ich glaube, frei gewählten Tür. Neugierig betrachte ich das Symbol und das rote Auge genauer. Aus der Nähe kann ich erkennen, dass es an den Rändern orangefarben ist. Auch dieses wirkt auf unerklärliche Art lebendig auf mich. Plötzlich fühle ich mich nicht mehr allein. Unerwartet habe ich den Eindruck, telepathischen Kontakt zu spüren. Ich bin mir nicht hundertprozentig sicher, doch eine Ahnung und etwas in der Tiefe der fein gezeichneten Iris fordert mich auf, etwas Bestimmtes zu tun.

Von einer Art Verbindung zwischen einem Bild und dem Betrachter habe ich schon gehört, sie aber noch nie erlebt. Sind Augen und Farben eine Art Katalysator?

Informationen erreichen meinen Verstand, wenn auch unscharf. Mein erster Eindruck ist, dass die Informationen ziemlich komplex sind. Es dauert eine Weile, bis ich Teile der Botschaft zu verstehen glaube.

Ein heftiger Schreck durchzuckt mich, als die Bilder in mir immer deutlicher werden. Jennifer oder Sandra, auf jeden Fall eine Frau, die mir nahesteht, ist in höchster Gefahr. Im Zwielicht sehe ich eine Person, die sich über einen Steinblock beugt, auf dem eine Frau liegt, die irgendwie Jennifer ähnelt. Die Person vor dem Altar breitet die Arme aus; Ärmel wie Flügel verdecken nun die Frau komplett, und in mir bleibt nur ein flüchtiger Eindruck von ihr zurück.

»Handle mit Bedacht. Dein und das Schicksal dieser Frau liegen in deiner Hand«, flüstert eine Stimme mir zu.

Die Worte ließen mich in die Wirklichkeit zurückfinden. Ich trete näher an die Tür und betrachte das Bild auf ihr genauer. Vielleicht habe ich etwas übersehen.

Stark verwittert entdecke ich an der Spitze des Dreiecks fast unsichtbare Flammen. Je mehr ich mich auf sie einlasse, umso mehr scheinen sie aufzuflammen. Überrascht kann ich zusehen, wie die einzelnen Flammen sich zu einem heftig flackernden Feuer entwickeln.

Kurzfristig glaube ich, mitten in dem Flammenmeer eine weibliche Person zu erkennen.

Wieder kann ich sie nicht eindeutig identifizieren. Doch ich bin mir sicher es handelt sich entweder um Jennifer oder Sandra.

Angst überflutet mein Herz. Einem inneren Zwang nachgebend berühre ich die Tür mit meiner Hand. Nur um sie gleich zurückzuziehen. Meine Handfläche brennt.

Jetzt ist es genug. Ohne weiter nachzudenken trete ich mit einem heftigen Tritt gegen die Holzbohlen. Mit lautem Getöse fliegt sie auf, schlägt gegen die Höhlenwand, prallt zurück und schließt sich beinahe wieder. Indem ich meine Arme vorne nach strecke, kann ich dies verhindern.

Erleichtert drücke ich die Tür langsam auf. Der Vorgang wird von einem leisen Knarren begleitet. Schließlich berührt sie die Wand. Zögernd überschreite ich die vor mir liegende Schwelle und betrete einen schwach beleuchteten Gang. Mit größtmöglicher Sensibilität, auf jedmögliche Überraschung gefasst, schreite ich in den Gang hinein. Bis auf das etwas düstere Licht gleicht der Tunnel, wie ein eineiiger Zwilling dem, den ich vor kurzem verlassen habe. Auch dieser ist von einer Art Moosflechte bewachsen, die allerdings schwächer fluoresziert.

Nach zirka hundert Metern verengt sich die Höhle, wird dunkler und die Luft lässt sich immer schwerer einatmen. Bald wird es so eng, dass ich eine Klaustrophobie entwickle. Bisher kenne ich keine Angst vor engen Räumen. Der Angst nachgebend versuche ich mit meinen Händen, die Wände von mir fernzuhalten. Doch es hilft nichts, das Gefühl wird immer stärker, dass mich die Höhlenwände einschließen wollen. Ich muss dringend etwas tun. Ich beginne, mich auf meine Atmung zu konzentrieren. Das hilft mir eigentlich immer.

Da das sonst übliche leuchtende Moos in diesem Abschnitt der Höhle kaum vorkommt, kann ich keinen halben Meter weit sehen. Meine Schulter streift eine scharfe Felskante. Nach einem kurzen Fluch bewege ich mich in gebückter Haltung vorsichtig weiter. Immer tiefer dringe ich in das mein Herz beklemmende Höhlensystem ein.

Nachdem ich mich einige Zeit vorwärtsgearbeitet habe, wird die Luft besser und es wird heller. Die Wände entfernen sich wieder von mir, und das Atmen fällt mir leichter. Der Raum, der mich nun umgibt, wird höher und breiter. Das Gefühl verschwindet, ein Gefangener zu werden. Endlich kann ich mich aufrichten. Nach wenigen Schritten fühle ich mich freier und erhöhe meine Schrittfrequenz, um schneller voranzukommen, um endlich diese Höhle verlassen zu können.

Die Worte „Du musst dich beeilen" tauchen auf.

Nach fünfzehn Metern weitet sich der Gang vor mir ein weiteres Stück. Den Ausgang erwartend blicke ich so weit es geht nach vorne und sehe eine Wand.

Bin ich in einer Sackgasse gelandet?

Dies kann unmöglich sein.

Wie so oft erwarte ich, dass die Hoffnung zuletzt stirbt!

Ich gehe weiter, meine Schritte verlangsamend. Schließlich stehe ich kurz vor die meinen Weg versperrenden Wand. Stehend bleibend schaue mich um und erkenne erleichtert, dass der Höhlengang im rechten Winkel abbiegt. Offensichtlich ist meine Reise nicht zu Ende. Mein Tempo erhöhend folge ich dem vor mir liegenden Gang.

Plötzlich warnt mich mein Instinkt: »Sei vorsichtig!«
Vorsichtig lausche ich in den Gang hinein. Zuerst glaube
ich an eine akustische Täuschung. Doch als ich mich entscheide, einige Schritte weiterzugehen, wird es deutlicher.
Flüsternde Stimmen dringen an meine Ohren.
Gibt es Menschen in diesem System, die mir helfen können, Orientierung zu finden?
Tief einatmend schreite ich rascher aus. Je näher ich der
Geräuschkulisse komme, umso mehr versuche ich, sie zu
analysieren. Ich bleibe stehen. Nach einiger Zeit des Lau-
schens bin ich mir sicher, dass ich eine dunkle Männer-
stimme aus dem Stimmengewirr heraushöre. Mit jedem
Schritt bekommt der Klang der Stimme etwas Beherr-
schendes, Bedrohliches.
Immer heftiger löst die Stimme Unbehagen in mir aus. Jedes überflüssige Geräusch vermeidend gehe ich weiter.
Das Geraune im Hintergrund wird lauter.
Die Quelle der Geräuschkulisse kann nicht mehr weit von
mir entfernt sein. Ein ungutes Gefühl übernimmt meine
Magengegend, deshalb konzentriere ich mich auf jeden
meiner Schritte. Einige Minuten später, ich stehe kurz vor
einer weiteren Biegung, zögere ich. Ich beginne, die zunehmend deutlichere Geräuschkulisse in einzelne Teile zu
zerlegen.
Allmählich wird mir klar, dass ich nicht mehrere Stimmen
höre, sondern nur eine. Sie folgt einem bestimmten Rhythmus. Achtsam schaue ich in den Raum hinter der Biegung.
Jetzt darf ich keinen Fehler begehen. Kaum gedacht, geschieht es. Mit meinem nächsten Schritt trete ich gegen einen Stein, der sich in Bewegung setzt und aus meinem
Blickfeld verschwindet.
Gepolter dringt wie Donnergrollen an mein Ohr. Mein
Körper verkrampft sich.

Plötzlich glaube ich, die Ursache des Stimmengewirrs zu verstehen. Offensichtlich entsteht die Täuschung meines Gehörsinns durch das vielfältige Echo der Stimme. Während ich versuche, mich aus der Starre zu befreien, verstummt die Stimme.

Nach einer kurzen Pause beginnt sie erneut, ihren Singsang fortzusetzen. Überrascht nehme ich zur Kenntnis, dass sie nicht mehr so bedrohlich klingt. Stück für Stück beruhigt sich mein Verstand. Ich entspanne mich. Nun nehme ich all meinen Mut zusammen und gehe weiter in den Raum hinein.

Es wird Zeit, mich meiner Zukunft zu stellen, denke ich.

Nach circa vier Metern stehe ich in einen hohen, weiten Raum. Ein Meer brennender Fackeln beleuchtet das Gewölbe. Stalaktiten, die in vielen Jahrhunderten von stetig heruntertropfendem Wasser geschaffen worden sind, hängen als meterlange Eiszapfen von der Decke. Das flackernde Licht der Flammen lässt einen gelblichen Schimmer auf der weißen Oberfläche des Kalksteins entstehen. Stalagmiten, die vom Boden zur Decke streben, geben dem Raum, einem Dom nicht ungleich, ein sakrales Aussehen. Auf abgeschlagenen Spitzen einiger Stalagmiten erkenne ich Schalen aus Messing. In ihnen brennt ein Öl Feuer. Die Flammen werfen seltsam bewegende Schatten an Decke und Wände. Beim Betrachten kommt mir der Gedanke, dass sich etwas Lebendiges hinter den Schatten verbirgt.

Das riesige Ausmaß der Höhle gibt mir das Gefühl, klein und unbedeutend zu sein. In der Mitte des Raumes strebt eine gewaltige Säule der Decke entgegen und berührt sie. Das Spiel zwischen Licht und Schatten sowie die von der Natur geschaffene Schönheit weiten mein Herz.

Alle meine Sinne beginnen sich zu öffnen.

Noch nie habe ich so etwas gesehen. Niemals werde ich diesen grandiosen Anblick vergessen. Frieden erfüllt jede meiner Zellen. Für kurze Zeit vergesse ich, in welcher Lage ich mich befinde. Ein unerwartetes Glücksgefühl breitet sich in mir aus. Umso heftiger trifft es mich, als ich die Quelle des merkwürdigen Singsangs entdecke. Ein Mann, keine dreißig Meter von mir entfernt, steht mit dem Rücken zu mir. Die kräftige Stimme, die mich hierher begleitet hat, findet ihren Ursprung unter einer roten Kapuze. Als ich mich auf weitere Details konzentriere, erkenne ich den Felsblock aus meiner kürzlichen Vision. Eine Person liegt auf ihm, doch wer kann ich sie nicht genau sehen. Der Ärmel einer karmesinroten Kutte versperrt mir den Blick. Der Mann hebt seine Arme zur Gewölbekuppel empor, scheint ein Stück zu wachsen, und seine Arme vereinen sich über seinem Kopf. Hoch aufgerichtet hält er inne. Da seine Ärmel nach unten rutschen, erkenne ich nun so etwas wie einen Opferaltar. Der beschwörende Gesang wird leiser. Allmählich kommt meine Gedankenwelt zur Ruhe. Zwischen Ablehnung und Faszination nehme ich die Szene in mir auf. Eine nackte Frau liegt auf dem Altar. Die muskulösen Arme, die der Mann nun zur Decke streckt, halten einen Totenkopfschädel zwischen den Händen. Woher er so plötzlich kommt, bleibt ein Rätsel. Obwohl ich instinktiv meine Augen schließen will, kann ich nicht verhindern, dass meine Iris ein genaues Abbild der sich vor mir abspielenden Ereignisse aufnimmt und es an meinen Cortex sendet. Mein Körper zuckt heftig zusammen, als ich die Frau auf dem Opferaltar erkenne. Es ist Sandra. Starr liegt sie auf dem Felsblock. Irgendetwas scheint sie zu bannen, Sind es die Worte des Priesters?

131

Mein Verstand versucht fassungslos das Bild einzuordnen. Versucht mit den vielfältigen Informationen meiner Situation fertig zu werden,
Ich will Sandras Namen hinausschreien, in die Welt der Dumpfheit und Grausamkeit. Doch meine Stimme versagt kläglich. Nur ein schwaches Krächzen verlässt meine ausgetrocknete Kehle. Der Priester beugt sich über Sandra und hält einige Zeit inne. Langsam stellt er den Totenschädel neben ihrem Kopf ab.
Wie ist sie nur hierhergekommen?
Ein Feuer hinter dem Altar, das in einem aus dem Felsen gehauenen Kamin brennt, lodert auf und erfasst meinen Verstand. Die orange-schwarzen Flammen heben die schwer zu ertragende Szene auf eine weitere Ebene.
Schatten, die von den Flammen an die Wände geworfen werden, nehmen dämonische Formen an und verstärken den Eindruck des Okkulten.
Wie immer in einer solchen Situation stellen sich Fragen ein!
Wie ist Sandra hierhergekommen?
Weshalb sind sie und ich hier?
Wie kann ich meiner Freundin helfen?
Sollen wir, Sandra und ich, etwas lernen?
Wenn ja – was?
Was habe ich auf meiner Suche erwartet?
So etwas?
Nein!?
Unkontrolliert atme ich tief ein und aus. Langsam gewinne ich meinen natürlichen Atemrhythmus zurück. Obwohl ich keinen Augenblick des Geschehens versäumen will, schließe ich kurz die Augen. Circa zwölf Atemzüge später werde ich ruhiger. Allmählich gewinne ich Distanz zu den auf mich einstürmenden Eindrücken.

Irgendwie finde ich meine Mitte. In diesem stabilisierten Zustand öffne ich meine Augen und erkenne meine Freundin auf dem Block aus schwarzem Marmor.

Deutlich kann ich sehen, dass sie sich bewegt. Auf ihrem Gesicht sehe ich zu meinem Erstaunen nicht Schmerz, sondern freudige Erwartung. Nicht ganz deutlich glaube ich sogar, ein Lächeln darauf zu erkennen.

Steht sie unter Drogen?

Eigentlich gibt es keine andere Erklärung.

Ich beobachte, wie sich ihr Brustkorb gleichmäßig hebt und senkt. Alles wirkt auf mich, als wäre sie im Einklang mit sich selbst.

Ist sie bereit, sich für eine höhere Sache zu opfern? Auf ihren Gesichtszügen zeichnet sich immer deutlicher eine euphorische Erregung ab. Das lässt eigentlich keinen anderen Schluss zu, als dass sie ihre Umgebung bewusst wahrnimmt!

Während ich über das Schicksal von Sandra nachdenke, tauchen aus dem Halbdunkel zwei Frauen auf – links und rechts vom Opferaltar. Mit nach vorne gestreckten Armen schreiten sie langsam voran. Der strahlend weiße Umhang, der über ihre Schultern bis zum Boden fließt, teilt sich, und die Aufgabe zu verhüllen wird aufgehoben. Etwas unangenehm berührt sehe ich ihre nackten Körper – grazil und harmonisch.

Während sie sich langsam dem Altar nähern, kann ich die nackten, sehr fraulichen Körper genauer betrachten. Es dauert, bis mein Verstand glauben kann, was meine Augen ihm vermitteln.

Der Körper des weiblichen Wesens zu meiner linken Seite ist golden.

Steht sie für die Sonne?

Der Körper der Frau zu meiner rechten Seite ist silbern.

Steht sie für den Mond?

Durch die Farben wird ihre Nacktheit abgemildert. Jede von ihnen hält ein brokatverziertes Kissen in den Händen. Das Kissen der silbernen Frau ist leer. Auf dem Kissen der goldfarbenen Frau liegt ein Miserikorddolch. Schließlich treten sie an die Seite des Priesters.

Aus tieferen Schichten meines Gehirns wird mir die Information zugespielt, dass dieser Dolch in früheren Kulturen für den Gnadenstoß des Opfers verwendet wurde.

Der Mann, von dem eine negative Schwingung ausgeht, beendet seinen bisherigen Singsang und wendet sich um. Dabei teilt sich auch sein Gewand.

Irritiert blicke ich auf einen stark behaarten Körper. Während ich noch fassungslos meine Blicke darüber schweifen lasse, beugt sich der Priester, durch den Anblick seines Körpers von mir zum Teufelsanbeter erhoben, wendet sich zur Seite und ergreift den Dolch.

Mit einer heftigen, herrischen Bewegung wirft er seinen Kopf zurück, und die Kapuze, die bisher Teile seines Gesichts verhüllt hat, fällt auf seine Schultern.

Erneut kann ich nicht glauben, was ich sehe. Mein Blick fällt auf einen haarlosen Schädel, auf dem sich ungewöhnliche Tätowierungen befinden. Während ich noch versuche, sie mir bekanntem zuzuordnen, wendet der Priester langsam seinen Kopf in meine Richtung.

Hat er meine Anwesenheit gespürt?

Zwei tiefschwarze, gelb gesprenkelte Pupillen schauen mich direkt an. Seine Pupillen werden von keiner Iris begrenzt und lösen in mir ein beklemmendes Gefühl aus.

Mein erster Impuls, in den Tunnel zurückzuweichen, bleibt ein Versuch.

Stattdessen halten mich seine Augen fest auf meinem Platz. Je länger der Augenkontakt andauert, umso mehr werde ich in eine dunkle Welt hineingezogen, die beginnt mich zu faszinieren. Vordergründig glaube ich in den Augen heftiges Verlangen zu erkennen. Doch dahinter lauert noch etwas. Eindeutig eine Kraft des Bösen.

Trotz all dem negativen, spüre ich eine Spur von Sehnsucht, Hingabe und Fanatismus.

Schließlich wird alles zu viel für meine angeschlagenen Nerven. Doch der Versuch dem Unerklärlichen auszuweichen, verbessert meine Lage nicht. Denn jetzt erkenne ich, dass aus seinen schwulstigen, blassroten, leicht geöffneten Lippen zwei Eckzähne herauslugen.

Die Eckzähne lösen in mir Erinnerungen aus, die ich bisher Fabelwelten zugeordnet habe.

Erschrocken von diesem Anblick weiche ich ein Stück zurück. Während ich mit meinem Entsetzen kämpfe, setzt eine Art Metamorphose ein. Der Schädel beginnt sich zu verändern. Das Fleisch, welches dem Gesicht Ausdruck gibt, löst sich auf. Zurück bleibt ein Totenschädel, in dem sich nun statt Augen tiefe Höhlen befinden.

In diesen lodert ein Feuer. Eine goldene Flüssigkeit füllt die Augenhöhlen Stück für Stück, bis die Flüssigkeit erstarrt. Dann stoppt der Vorgang. Das Gold beginnt seine Farbe zu verändern.

Während ich versuche, mich von dem Schauspiel zu lösen, übernimmt eine hypnotisierende Kraft mein Denken. Mein Verstand verstrickt sich immer heftiger in den Anblick der goldglänzenden Augen des Totenkopfs.

Während ich nach einer Erklärung suche, beginnen Tränen aus den Augen zu fließen. Alles hätte ich jetzt erwartet, nur dies nicht. Eine Träne erreicht die Wange, und zu meinem Erstaunen sieht sie silbern aus.

Silberglänzend bewegt sie sich gemächlich über den Wangenknochen.

Wenig später streift sie die gelben Zähne, die in Ober- und Unterkiefer sitzen. Schließlich beendet die silberne Träne ihre Reise. Die Träne zögert kurz, um sich dann vom Totenschädel zu lösen. Für einen kurzen Moment scheint sie im Nichts zu verschwinden. Doch dann taucht sie wieder auf, und ich sehe, wie sie zwischen den Brüsten von Sandras aufschlägt.

Meine Freundin zuckt leicht zusammen. Offensichtlich ist die Träne heiß. Tief in mir spüre ich ihren Schmerz, so als läge ich selbst auf der Bank.

Inzwischen bilden die weiteren Tränen ein Rinnsal, das allmählich zu einem stetigen Fluss aus fließendem Silber anwächst. Während ich dieses faszinierende Schauspiel betrachte, dreht sich der Priester zu meiner Überraschung von mir weg.

Hat er das Interesse an mir verloren?

Sieht er in mir keine Bedrohung?

Mit dem Rücken zu mir streckt er nach kurzem Zögern die Arme gen imaginären Himmel und beginnt, mit tiefer, befehlender Stimme immer wieder dieselben Worte nach oben zu senden. Es erinnert mich an ein Mantra.

Schließlich werden die Beschwörungen des Priesters emotional. Die in einem fremdartigen Idiom kurz abgehackten Sätze klingen mal leise, dann lauter. Auf einer unterschwelligen Ebene wirken sie immer beschwörender. Irgendwie ziehen mich die schwarzmagischen Worte in ihren Bann. Spürbar läuft mir ein kalter Schauer über den Rücken. Offensichtlich erwartet er Hilfe von oben.

Seine beschwörenden Worte werden lauter, hallen an den Wänden wider. Schließlich beugt er sich über Sandra, bewegt seinen Schädel langsam von links nach rechts über ihren Körper, während seine silbernen Tränen immer mehr ihres Körpers verhüllen. Bei jeder Berührung einer Träne

zuckt Sandra zusammen. Offensichtlich empfindet sie
doch Schmerz bei jeder Berührung.

Aus dem Gesicht meiner Freundin verschwindet ein Stück
ihrer Verzückung. Schlangenhaft windet sie sich unter den
Schmerzen, die das heiße Metall in ihren Nervenbahnen
auslösen muss. Immer mehr ihrer Haut wird von dem silbernen Tränenfluss bedeckt, bis ihr nackter Körper unter
dem Edelmetall kaum noch zu erkennen ist.

Eingehüllt von dem erstarrenden Silber liegt Sandra jetzt
auf dem Marmorblock – bewegungslos. Als hätte sie das
Leben verlassen. Für einen Augenblick halte ich den Atem
an und suche nach meinem Gleichgewicht.

Was kann ich tun?

Tief atme ich aus, und ganz langsam löst sich meine innere
Verspannung. Der Teufelsanbeter legt seine linke Hand
flach auf Sandra, richtet sich auf und reckt seinen rechten,
knochigen Arm gegen die Kuppel des Felsendoms.

Augenscheinlich will er eine Verbindung zwischen dem
Opfer und dem Überirdischen schaffen.

Er beginnt mit seiner Beschwörung. Hart und dunkel klingen jetzt seine Worte. Sandras Augen sind inzwischen
weit geöffnet, und Panik zeichnet sich auf ihrem Gesicht
ab. Offensichtlich lässt die Wirkung der Droge nach. Den
Schmerz, den sie zweifellos ertragen muss, kann ich mir
nicht wirklich vorstellen.

Plötzlich tritt rote Flüssigkeit aus der silbernen Hülle aus.
Blut!?

Träge quillt die Flüssigkeit an verschiedenen Stellen ihres
Körpers hervor. Ihr Gesicht wird blass. Drei schmale Ril-
len am Rand des Altars füllen sich mit der Flüssigkeit.
Schwerfällig fließt sie zum Fußende. Dort verschwindet
sie kurz, bis sie an der Seitenwand auftaucht und in eine
knöcherne Schale tropft,

137

Diese hat eine erschreckende Ähnlichkeit mit einer Schädeldecke. Der Teufelspriester verstummt. Seine Beschwörungsformeln breiten sich noch eine Weile als Echo im Raum aus. Endlich kehrt Ruhe ein.

Warum soll sie geopfert werden?

Und an wen?

Die Frage, die plötzlich in der auftretenden Stille in meinem Kopf drängt, bleibt unbeantwortet.

Denn während ich noch darüber nachdenke, beginnt der zweite Akt. Der Priester gibt der Frau mit der silbernen Haut mit einem feierlichen Wink ein Zeichen. Würdevoll tritt sie einen Schritt nach vorne.

Der Priester bückt sich und greift nach der Schale. Ohne etwas von der roten Flüssigkeit zu verschütten, stellt er sie vorsichtig auf das Brokatkissen. Stumm tritt die Priesterin einen Schritt zurück.

Ohne Aufforderung tritt nun die goldene Frau nach vorne. Der Priester wendet sich ihr mit ruhigen Bewegungen zu, und seine Hand nähert sich bedächtig dem grünen Brokatkissen, auf dem ein ungewöhnlicher Dolch liegt. Einige Zeit ruht sein Blick auf der Waffe, und auf seinem Gesicht breitet sich Zufriedenheit aus. Seine knochigen Finger nähern sich dem Griff des Dolches.

Dieser ist mit verschiedenfarbigen Edelsteinen besetzt. Ein Finger nach dem anderen umschließt den Griff. Ein Edelstein nach dem anderen verschwindet in seiner Hand, bis ein riesiger Diamant am Kopfende des Dolches übrigbleibt.

Der Priester hebt den Dolch in die Höhe. Der Brillant zerlegt das ihn umgebende Licht in sein Spektrum. Die Dolchklinge blitzt mystisch im Widerschein der zahllosen Feuer auf. Am höchsten Punkt angekommen, kommt es mir so vor, als würde er kurz innehalten.

Will er Sandras Tod hinauszögern?

Er hebt seinen linken Arm und umklammert jetzt mit beiden Händen den Griff des Dolches. Keine Frage, nicht mehr lange, und er wird zustoßen.

Panik greift wieder nach mir. Es wird Zeit, etwas zu unternehmen – dringend.

Jeden Augenblick kann der Dolch heruntersausen und tödlich in den silberbedeckten Körper meiner Freundin eintauchen, die mir mindestens so wertvoll ist wie Jennifer.

Nie wieder werde ich ihr Lachen hören.

Nie wieder kann ich mit ihr über die Welt diskutieren.

Nie wieder werde ich sie in den Arm nehmen können.

Mit jedem "Nie wieder" wächst mein Zorn immer heftiger.

Schließlich erfüllt mich nur noch ein Gedanke: Ich muss etwas tun, muss Sandra befreien – egal wie.

Mein Denken verengt sich zu einem dunklen Tunnel. Dann gibt es kein Links, keines Rechts, nur noch ein Geradeaus. Mit einem Schlachtruf, der jeden Dämon – zumindest meiner bescheidenen Meinung nach – in die Flucht schlagen würde, stürme ich los.

Mein Amoklauf bleibt nicht verborgen. Wie erhofft, lenke ich die Aufmerksamkeit des Teufelsanbeters auf mich.

Blitzartig dreht er sich um und unterbricht sein Vorhaben. Durch diesen Teilerfolg beginnt mein Adrenalinspiegel ein wenig zu sinken, und ich sehe wieder klarer.

Mir wird bewusst, dass mich nur noch wenige Meter von ihm trennen. Erstaunen breitet sich in seinem knochigen Gesicht aus. Vielleicht, weil ich ihn überrascht habe – oder aus einem anderen Grund –, lässt er den Dolch fallen und richtet seine offenen Handflächen auf mich.

Will er mich so aufhalten?

Ein seltsamer Singsang dringt an mein Ohr, tief und hallend, als käme er aus den Tiefen eines Grabes.

Beschwörungsformeln?

Tatsächlich spüre ich diffuse Kräfte, die auf mich einwirken wollen. Meine Beine entziehen sich meiner Kontrolle. Stück für Stück erweitert sich sein Einfluss über mich. Die Worte des Priesters fließen wie ein unaufhaltsamer Strom in meinen Verstand. Mein Versuch, mich dagegen zu wehren, bleibt erfolglos.

Plötzlich wird der Druck so stark, dass ich glaube, mich vom Boden zu lösen. Eine heftige Druckwelle trifft mich, und nach mehreren Metern Flug lande ich unsanft in dem Gang, aus dem ich gestartet bin.

Während ich mich mühsam und verwirrt aufrapple, um in den Dom zurückzustürmen, dringt ein berstendes Geräusch an meine Ohren. Mittelgroße Steine streifen meinen Körper. Doch das hält mich nicht von meinem Vorhaben ab.

Vorsichtiger geworden, trete ich aus dem Gang. Zuerst orientiere ich mich nach oben, um die Ursache des Lärms zu finden.

Hoch oben lösen sich vom Deckengewölbe immer schneller Stalaktiten und Steinbrocken unterschiedlichster Größe und stürzen mit lautem Getöse zu Boden. Ein für mich problematisches Felsstück rast direkt auf mich zu.

Geistesgegenwärtig, die Beschwörungen des Priesters haben ihre Wirkung verloren, springe ich in die schützende Höhle zurück.

Mit lautem Getöse zersplittert der herabstürzende Stalaktit am Boden in unzählige Teile.

Steinbrocken folgen in immer schneller werdendem Staccato und versperren Stück für Stück meinen Weg zu Sandra.

Ohne über meine nächste Handlung nachzudenken, versuche ich, einen vielleicht letzten Blick auf die andere Seite zu werfen. Ein erstaunliches Schauspiel bietet sich meinen Augen.

Es fällt mir schwer zu glauben, was ich sehe!

Der Priester und seine Frauen stehen neben dem Altar, umgeben von einer flimmernden Energieglocke, an der die herabstürzenden Steinbrocken abprallen. Diese schützende Barriere umschließt die drei und den Opferstein. Bei diesem Anblick spüre ich Erleichterung. Hoffnung keimt in mir auf. Die Hoffnung, dass meine Freundin nicht getötet wird. Während ich mich frage, wie das alles möglich ist, stürzen mit lautem Getöse weitere Steinbrocken herab und verschließen endgültig meinen Weg und meinen Blick in das Gewölbe.

Hoffnungslosigkeit erfasst mich.

Was soll ich tun?

Wie soll es weitergehen?

Da ich keine Antworten darauf finde, tue ich, was sich schon so oft bewährt hat:

Ich setze mich, nehme so gut es geht den Lotussitz ein und lasse los, was ich im Moment nicht ein- oder zuordnen kann. Gedanken kommen, und ich lasse sie ziehen.

Dann taucht ein Gedanke auf, ich glaube von Reinhold Niebuhr den ich kurz festhalte:

Gott, gib mir die Gelassenheit, Dinge hinzunehmen, die ich nicht ändern kann, den Mut, Dinge zu ändern, die ich ändern kann, und die Weisheit, das eine vom anderen zu unterscheiden.

Allmählich finde ich mein Gleichgewicht wieder.

Erleichterung erfüllt mich, und ich will gerade aufstehen, als in diesem Moment eine weitere Erinnerung in meinem Kopf auftaucht. Überrascht sinke ich zurück in den Schneidersitz und schenke ihr, ohne zu ahnen warum, meine volle Aufmerksamkeit.

141

In meiner Kindheit erzählte meine Mutter mir oft Geschichten von Drachen, Rittern und Helden. Die Ritter und Helden befreiten in diesen Geschichten immer Prinzessinnen, wobei sie oft gegen Drachen kämpfen mussten. Am Ende vermählten sich der Held und die Prinzessin, und sie lebten glücklich bis ans Ende ihrer Zeit.

Eine kurze Zeitreise. Viele Abende meiner Kindheit ziehen vor meinem inneren Auge vorbei und führen mich zu einem Moment, in dem meine Mutter eine ihrer Geschichten mit einer eindringlichen Ermahnung abschließt.

Diese eine Geschichte hatte mich besonders in ihren Bann gezogen und gleichzeitig verwirrt. Wenn ich mich richtig erinnere, schloss sie mit einer Mahnung. Damals verstand ich nicht, warum, doch jetzt glaube ich, dass sie mir einen Weg aufzeigen wollte, mein Schicksal selbst zu bestimmen. Sie nahm mich in den Arm und sagte eindringlich:

"Du musst nicht wissen, du musst nicht glauben, du musst nur wollen. Solltest du einmal in großer Gefahr und Verzweiflung sein, musst du mit all deiner Vorstellungskraft WOLLEN. Du musst wollen, dass die Dinge, die du dir vorstellst, wahr werden können."

Jetzt bin ich wohl in genau solch einer Situation.

Würde Visualisieren mir helfen?

Wahrer Glaube kann Berge versetzen.

Hat Jesus das nicht gesagt?

Sandra befindet sich hinter diesem Schuttberg, sie soll geopfert werden. Ich muss sie irgendwie retten.

So viel ist klar!

Doch das Geröll, das sich zwischen Sandra und mir befindet, lässt keinen Raum für die Hoffnung.

Wie soll mir ein Wollen helfen?

Was kann ich wollen?

Dass dieser Albtraum nur ein Traum ist?

142

Aufwachen!

Doch wie?

Ein, zwei übliche Tests, und mir wird klar:

Ich befinde mich nicht in einem Traum. Diese Erkenntnis nehme ich hin, ein wenig enttäuscht, doch dann entschließe ich mich, nach vorne zu denken.

Ich stelle diverse Überlegungen an, doch nach Abwägung aller mir denkbaren Möglichkeiten komme ich zu dem Schluss, dass ich Sandra, zumindest vorerst, ihrem Schicksal überlassen muss.

Vielleicht bekomme ich in dieser absurden Welt ja noch einmal eine Chance.

Eine bessere, so hoffe ich.

Nur mit Mühe kann ich meine aufsteigende Verzweiflung herunterschlucken. Dies ist der Moment, in dem ich zum letzten Strohhalm greife. Wenn ich keinen rationalen Weg erkenne, muss ich einen anderen beschreiten.

Wenn ich mir später, wenn alles vorbei ist, nichts vorwerfen will, muss ich es versuchen, und auf meine Mutter hören.

Wie sagte sie damals?

Du musst wirklich wollen und wirklich vertrauen. Lass kein „Aber" zu.

Heute weiß ich, ein *Aber* negiert!

Wenn nicht jetzt, wann dann, rufe ich mir zu.

Genau! Jetzt!

Auf der Suche nach einem geeigneten Platz für mein Vorhaben sehe ich mich um. Nicht weit entfernt entdecke ich einen etwa ein Meter hohen Stein mit einer flachen Oberfläche.

Er scheint meinen Ansprüchen in dieser Situation zu genügen. Ich gehe hinüber und klettere hinauf. Nach einigem Hin und Her nehme ich den Lotussitz ein.

Wie jedes Mal folge ich meinem Atem und konzentriere mich auf meine inneren Kräfte. Langsam wird meine Atmung ruhiger und gleichmäßiger.

Zwischen Ein- und Ausatmen wende ich mich meinem Herzchakra zu. Liebe und Heilung durchströmen meinen Körper und mein Bewusstsein. Als ich dies deutlich spüre, richte ich meine Aufmerksamkeit auf mein Solarplexuschakra.

Mein *Ki* wird stärker, spürbar, kraftvoll. Schließlich breitet sich eine tiefe Ruhe in mir aus.

Als ich nur noch Leere spüre, beginne ich stumm, mein Mantra zu rezitieren.

Keine Ahnung, wie viel Zeit vergeht, als plötzlich eine strahlend weiße Leinwand in meinem Kopf entsteht.

Überrascht halte ich inne, mein Mantra verliert sich im leeren Raum. In meiner Mitte ruhend, beginne ich, meinen Wunsch auf die weiße Leinwand zu projizieren.

Ein Puzzleteil nach dem anderen fügt sich zusammen, und allmählich zeichnet sich das Hindernis zwischen Sandra und mir auf ihr ab.

Vor mir entsteht eine Geröllwand. Kaum ist sie vollständig, will ich, dass sie sich Stück für Stück wieder auflöst.

Plötzlich dringt eine rauschende Tonfolge von herabbröckelnden Steinen an mein Ohr. Mit jedem Klang, der mein Bewusstsein erfüllt, wächst mein Vertrauen.

Mir wird bewusst, mein Wollen zeigt Wirkung.

Die Geräuschkulisse wird intensiver. Bis ich schließlich glaube, dass ein großer Steinberg in sich zerfällt. Die Auflösung der Steinwand ist offensichtlich in vollem Gang, und zum ersten Mal vertraue ich der Kraft meiner Gedanken. Ein Gefühl von Dankbarkeit durchströmt mich.

Ich spüre, wie mein Wille neue Dimensionen erobert, wie eine ungezähmte Kraft mir zu Willen ist.

Für einen kurzen Moment überwältigt mich der Stolz, und genau in diesem Augenblick verkrampfe ich.

Die Kontrolle entgleitet mir. Ohne es zu wollen, schwebe ich plötzlich zwischen dem Hier und Jetzt. Ich versuche, zurück in die Leere zu finden, doch es gelingt mir nicht. Erschrocken über mein eigenes Handeln öffne ich die Augen. Direkt vor meinen Füßen sehe ich einen Berg Steine liegen. Ein kurzer Zweifel überkommt mich – das *Aber*.

Habe ich sie bewegt, oder sind sie einfach der Schwerkraft folgend aus der aufgeschütteten Geröllwand gefallen?

Der Zugang zum Domgewölbe ist jedenfalls immer noch verschüttet. Obwohl ich nicht mehr mit derselben Intensität daran glaube und mich nicht mehr bewusst mit meinem Chakra verbinde, versuche ich es noch drei weitere Male. Ich will mit der Kraft meiner Gedanken den Steinhaufen nicht nur zum Einsturz bringen, sondern beseitigen.

Doch ich bin nicht mehr *Eins* mit Körper, Geist und Seele. Enttäuschung breitet sich in mir aus. Ich will aufgeben.

Dann meldet sich meine Vernunft.

»Auf die Ratio zu hören ist ein Privileg, dass du nutzen solltest. Vergiss nicht, du hast dein Bestes gegeben.«

»Aber ich habe doch gehört, wie Steine rollen.«

Ein Selbstgespräch?

Unwillig schüttle ich den Kopf.

Habe ich die Realität einfach ignoriert?

Haben ich mich von meinen eigenen Wünschen überwältigt?

Illusion oder Wirklichkeit?

Langsam ebbt die Enttäuschung ab.

Ich denke über die letzten Stunden nach. Viel Unerwartetes, viel Unmögliches ist geschehen.

Was ich mir erhofft habe, ist unmöglich. Zumindest für mich.

145

Niemand kann Berge versetzen, außer vielleicht die Götter. Und von einem Gott bin ich noch weit entfernt.

Es ist Zeit, mich wieder auf das Wesentliche zu konzentrieren. Auf das Machbare.

Mit einem kurzen Sprung vom Felsen, verlasse ich meinen Platz, und setze mich in Bewegung. Ein Gefühl sagt mir, dass ich schnell sein muss, wenn ich Sandras Tod doch noch verhindern will.

Finde so schnell wie möglich einen gangbaren Weg in den Felsendom, ermahne ich mich selbst.

Aus einem mir nicht ganz erklärlichen Grund glaube ich daran, dass das Schicksal uns immer eine Chance gibt. Ich darf einfach nicht aufgeben.

Ich schließe die Augen und richte meine Aufmerksamkeit nach innen. Ein schneller Scan meiner Erinnerungen an die letzte Stunde bringt Bilder hervor. Instinktiv halte ich eines davon fest: eine Szene, die einen weiteren Zugang auf der gegenüberliegenden Wand zeigt.

Langsam lasse ich den Film in meinem Kopf rückwärtslaufen. Tatsächlich taucht eine Abzweigung auf.

Ist das der Weg zurück zur Sandra?

Meinem Instinkt folgend renne ich los, ich will keine Zeit mehr verschwenden. Vielleicht zehn Meter weiter geschieht es: Der scheinbar sichere Boden unter mir bricht ein.

Während ich wieder einmal falle, denke ich: Scheiße!

Zum Glück, wenn ich in dieser Situation überhaupt davon sprechen kann, ist der freie Fall nach unten kurz. Unsanft, aber immerhin mit heilen Knochen, lande ich auf einem morastigen Untergrund.

Ein unangenehmer, nach Verwesung stinkender Geruch steigt mir in die Nase. Meine Hände tauchen in eine wenige Zentimeter hohe, sich glitschig anfühlende Schicht

146

ein. Um dem Gestank und dem ekelhaften Morast schnellstmöglich zu entkommen, springe ich fluchend auf. Als Erstes taste ich meinen Körper ab. Zufrieden stelle ich fest, dass mein erster Eindruck korrekt ist, kein Knochen ist gebrochen.

Ich schaue mich um. Das Licht, das durch das Loch in der Decke fällt und den Raum mehr schlecht als recht ausleuchtet, gibt nicht viel preis. Ein Blick nach oben sagt mir jedoch, dass es keine Chance gibt, den von mir geschaffenen Durchbruch von hier unten zu erreichen.

Was nun?

In diesem Moment der Hoffnungslosigkeit denke ich an Sandra, und mir wird schmerzlich bewusst, dass sie, genau wie ich, mit ihrem Schicksal allein ist. Der Weg zu ihr ist abgeschnitten, im wahrsten Sinne des Wortes.

Nochmals schaue ich zur Decke. Die Hoffnung stirbt bekanntlich zuletzt. Doch mir wird klar, dass selbst ein versierter Hochspringer chancenlos wäre die Decke zu erreichen. Ich lasse meinen Blick suchend über die Wände gleiten, die mich umschließen, auf der Suche nach einem Ausgang. Aber da ist nichts. Alles wirkt stabil auf mich. Kein Spalt, keine Tür, kein Durchbruch, nichts, mein suchendes Auge kann keinen Ausweg entdecken.

Nur langsam wird mir bewusst, ich stecke in dieser verdammten Welt endgültig fest.

Sollte diese Kammer mein Grab werden?

Nach allem, was ich bisher durchgestanden habe?

Auf dem Weg hierher habe ich mir Orientierungspunkte eingeprägt und an verschiedenen Abbiegungen kleine Steinchen verteilt.

Nun sind sie ohne Wert.

Wie soll ich auf den alten Pfad zurückfinden?

Ich schaue mich in der Kammer um.

Dabei wird mir bewusst, dass auch hier das vertraute Dämmerlicht herrscht. Der Eindruck, dass es in dieser Welt nicht wirklich dunkel wird, verstärkt sich definitiv. Das Licht um mich herum ist immer kräftig genug, um mich in meiner Umgebung zurechtzufinden. Trotz dieser hilfreichen Laune des Schicksals fühle ich mich verloren.

Hier kann meine Reise unmöglich zu Ende sein, schießt ein Gedanke durch meinen Kopf.

Ich schließe die Augen und lausche in den Raum – und darüber hinaus. Immer tiefer konzentriere ich mich auf die Sphäre, die mich umgibt. Plötzlich glaube ich, etwas zu hören. Ich halte den Atem an. Ein klagender, auf- und abschwellender Ton dringt in meinen Kopf.

Woher kommt er?

Ich öffne die Augen und suche sorgfältig die nähere Umgebung ab.

Dann entdecke ich die Quelle des Geräuschs in einer schwach ausgeleuchteten Ecke. Es dauert einige Zeit, bis mir bewusst wird, dass das was ich sehe, Realität ist.

In eine Nische gedrängt, zu einem Häufchen Elend zusammengekauert, entdecke ich einen Menschen in zerrissener Kleidung. Sein Kopf ist zwischen die Beine eingeklemmt, sodass ich sein Geschlecht nicht richtig erkennen kann. Ich trete näher und erschrecke. Der Mensch ist entsetzlich zugerichtet.

Schultern und der Rücken sind übersät mit Wunden und tiefen Kratzern. Der Anblick schnürt mir die Kehle zu, mein Magen verkrampft sich.

Behutsam, ohne überflüssige Geräusche zu erzeugen, um den misshandelten Menschen nicht zu erschrecken, nähere ich mich vorsichtig. Als ich ihn erreiche, beuge ich mich herunter. Irritiert betrachte ich den zusammengekauerten Körper.

Wie ist dieser Mensch hierhergekommen?

Bisher habe ich keinen Zugang zu diesem Raum entdeckt.

Ich schiebe die Frage beiseite, erst einmal muss ich mich um diesen offensichtlich traumatisierten Menschen kümmern. Sein geschundener Körper zuckt und zittert ungleichmäßig. Bei genauerem Hinsehen wird mir deutlich, dass die Verletzungen eindeutig von Krallen- und Bisswunden stammen. Arme und Beine sind genauso schwer gezeichnet, wie der Rest seines Körpers.

Plötzlich kommt Bewegung in ihn. Er richtet sich auf. Schutzsuchend drückt er sich in die Ecke. In dieser Stellung fällt mir auf, dass er einen kräftigen, durchtrainierten Körperbau hat. und ich erkenne, vor mir kauert ein Mann. Und dann trifft mich eine unerwartete Erkenntnis. Irgendwie kommt er mir vertraut vor.

Doch da er sich von mir abgewandt hat, kann ich sein Gesicht nicht erkennen.

Vorsichtig berühre ich ihn. In dem Moment durchströmt mich ein seltsam vertrautes Gefühl.

Eine Ahnung sagt mir wer dieser geschundene Mann ist.

Wer oder was hat ihm diese Wunden zugefügt?

Wer kann einem Menschen so etwas antun?

Ich setze mich neben ihn in den Schlamm. Behutsam lege ich meine Hände auf seine Schultern und drehe seinen Körper so sanft wie möglich zu mir.

Zuerst spüre ich Widerstand, doch dann gibt der Körper nach. In mir entsteht der Eindruck, dass er dem Schmerz entgehen will. Vorsichtig greife ich mit meinen Armen unter seinen Körper und drehe ihn auf den Rücken. Anschließend hebe ich seinen Kopf an und lege ihn auf meine Beine. Erschrocken schaue ich in ein von Staub und Blut bedecktes Gesicht. Seine Augen sind geschlossen. Seine Lippen sind zu einem schmalen Spalt zusammengepresst.

Zögerlich greife ich in meine Hosentasche, ziehe mein Tuch für alle Fälle heraus und versuche, so gut und vorsichtig wie möglich, ihm den Schmutz aus dem Gesicht zu wischen. Da mein Taschentuch nicht mehr besonders sauber ist, verschlimmere ich zunächst den Zustand seines Gesichts. Mit Mühe und Spucke gelingt es mir endlich, den Schmutz und das angetrocknete Blut weitgehendst aus seinem Gesicht zu wischen. Das Dämmerlicht, das die Ecke kaum erreicht, erschwert es mir zwar, doch allmählich erkenne ich, wessen Gesicht ich von Blut und Schmutz befreie.

Es ist mein Freund Boris, den ich in meinen Armen halte. Meine erste Reaktion: Ich erschrecke und bekomme Gänsehaut. Ich frage mich, wie er hierhergekommen ist, und lege meine Hand auf seine Brust, um ihm näher zu sein. Bald wird mir bewusst, dass er nur noch sehr flach atmet. Tief in mir weiß ich, dass er in diesem Zustand nicht mehr lange die Kraft aufbringen kann, um sein vergehendes Leben festzuhalten. Es muss schnell etwas geschehen.

Doch was?

Weder bin ich ein Arzt, noch habe ich hier irgendwelche zivilisierte Möglichkeiten. Um seinen Zustand irgendwie einzuordnen, beobachte ich meinen Freund. Vielleicht löst eine seiner Regungen etwas in mir aus.

Plötzlich setzt die Bewegung seines Brustkorbs aus, und sein Kopf sinkt zur Seite. Sanft berühre ich seine Halsschlagader. Kein Puls.

Mein Herz krampft sich zusammen. Ich warte, doch in den folgenden Minuten verändert sich nichts.

Leblos liegt Boris in meinen Armen. Seltsame Gedanken breiten sich in meinem Verstand aus.

Ist er am anderen Ufer des Styx angekommen?

Hat er mit dem Boot des betagten Fährmanns Charon ihn überquert?

Ist er im Totenreich des Gottes Hades?

Nein!

Das darf nicht sein!

Ohne Rücksicht ziehe ich Boris an meine Brust und drücke ihn an mich. Da ich keine Ahnung habe, ob eine Herzmassage hilfreich wäre oder nicht, lasse ich meinen Emotionen freien Lauf. Schließlich werde ich ruhiger und finde zurück ins Jetzt.

»Boris, vergiss, was du vielleicht vorhast. Denk nach! Kannst du den Fährmann überhaupt bezahlen? Geh nicht ins Licht.«

Ob ich ihn anschreie oder flüstere, weiß ich nicht mehr, doch ein deutlicher, wenn auch schwacher Ruck geht durch seinen gemarterten Körper. Es fühlt sich an, als hätte er den Kampf gegen das Schicksal, gegen Hades, angenommen. Offensichtlich siegt mein Freund, denn unerwartet setzt sein Atem wieder ein.

Erleichtert atme ich auf und lockere meine Umarmung. Um mich zu vergewissern, dass alles besser wird, lege ich zwei Finger an seinen Hals. Deutlich spüre ich seinen gleichmäßigen Puls. Diese Feststellung beruhigt meine aufgewühlte Gefühlswelt. Kaum finde ich zurück zu meinem Gleichgewicht, bedrängen mich erneut Fragen.

(Während ich dies schreibe, bemerke ich, wie oft ich mich mit Fragen auseinandersetze. Doch ich bin dankbar dafür. Denn Fragen sind wichtiger, als Antworten.)

Auf welchem Weg ist Boris hierhergekommen?

Wieso liegt er fast tot in diesem Raum?

Können wir zusammen dieser katastrophalen Situation entkommen?

Schmerzvolles Stöhnen hallt unheilvoll durch das enge Gewölbe. Ein Schauer läuft mir über den Rücken. Gleichzeitig durchzuckt mich ein Gefühl der Freude.

Boris lebt!

Obwohl ich versuche, vorsichtig zu sein, entweicht ihm ein schmerzvoller Laut. Seine Hände greifen zögernd nach mir. Ich glaube, er ahnt mehr, als er weiß, wer ihn in den Armen hält. Ich drücke ihn fester an mich, denn ich spüre deutlich, dass er über mich einen festeren Halt im Diesseits sucht. Er öffnet seine Augen, in denen sich sein gesamtes Leiden spiegelt. Hilfesuchend schaut er mich an. Ein zaghaftes Lächeln huscht über sein Gesicht, und nach einigen tiefen, schmerzhaften Atemzügen entspannt er sich sichtbar. Er greift mit seinen Händen nach meinem Arm und versucht, sich an mir hochzuziehen.

Nach einigem Mühen erreicht er meine Schulter und scheint zufrieden. Ich sehe, wie sich seine Lippen bewegen. Sofort beuge ich mich zu ihm hinunter und lausche seiner schwachen Stimme. Schließlich wird sein Flüstern deutlicher, und ich beginne, seine Worte, die er mir verschwörerisch zuflüstert, immer besser zu verstehen. Doch Hören ist nicht immer gleich Verstehen.

So ergeht es mir in diesem Moment.

»Innen wie außen. Oben wie unten. Groß wie klein. Alles hat denselben Ursprung. Gegensätze sind gleich. Gleiches stößt sich ab.«

Boris bricht abrupt seine für mich unverständlichen Ausführungen ab, schließt die Augen, und sein Atem verflacht. Um mich von seinem Zustand abzulenken, durchsuche ich meinen Wissensschatz. Tatsächlich finde ich etwas. Thot-Hermes!

Ich erinnere mich, irgendwo diese oder eine ähnliche Aussage gelesen zu haben.

Um eine Antwort zu finden begebe ich mich in mein geistiges Archiv. Obwohl ich nicht wirklich effektiv vorgehe, werde ich fündig und finde die sieben Gesetze des Hermes Trismegistos.

Sein 1. Gesetz!

Alles ist Geist.

Die Quelle des Lebens ist unendlicher Schöpfergeist. Jeder Mensch kann aus der Unwissenheit in das Wissen eintreten und dadurch die Welt verändern. Geist herrscht über Materie.

Jesus sagt: ‚Der Glaube versetzt Berge.'

Habe ich genau das versucht, bevor ich hier gelandet bin?

Ein weiteres Gesetz befasst sich mit dem Karma- oder Kausalgesetz. Jede Ursache erzeugt eine Wirkung, und jede Wirkung hat eine Ursache. Jede Aktion setzt eine bestimmte Energiemenge frei, die mit gleicher Intensität zum Erzeuger zurückkehrt. Deshalb gebe Hass, Zorn, Ärger, Neid, Wollust, Völlerei und Habgier keine Chance!

Mitten in meine Überlegungen hinein öffnet Boris plötzlich seine Augen.

Sein Blick trifft in mein angeschlagenes Herz.

Boris erscheint mir unerwartet weit entfernt. Ein Eindruck drängt sich mir auf, seine Augen haben einen Ort gesehen, der ihn fasziniert.

Bevor ich mich damit auseinandersetzen kann übermannt mich der Schlaf. Meine Augen fallen zu und ich versinke in einen traumlosen Schlaf.

7

Die Hoffnung stirbt zuletzt

Keine Ahnung, wie lange ich mich in meinem traumlosen Schlaf befinde, als ich mit schmerzenden Gliedern erwache. Um mich aus meiner liegenden Position zu befreien, schiebe ich meinen Rücken mühsam an der Wand hoch und schaue mich um. Mein erster Eindruck. Alles ist unverändert.

Beinahe!

Der unangenehme, leicht widerliche Geruch stört meine Nase nicht mehr so sehr, und Boris liegt in Seitenlage neben mir. Seine Augen sind geschlossen, sein Atem wirkt kräftiger und gleichmäßiger. Möglicherweise befindet er sich in einer Art Genesungsschlaf. Während ich erleichtert einige Zeit diesem Schauspiel zusehe, wird mir bewusst, wie dringend ich Boris' Hilfe brauchen könnte.

Ein kurzer Blick in die nahe Vergangenheit sagt mir, dass unsere Reise eine lange werden wird. Dass wir unser Ziel nur gemeinsam erreichen können.

Die nächste Etappe, die wir dringend in Angriff nehmen müssen, ist, Jennifer zu finden und Sandra aus ihrer bedrohlichen Lage zu befreien. Vielleicht steckt auch Jennifer in einer unangenehmen Klemme, aus der wir sie retten müssen.

Ist es möglich, eine plötzliche Idee durchzuckt mich, dass jeder von uns mit seiner Urangst konfrontiert wird. Ich erinnere mich an den Rattenschwarm.

Während ich weitere Gedanken zulasse, kommt mir folgendes in den Sinn.

Erst wenn es uns gelingt loszulassen, werden wir frei sein.

Ich seufze tief und versuche, die trostlose Gegenwart, die Zukunft und mein Schicksal aus meinen Gedanken zu verbannen. Es wird Zeit, dass ich mich auf das Hier und Jetzt konzentriere.

Ich blicke zu Boris hinunter. Seine Augen sind geschlossen, und sein Atem erscheint mir flacher.

Wird er durchhalten bis ich eine Lösung für uns finde?

Ich denke über seine mysteriöse Aussage nach.

Wird er sie mir erklären?

Plötzlich stöhnt Boris auf. Erschrocken schaue ich in sein Gesicht und sehe, wie er langsam die Augen öffnet. Die Zeit scheint stillzustehen, als er mich ansieht. Für einen flüchtigen Augenblick glaube ich, einen verlöschenden Funken in seinen Augen zu sehen.

Bilde ich mir das ein?

Urplötzlich überläuft mich eine Welle von Emotionen. Ich kann mich nicht mehr zurückhalten, mein aufgestauter Frust muss heraus.

»Nnneeeiiiinnnnnn!«

Der Schrei wird durch den engen Raum verstärkt.

Leicht entkräftet verstumme ich und muss schmunzeln.

Offenbar habe ich noch genügend Energie, um meine Umwelt, wenn auch nur ein wenig, zu erschüttern. Der Schrei zeigt Wirkung. Ich fühle mich eindeutig besser. Sogar Boris atmet wieder kräftiger. Meine Augen fallen auf seine spröden Lippen, und eine Idee kommt mir in den Sinn.

Eigentlich hätte ich sie schon viel früher haben müssen.

Doch wie heißt es so schön?

Lieber jetzt als nie.

Wasser, Wasser!

Boris benötigt dringend Wasser.

Wie ich diese Idee allerdings umsetzen soll, bleibt mir erst einmal schleierhaft. Ich habe keine Ahnung, woher ich Wasser nehmen soll. Doch ich muss es finden.

Reines Wasser heilt und reinigt den Körper, davon bin ich überzeugt, von innen und außen.

Ich ziehe mein Jackett aus und lege es Boris unter den Kopf. Während ich nach Wasser suche, soll er nicht im kniehohen Schlamm ersticken. Nach einigem Hin und Her bin ich zufrieden. Als ich aufstehen will, zuckt Boris heftig zusammen. Vielleicht spürt er, dass ich ihn verlassen muss. Um ihn zu beruhigen, lege ich meine Hand auf seine Stirn. Nicht wirklich überrascht stelle ich fest, dass sie ist stark erhitzt. Wodurch mir klar wird, wie dringend sein Körper eine Abkühlung braucht. Es wird Zeit für ein Wunder oder etwas Ähnlichem.

Die aufgekeimte Hoffnung an ein mögliches Wunder löst eine verborgene Sperre in mir. Der Versuch, Berge zu versetzen, war mir zwar nicht gelungen, doch vielleicht kann ich einen Weg entdecken oder herbeiwünschen, an dessen Ende eine Quelle auf mich wartet.

Nicht so entspannt, wie es sein sollte, setze ich mich vorsichtig in den Schlamm, schließe die Augen und beginne tief und gleichmäßig zu atmen. Mit jedem Atemzug denke ich das Mantra:

Finde Wasser. Eine Quelle.

Überflüssige Gedanken, die sich einmischen wollen, lasse ich ohne Wertung weiterziehen. Ruhiger werdend, breiten sich die Worte Wasser, Quelle immer weiter aus. Die störenden Gedanken werden spärlicher, bis sie endgültig verschwinden. Schließlich betrete ich die Anderswelt, versinke in die Stille. Eine endlose Leere entsteht in meinem Kopf.

Eine unbestimmte Zeit geschieht nichts. Dann füllen Bilder den leeren Raum.
Ein runder Saal. Eine lange Galerie. An den Wänden hängen Porträts. Ich erkenne einige meiner Lehrer, die mich in die esoterische Welt eingeführt haben. Während ich sie näher betrachte, beginnen sie zu sprechen.
Ihre Worte kreisen um einen Fixpunkt, verdichten sich zu kleinen Glaubenssätzen,
Betrachte die Dinge vorurteilsfrei.
Frage dich, ob es eine andere Perspektive gibt.
Am Beginn jedes neuen Weges muss absolute Klarheit über den nächsten Schritt in dir manifestiert sein.
Lege dich nicht fest.
Alles ist möglich, wenn du es dir vorstellen kannst.
Mir ist bewusst, das Leben von Boris hängt davon ab, dass ich nicht versage. Dieser Gedanke bringt mich für einen Moment aus dem Konzept.
In diesem Augenblick übernimmt das Schicksal. Es erinnert mich daran, dass es mir, wenn auch nur wenige Male, zwei- oder dreimal vielleicht, gelungen ist Eins mit dem Universum zu werden.
Mit dieser hoffnungsvollen Erinnerung, für die ich noch heute dankbar bin, begebe ich mich wieder in die Tiefe des Raumes.
Zu meinem Erstaunen erreiche ich den Zustand des Loslassens und des Eins-Werdens überraschend schnell. Trotz der ungewohnten Umgebung und meines unausgeglichenen Zustands gleite ich rasch in die angestrebte Versenkung. Mein Geruchssinn geht als erstes auf die Suche. Immer weiter, immer tiefer. Mir erscheint es, als kenne er keine Grenzen.
Er wird *Eins,* mit jedem Duftstoff, jeder Geruchspartikel im Raum.

Ob stinkend, ätzend, bestialisch, übelriechend, aasig, faulig, blumig, würzig, schwülstig, egal ich verarbeite das gesamte Potenzial der Düfte. Jeder Duftpartikel, der meine Sinne erreicht, wird von meiner in diesem Zustand hochempfindlichen Nase wahrgenommen, analysiert, zergliedert, zerteilt, in seine atomare Struktur zerlegt.

Plötzlich glaube ich, etwas feinstoffliches wahrzunehmen. Hoffnung erfüllt mich. Alle Gerüche werden schlagartig aus meiner Nase hinweggeschwemmt, und ich spüre die belebende Frische von Quellwasser. Das ersehnte Wasser erscheint mir so nah, als stünde ich mitten darin.

Die Signale, die Schwingungen der Quelle, werden intensiver, und ich weiß es einfach, nicht weit von mir entfernt muss sich eindeutig Wasser befinden.

Das Schwingungsfeld festhaltend, löse ich mich aus der Anderswelt, und noch während ich die Augen öffne, weiß ich. Die Quelle befindet sich genau mir gegenüber.

Etwas mühsam stehe ich auf, gehe zur Wand, lege die Hände auf die Oberfläche und suche nach einem Zeichen, einer Spur der Wasserquelle.

Plötzlich spüre ich einen Hauch feuchter Kühle. Instinktiv benutze ich die Reste meiner Fingernägel und kratze an der Oberfläche. Tatsächlich lösen sich kleine Steine von der Wand. Im Laufe der Zeit muss die Steinmauer durch Feuchtigkeit und Alterung an Struktur und Festigkeit verloren haben.

Ich erinnere mich an Laotses Buch: Auch ein Stein ist nicht gegen das Wasser gefeit.

Wasser ist die ultimative Kraft des Universums, geduldig, weich und zugleich unerbittlich. Mit einem Seufzer der Erleichterung setze ich meine Arbeit fort.

Je tiefer ich in die Wand eindringe, desto mehr erhöhe ich meine Anstrengungen.

Nach wenigen Minuten spüre ich, dass ich meinem Ziel nahe bin. Vielleicht noch wenige Zentimeter, und das Wasser wird aus der Wand sprudeln.

Kein Zweifel, das Wasser ist zum Greifen nah.

Allein der Gedanke, bald am Ziel zu sein, lässt mich das kühle Nass bereits auf meiner Zunge schmecken.

Unerwartet stoße ich auf Widerstand.

Verdammt!

Tränen, und ich schäme mich ihrer nicht, rinnen über mein Gesicht. Das kann doch nicht wahr sein.

Warum muss immer alles schwierig sein?

Habe ich nicht schon genug Probleme?

Soll mein Schicksal schon wieder eine Wende nehmen?

Davon überzeugt, dass ich bald auf wertvolleres als Gold stoßen werde, schlage ich mit der Faust gegen die störrische Wand. Doch ich erreiche nichts, außer einem kleinen Riss.

Na ja, stimmt nicht ganz, meine Handknöchel bluten.

Bevor ich mir darüber Sorgen machen kann, höre ich ein leises Knacken – und Wasser quillt aus der Wand.

Zuerst ist es nur ein Rinnsal, das langsam an der Oberfläche der Wand entlangfließt. Enttäuscht starre ich auf das klare Wasser, das als kaum sichtbarer Film in Richtung Boden rinnt.

Besser wenig als gar nichts, kommt es mir in den Sinn.

Ich drücke meine Handkanten gegen die Wand, versuche, wenigstens ein wenig von dem glänzenden Nass aufzufangen, doch es gelingt mir nicht. Enttäuschung will sich in mir ausbreiten, doch da höre ich etwas brechen. Bevor ich die Ursache erkenne, schießt ein zwei Zentimeter dicker Wasserstrahl aus der Wand. Erstaunt über meinen unerwarteten Erfolg beobachte ich, wie das Wasser auf die Oberfläche des Morasts trifft und versickert.

Befreit von der Last auf meinen Schultern muss ich lachen. Jeder Zweifel ist plötzlich verflogen.

»Ab jetzt wird alles gut werden«, flüstere ich mir erleichtert.

Meine Sinne nehmen das frische Wasser wahr, und meine ausgedörrte Kehle meldet sich, lechzt, verlangt dringend nach dem lebensspendenden Nass. Ohne Zögern strecke ich meine Hände nach vorne und fange es auf, so gut es mir möglich ist.

Das kühle Wasser zerrinnt zwar viel zu schnell durch meine Finger, doch es bleibt genug übrig.

Mit jedem Schluck, den ich trinke, steigt meine Zuversicht. Irgendwie werde ich das Problem lösen, wie ich das Wasser ohne Becher oder ein anderes Gefäß zu Boris bringe. Nachdem ich mich etwas besser fühle, beginne ich über verschiedene Möglichkeiten nachzudenken.

Boris hierhertragen?

Eine Möglichkeit!

Boris' geschundener Körper hierherzutragen wird allerdings nicht einfach sein. Also versuche ich es noch einmal mit meinen Händen: Ich forme eine Kuhle und lasse das Wasser in sie hineinfließen. Tatsächlich kann ich es für einen Moment festhalten. Doch nach zwei Schritten ist meine Hand leer.

Nun gut, wenn ich das Wasser nicht zu Boris bringen kann, muss ich ihn irgendwie zum Wasser bringen.

Da ich mich durch das Quellwasser gestärkt fühle, glaube ich, dass ich es schaffen kann. Auftauchende Zweifel schiebe ich in den Papierkorb für unnütze Gedanken und gehe zu Boris. Als ich bei ihm ankomme, treibt mich sein Anblick an den Rand der Verzweiflung.

»Du hast Wasser gefunden, ist das nichts?« rufe ich mir Mut zu.

160

Ich knie mich zu meinem Freund hinunter und greife unter seinen Körper. Als ich ihn anhebe, erschrecke ich. Er ist ungewöhnlich leicht. Von seinem einst athletischen Körper ist kaum etwas übrig. Deutlich spüre ich seine Knochen. Es wird Zeit, dass er zu Kräften kommt. Das Wasser wird ihm bestimmt helfen.

Boris auf den Armen tragend, was mir überraschend leichtfällt, gehe ich hinüber zur Wasserquelle.

Seltsam. Vor Kurzem fühlte ich mich noch völlig erschöpft.

Schließlich erreiche ich das lebensspendende Nass und lege Boris vorsichtig neben den Wasserstrahl, der noch immer gleichmäßig aus der Wand fließt.

Den Kopf meines Freundes auf meinen Schoß legend, strecke ich den Arm aus und lenke das Wasser in Richtung seiner Lippen. Doch ich stelle mich ungeschickt an, das Wasser fließt über sein Gesicht. Bis auf ein leichtes Zucken passiert erst einmal nichts. Nach und nach überzieht ein feiner Wasserfilm seine Gesichtshaut. Dabei kommt es mir so vor, als würde sie jeden Tropfen wie ein Schwamm aufsaugen. Plötzlich öffnet Boris die Augen und sieht mich lange und erstaunt an.

Seine Zunge taucht zwischen den benässten Lippen auf. Langsam öffnet er den Mund, und das Wasser findet seinen Weg nach innen. Kurz darauf versucht Boris, sich aufzurichten, doch es gelingt ihm nicht. Ein leises Stöhnen begleitet sein erneutes Zusammensacken. Ich schiebe meinen Arm unter seinen Kopf, hebe ihn soweit es geht an und tauche mit meiner freien Hand in den Wasserstrahl. Als sich meine Hand füllt, führe ich das Wasser an seinen Mund. Kaum berühren seine Lippen die Flüssigkeit, saugt er sie gierig ein. Diesen Vorgang wiederhole ich mehrere Male, bis Boris schließlich den Kopf zur Seite dreht.

161

Sein Brustkorb hebt und senkt sich nun gleichmäßig. Die Zeit vergeht.

Irgendwann frage ich mich, warum der Morast nicht ansteigt – wohin verschwindet das Wasser?

Bevor ich weiter darüber nachdenken kann, spüre ich plötzlich eine Bewegung. Mein Freund dreht sich zu mir um und schaut mich lange, stumm an. Schließlich wandert sein Blick durch den Raum.

»Wo sind wir?«

Seine Stimme ist kaum mehr als ein Flüstern.

»Wo sind wir?« wiederholt er, diesmal etwas lauter.

Was soll ich antworten?

In der Falle?

Da ich keine Antwort weiß, stelle ich ihm eine Gegenfrage.

»Wie bist du hierhergekommen?«

Als hätte ihn die berühmte Tarantel gestochen, fährt Boris plötzlich hoch. Er schaut sich hektisch um, und an seinem Gesicht erkenne ich, wie die Umgebung langsam in sein Bewusstsein dringt.

Es ist, als würde ihm erst jetzt klar, wo er sich befindet.

Er sieht die Wasserquelle, streckt er Arme aus, formt mit den Händen eine Kulle und fängt das heilende Wasser auf. Als es über seine Finger läuft, führt er die Hand zum Mund und trinkt einen kräftigen Schluck.

Es gibt Menschen die behaupten,
Zeitreisen sind unmöglich.
Es gibt Menschen die glauben daran,
dass alles ist möglich.

8
Wo Wahl ist, ist Zweifel

Boris beginnt zu erzählen, welcher Weg ihn hierhergeführt hat.

»Nachdem mich dieser, ich will es einmal einfach ausdrücken, seltsame Empfangschef zu unserem Hotelzimmer geleitet hat, blieb er vor der Tür stehen. Ich gebe ihm ein Trinkgeld und schicke ihn weg. Mit einer gewissen Anspannung betrete ich das Zimmer und freue mich endlich etwas Ruhe zu finden. Doch bevor ich wirklich loslassen kann, beginnt eine Kette unglaublicher Ereignisse. Sandra hat das Zimmer kurz vor mir betreten. Während ich beobachte, wie sie ihren Koffer neben das Bett stellt und sich umschaut, lässt sie sich plötzlich ins Bett fallen, und verschwindet spurlos.

Ohne Vorwarnung.

Du kannst dir sicher vorstellen, dass ich mich sofort zum Bett stürze. Während ich laufe, hoffe ich, sie ist irgendwie unter den hohen Bettdecken verschwunden. Doch als ich am Bett ankomme, muss ich mich von dieser Vorstellung verabschieden. Sie ist weg, total verschwunden.«

»Das Gleiche ist mir mit Jennifer passiert«, flüstere ich leise, um Boris nicht zu unterbrechen.

Boris, der sich an die Wand gelehnt hat, verstummt und starrt in den leeren Raum. Seine Augen trüben sich. Mit einer schwachen Geste deutet er auf den Wasserstrahl, der noch immer aus der Wand fließt. Ich verstehe und fange das Wasser mit den Händen auf. Inzwischen bin ich geschickter und kann es etwas länger festhalten. Ich führe meine Hände an seine Lippen, und Boris trinkt hastig. Wir wiederholen diesen Vorgang noch dreimal, dann scheint es meinem Freund besser zu gehen und er erzählt weiter.

»Verzweiflung drückt auf mein Herz, und weil mir nichts Besseres einfällt, rufe ich ihren Namen. Die Kontrolle verlierend, brülle ich etwas wie; ‚Was soll das, Sandra?‘ Doch keine Antwort. Das Bett bleibt leer. Während ich noch hilflos darauf starre, verändert sich plötzlich die Welt um mich herum. Mein eigentlich stabiles Gleichgewicht gerät ins Wanken, Panik steigt in mir auf. Durcheinander, überwältigt von Angst, frage ich mich, wohin Sandra verschwunden sein könnte und wie ich sie von dort zurückholen kann. Als erstes rufe ich mich zur Ordnung, du musst dich beruhigen. Als nächstes nachdenken. Es gelingt mir nicht ganz, stattdessen schreit ein Teil von mir. Was hat das Schicksal mit uns vor? In welchen absurden Traum sind Sandra und ich geraten? Geschieht mit Jennifer und Dominik dasselbe? Ich kann mir keinen Reim auf das Geschehen machen.«

Schwer atmend unterbricht Boris seine Schilderung. Sein Anblick ist beängstigend. Ich frage mich, was ich hier eigentlich tue. In seinem Zustand sollte Boris schlafen und zu Kräften kommen. Ich kann mein Handeln nur damit erklären, dass ich selbst durch den Wind bin. Mein Freund braucht Ruhe. Ich sollte mich erst darauf konzentrieren, wie wir hier herauskommen. Vorsichtig lege ich Boris auf den Boden. Dabei wird mir bewusst, dass dieser noch immer völlig ausgetrocknet ist. Alles Wasser, jede Feuchtigkeit hat sich irgendwie ins Nirgendwo verabschiedet.

Wie ist das möglich?

Eine dumme Frage.

Inzwischen sollte mir doch bewusst sein, dass in dieser seltsamen Welt alles möglich ist!

Trotzdem stelle ich mir die Fragen. So wie immer.

Noch immer fließt ein dünner Strahl des sauberen Wassers aus der Wand. Ich vergewissere mich, dass Boris gleichmäßig atmet, stehe etwas umständlich auf und beginne, im Kreis zu gehen. Im Laufe meines Lebens habe ich festgestellt, dass ich mich besser konzentrieren kann, wenn ich mich bewege.

Plötzlich dringt ein Knirschen an mein Ohr. Gleichzeitig spüre ich, dass der Boden nachgibt. Sofort bleibe ich stehen und gehe vorsichtig einen Schritt zurück. Nach kurzem Überlegen schiebe ich meinen rechten Fuß nach vorne und verlagere mein Gewicht darauf.

Zunächst passiert nichts. Doch dann verändert sich meine Situation schlagartig. Der Untergrund gibt nach. Unter meinem Fuß entsteht ein Loch. Schnell verlagere ich mein Gewicht nach hinten.

Während ich meinen nächsten Schritt überlege, lasse ich mich auf die Knie fallen. Einem Impuls folgend, schlage ich mit der Faust auf den Boden. Zu meiner Überraschung gibt das Fundament nach. Offenbar besteht der Boden unter mir aus morschen Holzplatten. Nach weiteren Schlägen links und rechts von dem Spalt entsteht ein beachtliches Loch. Mit einer Mischung aus Staunen und Erleichterung betrachte ich mein Werk.

Habe ich etwa einen Weg aus diesem Gefängnis gefunden?

Oder komme ich vom Regen in die Traufe?

Das ausgefranzte Loch zum unteren Raum hat einen Durchmesser von etwa fünfzig bis sechzig Zentimetern.

Groß genug um hindurchzupassen.

Ich beuge mich nach vorne, blicke hinunter und erschrecke. Es geht circa zwei bis drei Meter in die Tiefe.

Warum muss ich ständig irgendwelche Hürden überwinden?

Warum stellt das Leben mich immer wieder vor kaum lösbare Aufgaben?

Kopfschüttelnd stehe ich auf und sehe mich um. Zu meiner Überraschung ist hier der Schlamm -- Geröll. Diese Entdeckung lässt eine Idee in meinem Verstand reifen.

»Warum nicht. Nutze jede Chance, die du bekommst«, murmle ich vor mich hin.

Doch bevor ich meine Idee umsetze, will ich mich um Boris kümmern. Leise, um keine unnötigen Geräusche zu verursachen, gehe ich zu ihm und betrachte ihn für eine Weile. Sein Brustkorb hebt und senkt sich ruhig. Er scheint zu schlafen. Erleichtert wende ich mich meinem Vorhaben zu.

Mit Armen und Händen schiebe ich das Geröll durch die Öffnung. Nach einer gefühlten Ewigkeit habe ich fast die gesamte Steinmenge ins untere Geschoss befördert. Während ich meine schmerzenden Arme und Hände reibe, werfe ich einen Blick nach unten und begutachte meine Arbeit. Ein ansehnlicher Schutthügel ist entstanden. Dessen oberes Ende sich etwa einen Meter unter mir befindet.

Also los.

Mit den Füßen zuerst schiebe ich mich über den Rand des Lochs und lasse mich langsam hinab. Als meine Unterarme auf dem Rand liegen, ertasten meine Füße den aufgehäuften Schuttberg. Erleichtert lasse ich los. Nur, um es sofort zu bereuen. Der lose Untergrund gibt nach, und ich rutsche hinunter. Erneut verdiene ich mir einige blaue Flecken.

Auf dem Boden liegend rapple ich mich auf und sehe mich um. Der erste Eindruck ist ernüchternd.

Der Raum unterscheidet sich kaum von dem oberen. Frustriert schaue ich zu, wie der aufgeschüttete Hügel langsam in Bewegung gerät. Ich muss ihn schnell stabilisieren, bevor er sich im gesamten Raum verteilt. Der Gedanke, dass all meine Mühe umsonst gewesen sein könnte, treibt mich zu schnellem Handeln. Doch bevor ich mich in Hektik verliere, will ich einen Plan schmieden. Ich bin sicher, es gibt eine Lösung.

Beim Umsehen entdecke ich unter dem Schutt eine hervorblitzende Holzplatte. Sie muss von der zerstörten Decke stammen. Ich beuge mich hinunter, greife danach und ziehe daran. Es kostet Kraft, aber schließlich gelingt es mir, ein etwa halbmeterlanges Brett hervorzuholen. Weitere Bretter und sogar einige Balken finde ich nach intensiver Suche ebenfalls.

Wahrscheinlich Teile der Zwischendecke.

Die Arbeit kann beginnen!

Ich stelle ein Brett nach dem anderen hochkant im Abstand von etwa sechs Zentimetern an den Rand des Hügels. Dann setze ich mich auf den Boden, drücke mit den Füßen gegen jedes Brett und schiebe die Erde zusammen. Der Gedanke an Jennifer und die anderen hilft mir, die Anstrengung und einige Fehlversuche zu akzeptieren.

Langsam, aber stetig, wächst der Berg.

Ungefähr eine Stunde später bewundere ich mein Werk.

Zweifel steigen in mir auf.

Würde es mich diesmal tragen?

Schwer atmend sehe ich mich um und erkenne, dass der Boden aus einzelnen Steinplatten besteht. Zwischen ihnen gibt es Spalten. Ohne nachzudenken weiß ich, wie ich die Balken nutzen kann.

Also mache ich mich wieder an die Arbeit. Zuerst zerbreche ich die Balken in kürzere Stücke.

Dass sie morsch sind, hilft mir.

Danach lehne ich sie schräg an die Bretter und drücke sie mit den Händen Richtung Hügel. Meine Arbeit betrachtend frage ich mich, ob der Hügel jetzt stabil bleibt.

Nun, ohne einen Test werde ich es nicht erfahren. Eine geeignete Stelle suchend, setze ich vorsichtig einen Fuß auf den Hügel. Langsam belaste ich ihn und sinke ein Stück ein – nicht viel, doch genug, um eine Art Stufe zu formen. Mein Gewicht ausbalancierend, hebe ich mein anderes Bein und setze es zehn Zentimeter höher auf. Ebenso vorsichtig wie zuvor stelle ich mich darauf. Eine neue Stufe entsteht. Etwas mutiger wiederhole ich den Vorgang und gelange tatsächlich ohne größere Probleme bis zur Öffnung in der Decke.

»Jetzt bloß nicht leichtsinnig werden«, ermahne ich mich. Ich strecke die Arme nach oben, greife nach dem Lochrand und ziehe mich hoch. Erschöpft, aber glücklich über meinen Erfolg, gelange ich in den oberen Raum. Auf allen Vieren entferne ich mich vom Rand der Öffnung, setze mich und beginne kontrolliert zu atmen. Durch die Nase ein, durch den Mund aus. Allmählich kehren meine Kräfte zurück.

Ich blicke zu Boris hinüber. An die Wand gelehnt, dicht neben dem Wasserstrahl, sitzt er und beobachtet mich. Er wirkt erholt. Sein Anblick lässt mich meine Erschöpfung vergessen. Langsam stehe ich auf und gehe zu ihm.

Bei ihm ankommend, setze ich mich neben ihn. Sein Gesicht hellt sich auf. Erleichtert über diesen Anblick, rücke ich näher zu ihm. Boris verlagert sein Gewicht, lehnt sich an mich, atmet tief ein und setzt seine Erzählung fort, als wäre keine Zeit vergangen.

168

»Während ich über Sandras Verschwinden und eine Lösung nachdenke, überkommt mich ein Schwindelgefühl. In jedem Winkel meines Seins, in jedem Atom meines Körpers breitet sich eine seltsame Leere aus. Plötzlich wird schwarz vor Augen, und ich falle ins Bodenlose. Genau in dem Moment als ich glaube der Fall würde nie enden, verlangsamt sich mein Sturz, und ich beginne zu schweben. Nach einer schwer einzuschätzenden Zeit befinde ich mich nicht mehr im Zimmer, sondern in einer anderen Welt.

Helles Licht blendet mich. Überrascht sehe ich mich um, und mein erster Gedanke ist, dass mein Verstand sich in eine Traumwelt geflüchtet hat. Vor mir erstreckt sich eine unglaubliche, nahezu perfekte Landschaft.

Blauer Himmel, vereinzelt weiße Wolken, am Horizont hohe Berge, das weiß der Gletscher trennt das Gebirge vom Himmel. Eine weite Ebene mit saftigem Steppengras, ein kristallklarer See, in dem sich die Sonne spiegelt. Tiere durchstreifen die Ebene, und immer wieder stoße ich auf farbenprächtige Abschnitte, die die Landschaft noch lebendiger erscheinen lassen. Harmonie in ihrer vollendeten Form.«

Boris unterbricht seine Erzählung, um einzuatmen. Er streckt die Hand aus und fängt etwas Wasser auf. Schlürfend lässt er es in seinen Körper fließen.

»Woher mein Unterbewusstsein die Bilder für diese irreale Landschaft nimmt, ist mir ein Rätsel. Oder wahrscheinlich ist es gar kein Traum?«

Nachdenklich fixiert er einen imaginären Punkt.

»Schon gut, Boris. Dies können wir später klären. Erzähl weiter.«

»Immer klarer dringt diese offensichtlich unwirkliche Welt in meinen Verstand«, fährt Boris fort, ohne auf meine

Worte einzugehen, »immer mehr fühlte ich mich eins mit dieser Welt. Um sicherzugehen, dass ich nicht träume, greife ich nach meinem Arm und kneife mich heftig. Der Schmerz lässt mich an die Realität des Gesehenen glauben. Klare, würzige Luft füllt meine Lungen, und so beginne ich langsam zu akzeptieren, dass ich nicht mehr in unserer Suite bin, sondern ein realer Bestandteil dieser surrealen Welt. Auf einer kleinen Anhöhe stehend, suche ich die nähere Umgebung ab. Vielleicht hundert Meter entfernt gerät ein Garten in mein Blickfeld. Überrascht von seinem ungewöhnlichen Aufbau, er ist in drei Ebenen aufgeteilt, lasse ich ihn auf mich wirken.

Der Höhenunterschied jedes Plateaus beträgt jeweils ungefähr zwei Meter. Die oberste Ebene ist, soweit mein Auge es erkennen kann, schneeweiß. Die Fläche besteht aus schneeweißen Kieselsteinen. Buddhistische Mönche legen, soweit ich weiß, oft und gerne solche Gärten an. Auf dieser Ebene sind wie absichtslos hingestreut, Quader in verschiedenen Größen. Aus Travertin, Onyx, Lapislazuli, Speckstein, Silber, Gold, schwarz-weißem Marmor und schlichtem Granit. Frag mich nicht, woher ich dies alles weiß. Ich weiß es halt. Auf den Quadern stehen kobaltblaue, goldverzierte, kostbare Schalen. Sie sind mit Bonsaibäumen in den wunderbarsten Formen bepflanzt.

Jemand mit endloser Geduld und Liebe zum Geringsten pflegt augenscheinlich regelmäßig diesen Steingarten. Während ich mich bewundernd diese obere Ebene einlasse, erscheinen mir die Kieselsteine wie ein See, dessen Wasser leichte Wellen durchlaufen. Noch nie war ich so gefangen von einem Garten.«

Boris unterbricht sich, um einen Schluck Wasser zu trinken. Leise spricht er weiter

170

»Erst jetzt fällt mit im Zentrum der weißen Hochfläche ein auffällig gestalteter Fels auf, den ich irgendwie ausgeblendet habe«, sagt Boris mit einem verträumten Lächeln, »er hat die Form eines überdimensionalen Hinkelsteins. Der tiefschwarze, eiförmige Stein, aufgrund seiner silberglänzenden kleinen Flecken vermute ich er ist aus Marmor. Perfekt steht er, als wäre er für die Ewigkeit geschaffen, übermächtig da und dominiert das Gesamtbild.«

Für einen Augenblick scheint Boris in eine andere Zeit entrückt zu sein.

»Sonnenstrahlen brechen sich im schwarzsilbernen Felsen. Für einen Moment glaube ich, einen Regenbogen zu erkennen. Das am Monolithen herunterlaufende Wasser bildet einen kleinen Teich. An der zu mir zugewandten Seite tritt das Wasser über das Ufer des Teiches und fließt als kleiner Fluss gemächlich auf die untere Ebene zu. Der Fluss erreicht den Rand der oberen Ebene und stürzt als Wasserfall in die mittlere Ebene.«

Boris unterbricht seine Schilderung, und ich bemerke deutlich, wie die Schmerzen, die durch seine Wunden verursacht werden, wieder stärker werden.

» Boris soll ich deine Wunden mit dem Quellwasser waschen? Was meinst du? Kann doch nicht schaden.«

Ohne auf eine Antwort zu warten schreite ich zur Tat. Knie neben die Quelle, und wasche seinen strapazierten Körper. Kurz zuckt Boris zusammen, doch seine Wangen bekommen eine leicht rote Farbe. Dann entspannt sich sein Gesicht. Ich wiederhole die Waschung seiner Wunden mehrmals, bis mich mein Freund mit einer abwehrenden Geste davon abhält. Neugierig erwarte ich nun die weitere Beschreibung der zweiten Ebene und frage mich, wieweit sie sich von der obersten unterscheidet.

Während seiner plastischen Schilderung dieser Ebene entsteht ein anschauliches Bild in meinem Kopf.

»Die zweite Ebene ist auf den ersten Blick ein exotisches Sumpfbiotop. Verschiedenste Arten von Sumpfpflanzen befinden sich darauf.

Die Einzigartigkeit der Gartenlandschaft erschließt sich mir nur langsam. Doch dann zieht mich diese Ebene genauso in ihren Bann.

Die Sumpfpflanzen nehmen einen großen Teil dieser Fläche ein. Doch es gibt weitere Pflanzen. Es ist ein Paradies der sonderbarsten Pflanzen. So etwas kann ich mir in meinen kühnsten Träumen nicht vorstellen. Was ich sehe, erdrückt schlicht meine aufgewühlten Gärtnergefühle. Wie vielfältig und einzigartig die Natur doch sein kann.«

Er ließ eine nachdenkliche Pause entstehen.

»Lass mich, damit du eine Ahnung von dieser Gartenfläche bekommst «, er legt seine Hand auf meinen Arm und lächelt, »einige Wasscrpflanzen aufzählen. Also da wuchs die Scheincalla, der Sumpfried, die Seekanne, die seltene Wasserähre. Dazwischen entdecke ich den Zungenhahnenfuß, die häufig vorkommende Sumpfdotterblume, die schöne Schwertlilie, das mächtige Schilfrohr, das Hechtkraut, der Igelkolben, das Sumpfvergissmeinnicht. Nun wie auch immer das Wasser stürzte von der zweiten Ebene in Kaskaden auf die unterste. Dort bildete sich ein See. Auch hier dominierten Pflanzen. Die halbe Seenfläche bedeckten weiße Seerosen. Am Uferrand breiteten sich Feen Moos, Wasserfedern und der wenig bekannten Frühlingswasserstern aus.«

Wieder muss mein Freund sich unterbrechen. Tränen stehen in seinen Augen, und sie sind kurz davor, überzulaufen. Die Erinnerung an das Gesehene, an den Garten, überwältigt ihn wahrscheinlich völlig.

»Du wärst sicher gerne für immer dortgeblieben«, frage ich ihn so mitfühlend wie möglich.

Er lächelt still vor sich hin. Der Gedanke, mein Freund könnte in den nächsten Minuten die gesamte Pflanzenwelt noch einmal aufzählen, lässt mich lächeln.

»Nicht ohne Sandra«, flüstert er kaum hörbar.

Bestürzt denke ich an Jennifer, an die ich schon eine Weile nicht gedacht habe. Auch Sandras Lage habe ich irgendwie verdrängt. Schlagartig kreisen meine Gedanken um die Frage, in welcher Situation Jennifer wohl ist und ob wir Sandra aus ihrer Lage befreien können.

Boris stößt gegen meinen Arm und bringt mich zurück ins Jetzt. Nachdem er sich überzeugt hat, dass er meine Aufmerksamkeit besitzt, spricht er weiter.

»Nicht weit entfernt vom silberglänzenden See, sehe ich einen Rosengarten. Ein Torbogen aus Eisen bildet einen kunstvollen Eingang. An den Seiten ranken Kletterrosen empor. Links ist es die prächtige Bantry Bay mit zartrosa, halb gefüllten Blüten. Rechts die Danse du Feu mit prächtig gefüllten Blüten in Scharlachorange. Fasziniert von dem was ich sehe steige den Hügel hinunter und betrete einen herrlich angelegten Rosengarten. In dem ich das imaginäre Zentrum des Gartens ansteuere, sehe ich links und rechts auf meinem Weg die ungewöhnlichsten Rosen. Selten, jedoch mir nicht unbekannt. Darf ich sie aufzählen?«

In dem Moment, als ich erwidern will, es sei genug, führt er seine Aufzählung fort. Mein Freund scheint die Frage eher rhetorisch gemeint zu haben.

Endlich, ich bin inzwischen etwas müde, beendet er die Aufzählung besonderer Pflanzen.

Boris und schaut mich aufmerksam an. Offensichtlich bemerkt er, dass ich etwas anderes hören will.

»Es ist an der Zeit, dass ich dir von einer ungewöhnlichen Begegnung erzähle. Wir wissen ja, wie es ist, wenn wir zwischen Hochs und Tiefs pendeln. Zwischen Yin und Yang«, sein Gesicht verdunkelt sich, »es fällt mir schwer, die nächste Phase meiner Reise zu schildern, denn sie ist ungewöhnlich im wahrsten Sinne des Wortes. Doch ich hoffe, alles was geschieht, hat einen Grund. Vielleicht verstehen wir gemeinsam besser, warum geschieht, was geschieht.«

Er verstummt. Sein Gesicht hellt sich auf. Es sieht aus, als würde er über etwas nachdenken. Dann geschieht ein kleines Wunder. Boris lächelt. Scheinbar hat er für sich eine Lücke entdeckt, mit der er den negativen Teil seiner Geschichte hinauszuschieben kann.

Dass dieser Teil schmerzhaft gewesen sein muss, davon zeugen seine schweren Verletzungen.

»Erst jetzt fällt mir ein einzelner schwarzer Rosenbusch auf. Er steht genau im Zentrum des Gartens. Ein Kiesweg, der ihn umrundet, trennt ihn von den anderen Rosen. Verwundert erkenne ich fast handtellergroße Rosenblüten. Solche Blüten habe ich noch nie gesehen. Ein überirdischer Duft erreicht meine Nase. Eindeutig ist der Rosenbusch die Quelle. Betäubt von diesem überirdischen Bouquet, vergesse ich alles um mich herum. Vielleicht nimmt in diesem Moment mein weiteres Schicksal seinen Anfang.«

Augenblicklich verdunkelt sich das Gesicht von Boris. Stille. Dann, als wäre nichts Außergewöhnliches in ihm vorgegangen, fährt er fort.

»Doch zuerst meint es mein Schicksal noch gut mit mir. Eine Frau tritt in mein Blickfeld. Wie aus dem Nichts taucht sie vor dem Eingang auf und geht in den Rosengarten. Ihre Bewegungen, mit denen sie den Garten betritt, ziehen mich tief in die Welt der Schönheit. Verzaubert, fasziniert, folge ich mit meinen Blicken der Frau. Obwohl sie noch entfernt ist, erreicht mich ihr Duft.

Eigentlich habe ich nicht gedacht, dass das bisher erlebte getoppt werden könnte, doch es geschah.

Fasziniert von dem Anblick dieser weiblichen Erscheinung vergesse ich alles um mich herum und schenke ihr meine gesamte Aufmerksamkeit. Ein fragiles, fast durchsichtiges Gewand, ich glaube, aus Seide oder einem edleren Stoff, verhüllt nur unvollkommen ihren Körper.

Boris schließt die Augen, ruft sich vermutlich das Bild in seinen Verstand zurück und erzählt dann weiter:

»Vielleicht wurde es aus Spinnenfäden gewoben. Wie auch immer, das Kleid schmiegt sich an ihre weibliche Figur wie eine zweite Haut. Ich kann es nicht verhindern, ich starre sie wie ein Schulbub an. Trotzdem, oder vielleicht gerade deswegen, wie mir ihr Lächeln verrät, bleibt sie unbeweglich vor mir stehen. Die Frau ist ungefähr ein Meter fünfundsiebzig Zentimeter groß. Ihr Gesicht ist schmal. Volle, rote Lippen und tiefschwarze Augenbrauen verleihen ihrem Antlitz etwas Göttliches. Keine griechische Göttin kann schöner sein, auch nicht die ägyptische Nofretete. Sie kommt näher. In meine Richtung. Erstaunt blicke ich in ihre Augen. Diese strahlen in einem feurigen, smaragdgrünen Ton. Neugierig, vielleicht eine Spur belustigt, mustert sie mich. Ihre Augen stehen leicht schräg. Was ihrem Gesicht einen katzenhaften Ausdruck verleiht. Ihre hoch liegenden Wangenknochen treten dezent unter der perlweißen Haut hervor. Doch das nehme ich eher nebenbei wahr. Je länger ich in ihre Augen sehe, umso mehr glaube ich, exotische Welten, tiefe Erfahrung, perfekte Schönheit, Wissen und Macht zu erkennen. Für mich besteht kein Zweifel; in ihrem Kosmos ist sie eine Königin.

Plötzlich bildet sich um ihren Körper eine Art Nebel. Will sie damit meine Blicke von ihrem Körper ablenken? Während ich über dieses Phänomen nachdenke, geht sie auf den Rosenbusch zu. Durch den feinen Nebel wirken ihre Bewegungen noch geheimnisvoller. Sie erwecken in mir den Eindruck, als ob eine Katze leichtfüßig sich von mir entfernt. Ohne beunruhigt zu sein, schaue ich fasziniert hinter ihr her. Du weißt ja, Dominik, Katzen sind eine Leidenschaft von mir.«

»Diese Frau würde ich gerne kennenlernen«, sage ich. Plötzlich zuckt Boris zusammen, und sein Gesicht verzieht sich zu einer schmerzlichen Grimasse. Mühsam richtet er seinen Oberkörper auf und fordert mich mit einem eindeutigen Handzeichen auf, ihm Wasser zu geben.

Habe ich etwas Falsches gesagt?

Ich tauche meine Hände in den Wasserstrahl, fange eine Handvoll Wasser auf und gebe sie ihm zu trinken. Nachdem wir diesen Vorgang dreimal wiederholt haben, spricht Boris weiter:

»Während ich sie gespannt mit meinen Blicken verfolge, bleibt sie stehen. Ich frage mich ob sie Hat etwas ihr Interesse geweckt?«, mein Freund verstummt und schaut nachdenklich zur Decke, »also sie bleibt stehen und wendet sich dem schwarzen Rosenbusch zu. Langsam beugt sie sich zu einer Blüte herunter. Vielleicht will sie ihren Duft in sich aufnehmen? Ich weiß es nicht. Ein Lächeln huscht über ihr Gesicht. Mit ihrer feingliedrigen Hand berührt sie den Rosenstrauch und fährt über ihn, als wolle sie ihn streicheln. Danach richtet sie sich auf und lässt ihren Blick über den Garten schweifen. Erneut fangen mich ihre Augen. Eine sanfte Schwingung erreicht mich, und ich glaube, ihre Gedanken zu hören: ‚Es ist gut.‘ Gelten die Worte mir, frage ich mich. Kaum sind die Worte in mir verklungen, dreht sie sich um und geht weiter. Vor einem Rosenstrauch mit lila Blüten bleibt sie stehen.«

In ihren schlanken Händen erscheint eine Rosenschere. Vorsichtig schneidet sie einige leicht verwelkte Rosenblüten ab.

Jedes Mal, bevor sie zu einem Schnitt ansetzt, spricht sie sanft einige Worte. Eine so tiefe Verbindung zwischen Pflanze und Mensch habe ich noch nie bewusst wahrgenommen. Ich spüre, wie vertraute Emotionen zwischen ihr und der Rose fließen.«

»Du hast erstaunliches erlebt, Bruder.«

Diese Unterbrechung kann ich nicht verhindern. Mein Weg hierher, war ein anderer.

»Doch während mich diese Faszination gefangen hält«, erwidert Boris und schaut mir tief in die Augen. »Im wahrsten Sinne des Wortes. Leise Musik erreicht meine Ohren. Die Melodie durchdringt jede mögliche innere Abwehr und ich verliere mich in den Tönen. Diese Musik übertrifft alles, was ich in dieser Welt erlebt habe. Sogar die Einzigartigkeit des Gartens. Jetzt, da ich mit dir darüber spreche, denke ich, vielleicht sollte ich die Musik als eine dritte Komponente sehen. Sie ist der Kitt, der alles zusammenhält. Wir wissen ja, die Welt ist nicht nur dual.«

Ein Geräusch aus Richtung des Lochs im Boden, das uns eine Möglichkeit zur Flucht bieten soll, unterbricht die Erzählung von Boris. Wir lauschen in die Richtung, aus der wir es vernommen haben.

Nichts.

Es bleibt still.

»Was war das?« fragt Boris.

»Keine Ahnung. Es scheint von unten gekommen zu sein.«

»Von unten?«

»Ach ja, das kannst du nicht wissen. Während ich nach einem Ausweg suchte, habe ich eine Schwachstelle im Boden gefunden. Sobald du dich stark genug fühlst, werden wir versuchen, im Raum unter uns einen Ausgang zu finden. Hier gibt es wohl keinen.«

Ein Hauch von Hoffnungslosigkeit huscht über Boris' Gesicht.

»Schauen wir mal. Aber lass mich zuerst meine Erlebnisse zu Ende erzählen. Ich hatte keine Ahnung, wie ich hierher geraten bin und fragte mich, weshalb bin ich hier. Während ich nachdenke lasse ich mich ohne Wenn und Aber auf die Musik ein. Die Musik erinnert mich an Beethoven. Plötzlich verschiebt sich meine Perspektive und ich finde mich in einem riesigen Konzertsaal wieder. Ein unsichtbares Symphonieorchester spielt Musik, die mich alles vergessen lässt. Ich werde eins mit den Klängen, die Welt um mich herum verblasst. Sanfte und gleichzeitig kraftvolle Töne umhüllen meinen Verstand. Völlig losgelöst lasse ich mich darauf ein. Keine Ahnung, wie viel Zeit vergeht, bis die Musik verstummt. Lange klingt sie in mir nach. Als ich mich endlich im Hier und Jetzt wiederfinde, stehe ich wenige Zentimeter vor der Frau. Erneut berauscht von ihrem Anblick habe ich das deutliche Gefühl, sie hat mich erwartet!«

Wie aus dem Nichts betritt die Szene, wenige Meter entfernt, direkt mir gegenüber, ein muskelbepackter Mann. Lautlos nähert er sich. Je näher er kommt, desto spürbarer wächst meine Unruhe. Allein seine imposante Größe zerstört meine innere Harmonie. Durch seine bloße Präsenz löst sich das Band zwischen der ungewöhnlichen Frau und mir auf.«

Boris berührt leicht abwesend seine Brust und reibt mit der Handfläche über seine Wunden, von denen zu meinem Erstaunen fast nichts mehr zu sehen ist.

»Boris, du musst ja eine tolle Wundheilung haben. Eine juckende Wunde ist immer ein gutes Zeichen. Trotzdem solltest du nicht zu heftig kratzen. Die Heilung könnte sonst unterbrochen werden.«

Mein Freund schaut mich leicht abwesend an, als wäre er nicht bei ganz mir.

»Trauer, vielleicht Eifersucht, greift nach mir. Nie hätte ich geglaubt, dass so etwas geschehen könnte. Schließlich habe ich Sandra«, übergangslos fährt sich mein Freund durch sein verschmutztes Haar, »und dann, aus einem für mich unerklärlichen Grund verändert sich plötzlich alles. Die Bewegungen der Frau, ich weiß es klingt unglaublich, laufen in Zeitlupe ab. Dabei wendet sich zu dem Eindringling zu. Für mich ist sofort klar, dieser Mann muss ein ungebetener Gast sein. Ich spüre, dass sie Angst vor ihm hat. Ihre Körperhaltung verrät es mir. Der Mann, der wie aus dem Nichts aufgetaucht ist, setzt sich langsam in Bewegung. Konzentriert auf den Eindringling geht sie ihm zögerlich ein Stück entgegen. Oder bilde ich mir das nur ein? Ahnt sie bereits, was geschehen wird? Während sie aufeinander zugehen, greift die Frau mit einer flüchtigen Bewegung in einen Korb der auf einem Tisch steht, den ich bisher übersehen habe. Erst später stelle ich fest, dass sich in dem Korb Glückskekse befinden.«

»Glückskekse? Wieso denn Glückskekse?«, unterbreche ich Boris.

Was haben Glückskekse in seiner Geschichte zu suchen, frage ich mich.

Nach einem tiefen Atemzug bemerke ich, dass mein linkes Bein sich taub anfühlt. Ich verlagere mein Gewicht, um eine bequemere Position zu finden. Schon nach kurzer Zeit spüre ich, wie mein Blut wieder ungehindert durch meine Beine fließt. Als ich mich wohler fühle, fordere ich meinen Freund mit einem kleinen Wink auf, seine Schilderung fortzusetzen.

»Wieso Glückskekse? Du hast recht, Glückskekse sind das Produkt einer cleveren Marketingstrategie. Da sind wir uns einig, Dominik. Warum sie sich hier in einem Korb, befinden, war mir auch ein Rätsel. Aber in diesem Moment existieren sie. Darf ich meine Geschichte weitererzählen?«

Doch anstatt weiterzusprechen, verstummt Boris. Mein Einwand hat ihn offensichtlich aus dem Rhythmus gebracht. Er wirkt nachdenklich. Schließlich fasst er einen Entschluss.

»Vielleicht ist nicht das Äußere wichtig, sondern das Innere«, sagt er mit einem kurzen Grinsen, »im Inneren der Kekse befinden sich doch Zettel mit Lebensweisheiten. Wir verstehen zwar nicht immer den tieferen Sinn dieser Worte und bleiben oft an der Oberfläche, aber sie lenken unseren Blick auf andere Perspektiven. Wie wir damit umgehen, hängt, wie so oft, vom Leser der kleinen Botschaften ab.«

Boris unterbricht sich unerwartet, versucht aufzustehen. Erstaunt beobachte ich ihn. Auf halbem Weg bricht er ab und lehnt sich mit einem Seufzer wieder an die Wand.

»Dominik, ich brauche wohl noch etwas Zeit, bevor wir aufbrechen können.«

Meine Hand auf seine Schulter legend sage.

»Alles ist gut. Es wird schon. Erzähl mir dein Abenteuer einfach weiter.«

Boris schaut mich dankbar an und schließt die Augen. Auch ich schließe die Augen und denke über seine letzten

Worte nach. Keine Frage, es kommt auf die eigene Entwicklung an, um hinter die Dinge, um mehr, zu sehen. Mir fällt ein Spruch ein – vielleicht stammt er aus einem Glückskeks:
Wir können unser Leben nicht verlängern oder verbreitern, sondern nur vertiefen.
Hat Erfahrung mit unserer Fähigkeit zu wählen zu tun?
Befinden wir beide uns nicht deshalb in dieser Lage, um unsere Schwächen und Stärken zu erkennen?
Werden wir, wenn alles vorbei ist, die richtige Wahl treffen?
Oder werden wir erneut in alte Muster zurückfallen?
»Mich beschäftigt im Moment, ob ich diesen Teil meiner Geschichte weiterberichten soll«, sagt Boris mit belegter Stimme.
»Nun Boris, mich interessieren die Umstände, durch die du hierhergekommen bist.«
»Na dann, soll es so sein. Immer deutlicher spüre ich, wie die ganze Situation Stück für Stück unrealistischer wird. Je näher der hochgewachsene, breitschultrige, durchtrainierte Sportler mit seinem Dreitagebart und einem vielschichtigen Lächeln im Gesicht, auf uns zukommt. Herausfordernd, aufrecht, mit Bewegungen, die zu sagen scheinen, die Welt gehört mir.
Der Gang der Frau, die ihm entgegengeht, wirkt dagegen irgendwie hölzern, als müsse sie einen inneren Widerstand überwinden. Beide Kontrahenten, ich spüre, dass sie Gegner sind, treffen genau neben dem schwarzen Rosenbusch aufeinander. In einem Abstand von etwa einem Meter bleiben sie stehen. Die Harmonie, die zuvor von der Frau ausging, ist einem neuen, undefinierbaren Gefühl gewichen. Ein unklarer Impuls sagt mir, dass die Gärtnerin sich mit dem Auftreten des Mannes verändert hat.«

181

Ein plötzlicher Hustenanfall zwingt Boris, seine Geschichte zu unterbrechen. Schließlich erholt er sich, richtet sich auf und fordert Wasser von mir. Da mein Interesse an seiner Geschichte inzwischen seinen Höhepunkt erreicht hat, beeile ich mich, seinem Wunsch nachzukommen. Nach einigen kräftigen Schlucken erholt sich Boris und erzählt weiter. Erst stockend, dann fließender.

»Schweigend stehen sie sich gegenüber. Es dauert eine Weile, bis ich das veränderte Schwingungsfeld wahrnehme. Plötzlich liegt etwas Unheimliches in der Luft. Ich kann es fühlen. Beide tragen eine stumme Auseinandersetzung aus. Auf einmal wendet sich der Mann, der wie ein archaischer Krieger auf mich wirkt, dem Rosenbusch zu und bricht eine Rose ab. Unschlüssig hält er sie in der Hand. Will er sie der Gärtnerin überreichen? Soll es ein Friedensangebot sein? Vielleicht folgt er einem bestimmten Ritual. Ob er damit jedoch den richtigen Weg eingeschlagen hat, bleibt zunächst unklar. Auf jeden Fall löst sein Vorgehen eine ungeahnte Kette von Ursache und Wirkung aus. Warum hat er genau diese und keine andere Wahl getroffen? Du weißt, wir haben immer eine Wahl.«

»Natürlich weiß ich, dass wir eine Wahl haben. Wenn unsere Welt determiniert wäre, gäbe es dann Evolution?«, antworte ich leise.

»Der Garten ist voller wunderschöner Rosen«, spricht Boris weiter, »auf seiner linken Seite stehen sie in Hülle und Fülle. Bereit ihren Duft und ihre Blüten zu verschenken. Nur…«

Boris legt eine inhaltsvolle Pause ein.

»Hätte er sich anders entschieden, würde sich das Folgende möglicherweise völlig anders entwickeln. Doch der Krieger entscheidet sich für diesen Weg. Der dunkle Rosenstrauch dominiert das Zentrum des Rosengartens.

182

Dafür gibt es sicher einen Grund.

So, als wache er über den Rosengarten. Denn er überragt die anderen Rosenpflanzen um mindestens einen Meter. Irgendwie kann ich es fühlen. Die schwarze Rose besitzt einen besonderen Status.

Hat sich dieser Typ deshalb ausgerechnet für diese Rose entschieden? Wahrscheinlich, weil er mehr weiß als ich. Nachdem die Ereignisse die nun folgen vorbei sind, bin ich überzeugt. Hätte er nicht ausgerechnet diese Rose gepflückt, hätte sich alles anders entwickelt.

Das Brechen des Rosenzweigs scheint ein Zeichen zu sein. Eine Veränderung der bisher klaren, angenehm duftenden Luft manifestiert sich über der Landschaft. Die positive Umgebung kippt ins Negative. Angekündigt durch tiefschwarze Wolken. Die rasend schnell auf uns zukommen. Unheil bricht über dem Rosengarten Gärten herein. Bevor es schließlich dunkel wird, meine ich zu sehen, wie die Rosen weinen. Eine Art Tau bildet sich auf den dunkelgrünen Rosenblättern. Noch bevor ich mir sicher sein kann, dass meine Wahrnehmung real ist, lösen sich Blüten und Blätter übergangslos auf. Sie fallen jedoch nicht auf den Boden, sondern schweben für einen Augenblick in der Luft, um dann im Nichts zu verschwinden.

Dunkelheit und Stille legen sich über den Garten. Mir fällt es immer schwerer, mich in Raum und Zeit zurechtzufinden. Nur die nackten Rosensträucher geben mir einen gewissen Halt. Die Herrscherin über den Garten erscheint mir blasser. Auch sie scheint zu verwelken. Ich ahne mehr, als dass ich es weiß. In diesem Garten gibt es kein Getrenntsein – alles ist eins, alles ist eine Seele. Mensch und Flora gehören untrennbar zusammen. Dabei fällt mir ein, dass ich dir von einer weiteren Beobachtung nichts erzählt habe. Keine Tiere, keine Insekten bevölkern den Garten. Ob dies von Bedeutung ist?«

»Nun, ich denke, alles hat seinen Grund«, erwidere ich nachdenklich, »nichts geschieht einfach nur so! Um das Leben zu verstehen, müssen wir auf die Zeichen achten, müssen sie wahrnehmen. Doch bevor wir dazu kommen, bevor wir dies klären, solltest du erst einmal deine Geschichte zu Ende erzählen.«

»Natürlich, du hast Recht«, entgegnet er, während ein gequältes Grinsen über sein erstaunlich gesund aussehendes Gesicht huscht, »obwohl es mir nicht ganz leichtfällt, die kommenden Ereignisse zu schildern. Plötzlich geschieht etwas Unglaubliches. Es regnet! Nicht Wasser, das wäre normal gewesen, sondern, ich weiß, es klingt verrückt. Es regnet Rosenblätter.«

Boris schaut mich intensiv an. Scheinbar will er überprüfen, ob ich ihm wirklich glaube. Er scheint mit dem Ergebnis seiner Forschung zufrieden zu sein und erzählt weiter.

»Wieder einmal tauche ich in ein Farbenmeer. Gelb, Rot, Lila und Schwarz, ach, alle möglichen Farben. Ich will dich nicht langweilen; ich habe dir ja schon die Vielfalt der Farben in diesem Garten beschrieben. Also weiter! Als die Blätter den Boden berühren, zerfallen sie zu grauem Staub. Der Vorgang der Auflösung läuft in einer Art Zeitraffer ab. Dann steht plötzlich alles still. Eine tiefschwarze Schwingung legt sich über die Szenerie. Ich glaube, nein ich bin mir sicher, der Höhepunkt des aufkommenden Unheils ist erreicht.

Vor mir liegt eine Aschelandschaft. Alles ist grau, im Grau erstarrt. Mechanisch versuche ich dem Unheil zu entkommen. Während ich flüchte, stehe vor dem Torbogen. Auch hier sind die Rosen verschwunden. Außer Atem bleibe ich stehen. Von dieser Position aus kann ich die Frau und den

Mann nur ungenügend beobachten. Während ich über meine nächsten Schritte nachdenke, entstehen zwei widersprüchliche Gestalten in meinem Verstand. Du kennst das ja. Immer wenn wir zweifeln, tauchen sie auf, der kleine Teufel links und der beschützende Engel rechts. Der Engel flüsterte: Kehre um. Der Teufel schmeichelte und meinte: Stelle dich deinem Weg. Welchem Weg? Habe ich eine Wahl? Gibt es ein Zurück.«

Meine Neugier siegt. Nachdem ich also eine Entscheidung getroffen habe, trete ich durch das Tor. Achtsam schaue ich nach unten. Um nichts in der Welt will ich durch einen Fehltritt zusätzliches Chaos in diese dem Zerfall preisgegebene Welt bringen. Wer kann schon sagen, was passieren wird, wenn ich die Kontrolle über meine Füße verliere und stürze.

»Stopp!«, dringt plötzlich an mein Ohr.

Erschrocken hebe ich den Kopf. Während ich versuche, zu verstehen, verschwimmt das Bild, wird unscharf, sodass ich die folgenden Ereignisse nur nebulös wahrnehme.«

Boris verstummt, schluckt mehrmals. Die Erinnerung scheint ihn zu überwältigen. Seine Augen werden feucht. Er beugt sich zur Seite. trinkt das Quellwasser. Schließlich spricht er weiter.

»Die Gärtnerin schaut den Eindringling lange an, bevor sie ihn mit den Worten anspricht: ‚Was willst du hier?‘ Ruhig, scheinbar im Gleichgewicht. Trotz der Zerstörung des Gartens. Warum sie so ruhig wirkt und weshalb sie diese Frage stellt, ist mir nicht deutlich. Ich wäre bei all der Zerstörung ausgerastet. Außerdem hätte ich diesen Unheilbringer ohne zu zögern aus meinem Garten geworfen. Doch die Gärtnerin verhält sich völlig anders. Es wirkt auf mich, als hätte es keine Bedeutung, was mit ihrem Garten geschehen ist. Der Eindringling tritt einen weiteren Schritt

185

nach vorne, richtet sich zu voller Größe auf und fordert mit lauter Stimme.

‚Ich will mein Recht. Es ist Zeit für die Wahrheit. Es ist Zeit, dass du mir mein Leben zurückgibst!' Das Gesicht des Mannes verfinsterte sich.«

Boris unterbricht sich und sieht aus, als würde er über etwas nachsinnen.

»Auf aggressive Weise in diese Welt hineinzuspazieren und Chaos auszulösen, ist sicher nicht der Weg. Um sein Leben zurückzufordern? Das erscheint mir nicht angebracht. Und nach welcher Wahrheit verlangt er? Bevor ich weiter darüber nachdenken kann, nehmen die Ereignisse einen dramatischen Verlauf.«

Inzwischen hat sich in meinem Kopf einiges angesammelt. Ich unterbreche meinen Freund, um das Gehörte zu verdauen.

»Entschuldige bitte, ich muss dich kurz unterbrechen. Vieles von dem, was du geschildert hast, kann ich nur schwer mit meiner Vorstellungswelt in Einklang bringen. Ich habe zwar auch einiges Sonderbare erlebt, doch in einem Literaturwettbewerb für Science-Fiction wärst du der unangefochtene Sieger. Wenn ich deine Erlebnisse höre, erscheinen mir meine Erlebnisse banal.«

Boris und ich verfallen in dumpfes Schweigen. Bald wird mir die Stille unangenehm, und ich bitte meinen Freund, weiterzuerzählen. Er lässt sich nicht lange bitten und beginnt erneut, den Faden seiner Erzählung abzuspulen.

Die Herrscherin eines einst faszinierenden Gartens ist plötzlich von einer kämpferischen Aura umgeben. Lauernd, vielleicht auch abwartend, stehen sie sich gegenüber. Dann zerreißt ein Donnerschlag die Stille und leitet die nächste Szene ein.

Neben dem Mann lodert eine Feuerflamme auf.

186

Die verkohlten Äste des Rosenbusches brennen lichterloh. Erschrocken zucke ich zusammen. Mein Blick sucht sofort die Frau, um mich zu vergewissern, dass ihr nichts geschehen ist. Doch sie hat sich verändert. Zorn liegt auf ihrem Gesicht, ihre Miene ist hart, jedes Zeichen von Gelassenheit ist verflogen. Einen Moment lang scheint sie zu wanken. Was in ihrem Inneren tobt, bleibt verborgen.

Boris verstummt kurz, nimmt einen Schluck Wasser. Dann fährt er fort:

»Ich kenne diese Göttin nicht, und doch bewundere ich sie. Ihre Mundwinkel umspielt ein Hauch von Ruhe. Sie hat zu ihrer Mitte zurückgefunden. Doch dieser Moment der Hoffnung, dass alles gut wird, wird durch die grollende Stimme des Kriegers zerstört. 'Gib mir zurück, was mir zusteht! Du bist für mein Schicksal verantwortlich, also heile mich! Es muss endlich ein Ende haben!' Seine Stimme donnert über die verwüstete Gartenlandschaft. Was meint er mit 'endlich'?

Fordernd streckt er die Hand aus. Die Frau schaut ihn an, senkt den Kopf und wühlt in ihrem Korb, als suche sie nach etwas Bestimmtem. Schließlich hält sie einen Keks in der Hand und reicht ihn ihm freundlich.

Ungeduldig reißt er den Keks an sich, umschließt ihn mit den Fingern und zerbricht ihn. Langsam öffnet er seine Hand. Der trockene Teig rieselt in Krümeln zu Boden. Zurück bleibt ein schmaler Zettel. Eine seltsame Spannung erfasst ihn und mich. Mit leicht zitternden Fingern entfaltet er den Zettel und liest. Erwartung flackert in seinem Gesicht, seine Haltung strafft sich, sein Körper scheint sich aufzurichten. Doch dann – Enttäuschung.

'Das ist nicht, was ich suche! Es muss endlich Schluss sein mit diesem Spiel! Seit einer Ewigkeit drehen wir uns im Kreis. Es ist Zeit, das zu ändern. Ich weiß, dass es in deiner

Macht liegt, unser Schicksal zu verändern. Ich fordere dich ein letztes Mal auf: Gib mir endlich, was mir zusteht!' Mit jedem Wort wird seine Stimme lauter, sein Zorn drängender. In diesem Moment reißt der Himmel auf. Sonnenstrahlen durchbrechen die dunklen Wolken und befreien die Kontrahenten aus dem Zwielicht.

Am Horizont erscheint ein Regenbogen. Die Frau blickt nach oben, überrascht. Ein Leuchten umspielt ihre Züge. Nach kurzem Zögern tritt sie auf den Mann zu und spricht: 'Du hast die Antwort bekommen, die du wolltest.'

Ruhig und ausdruckslos stehen sie sich gegenüber. Die Frau schließt die Augen, ihre Miene entspannt sich, nimmt einen entrückten, fast hoheitsvollen Ausdruck an. Es wirkt, als betrachte sie die Szenerie von einer höheren Warte aus, als lausche sie nach innen und verliere für einen Moment den Bezug zur äußeren Welt.

Inzwischen habe ich mich wieder der Frau und dem Mann genähcrt, denn ich will nichts verpassen. Ich stehe neben dem Tisch und nutze den Augenblick, um meine eigene innere Anspannung zu lösen. Ohne nachzudenken, greife ich nach einem Keks aus dem Korb. Vielleicht kann der Inhalt mich beruhigen. Voller Erwartung zerbreche ich den Keks und entfaltet mit leicht zittrigen Fingern den Zettel. Die Worte darauf sind in einer merkwürdigen Schrift verfasst: 'Beginnt dein Leben mit der Geburt? Oder beginnt dein wahres Leben erst nach dem Tod?' Darüber kannst du ja mal nachdenken«, sagt Boris und schaut mich an. Dann rückt er sich in eine bequemere Sitzposition.

»Also ich wollte, von Tod und Verfall umgeben, nicht darüber nachdenken. Enttäuschung über die rätselhaften Worte breitet sich in mir. Ist es dem Krieger ergangen wie mir? Totenstille Leere hat sich über die Landschaft gelegt, als wäre die Szene eingefroren.«

188

Boris hält inne. Vielleicht merkt er, dass ich nicht ganz bei der Sache bin. Doch ich denke nicht über den Spruch nach, sondern an seine geliebte Frau, von der er seit einer Ewigkeit getrennt ist.

Lebt sie noch?

Der Satz des Glückkekses hallt in mir wider.

Ergibt er einen Sinn?

Kann sie Lösung des Rätsels mein Schicksal bestimmen?

»Denkst du auch über den Spruch nach«, unterbricht Boris meine Überlegungen, »in diesem Moment scheine ich Die Aufmerksamkeit des Kriegers erweckt zu haben. Sein Blick trifft den meinen, und für eine Weile existieren nur wir beide. Die Wut in seinen Augen weicht einem anderen Ausdruck. Ist es Mitgefühl? Ich fühle reines, tiefes Mitgefühl strömt von ihm zu mir. Mein Herz stockt. Fasziniert von dieser unerwarteten Verbindung lasse ich los, hinterfrage meine Vorurteile. Doch nur für einen Moment, ohne mein Zutun, ist das Gefühl der Verbundenheit wieder verschwunden. Eine vage Ahnung tritt stattdessen an die Stelle, wollte der Krieger mich warnen?

War ich in Gefahr, genauso wie er ein ungebetener Gast in dieser seltsamen Welt zu werden?

Bevor ich diese Gedanken weiterverfolgen kann, passiert es. Die Frau stößt einen Schrei aus. Ihre Rosenschere erhoben, stürzt sie sich auf den Krieger. Ein schlagartiger Verdacht trifft mich wie ein Schlag. Will sie verhindern, dass er mir etwas Wichtiges mitteilt. Die Spitzen der Schere dringen in seine Brust. Der Krieger stöhnt auf und ich leide mit ihm.«

Boris verstummt und schaut mich eine Weile an.

»Ja, es klingt seltsam. Doch nach diesem kurzen Kontakt mit ihm fühlte ich eine Seelenverwandtschaft. Ein Röcheln dringt aus seiner Kehle, und der, der vielleicht die

Wahrheit meines Hierseins kennt, bricht in Zeitlupe zusammen. Die Göttin, jetzt eine Furie, muss ihn direkt ins Herz getroffen haben. Werde ich der Nächste sein? Ist es meine Bestimmung, ihn zu ersetzen?«

Boris unterbricht seine Schilderung. Die plötzliche Pause gibt meinen Muskeln die Gelegenheit, meinem Verstand zu melden, dass auch sie völlig steif sind. Sie brauchen Entspannung und eine bessere Blutzirkulation. Langsam richte ich mich auf, um die schmerzenden Muskeln zu beruhigen. Dabei entweicht mir ein leiser, stöhnender Laut. Boris schaut mich überrascht an.

Als ich endlich stehe, strecke und dehne ich meine Glieder, bis ich spüre, wie das Blut wieder schneller durch meine Adern fließt. Die Taubheit in meinen Gliedern beginnt nachzulassen. Während ich mich lockere, beobachtet Boris mich, dann versucht er selbst, sich aufzurichten. Etwas wackelig steht er auf seinen Beinen, lehnt sich an die Wand, um nicht umzufallen. Für einen Moment huscht ein zufriedenes Lächeln über sein Gesicht.

Nachdem ich mich besser fühle, trinke ich einen langen Schluck direkt aus der Quelle. Das kühle Wasser erfrischt mich, und ich lehne mich neben Boris an die Wand. Er hat mich betrachtet, geht um mich herum und beugt sich zur Quelle hinunter. Doch anstatt zu trinken, hält er seinen ganzen Kopf unter den Strahl. Das Wasser rinnt über sein Gesicht, tropft auf den Boden. Er lässt es geschehen. Schließlich richtet er sich auf, greift nach meinem Arm und legt meine Hand auf seine Brust.

Überrascht stelle ich fest, dass sich sein Körper kühl anfühlt. Keine Spur von Fieber. Seine zahlreichen Wunden sind nur noch undeutlich zu erkennen. Das Wasser hat Wunder bewirkt. Es hat ihn geheilt. Diese Erkenntnis lässt eine leise Hoffnung in mir aufkeimen. Wir beide schöpfen

Kraft aus dem Wasser. Ich fühle mich gereinigt – von außen und innen.

Gemeinsam lauschen wir eine Weile in die Ferne. Dann setzt sich Boris wieder. Ich beobachte ihn und habe das Gefühl, dass er nach Worten sucht, um seine Geschichte weiterzuerzählen.

Schließlich spricht er stockend, mit leiser Stimme:

»Die zur Furie verwandelte Frau beobachtet den Krieger, wie er langsam zu Boden sinkt. Überzeugt, dass sie gesiegt hat, wendet sie sich mir zu. In ihrer Hand hält sie die Schere, an der Blut herabtropft. Mein Herz stockt. Körperlich spürbar verschwindet mein Selbstvertrauen irgendwo im Nichts. Angst breitet sich in mir aus.

Bis zu diesem Moment habe ich geglaubt, ich bin hier, um etwas Positives zu lernen, vielleicht um den Wert von Harmonie zu verstehen. Doch nun das. Als ich denke, alles sei verloren, beginnt sich etwas in mir zu wehren. Kräfte, die ich bisher nicht kannte, fließen mir zu. Mein Wille bäumt sich auf und schreit mir zu, dass ich so nicht sterben werde. Überrascht von meiner eigenen Wut löse ich mich aus dem Bann der Hexe. Jede Faser meines Körpers ist bereit zu kämpfen.«

Boris hält inne. Die Erinnerung scheint ihn zu übermannen. Er atmet tief ein und aus, dann fährt er fort:

»Doch es kommt anders. Hinter der zur Furie mutierten Frau tauchen zwei schwarze, schmale Gestalten auf. Eine links, eine rechts von ihr. Noch sind sie zwanzig Meter entfernt. Sind sie wegen mir hier? Oder wegen der Frau? Je näher sie kommen, desto deutlicher wird mir, dass sie Gefahr bedeuten. Einer Eingebung folgend hebe ich meine Arme zum Himmel. Ich hoffe, ich wünsche mir, dass auf geheimnisvolle Weise Kräfte des Himmels in mich fließen. Und dann geschieht es. Erst spüre ich nur eine schwache Energie in mir aufsteigen. Dann dringt diese mit ungekannter Stärke in meinen Körper.

Gestärkt strecke ich meine Arme in Richtung Gefahr. Strecke meine Hände in Richtung der heraneilenden Schatten. Sie kommen schnell näher. Endlich kann ich die dunklen Schatten auflösen. Es sind zwei Dobermänner. Plötzlich spüre ich ein leichtes Kribbeln in meinen Fingerspitzen, das immer stärker wird. Es kommt mir vor, als würde meine Hände ein elektrisches Feld umgeben. Um zu sehen, was mit mir geschieht, hebe ich meine Hände in mein Sichtfeld. Hinter einem blauen Licht kann ich sie kaum erkennen. Verwundert frage ich mich, was mit mir los ist. Lange kann ich nicht darüber nachdenken, denn ein Dobermann ist fast bei mir. Er setzt zum Sprung an. Instinktiv strecke ich dem Hund zur Abwehr meine Handflächen entgegen. Mit einer mir unbekannten Kraft in der Stimme rufe ich:

»Halt!«

Gleichzeitig schießen Blitze aus meinen ausgestreckten Händen und hüllen den riesigen Hund ein. Sekunden später liegt er regungslos auf dem Boden. Erstaunt über das, was ich getan habe, stehe ich da und betrachte den Dobermann. Sein tiefschwarzes Fell glänzt, seine dunklen Augen sind weit aufgerissen, sein Maul geöffnet. Eine Reihe scharfer Zähne erzählt von der Gefahr, der ich gerade entronnen bin.

Allmählich erhole ich mich. Noch voll mit Adrenalin schaue ich mich um, indem ich mich einmal um meine eigene Achse drehe. Nichts!

Kein Krieger, keine Königin. Doch nach einer weiteren halben Drehung steht sie plötzlich zwei Armlängen vor mir. Sie wirkt abwesend, fast entrückt. Das einzige Lebenszeichen sind ihre Augen, die mich wütend fixieren. Habe ich einen Fehler begangen? Erst jetzt bemerke ich, dass ihr Kleid in Fetzen an ihr herabhängt. Sie ist beinahe nackt.«

»Wie sie ist nackt«, kann ich nicht verhindern ihn zu unterbrechen.

Boris schaut mich nachdenklich an, geht allerdings nicht auf mich ein.

»Als ich in ihre Augen sehe, habe ich das Gefühl, dass sie Feuer versprühen. Doch weit hinter den Flammen erkenne ich Hilflosigkeit. Für einen Moment steigt Mitleid in mir auf. Die Frau, einst meine Königin, scheint nicht so stark zu sein, wie ich dachte. Während ich über die letzten Minuten nachdenke, fällt mir auf, dass der zweite Dobermann verschwunden ist. Der mich angreifende Hund liegt weiterhin tot auf dem Boden. Mich in eine ungewollte Starre versetzend bewegt sich die Frau zombiehaft auf mich zu. Aufkommende Panik verdrängt das Gefühl etwas bewirkt zu haben. Einen Schritt vor mir bleibt sie stehen, legt den Kopf schief und betrachtet mich eindringlich. Ihre einst strahlend blauen Augen sind nun schwarz wie die Nacht. Unangenehm berührt frage ich mich, was mit ihr passiert ist. Wenn ich gewusst hätte, was nun folgen würde, hätte ich mich auf der Stelle umgedreht und wäre gerannt. So schnell wie möglich. Doch ich kann nicht, etwas hält mich zurück. In diesem Moment erinnere ich mich an deine Worte. Die richtige Atmung ist der Schlüssel zur Entspannung. Eine chinesische Weisheit kommt mir in den Sinn: „Wenn du es eilig hast, dann gehe langsam.“

Also unterdrücke ich meinen Fluchtinstinkt, entspanne mich, schließe die Augen und atme, tief ein und aus. So wie tausendmal geübt.

193

Als ich vorsichtig die Augen öffne, sehe ich die Frau in zwanzigfacher Zeitlupe auf ihre Knie sinken. Warum? Will sie beten?
Ein Schimmer universeller Hoffnungslosigkeit überschattet ihr sich auflösendes Gesicht.«
Boris schließt die Augen. Die Erinnerung an das Erlebte scheint sein Innerstes schwer zu erschüttern.
»Was geht hier nur vor, habe ich mich gefragt«, setzt er seinen Bericht fort, »was ist mit ihr los? Während ich noch über die Situation nachdenke, steht plötzlich der von mir totgeglaubte Dobermann auf. Zuerst unbeholfen, doch dann wirkt er wie ein Fels vor mir. Eine unheimliche Kraft geht von ihm aus. Überaus intensiv. Mit ausdrucksloser Miene starrt er auf die kniende Frau. Es wirkt auf mich, als überlege der Hund seine nächsten Schritte. Schließlich scheint er zu einer Entscheidung zu kommen. Ohne sich weiter um die Frau zu kümmern, wendet er sich mir zu. Obwohl seine Lippen fest geschlossen sind, höre ich ein Grollen. Tief und bedrohlich, wie ein heraufziehendes Gewitter. Der Dobermann duckt sich. Jeder Muskel in seinem Körper spannt sich an. Dann setzt er zum Sprung an. Ich muss nicht fragen, wer sein Ziel ist. Es kann nur ich sein. Mein Herz rast. Werden die Angriffe auf mein Leben denn niemals enden?«
Ich sehe, wie sich Boris' Mundwinkel verziehen. Sein Gesicht wird fahl, als das Blut aus seinem Kopf weicht.
»Mein Gott. Wie konnte ich nur denken, mein Abenteuer wäre außergewöhnlich gewesen? Es war der reine Horror.«
Er schaut mich an. Sein Blut kehrt zurück- Ich erkenne, wie er Bilder in seinem Kopf zusammensetzt, bevor er weiterspricht.

»Ein unterdrückter Aufschrei reißt mich aus meiner Starre. Die Frau am Boden springt plötzlich auf. Wirft sich in die Flugbahn des Dobermanns!«

Gespannt höre ich zu und spüre, wie mir der Atem stockt. Boris erzählt weiter.

„Beide prallen aufeinander. Der Hund reißt die Schnauze weit auf, und ich weiß, er will töten. Mit einem markerschütternden Schrei stürzt meine Königin zu Boden.«

Boris verstummt, seine Augen flackern, als ob er sich erneut in diesem Moment befindet.

»Wieder einmal hat mir das Schicksal gezeigt, wie nah Gut und Böse beieinanderliegen. Sie hat mir ohne zu zögern das Leben gerettet.«

Boris hält inne. Etwas nagt an ihm, ein aufkeimender Gedanke, der sich nicht fassen lässt. Dann, fast flüsternd, als würde er mit sich selbst sprechen, höre ich ihn sagen:

»Sie bleibt auf dem Rücken liegen. Und ich sehe ihre Verletzung. Tief. Tödlich. Ich weiß sofort, dass sie sterben wird.«

Boris schließt die Augen für einen Moment, sammelt sich.

»Die Wunde auf ihrer Brust klafft weit auf, und für einen Moment glaube ich, ihr wild pochendes Herz sehen zu können. Doch dann...«, er holt tief Luft, »kein Blut. Überhaupt keins. Stattdessen, beginnt sich die Wunde zu schließen.«

Ich starre Boris an. Mein Puls hämmert in meinen Schläfen. Boris reagiert nicht, spricht schneller, und seine Stimme ist noch angespannter, als zuletzt.

»Wie ist das möglich? Welche anderen Wunder gibt es in dieser verdammten Welt noch? Nichts ergibt Sinn. Nichts! Bevor ich weiter darüber nachdenken kann, streckt sie die Hand nach mir aus. Ihre Lippen bewegen sich. Ich spüre sie will mir etwas sagen. Also beuge ich mich zu ihr, hebe ihren Kopf an, lege mein Ohr dicht an ihren Mund. Ihre Stimme ist kaum mehr als ein Hauch. Doch ich höre ihre Worte.«

Er hält inne, sieht mich direkt an. Ich merke, wie sich mir die Nackenhaare aufstellen.

»Du bist nicht der Richtige. Du solltest nicht hier sein. Ihr Blick brennt sich in die meinen. Kaum habe ich diese Worte gehört, erschlafft ihr Körper in meinen Armen.«

Boris richtet sich ruckartig auf, so als hätte ihn ein Stromschlag getroffen.

Er umklammert meinen Arm.

»Was meint sie? Was soll das bedeuten, ich bin am falschen Ort?«

Er lässt mich los und seine Hände ballen sich zu Fäusten.

»Bevor ich meine Gedanken ordnen kann, höre ich... einen Seufzer. Ich schlucke hart. Sofort schaue ich zu ihr hinunter. Ihr Körper wird durchsichtig. Mit jeder Sekunde weicht mehr von ihr. Wie kann das sein? Ist das der Tod? Ist es etwas anderes? Und dann sehe ich es.«

Boris lehnt sich vor.

„Eine Blutlache bildet sich um ihren Körper. Doch nicht irgendein Blut. Dieses Blut ist... anders. Es ist nicht von dieser Welt. Stille. Mein Blick wird klarer und ich sehe wie der Boden des Gartens ihren Lebenssaft aufnimmt. Wie ein ausgetrockneter Schwamm. Das Blut wird eins mit seiner Umgebung. Wenige Augenblicke, bevor ich vermute, dass das Leben sie verlässt, höre ich die Worte: "Alles wird gut."

In ihren brechenden Augen sehe ich so etwas wie Bedauern und Mitleid aufleuchten. Mich erfasst ehrliche, tief empfundene Traurigkeit. Irgendwie fühle ich mich für alles verantwortlich, was geschehen ist. Mitleid und Mitge-

fühl überfallen mich. Doch wir beide, weder meine Königin noch ich, hätten etwas ändern können. Ich schaue mich um und erkenne erstaunt, wie aus dem Boden der zerstörten Landschaft grüne Pflanzenspitzen zum Licht streben. Ja, die dunklen Wolken sind verschwunden, und über mir erstreckt sich wieder ein blauer Himmel. Erleichtert darüber, dass sich eine Wende zum Guten abzeichnet, blicke ich hinunter auf meine Königin. Ihr Blut hat aufgehört zu fließen. Bewegungslos liegt sie da. Tot?!
Erschrocken frage ich mich, musste sie sterben?
Wenn ja, warum?
Welche Schuld muss sie abtragen? Welche Bedeutung hatten ihre letzten Worte? Wie kann alles gut werden?«
»Wer ist auf dieser Welt ohne Schuld« unterbreche ich seufzend Boris.
Prompt hält er inne, und ein kaum merkliches Zittern läuft durch seinen Körper. Schließlich wird er ruhig.
»Ich weiß nicht«, sagt Boris, »doch sollte durch den Tod meiner Königin wirklich alles gut werden? Sollte auf meinem Weg alles gut werden? Ja, sie hat mir das Leben gerettet. Doch war es ihren Preis wert?«
Traurig schaut mich Boris an und schüttelt den Kopf. Während er versucht, seine Gefühle wieder in Einklang zu bringen, denke ich über einen vagen Gedankenfetzen nach. Als Boris schildert, wie das Blut völlig von der Erde assimiliert wird, entsteht in mir das Bild einer Gemme. Rasch greife ich mir an den Hals und stelle beruhigt fest, dass ich die Gemme noch bei mir trage. Plötzlich erinnere ich mich an einen fast vergessenen Traum. Die mit Rubinen umkränzte Gemme hat das Blut einer Elisabeth, meiner Elisabeth aufgesogen. Ich glaube mich genau erinnern

zu können. Doch bevor ich mich weiter mit dieser Erinnerung beschäftigen kann, dringen Boris Worte an mein Ohr. Emotionslos und distanziert berichtet er weiter.

»Wie wir wissen ist der Tod unumkehrbar. Doch frage ich mich noch immer, warum musste sie sterben? Ich weiß eigentlich eine sinnlose Überlegung. Der Mensch denkt, und entweder Gott oder das Schicksal lenkt. Doch letztlich ist es egal, wer wirklich Verantwortung für das Vergangene, das Gegenwärtige und das Zukünftige trägt. Jeder muss mit seinem Leben und seinem bewusst eingeschlagenen Weg klarkommen. Dieses Kapitel meines Lebens ist, wie ich bald feststellen konnte, allerdings noch nicht zu Ende geschrieben.«

Während ich über meinen nächsten Schritt nachdenke, fällt mir plötzlich auf, dass eine seltsame Stimmung über der Landschaft liegt.

Kein Ton ist zu hören. Spürbare Stille, eingebettet in völlige Leere, liegt über dem Garten. Nichts und niemand bewegt sich, der Sensenmann hat ganze Arbeit geleistet. Ich, als Einziger Überlebender, stehe da und weiß nicht, wie es weitergehen soll. Schweiß bildet sich auf meiner Stirn. Eine Frage schwirrt mir durch den Kopf. Ist dies ein Neuanfang? Bleibe ich verschont? Vielleicht. Wie auch immer es sein mag, komme ich fort von diesem verdammten Ort. In dem Moment, als ich mich umdrehen will, um den Garten auf dem schnellsten Weg zu verlassen, dringt Gesang an mein Ohr. Anstatt zu erschrecken, frage ich mich. Ist dies das ein Zeichen, dass das Leben zurückkommt? Wie auch immer, mein Entschluss, diesem Ort den Rücken zuzudrehen, wird verhindert. Ich erstarre, kann mich nicht bewegen. Trotzdem hofft irgendetwas in mir auf einen Abschluss dieses merkwürdigen Abenteuers. Ich sag es mal

so, Dominik. Ich hatte die Nase voll. Egal wie, es soll endlich vorbei sein. Ich will zurück in meine vertraute Welt!«
Boris hat sich in Rage gesprochen. Bevor ich ihn beruhigen kann, redet er weiter.
»Hoffnungslosigkeit kriecht in mir hoch. Meine letzten Energiereserven verströmen sich in das all umfassendes Universum. Leitet die Musik endgültig den Schlusspunkt ein. Ich bin bereit, egal wie, von der Weltbühne abzutreten. Meine Verzweiflung hat ihren Höhepunkt erreicht. Kein Funken Hoffnung kann ich in meinem Verstand entdecken. Ich glaube nicht mehr an einen Sinn. In dem Moment fällt mir eine deiner Spruchweisheiten ein. Eine von denen, die du so gern zum Besten gibst und von der keiner weiß, was diese Weisheit mit der Situation zu tun hat.«
»Am Schluss kommt immer das Beste«, flüstere ich leise.
Boris scheint mich gehört zu haben.
»Oh, wie sehr täuschst du dich doch. Nicht das Beste erwartete mich, sondern das etwas andere!«
Erneut ist es an Boris anzusehen, wie er seine Mitte verliert. Sanft lege ich meine Hand auf seine Schulter.
Wird mein Kontakt ihn beruhigen?
Ich weiß es nicht, auf jeden Fall versucht er es, indem er langsam ein- und ausatmet. Während ich darüber nachdenke, ob er am Ende seiner Geschichte angekommen ist, erzählt mein Freund weiter.
»Mit beiden Händen versuche ich, den hohen Ton von meinen Ohren fernzuhalten«, erzählt Boris weiter und befühlt seinen Oberkörper, »übrigens geht es mir wesentlich besser. Ich hatte schon jede Hoffnung aufgegeben, das jemals sagen zu können. Doch kommen wir zum Finale meines Abenteuers. Einen Mitspieler habe ich verdrängt, bis er aus dem Nichts auftaucht. Der Dobermann steht auf, scharrt mit einer Pfote über den Boden und setzt zum

199

Sprung an. Wie ein schwarzer Panther erhebt er sich in die Luft. Ohne nachzudenken weiß ich, dass ich gegen ihn chancenlos bin. Trotzdem raffe ich den Rest meiner verbliebenen Kräfte zusammen, denn der größere Teil von mir will überleben. Ohne mich zu kontrollieren ergreife ich die Flucht. Ich renne los, ohne zu wissen, wohin. Plötzlich gibt der Boden unter mir nach. Ich breche ein. Eine positive Welle durchflutet meinen Körper. Es gibt einen Gott, schießt es durch mein Hirn. Doch Dominik, du ahnst es gewiss schon, bevor meine Hoffnung an Kraft gewinnt, packt mich jemand oder etwas, wirbelt mich in die Luft und ich lande auf dem Boden der Tatsachen. Über mir blicke ich in das Maul des Dobermanns und sehe seine scharfen, spitzen Zähne.

Ein unangenehmer Geruch beleidigt meine Nase. Das ist's gewesen, denke ich. Die Bestie gibt mir allerdings keine weitere eine Frist nachzudenken. Doch anstatt mir ein gnädiges Ende zu bereiten und in meine Kehle zu beißen, fängt er an, mich mit seinen Krallen zu zerfetzen. Dabei lässt er, meiner Meinung nach, keinen Zentimeter aus. Irgendwann wird mir schwarz vor Augen. Das ist es gewesen, mein letzter Gedanke, bevor es dunkel wird. Doch mein Schicksal hatte wohl einen anderen Plan mit mir. Mein Leiden soll nicht beendet sein. Urplötzlich spüre ich meine Umgebung, meinen Körper intensiv. Eine kaum auszuhaltende Schmerzwelle breitet sich in mir aus, und ich spüre, wie scharfe Krallen der Pfoten des Dobermannes, mich hin und her schieben. Dann falle ich. Einige Meter, wie ich glaube. Hart lande ich auf einem felsigen Boden. Das Gute daran ist, dass die Schmerzen seltsamerweise nicht schlimm sind. Es dauert, bis ich den Nebel aus meinem Kopf vertreibe. Orientierung suchend schaue ich mich um. Schnell stelle ich fest, dass ich mich in einem

Höhlengang befinde. In beide Richtungen schauend frage ich mich, welchen Weg ich wählen soll. Meine Entscheidung kommt aus dem Bauch. Mühsam, das Gleichgewicht haltend, stehe ich auf und begebe mich auf den Weg. Schon nach dem ersten Schritt kommen die Schmerzen zurück. So gut ich kann, versuche ich, sie zu ignorieren. Als ich ungefähr zehn Schritte weit gekommen bin, stoße ich gegen ein Hindernis. Der Versuch das Hindernis zu sehen schlägt fehl. Meinen Arm vorsichtig nach vorne streckend, stößt meine Hand auf eine unsichtbare Wand. Als ich fester dagegen drücke verschwindet zuerst meine Hand. Danach mein Arm bis zum Ellenbogen. Erschrocken versuche ich Arm und Hand zurückzuziehen.

Vergeblich – es geht nicht. Im Gegenteil.

Es kommt mir vor, als wolle auf der anderen Seite jemand meine Hand auf die andere Seite ziehen. Es gelingt diesem Jemand. Zentimeter für Zentimeter verschwindet mein Körper in diesem Energiefeld. Mir wird schwarz vor Augen, und ich verliere das Bewusstsein. Schließlich komme ich wieder zu mir, um in deine erschrockenen Augen zu sehen.«

Erschöpft bricht Boris seine Schilderung über seinen Leidensweg ab. Kurze Zeit später gibt er sich dem Schlaf hin. Ruhig hebt und senkt sich seine Brust. Ich muss noch einmal Geduld aufbringen, bevor es weitergeht. Soweit ich erkennen kann, ist mein Freund, nachdem er sich alles von der Seele gesprochen hat, in einen wohltuenden Heilschlaf gefallen.

Nachdem ich überzeugt bin, dass er sich auf einem guten Weg befindet, trinke ich einen Schluck Wasser und lehne mich an die Wand und schließe meine Augen.

Es wird Zeit, meine Gedanken zu ordnen.

Auf welchem Weg ist Boris in diesen Raum gekommen?
Seine Schilderung gibt keine klare Antwort.
Hat jemand nachgeholfen?
Ist diese Wand aus Energie ein Tor zurück?
Während ich so vor mich hin grüble greift Morpheus un-
aufhaltsam nach mir, bis ich in die Traumwelt versinke.

Licht bindet Schatten
Kreuzweg von Sonne und Mond
Das Ewige heilt

9
Je tiefer wir erfahren, umso mehr Leben wir.

Schwaches Licht umgibt mich. Erfreut nicht im Dunkeln zu liegen atme ich tief ein. Indem ich mich auf die sich zögerlich einfindenden Gedankenbilder konzentriere, versuche ich mich zu erinnern.
Wo bin ich?
Je mehr Eindrücke aus meiner Umgebung in mein Bewusstsein dringen, desto bekannter erscheint sie mir. Um die Steifheit aus meinem Körper zu vertreiben, balle ich die Hände, spanne meine Muskeln an und lasse los. Nach einigen Wiederholungen spüre ich, wie das Blut kräftiger durch meine Adern fließt. Wacher stemme ich mich hoch und sehe mich um. Stück für Stück wird die Erinnerung in meinem Kopf klarer. Ich sehe den Wasserstrahl, der aus der Wand kommt. Daneben lehnt mein Freund. Weitere Mosaikstücke fügen sich zusammen. Spätestens jetzt lösen sich die Nebelschleier endgültig in meinem Verstand auf. Mein Magen knurrt fordernd. Doch darauf kann ich jetzt keine Rücksicht nehmen.
Wichtiger ist es, meine Situation so nüchtern wie möglich zu analysieren. Boris scheint friedlich zu träumen. Sein Atem geht gleichmäßig.
Ich beuge mich über ihn, berühre seine Stirn. Sie fühlt sich kühl an.

Ein gutes Zeichen.?!
Offensichtlich bewegt sich seine Körpertemperatur im
sorgenfreien Bereich. Boris öffnet die Augen, wahrschein-
lich ausgelöst durch meine Berührung. Er schaut zuerst
mich an, dann sich um. Seine erste Frage überrascht mich.
»Wo ist Sandra?«
Die Frage erinnert mich schmerzlich an Jennifer.
Wie wird es unseren Frauen jetzt gehen?
Befinden sie sich in derselben schwierigen Lage wie wir?
Eine Erinnerung taucht auf.
Ist Sandra inzwischen dem Altar der Götzen geopfert wor-
den?
Sollte es möglich sein, dass mein Freund sie nie wieder in
den Armen halten wird?
Wird er ihre Liebe und Wärme nie wieder spüren?
Wird es mir so ergehen wie ihm?
Welches Schicksal muss Jennifer erdulden?
Ich merke, wie ich mich in Selbstmitleid verliere.
»Reiß dich zusammen! Es bringt nichts, in negativen Ge-
fühlen zu versinken«, mahne ich mich selbst so leise wie
möglich. »Solange du nichts Genaues weißt, denk positiv!
Positives Denken ist die erste Maxime. Spekuliere nicht!
Jetzt musst du beweisen, dass deine Sprüche, die du früher
so gerne von dir gegeben hast, nicht nur leere Worte sind.«
Von meinen Sorgen will und kann ich Boris nichts mittei-
len.
Wer weiß, welche Vorstellungen er entwickeln würde,
wenn ich ihm von der Opferbank und seiner Frau erzählte?
Ich finde es leichter, noch nicht zu wissen, keine Bilder im
Kopf zu haben. Welche Aufgaben Jennifer zu erfüllen hat
bleibt erst einmal im Dunkel
Wer weiß, was meine ohnehin ausgeprägte Fantasie sich
ausmalen würde?

»Wie geht es dir, Boris?«

»Wo sind wir?«, seine Stimme klingt schwach.

»Am falschen Ort zur falschen Zeit«, antworte ich fatalistisch.

»Und wie gehen wir bisher damit um?«

»Nicht wirklich gut. Bisher konnten wir nicht herausfinden, wie wir diesem verdammten Raum entkommen können. Vielleicht gibt es eine Möglichkeit, wenn wir diese Ebene verlassen. Ich habe dort drüben ein Loch geschaffen. Meinst du, wir sollten uns nach unten hangeln?«, ich seufze leicht verzweifelt, »im Moment weiß ich nicht, wie es sonst weitergehen soll.«

Boris steht überraschend kraftvoll auf und schaut mir forschend in die Augen. Für einen Moment blicken wir einander tief in die Seele. Dann senkt er den Blick, mustert sich selbst und dann mich. Mit einem leicht sarkastischen Unterton meint er.

»Zuerst sollte ich mir wohl etwas mehr anziehen.«

Ich muss lächeln. Der Mensch ist doch ein seltsames Wesen. An der Schwelle des Todes, in aussichtslosen Umständen, in einer Umgebung, die weit von der Zivilisation entfernt scheint, kommt seine Scham oder besser gesagt seine Erziehung durch.

Zum Glück ist die Lösung für dieses Problem nicht allzu schwierig. Ich muss nur meine Kleidung mit ihm teilen, wie einst der Samariter im Evangelium des Lukas.

Also beginne ich, mich meiner ohnehin nicht mehr vollständigen Kleidung zu entledigen. Gemeinsam betrachten wir das kleine Häufchen aus Kleidungsstücken. Zuerst greife ich nach meiner Anzugshose und überreiche sie meinem Freund. Für mich bleiben die klassischen Boxershorts. Danach bekommt er mein Oberhemd, während ich das Unterhemd behalte.

Boris nimmt sich die Socken und reicht mir die Schuhe. Übrig bleibt die Jacke. Boris, der inzwischen einen wachen und gestärkten Eindruck macht, nimmt sie und hält sie mir feierlich entgegen.

»Die sollst du tragen.«

Etwas verlegen greife ich nach der Jacke und ziehe sie an. Jetzt sind wir notdürftig bekleidet. Unsere Situation hat sich allerdings nicht verändert. Noch immer sind wir in diese Felsenkammer eingeschlossen.

Unsicher stehe ich mitten im Raum und sehe mich ein letztes Mal um. Beinahe so, als würde ich Abschied von diesem Ort nehmen. Vielleicht prüfe ich ihn auch sorgfältiger als zuvor. Plötzlich drängt sich mir ein Gedanke auf.

Seltsamerweise bin ich mir sicher, dass es sich lohnen könnte, die Wände noch einmal genauer zu untersuchen. Achtsam, jede Kleinigkeit aufnehmend, nur keine neuen Überraschungen auslösen, nähere ich mich den harmlos aussehenden Felswänden. An manchen Stellen ist das leuchtende Moos nur spärlich gewachsen.

Gibt es einen Grund dafür?

Um mich zu vergewissern, unterziehe ich diese Stellen einer genaueren Inspektion. Tatsächlich bestätigt sich mein Verdacht. Es dauert nicht lange, bis ich ein etwa 50 bis 60 Zentimeter große, kreisrunde vertiefte Stelle entdecke, die nur aus einem bestimmten Winkel zu entdecken ist.

Diese kaum zu erkennende Schwachstelle könnte womöglich unsere Rettung sein. wie auch immer, sie zieht mich unwiderstehlich an. Flüchtig kommt mir der Gedanke, ob Boris vielleicht auf diesem Weg hierhergekommen ist.

»Siehst du diesen Durchbruch Boris? Den schaue ich mir mal näher an.«

Vorsichtig mit den Händen die Vertiefung in der Wand abtastend, stelle ich fest, sie ist überraschend glatt.

206

Spontan drücke ich dagegen, und die Stelle gibt nach. Ein Loch entsteht in der Wand. Um mehr zu erkennen was sich dahinter befindet, schiebe ich meinen Kopf in die Öffnung. Erneut werde ich überrascht. Ich schaue auf einen Gang. Auch in diesem gibt es Licht. Als ich den Tunnels genauer erforsche sehe ich, die Wände des Tunnels sind völlig glatt. Die Oberfläche glänzt wie Glas, vielleicht durch eine hohe Hitzeeinwirkung hervorgerufen.

Wohin wird uns dieser Tunnel führen?

Wieder einmal stehe ich vor der Wahl. Hinunter zur unteren Kammer oder diesen Tunnel benutzen. Geräumig genug sieht er aus. Ich denke über meinen nächsten Schritt nach. Die Vorstellung, dass dieser Tunnel uns zu einem Ausgang führen wird, nimmt Form an.

»Boris, ich glaube, ich habe den einen Weg gefunden, der uns eventuell weiterbringt! Einen Tunnel. Noch ein wenig Arbeit und ich bin sicher, wir finden hier heraus.«

Boris steht inzwischen neben mir, schiebt mich zur Seite, und begutachtet durch das Loch unsere nächste Station der Reise.

»Sieht fast so aus, Dominik. Er scheint ziemlich weit zu reichen. Doch bevor wir uns auf den Weg begeben, sollte ich dir noch ein Detail meiner Begegnung mit der Gärtnerin mitteilen.«

Erstaunt schaue ich Boris an. Was könnte jetzt wichtiger sein als unsere nächsten Schritte, frage ich mich. Wenig später erfahre ich es.

»Seltsam, dass ich es bisher nicht erwähnt habe. Als ich die tote die Königin des Gartens stumm verabschiedete sah ich an ihrem Dekolleté ein ungewöhnliches Amulett. Ein in eine Gemme eingearbeitetes Frauengesicht wurde von seltsam rot leuchtenden Rubinen umrandet. Der Anhänger hatte eine seltsame Ausstrahlung.«

»Ein Amulett mit einem Frauenantlitz und Rubinen«, unterbreche ich Boris aufgeregt.

»Sag ich doch. Kennst du es?«

Es dauert, bis ich mein Gleichgewicht zurückgewinne.

»Schon einmal hat deine Geschichte etwas in mir ausgelöst. Ich erinnere mich an einen intensiven Traum, den ich vor langer Zeit hatte.«

»Was sollte dein Traum mit dem Heute zu tun haben?«

Die Frage von Boris ist berechtigt.

»Sind Träume nicht Vorboten einer noch zu erwarteten Zukunft?«

»Nun, wird oft so gesagt. Doch ich glaube nicht wirklich daran. Unsere Zukunft muss erst gelebt werden.«, wendet Boris ein.

»Vielleicht war es ja nicht ein Traum, sondern eine Vision. Ein wichtiger Blick in die Vergangenheit.«

»Das könnte sein«, stimmt mir Boris zu, »ich kann mir vorstellen, dass in unseren Träumen erlebtes von unserem Unbewussten zu etwas neuem Zusammengefügt wird.«

Übergangslos entsteht eine Schweigeminute.

»Nun ja, Spekulation. Konzentrieren wir uns auf das Jetzt«, versucht Boris, mich zurück ins Hier und Jetzt zu bringen.

»Du hast recht, ein Schritt nach dem anderen. Versuchen wir unser Glück in dem Tunnel.«

»Da ich die Jacke habe und die mich besser schützt als dein Hemd, gehe ich vor. Ist dies in Ordnung?«

»Okay!«

Um in den Tunnel zu kommen erweiterten wir den Durchbruch. Hoffnungsvoll betrete ich den Tunnel. Boris wartet ab. Sehr weit komme ich nicht. Die Wände des Tunnels zeihen sich zusammen. Das Bild einer Speiseröhre taucht in meinem Verstand auf.

Will ein Steinbrecher mich in seinen Magen befördern? Seltsam, welche Blüten die Fantasie treibt. Natürlich gibt es hier kein Wesen aus Stein. Doch ich stecke fest. Verzweifelt versuche ich, mich zu befreien. Vergeblich. Es gibt kein Entkommen, ich stecke fest.

»Boris!«

Verzweifelt schreie ich das Wort mit aller Kraft heraus. Eine Antwort erreicht meine Ohren nicht. Zu schnell wird der Schrei zu einem kläglichen Röcheln. Die Tunnelwände pressen meine Lungen immer heftiger zusammen, bis mein verzweifelter Schrei verstummt. Auf einmal wird meine Haut höllisch heiß. Irgendjemand, irgendetwas packt mich. Jedoch nicht an meinen Füßen, wie ich gehofft hatte, sondern an meinen Händen. Ein rasender Schmerz durchzuckt meinen Körper, und mit einem kräftigen Ruck werde ich in den enger werdenden Höhlengang hineingezogen. Als ich schon aufgeben will, bin ich plötzlich frei. Erleichterung breitet sich in mir aus, und der durch den Druck erzeugte Schmerz lässt nach. Doch zum Durchatmen bleibt mir keine Zeit, ich falle und falle und falle. Mit weit aufgerissenen Augen blicke ich in einen dunkelroten, mit schwarzen Fäden durchzogenen Abgrund. An dessen Wänden versuchen lederartige Fäden mit peitschenartigen Bewegungen, nach mir zu greifen. Einer der Fäden gerät mir schließlich nahe genug für sein Vorhaben.

Kaum berührt einer der Fäden meinen Arm, umwickelt er ihn und reißt mich in seine Richtung. Weitere Riemen folgen. Kurze Zeit später bin ich komplett eingewickelt. Nur mein Kopf bleibt frei. Deshalb kann ich sehen, wie ich in einen Mahlstrom hineingezogen werde. Immer schneller, immer tiefer. Unkontrolliert wirbele ich in einem eigenartigen Medium. Deutlich spürbar wird mein gemarterter Körper in alle Richtungen gezogen. In mir entsteht der

Eindruck, dass ich mich in die Unendlichkeit ausdehne. Als ich beginne, den Verstand zu verlieren, greift gnädiger Weise das Schicksal ein. Es sorgt dafür, dass mein gestresstes Bewusstsein sich für ungewisse Zeit aus dem Hier und Jetzt verabschiedet.

Irgendwann - Zeit hat wieder einmal ihre Bedeutung verloren - nehmen meine Augen ihre ihnen zugedachte Aufgabe wieder wahr. Verwirrt, orientierungslos finde ich mich an einem fremdartigen, unfertigen und namenlosen Platz wieder. Nachdem ich endlich etwas Ordnung in meinen Verstand gebracht habe, wird mir bewusst: Ich bin allein.

Allein! Von Boris getrennt!

Warum?

Spiele ich mit jemandem Schach?

Werde ich nach Belieben des unbekannten Spielers hin und her geschoben?

Kann ich Einfluss auf die nächsten Züge nehmen?

Der Raum, in dem ich mich befinde, ist fast greifbar mit einer negativen Grundschwingung angefüllt.

Immer schwerer legt sie sich das Negative auf meine Seele. Als ich versuche, mich aufzurichten, bemerke ich, dass die mich umgebende Welt und ich ganz und gar nicht im Gleichklang sind. Beim Versuch, einen Schritt zu tun, glaube ich, dass etwas an meinen Füßen haftet. Als ich an mir herunterschaue, kann ich den Boden sehen. Meine Fußknöchel und der untere Teil meiner Beine verschwinden in einem nebulösen Untergrund. Während ich verzweifelt nach dem Untergrund meiner Füße fahnde, frage ich mich, ob es in diesem Nebel unsichtbare Fallen gibt. Doch bevor ich eine Antwort auf diese Frage finden kann, verliere ich die Bodenhaftung.

Dies kann nichts Gutes bedeuten.

Erneut wird mir meine Machtlosigkeit, mein Ausgeliefert-
sein deutlich vor Augen geführt. Es fehlt nicht viel, und
ich werde ausrasten. Vielleicht eine Dummheit begehen.
Gerade noch rechtzeitig taucht ein oft gedachter Gedanke
auf. Panik ist der kleine Bruder des Todes. Außerdem, gegen wen könnte ich meine Wut, meine von Zorn erfüllte
Hilflosigkeit richten?
Ich bin allein.
Ich muss mich zusammenreißen, sonst verliere ich meine
Kontrolle. Wie gelernt, atme ich tief ein und aus. Als ich
ruhiger werde, schaue ich mich um. Keine Ahnung, wie es
passiert ist, aber ich stehe in einem Raum, spüre festen Boden unter mir. Doch noch immer stehe im wahrsten Sinne
des Wortes im Nebel.
Was nun?
Wie soll mein nächster Schritt aussehen?
Da beginnt sich der Nebel zu meinen Füßen aufzulösen.
Verwundert schaue ich mich um und sehe einige Meter
entfernt eine Gestalt. Erst auf den zweiten Blick erkenne
ich, dass sie aus matt glänzender Bronze besteht und einen
gewaltigen König der Wildnis darstellt. Auf den Vorder-
pfoten abgestützt, sitzt der Löwe vor mir und scheint auf
etwas zu warten. Deutlich spüre ich die Kraft, die von ihm
ausgeht. Obwohl er eindeutig aus lebloser Materie besteht,
strahlt er etwas Gewaltiges, Lebendiges aus.
Keine Frage – irgendetwas in der Bronzefigur lebt.
Ein Löwe?
Ist die Bronze eine Rüstung?
Bevor ich diesen Gedanken weiterverfolgen kann, beginnen die Augen der Figur zu leuchten und werden lebens-
echt. Gelangweilt, mitleidig blicken sie auf mich herab.
Offensichtlich erwartet der Löwe eine Reaktion von mir.
Doch da ich noch immer nicht mit meiner Situation im

Reinen bin, bleibe ich einfach reglos stehen. Erst allmählich gewöhne ich mich an meine neue Umgebung. Parallel dazu spüre ich eine Veränderung im Raum. Der Löwe bewegt sich. In Zeitlupe öffnet er sein Maul, und ein unangenehmer Geruch schwappt über mich hinweg. Um dem Gestank auszuweichen, trete ich, vielleicht unüberlegt, näher an die Raubkatze heran. Angriff ist die beste Verteidigung, versuche ich mein Verhalten zu rechtfertigen.

Jetzt, direkt vor dem Löwen stehend, wird mir erst seine kolossale Größe richtig bewusst. Allein die Tatzen haben eine Höhe von mindestens zwanzig Zentimetern. Doch am eindrucksvollsten ist der weit aufgerissene Rachen. Der Löwe hat seinen Kopf zu mir herabgesenkt, sodass ich auf eine Reihe riesiger Reißzähne blicke. Perfekt geschaffen, um sein Opfer zu töten. Hoffentlich schnell und schmerzlos, falls ich die nächste Beute sein sollte. Während ich ins Maul der Bestie starre, testet meine Nervosität eine neue Grenze. Plötzlich verändert das Tier seine Form, scheint sich aufzurichten.

Könnte es ein Wächter sein?

Der Gedanke trifft mich unerwartet, und seltsamerweise beruhigt er mich. Wächter greifen nur an, wenn jemand zu bewachendes Gut gefährdet. Mein Adrenalinspiegel sinkt für einen Moment, nur um gleich darauf wieder in die Höhe zu schnellen. Das Raubtier nimmt unwirkliche, bizarre Zustände an, taucht immer wieder kurzzeitig im Nichts unter. Die Erde unter mir wird schwammig. Ich sinke in den Boden ein. Erschrocken halte ich den Atem an. Nur einen Schmetterlingsschlag lang, und plötzlich gehorcht alles wieder den mir bekannten Naturgesetzen. Verwirrt und zutiefst irritiert spüre ich festen Boden unter meinen Füßen. Während ich noch über mein weiteres Vorgehen nachdenke, taucht wie aus dem Nichts ein wahrer

Koloss von einem Mann auf. Boris, mit all seinem anstrengenden Training, seinen antrainierten Muskeln, würde im
Vergleich zu diesem Mann wie ein Muttersöhnchen wirken. Es dauert, bis ich mich von meiner Überraschung erhole und erkenne, dass neben dem Löwen ein männlicher
Koloss steht. Während ich mich auf die aus dem Nichts
aufgetauchte Person konzentriere, frage ich mich, welchen
Sinn diese Begegnung wohl haben wird.

Plötzlich sitzt er lässig auf dem Rücken des Löwen. Seine
Beine sind übereinandergeschlagen. Die selbstbewusste
Ausstrahlung, die ich bisher dem Löwen zugeschrieben
habe, geht eindeutig von diesem Mann aus. Lange und in-
tensiv sehen wir uns neugierig und ein wenig belustigt an.
Dabei versinke ich immer mehr in die bernsteinfarbenen
Augen des Mannes. Das Gefühl verstärkt sich, dass ich bis
in die Tiefen meiner Seele taxiert zu werde.

Irgendwann scheint mein Gegenüber zufrieden zu sein,
denn er unterbricht den Augenkontakt und springt vom
Rücken des Löwen. Er strahlt den unbedingten Willen
zum Herrschen aus.

Das Nächste, was mich beeindruckt, ist sein Irokesen-
schnitt. Sein sonst kahler Schädel glänzt in einem intensiven Bronzeton. Sein ovales Gesicht wird von einem mar-
kanten, nach vorne geschobenem Kinn dominiert. Eine
breite, leicht flache Nase sitzt zentral in seinem Gesicht.
Die runden Wangen verleihen ihm den Ausdruck eines
Raubtiers. Seine schwarzen, herausfordernd funkelnden
Augen werden von buschigen, silbergrauen Augenbrauen
überragt. Die gewölbte Stirn erinnert mich an einen Kämpfer, der zu oft mit dem Kopf durch die Wand wollte. Seine
breiten Schultern und muskulösen Oberarme verstärken
das Bild eines gewaltigen Kriegers. Stolz und Macht ausstrahlend bewegt er sich auf seinen zwei säulenartigen

Beinen auf mich zu. Mit jedem seiner Schritte wandert mein Herz tiefer, bis es schließlich in meinem Magen ankommt. Plötzlich hält der Koloss inne, als hätte er die Wirkung seines Auftretens bemerkt.

Seine raubtierhaften Augen fixieren mich erneut, und er beugt seinen massigen Oberkörper ein Stück nach vorne, bis sein Kopf auf Augenhöhe ist.

Eine goldene Kette, die um seinen Hals baumelt, zieht meinen Blick auf sich. Ein mir vage bekanntes Amulett löst eine Erinnerung in mir aus.

Der Krieger scheint dies zu bemerken. Seine zuvor unbewegliche Miene, die aus der Nähe an das Gesicht eines Panthers erinnert, wirkt nicht mehr ganz so aus Stein gemeißelt. Etwas verändert sich in seinem Ausdruck – dann öffnet er den Mund.

»Was suchst du hier?«

Unwillkürlich weiche ich ein Stück zurück.

Seltsamerweise wird mir erst jetzt die absolute Stille bewusst, die mich seit meiner Ankunft umgeben hat.

Eine wirklich grandiose Frage, dachte ich ein wenig amüsiert. Genau das würde ich gerne von ihm wissen. Wie oft habe ich mir in letzter Zeit schon dieselbe Frage gestellt. Warum war ich also hier?

Gerne wäre ich in einer vertrauten Umgebung!

Seltsamerweise konnte ich völlig klar denken.

Hatte seine Stimme und die Art wie er mich fragte, mein Innenleben gereinigt?

Meine Adrenalinausschüttung, die vor kurzem ihren Höhepunkt erreicht hatte, klang sanft aus. Natürlich ist dies kein Grund, dass ich in puren Leichtsinn verfiel.

Tief einatmend konzentriere ich mich auf seine Frage.

Stimmt, was suche ich eigentlich hier?

Und wo ist ---- hier?

214

Wenn es nicht zu absurd klingen würde, könnte ich vermuten, dass ich mich in einem anderen Universum befinde. Hier ist alles riesig und fremdartig. Naturgesetze scheinen nicht zu gelten.

Was ich suche, daran besteht kein Zweifel. Meine geliebte Frau und ihre Freundin. Einen Weg zurück in meine, unsere eigentliche Welt.

Doch das ist nur die Oberfläche meines Tuns. Tief in mir verborgen gibt es mehr. In Wahrheit hat mich eine tiefe Sehnsucht nach Wissen an diesen Ort, in diesen Schlamassel geführt. Ich suche das Sein, den Sinn. Und um noch einen draufzusetzen. Ich suche meine Bestimmung.

»Du schweigst!«

Seine donnernde Stimme reißt mich aus meinen Gedanken. Sie erinnert mich ein wenig an den Göttervater Zeus. Erschrocken unterbreche ich meine Überlegungen. Keine Frage, ich will antworten, doch ich weiß nicht, wie.

Da kommt mir plötzlich eine Idee. Um ihm zu zeigen, dass ich mich nicht einschüchtern lasse, schreie ich zurück.

»Ich suche meinen Weg!«

Woher ich die Kraft und den Mut nehme, laut zu werden, ist mir schleierhaft, doch beides ist da.

Der Krieger stutzt. Ein Grinsen huscht über sein Gesicht.

»Welcher Weg sollte das sein? Der des Kindes, des Bauern oder des Kriegers? Hast du vom Weg des Magiers gehört? Gehst du diesen Weg?«

Sein Grinsen wird breiter.

»Oder bist du ein Händler? Nun ja, viele Wege führen zum Ziel.«

»Muss oder kann ich jeden Weg in meinem Leben gehen? Ist bei jeder Geburt ein ureigener Weg vorgezeichnet? Hat mein Weg etwas mit Karma zu tun?«

Karma.

Dieser Gedanke kommt mir Unerwartet in den Sinn. Auf diesem Gebiet glaube ich, einiges zu wissen, einige Erfahrungen gemacht zu haben.

Mein Gegenüber richtet sich auf, verlässt seine kämpferische Haltung. Plötzlich scheint er sich wirklich für mich zu interessieren.

»Du glaubst an Karma?«

»Auf jeden Fall. Es gibt Ereignisse in meinem Leben, die ich nur so erklären kann«, meine Stimme wird leiser, fast ein Flüstern, »als ich zum ersten Mal von Karma hörte, betrachtete ich die Geschehnisse meines Lebens mit anderen Augen. Ab da wollte ich mehr darüber wissen. Ich sammelte Wissen, viele Informationen. Und dann entschied ich mich, mit meinen Freunden eine Reise anzutreten. Es heißt ja, Reisen bildet. Und wenn ich meine jetzige Situation betrachte, muss ich zugeben. Da ist etwas dran. denn nun bin ich hier.«

Ich halte kurz inne und denke, Wollen. Wissen. Wagen. Das ist der Weg. Da kommt mir eine Idee.

»Kannst du mir einen oder besser vielleicht meinen Weg aufzeigen? Denn ich glaube, ich habe mich verirrt.«

Er lässt eine bedeutsame Pause entstehen, bevor er antwortet:

»Ich habe in deine Seele geblickt und den Eindruck gewonnen, dass du dich in die richtige Richtung entwickelst. Dein Weg ist allerdings noch lange nicht zu Ende.«

Während ich dem Giganten aufmerksam zuhöre, frage ich mich, ob er ein Lehrer ist. Jeder begegnet einem solchen auf seinem Weg. Oft erkennen wir es erst im Rückblick.

Das Leben wird vorwärts gelebt und rückwärts verstanden. In diesem Moment an nimmt das Verhältnis zu meinem Gegenüber eine neue Qualität an. Von nun an will ich Schüler sein.

»Eines möchte ich dir noch mitgeben. Vielleicht hilft es dir bei deinen weiteren Entscheidungen. Du solltest wissen; deine Seele ist alt. Gewachsen in vielen Leben.«

»Das wusste ich bereits. Ich glaube an Reinkarnation.«

Ich lege bewusst ein wenig Pathos in meine Worte. Vielleicht, um den Krieger, den ich nun als Lehrer sehe, zu beeindrucken.

»Du hast in vielen deiner Leben immer wieder eine höhere Ebene angestrebt«, seine Worte erreichen mich leise, fast wie ein Flüstern, »in diesem Leben sollst du belohnt werden. Du wirst einen Weg finden, um das Konto deines Karmas endgültig aufzulösen. Hab Vertrauen!«

Diese Worte berühren mich tief. Sie verankern sich in meinem Unterbewusstsein, unauslöschlich. Doch er ist noch nicht fertig.

»Bleib gelassen! Wäge Wichtiges von Unwichtigem ab. Nutze deine Zeit! Schau dich um und sage mir, was du siehst.«

»Ich sehe natürlich dich, den Löwen neben dir, einen riesigen Raum. Alles erscheint mir irgendwie surreal. Das ist meine Außenwahrnehmung. Doch in mir sieht es anders aus. Ich fühle mich wie ein verlorener Tropfen, der in einem unendlichen Universum dahintreibt.«

Unzensiert lasse ich meine Gedanken hinaus in die Welt. Mein Gegenüber lacht laut auf.

»Liegt dies möglicherweise daran, dass du deine Masken und Verkleidungen nicht aufgeben willst?«

»Mir ist nichts von Verkleidungen bekannt", erwidere ich beleidigt, »ich bin authentisch! Etwas anderes zu glauben, würde bedeuten, dass ich die wichtigsten Lektionen nicht verstanden habe. Es fällt mir schwer, dir das abzunehmen.«

Warum reagiere ich so?

Hat er einen wunden Punkt getroffen?

Während ich versuche, meine Mitte zu finden, spricht er weiter. Ohne auf mich einzugehen.

»Löse die Begrenzungen deines Ichs und versuche, dich wirklich mit dem Universum zu vereinen. Anstatt dich nur treiben zu lassen. Finde die kosmische Einheit. Tanze! Und du wirst sehen: Alles wird neu für dich sein! Übrigens gibt es noch einen weiteren Weg, den ich den bisherigen hinzufügen möchte. Den Weg der Priesterin.«

Der Riese, offenbar nicht nur körperlich, sondern auch geistig, fordert mich auf jeder Ebene meines Seins heraus. Eine lange Stille entsteht. Meine Gedanken reihen sich aneinander, ohne einen klaren Sinn zu ergeben. Als sie sich dem Chaos nähern, spreche ich einen tief verschütteten Wunsch aus. Einen Wunsch, der mein Leben in eine Richtung lenken wird, die ich so nie gewollt habe.

»Wo ist der Ausgang? Ich will nach Hause.«

Die Worte entweichen meinen Lippen, ohne dass ich ihre Tragweite begreife. Ich ahne nicht, welche Folgen meine leichtfertig ausgesprochene Forderung haben wird.

Was für ein Unsinn, denke ich noch, doch da ist es bereits zu spät. Ein plötzlicher, unangenehmer Schwindel überfällt mich. Jeder Bezug, jede Verästelung, die mich mit dieser Welt verbindet, beginnt sich aufzulösen.

Bevor ich diesen Raum endgültig verlasse, sehe ich ein Lächeln auf in den Gesichtszügen des Kriegers. Bedauern bildet sich auf seinem Gesicht ab. Unvermittelt bricht schallendes Gelächter aus seinem nun überdimensional wirkenden Mund. Dann verstummt er abrupt, und seine Miene wird ernst.

»Einheit der Gegensätze!«

Das ist die letzte Wahrnehmung, die mein Gehirn noch aufnehmen kann.

Dann hebt er seine Hand und schnippt mit den Fingern. Ich will ihm noch zurufen: »Noch nicht!« – doch es ist zu spät. Ich spüre, wie meine Finger zuerst taub werden, dann durchscheinend. Mein Körper beginnt sich aufzulösen. Kein Schmerz, nur ein sanftes Reißen, als würde ich aus der Realität geschnitten. Ich will schreien, doch da ist kein Mund mehr, keine Stimme. Endlich greift mein Schicksal ein, und schaltet mein Bewusstsein aus.

Irgendwann berühren meine Hände eine steinige, schmutzige, unnachgiebige Wand. Mildes Licht dringt in meine geschlossenen Augenlider. Ich spüre es mehr, als dass ich es sehe. Der Raum, den ich vor einiger Zeit verlassen habe, umgibt mich wieder.

Still und erleichtert lächle ich in mich hinein.

Langsam öffne ich meine Augen. Ohne zu klagen nehmen sie ihre Tätigkeit auf. Mein Blick wandert umher. Plötzlich tritt Boris in mein Sichtfeld. Mein Freund starrt mich mit weit aufgerissenen Augen an. Sein Gesichtsausdruck vermittelt mir den Eindruck, als sehe er ein Phantom.

Einem ersten Impuls folgend sehe ich mich hastig nach allen Seiten um. Doch außer Boris ist niemand hier.

Also sitze ich wieder in der Falle. Mühsam öffne ich meine Lippen und mit einem zittern in der Stimme frage ich ihn. »Was ist geschehen.«

Während ich auf eine Antwort warte, ordnen sich die letzten Atome meines gewaltsam zerlegten Makrokosmos wieder an ihren angestammten Platz. Nach und nach kehren die Erinnerungen in mein durcheinandergewirbeltes Gehirn zurück.

»Dasselbe könnte ich dich fragen«, kommt es gepresst von Boris, »wo warst du? Zuerst hast du dich wie durch Zauberei aufgelöst und jetzt bist du, wie der Geist aus der Flasche, sukzessive wieder aufgetaucht. Erst konnte ich dich nur als ein Geist wahrnehmen, dann, nachdem du mehrere Phasen einer seltsamen Manifestation durchlaufen hast, bist du plötzlich wieder vollständig. Verdammt, wo warst du nur?«

Anstatt Boris zuzuhören, kreisen meine Gedanken um eine beunruhigende Frage.

Habe ich durch mein impulsives Verhalten eine unwiederbringliche Chance verpasst?

Gab es nicht noch so viele Fragen, die der Krieger hätte beantworten können?

Was, wenn ich einen entscheidenden Hinweis übersehen habe?

Um den bedrückenden Gedanken zu entkommen, richte ich mich auf und sehe Boris an. Eine Frage schießt mir durch den Kopf, während mein Bewusstsein sich weiter ordnet.

»Hast du nicht auch das Gefühl, dass wir ständig zwischen Universen wechseln?«

Meine Stimme klingt rau, als hätte ich sie lange nicht benutzt.

»Mir kam ein seltsamer Gedanke, als ich zurückkehrte. Hast du jemals über Antimaterie nachgedacht?«

Boris zieht eine Braue hoch, dann breitet sich ein breites Grinsen auf seinem Gesicht aus.

»Natürlich. Aber es gibt davon nur noch minimale Reste in unserem Universum,« ich lehne mich ein wenig vor, »kannst du dir vorstellen, dass ein solches Fragment ein Tor zu einem anderen Universum öffnen könnte?«

Seine Augen weiten sich für einen Moment, bevor er mit gerunzelter Stirn antwortet.

»Das fällt mir schwer. Aber wer weiß schon, was genau geschieht, wenn Antimaterie und Materie aufeinandertreffen? Was, wenn ihr Zusammenprall nicht nur ein einziges

Universum geformt hat, sondern mehrere? Was wenn es Brücken zwischen positiven und negativen Welten gibt? Vielleicht hat es einen titanischen Kampf gegeben. Einen Kampf der Prinzipien.«

Er spricht leise, als wäre für ihn der Gedanke eine mächtige Entdeckung. Ich beobachte ihn und muss länger über seine Worte nachdenken. Die Vorstellung von Antimaterie als eine Brücke zu anderen Welten ist faszinierend. Aber noch merkwürdiger ist sein Vergleich mit einem Kampf zwischen Gut und Böse. Könnte es wirklich so einfach sein? Oder liegt die Wahrheit noch weit jenseits unseres Verstandes?«

Ein Schauer läuft mir über den Rücken. Wenn das wahr ist, was Boris denkt, dann befinden wir uns vielleicht in einer anderen Welt.

Vielleicht sind wir in etwas hineingeraten, das viel größer ist, als wir begreifen können.

Um auf andere Gedanken zu kommen, stelle ich Boris eine Frage, die mich schon länger beschäftigt, während sich mein Bewusstsein vollständig zurückbildet.

»Hast du nicht auch das Gefühl, dass wir, seitdem wir dieses verflixte Hotel betreten haben, ständig in andere Universen wechseln? Mir kam bei meiner Rückkehr ein ungewöhnlicher Gedanke. Hast du früher schon einmal über Antimaterie nachgedacht?«

Ein breites Grinsen gleitet über das Gesicht meines Freundes. Offensichtlich hat er das.

»Natürlich, und so weiß ich, in unserem Universum existieren nur noch minimale Reste davon.«

»Kannst du dir vorstellen, dass Antimaterie Tore in unserem Universum geschaffen hat?«

Boris schaut mich überrascht an, überlegt einen Moment und erwidert schließlich.

»Das fällt mir schwer. Doch wer weiß schon, was beim Zusammenprall zwischen Antimaterie und Materie tatsächlich geschehen ist? Beim Kampf könnte sein positives sowohl negatives Potenzial entstanden sein. Positiv vs. Negativ. Ein Kampf zwischen Gott und Teufel. Wer in dieser Schlacht gesiegt hat ist mir undeutlich, ich hoffe es sind die positiven Kräfte.«

Erstaunt über die Vorstellungskraft meines Freundes, denke ich länger darüber nach.

Die gegenseitige Zerstörung von Materie und Antimaterie mit einem Kampf zwischen Gut und Böse zu vergleichen, mag seltsam klingen, doch auch faszinierend.

»Vielleicht besteht ein Wurmloch aus Antimaterie«, kommt mir plötzlich in den Sinn.

»Vielleicht ja, vielleicht nein«, meint Boris, »alles ist möglich, wenn wir es denken können.«

»Genau, nichts ist wirklich in Stein gemeißelt.«

Ein Lächeln drängt sich auf, und ich kann es nicht unterdrücken.

»Eines können wir jedoch festhalten. Antimaterie ist ein Bestandteil unseres Universums. Denn, dass sie nicht vollständig vernichtet wurde, konnte durch Messungen nachgewiesen werden. Sie existiert noch zwischen unserer Materie. Wenn wir weiter in diese Richtung forschen, könnte das die These des Wurmlochs und sogar der unendlichen Universen unterstützen. Möglicherweise existiert Antimaterie, je nach Standort, auf einer anderen Schwingungsebene und bildet ein Paralleluniversum. Hast du schon mal über schwarze Löcher nachgedacht? Da haben wir das Phänomen, dass Materie scheinbar verschwindet. Doch seit Einstein wissen wir, dass Energie nicht wirklich verschwindet, sondern eine Umwandlung erfährt. Könnte es nicht sein, dass Antimaterie so etwas wie ein Geburtshelfer ist? Vielleicht ist die Möglichkeit, dass ein Wurmloch und ein schwarzes Loch verwandt sind, gar nicht so abwegig. Möglicherweise ist es mit ihrer Hilfe sogar möglich, zwischen den Welten zu reisen.«

Boris lacht laut auf.

»Jetzt geht deine Fantasie mit dir durch, Dominik. Beschäftigen wir uns lieber damit, wie wir von hier wegkommen!«

Er hat Recht, und ich kann ihn verstehen. Dieses Gedankengebäude hilft uns in unserer jetzigen Lage wenig. Dennoch glaube ich fest daran, dass eine Theorie, sei sie auch noch so vage, helfen kann, den richtigen Weg zu wählen. Sich vorzustellen, dass es Antiwelten oder parallele Universen geben könnte, hat seinen Reiz.

»Du warst auf meiner letzten Reise ja nicht dabei. Wenn du dabei gewesen wärst, würdest du dich auch fragen. Wo bin ich? Bin ich in einem anderen Universum«, ich überlege kurz, »hast du dich nicht auch gefragt, wo wir sind, wo wir uns in diesem Moment befinden«, etwas gequält zaubere ich ein Lächeln auf mein Gesicht, »niemand, auch nicht du, kann mit Sicherheit sagen, dass wir uns in unserer Wirklichkeit aufhalten.«

»Tatsächlich nicht. Du hast Recht.«

Mit einer hilflosen Geste versucht Boris, die Tatsache wegzuwischen, dass wir keine Ahnung haben, wo und warum wir hier sind.

Welche Erkenntnis sollten wir in diesem kargen Raum auch gewinnen?

(Dabei ist es so deutlich.)

Einerseits erscheint mir alles, was Boris und ich bisher erlebt haben, real, andererseits werden wir mit schwer einzuordnenden Fakten konfrontiert.

»Irgendwo, Boris, müssen wir eine Grenze überschritten haben. Doch wo? Keine Ahnung.«

»Ich habe eine andere Theorie Dominik. Ich denke nicht, dass wir in ein anderes Universum gewechselt haben. Eher glaube ich an eine Zeitgrenze? Wir reisen in der Zeit.«

»Du glaubst an die Möglichkeit, dass wir in der Zeit reisen?«

»Dies könnte eine logischere Möglichkeit sein, mein Freund.«

»Na dann sitzen wir wirklich in der Bredouille. Eine Zeitmaschine habe ich auf dem Weg bis hierher nicht gesehen. Oder du?«

»Diese Frage kann ich dir nicht beantworten. Doch der Verdacht, dass dieses ungewöhnliche, irgendwie mystische Hotel etwas damit zu tun hat, lässt sich nicht so einfach wegdiskutieren.«

Das Gesicht von Boris verdunkelt sich. Eine Mischung aus Trauer und Trotz meine ich zu erkennen. Mit düsterer Miene presst er seinen Rücken an die Wand und zieht sich in seine Gedankenwelt zurück.

Boris hat recht, alles begann in diesem Hotel, in dieser Suite. Also muss unser Ziel sein, wieder dorthin zu gelangen.

Doch wie?

Fürs Erste stecken wir hier fest.

Vor mich hin grübelnd spüre ich mehr, als dass ich es höre, eine leise, unheimliche Tonfolge. Eine dieser Art habe ich bisher noch nie gehört. Der Ton erzeugt in mir die Vorstellung, er käme aus einem feuchten, modrigen Grab. Irgendeine Saite in mir tritt in Resonanz mit den Tönen. Je länger sie auf mich einwirken, umso mehr erinnert es mich an das Röcheln eines Sterbenden. Jemand scheint einen schrecklichen Tod zu sterben.

Da geschieht es.
In meinem Geist verschwimmen Bilder. Sie festzuhalten gelingt mir nicht. Zuerst werden sie unscharf, um sich schließlich zu verflüchtigen.

Suche nach dem Jch
Erleuchtung finden im Jch
Herrschaft verschwindet

10
Jeder bestimmt sein Leben durch seine Taten

Den Eindruck Wasser würde in meinem Körper zu Eiskristallen gefrieren und dann wieder auftauen, kann ich nicht verdrängen.

Verzweifelt versuche ich die Ursache zu eruieren. Ohne ein wirkliches Ergebnis!

Allerdings habe ich das Gefühl, als befände ich mich in einem Raum mit dem ich nicht im Einklang bin. Alles was ich berühre weicht zurück und fühlt sich unangenehm an. Offenbar versucht etwas, Abstand zu meinem Körper zu gewinnen. Es wirkt, als betrachtet mich die Welt um mich herum als unangenehmen Gast.

Versucht sie jeden Kontakt mit mir zu vermeiden?

Hat sie, er, es aus einem mir unbekannten Grund Angst vor mir?

Befinde ich mich schon wieder in einem Albtraum?

Aufwachen, aufwachen, aufwachen. Unablässig rufe ich dieses Wort, und allmählich finde ich in die Realität zurück. Ich erkenne Boris, der sich über mich beugt und mich festhält.

»Hast du das gehört?«

»Was soll ich gehört haben?«, antwortet mein Freund.

»Hier ist es totenstill. Wie in einem Grab. Allerdings musst du einen Albtraum gehabt haben.«

»Einen Albtraum«, frage ich verwirrt.

226

»Ja. Du wolltest unbedingt irgendwo hin. Nur mit Mühe konnte ich dich festhalten.«

Ungläubig nehme ich Boris' Worte zur Kenntnis.

»Dann warst du es, der mir das Gefühl gab, gefangen zu sein.«

»Tatsächlich? Allerdings hatte ich keine Wahl. Irgendwie warst du außer dir. Etwas schien dich zu bedrohen.«

Mit einem Nicken signalisiere ich, dass alles in Ordnung ist, und richte mich auf. Inzwischen entspannter konzentriere ich mich auf die Umgebung. Ich möchte feststellen, ob es den Schrei wirklich gab oder ob er nur Teil eines verwehenden Albtraums war.

Schnell stelle ich fest ich habe mich nicht geirrt. Es ist kein Teil eines Albtraums, sondern Wirklichkeit. Deutlich höre ich eine Tonfolge, und noch deutlicher fühle ich sie. Meine Haut wird bei jedem ersten Ton kälter, bei jedem zweiten Ton wärmer.

»Du bist dir sicher, dass hier absolute Stille herrscht?«, stelle ich Boris eine mehr rhetorische Frage, »wie soll das möglich sein? Die Töne sind zwar nicht sehr laut, aber auch nicht unüberhörbar. Meiner Meinung nach.«

Boris schaut mich ungläubig an, sagt aber nichts. In mir steigt ein Gefühl hoch, als würde ich die Bodenhaftung verlieren. Während ich über die Bedeutung unserer unterschiedlichen Wahrnehmungen grübele, geschieht etwas Merkwürdiges. Die Töne entfernen sich. Schließlich muss ich sehr genau hinhören, um sie vernehmen. Schließlich verklingen sie völlig.

Stille.

Verwundert lausche ich ins Nirgendwo und suche nach einer Antwort auf das Warum. Mir kommen Sandra, die Folterbank und der Priester in den Sinn.

Kommt der Schrei, den ich gehört habe, von ihr?

Warum hört Boris ihn nicht?

»Jemand scheint in Gefahr zu sein«, da ich Boris nicht beunruhigen will, erwähne ich meine Gedanken nicht direkt, »jemand benötigt wahrscheinlich Hilfe. Irgendwo ist der Tod zugange. Wir sollten uns beeilen, wenn wir Unglück verhindern wollen.«

»Wie soll das gehen? Wir sitzen hier fest«, höre ich Boris teilnahmslos sagen.

In seinen Augen sehe ich Verzweiflung. Scheinbar trägt er einen inneren Kampf aus.

»Es gibt immer einen Weg und wir werden ihn finden Boris.«

Offenbar erreicht meine Aufmunterung ihn nicht, denn er vermittelt mir das Gefühl, dass er direkt durch mich hindurchschaut. Meine Worte gehen offenbar ins Leere und erreichen ihn nicht.

Plötzlich habe ich eine Ahnung. Könnte es sein, dass er die Dinge um uns herum nicht genauso wahrnimmt wie ich?

Kaum habe ich mir diese Frage gestellt, löst sich ein Schleier vor meinen Augen.

»Boris!«

Heftig, wie aus heiterem Himmel, schreie ich ihn an. Es soll ein Weckruf sein. Doch mein Aufschrei löst in ihm, fast habe ich es erwartet, keine sichtbare Reaktion aus.

Um nicht den Boden unter meinen Füßen zu verlieren, bleibe ich neben Boris sitzen und suche nach festen Parametern in meiner Umgebung.

Zuerst kneife ich mich. Eine alte Tradition, um sicherzugehen, dass es kein Traum ist. Es tut unangenehm weh. Also träume ich nicht. Danach berühre ich Boris leicht und überzeuge mich, dass er real ist.

Er ist es.

Schließlich erweitere ich den Kreis.

Nacheinander berühre ich den Boden, die Felswand, den Wasserstrahl aus der Wand, und wie erhofft ist alles so, wie ich es kenne.

Doch irgendetwas muss mit Boris und mir geschehen sein.

Sind wir verrückt?

Verloren in Raum und Zeit?

Möglicherweise haben wir uns irgendwann oder irgendwie in eine eigene Welt geflüchtet.

Doch wie konnte das geschehen?

Es gibt nur eine Erklärung. Irgendwelche äußere Einflüsse wirken auf uns.

Ist es unser unterschiedliches Karma?

Unser Schicksal?

Plötzlich kommt mir ein unerwarteter Gedanke in den Sinn. Wir hatten über Antimaterie und Zeitreisen diskutiert. Doch die Quantentheorie hatten wir ausgelassen. In dieser Theorie beeinflusst ein Beobachter die Realität! Seine Vorstellung nimmt Einfluss auf den Ablauf eines Geschehens.

Befinden wir uns in einem Experiment, von einem Wissenschaftler?

Wäre dies eine Erklärung?

Wie oft hatte ich bereits den Eindruck, von außen manipuliert zu werden?

Es gab Augenblicke, in denen ich mich wie ein Hamster im Käfig fühlte, der sich im Kreis bewegt.

In solchen Momenten glaubte ich, die Aufgabe die ich mir aus freiem Willen gestellt hatte, nicht zu lösen war.

Obwohl der Gedanke, ein Laborversuch zu sein, nicht angenehm ist, atme ich erleichtert auf.

Ich bin nicht allein!

Gibt es jemanden, der mich Kontrolliert?

Meine Erlebnisse bekommen durch diese Vorstellung eine völlig andere Qualität.

In meiner verzweifelten Lage wünsche ich mir, dass das Experiment abgebrochen wird. Wir uns alle in die Arme fallen können und der Albtraum vorbei ist. Langsam sinkt mein rasch angestiegener Adrenalinspiegel.

Kein Wenn und Aber, kein "So könnte es sein" soll über mich bestimmen, rufe ich mich zur Ordnung. Niemand außer mir ist Herr meines Bewusstseins, Schöpfer meiner Handlungen.

Seltsamerweise neigen wir oft in schwierigen Situationen dazu, einen Schuldigen außerhalb von uns zu finden. Besonders wenn wir Neuland betreten.

Am Anfang eines Lernprozesses, auf den wir uns in der Regel freiwillig eingelassen haben, steht oft der Zweifel. Wir fragen uns dann, warum wir uns darauf eingelassen haben. Nach einer längeren Wegstrecke und wenn wir tiefer in die Problematik, in die Aufgabe eingedrungen sind, bemerken wir in der Regel, dass es leichter wird.

Wir können erfolgreich sein!

»Hey Dominik, was ist los mit dir? Träumst du? Ich habe mir überlegt, dass wir das bisher Erlebte einmal zusammenfassen sollten. Zu viel Unmögliches ist uns bisher passiert. Möglicherweise finden wir den roten Faden, der uns verstehen lässt, der uns aus unserer Lage herausführt. Wie der Ariadnefaden aus der griechischen Mythologie. Solch einen Faden könnten wir sicher gebrauchen. Also lassen wir all das was wir schon hinter uns haben, Revue passieren.«

Die Vorstellung, die Idee, dass wir einen Ariadnefaden finden könnten, fasziniert mich. Die Suche nach diesem Faden könnte uns eventuell weiterbringen.

Da wir offensichtlich in einer Sackgasse feststecken und Zeit haben, wenn Zeit in unserer Lage überhaupt eine Rolle spielt, warum nicht?

»Boris, warum nicht«, sage ich und greife nach seinem Arm, froh darüber, dass er mir so nah ist, »keine schlechte Idee. Allerdings frage ich mich wo anfangen. Vieles kann ich bisher nicht richtig einordnen.«

Ich denke an Sandra. Genauso an Jennifer, von der ich bisher nicht weiß, was mit ihr geschehen ist.

»Genau deshalb sollten wir innehalten und ein Resümee unserer Abenteuer ziehen«, meint Boris.

»Okay. Doch bevor wir damit anfangen, muss ich erst noch meinen Kreislauf in Gang bringen.«

Ohne eine Antwort abzuwarten, stehe ich auf, gehe zur Wand zu meiner Rechten und bewege mich an den Wänden unseres Raumes entlang. Meine Steifheit beginnt sich widerwillig aufzulösen. Einige Minuten später ist es endlich soweit, ich fühle mich besser. Nach diesem kleinen Erfolg setze ich mich zu Boris, versuche meine Gedanken wie durch ein Brennglas zu fokussieren.

Nichts erscheint mir nun wichtiger, als den roten Faden zu finden oder wenigstens eine gewisse Struktur in unsere Abenteuer zu bringen.

»Da es keinen Sinn ergibt bei unserer Geburt anzufangen«, ich schaue Boris lächelnd an, »ein kleiner Spaß muss sein, würde ich sagen. Vielleicht sollten ich mit unserem Aufenthalt in dem kleinen Dorf beginnen. Ich habe dir ja von der Begegnung der geheimnisvollen Frau hinter der Taverne erzählt. Zuerst tauchte sie wie aus dem Nichts auf und dann schien sie mich auch noch zu kennen. Eigentlich war da schon klar der Weg den ich gehen wollte würde kein leichter sein. Doch meine Überraschung war so groß, dass ich damals nicht wirklich darüber nachgedacht habe.

Jetzt frage ich mich allerdings, woher wusste die Frau, dass wir im Dorf eingetroffen sind? Woher wusste sie etwas über mich. Wollte sie mich auf etwas bestimmtes hinweisen? Ich kann mich nicht mehr erinnern.«

Nachdenklich verstumme ich.

»Ob wir die ganze Zeit, seit wir uns gemeinsam auf den Weg begeben haben, von einer unsichtbaren Macht begleitet werden?«, fragt Boris.

»Tatsächlich hatte auch ich vor Kurzem denselben Verdacht«, sage ich überrascht.

»Wenn ich an die geheimnisvolle Frau denke ...«, Boris schaut starr auf die gegenüberliegende Wand, bevor er weiterspricht, »ich habe sie ja nicht gesehen. Manchmal denke ich, alles, was geschehen ist, kann unmöglich Zufall sein. Offenbar lenkt uns eine höhere Macht.«

»Wie auch immer, am nächsten Morgen fuhren wir unser eigentliches Ziel an. Als wir dort ankommen sind, begannen eigentlich erst die richtigen Wunder. Das erste was mich in Erstaunen versetzte, ist das halb zerbrochene Schild in der Auffahrt. Es sind die Worte auf dem Wegweiser, die mich irritierten. Darauf steht 'Zum Goldenen Engel' und zwar in unserer Sprache und nicht in der Landessprache. Wie kann das sein? Eigentlich hätte es mir seltsam vorkommen müssen. Vielleicht war das ein erster Hinweis.«

Für einen Augenblick lasse ich die Szene an mir vorüberziehen, bevor ich weiterspreche.

»Allerdings blieb auch nicht viel Zeit zum Hinterfragen. Kaum sind wir am Haus angekommen, tauchte diese Frau und der Nebel auf. dies war mehr als irritierend. Im Haus begegnen wir dieser Nachtwache, die uns sehr eigenwillig empfing. Als wir ankommen sind, beeindruckte, da bin ich mir sicher jeden von uns die Inneneinrichtung des Hauses.

Jedes Detail erstaunte mich. Vielleicht haben wir schon beim Überschreiten der Türschwelle eine Grenze überquert. Eine Grenze in diese verdrehte Welt, in der wir uns seitdem befinden.«

»Der Empfang war im Gegensatz zu den Geschehnissen im Zimmer eigentlich nur ein Vorspiel. Wenn du allerdings diese Empfangshalle zum Anlass genommen hättest, uns zur Umkehr aufzufordern, wären wir nicht hier.«

»Soweit ich mich erinnere, hat jemand von uns gemeint, wir sollten umkehren«, versuche ich Boris zu korrigieren.

»Mag sein«, Boris' Gesicht verdunkelt sich, »wenn ich und Sandra nicht so müde gewesen wären, hätte ich bestimmt versucht, über eine Umkehr zu diskutieren. Aber ich schwieg. Möglicherweise ein Fehler, denn so nahm unser Schicksal seinen Lauf. Doch mir bleibt unerfindlich, dass wir bei all diesen Eindrücken nicht wenigstens einige Fragen diskutiert haben. Woher kommt der Unterschied zwischen Innen und Außen? Sind wir in eine Parallelwelt, einen Märchenpalast geraten? Warum nur haben wir nicht innegehalten, verfluchter Mist!«

Boris wird immer lauter während seiner Rückschau. Irgendwo in ihm muss es mächtig rumoren. Damit er sich ein wenig beruhigt, unterbreche ich ihn.

»Du solltest nicht fluchen. Wer weiß, welche Auswirkungen dies in dieser Welt hat. Bisher sind wir uns über eines einig. Wir haben eine Grenze in eine andere Welt, keine Frage, vielleicht sogar eine andere Dimension überschritten.«

Boris steht auf und geht hin und her.

»Ich glaube«, spricht er schließlich weiter, »wir sollten unsere Aufmerksamkeit auf die Gegensätze richten. Offensichtlich spielen sie eine wichtige Rolle, dies ist mir schon im Hotel aufgefallen und deutlicher im Garten. Außerdem frage ich mich, weshalb wir getrennt wurden? Wo sind unsere Frauen? Sind sie in ähnlichen Schwierigkeiten wie wir? Was können wir tun um ihnen zu helfen? Wir müssen hier raus!«

Gemeinsam fallen wir nach dieser heftigen Eruption ungelöster Fragen in dumpfes Schweigen. Ein düsterer Schatten huscht über das müde aussehende Gesicht meines Freundes. Er leidet.

Um ihn aufzumuntern oder wenigstens abzulenken, erzähle ich ihm in knappen Worten von meinem Zusammentreffen mit der Venusfliegenfalle, von meinen Abstürzen ins Nichts. Etwas ausführlicher von den ekligen, auf mich zustürzenden Ratten. Wie ich kurz davor stehe, mich von dieser bizarren Welt zu verabschieden.

Während ich Boris davon berichte, fallen ihm immer öfter die Augen zu.

Na sowas, hat meine Stimme eine ermüdende Tonlage?

Ich betrachte meinen Freund eine Weile, bis er einschläft. Ruhig atmet er vor sich hin. Sofort verstumme ich, in der Hoffnung, der Schlaf würde seiner endgültigen Genesung förderlich sein.

Ich frage mich, ob mir eine Pause genauso guttun würde, und suche eine bequemere Position. Schließlich finde ich sie und schließe die Augen.

Ganz allmählich versinke ich in den Alphazustand. Erinnerungen räumen meine ungeordneten Gedanken zur Seite. Das Loch im Boden taucht vor meinem inneren Auge auf. Ich knie davor und schiebe alles, was in meiner Reichweite liegt, nach unten. Schließlich habe ich im unteren Raum einen Berg aufgetürmt.

Plötzlich schrecke ich aus meinem Halbschlaf hoch.

Wie konnte ich das vergessen?

Das Loch.

Mein Blick schweift über den Boden und da ist es! Keine vier Meter entfernt.

Mein erster Impuls ist, Boris zu wecken. Doch als ich sein entspanntes Gesicht sehe und sein leises Schnarchen höre, verlege ich mein Vorhaben auf später.

Während ich über meine nächsten Schritte grüble, überfällt mich eine seltsame Müdigkeit. Meine letzten flüchtigen Gedanken gelten meiner geliebten Jennifer und der Frage, wann wir endlich wieder Glück haben werden.

Das Glück ist mit den Tapferen.

Für das Glück musst du kämpfen.

Es gibt nichts umsonst.

Dies sind meine letzten Gedanken, bevor die Dunkelheit Besitz von mir ergreift. Plötzlich reißt mich ein alles verschlingender Sog fort. Die Dunkelheit greift nach mir und wieder falle ich in die Anderswelt.

Schutzlos bin ich den ungebetenen Traumgeistern ausgeliefert.

Musik dringt ins Herz
Flügel tragen mich hinfort
Eine Welt erwacht

11
So viele Menschen, so viele Meinungen.

D ie Faust Gottes.
Heute bezeichnen nur noch die ganz Alten den Felsen auf diese Weise. Allerdings kann man mit etwas Fantasie auch heute noch den dreihundert Meter hohen Felsen als eine Faust erkennen. Untersuchungen haben ergeben, dass die stilisierte Faust von Menschenhand aus einem größeren Felsen geschlagen wurde.

Zeit und Witterung haben jedoch grobe Spuren an dem Werk hinterlassen. Das Bild einer zum Himmel strebenden Faust ist allerdings noch immer zu erkennen. Allerdings nicht nur an der Faust hat der Zahn der Zeit genagt. Im Laufe der Zeit haben auch die Menschen ihre Vorstellungen über Götter oder Gott stark geändert. Die meisten Menschen vertrauen nun der Wissenschaft und nicht virtuellen Fantasien.

Für die Jungen im Volk gehören Götter in das Reich der Mythen und Märchen. Die Gottesfaust, wie sie die Alten benennen, passt nicht mehr in ihr Weltbild.

Die Ausmaße des Daches auf dem Felsmassiv sind ungefähr hundertdreißig Meter breit und hundertachtzig Meter lang. Am Rande einer steil abfallenden Felswand steht ein hochaufgerichteter Mann. Er strahlt Kraft und Stolz aus. An der Ostseite des Plateaus ragen neunundvierzig Säulen aus den Trümmern eines zerfallenen Tempels in den Himmel. Der Mann, der dicht an der Klippe steht, trägt einen purpurnen Umhang mit einem Hermelinkragen. Allein dieses Kleidungsstück weist ihn als König aus.

Darunter trägt er ein blaues Wollhemd und eine dunkelgrüne Hose. Stolz, hoch aufgerichtet, schaut er mit seinen hellen, fast durchsichtigen Augen, die im Zorn Blitze schleudern können, auf die vor ihm ausgebreitete Landschaft. Seine Blicke schweifen zufrieden über seine Welt. Seine Ländereien sind gewaltig. Niemand, nicht einmal er kennt die wirklichen Grenzen.

Seine schmale, etwas lange Nase, die ein kantiges, tief gebräuntes Gesicht ziert, atmet den frischen, nach Gräsern duftenden Wind ein. Über den Hermelinkragen fällt schulterlanges, kastanienbraunes, gewelltes Haar, das sich leicht im Wind bewegt, der vom großen Meer, der Südgrenze des Landes herüberweht.

Während seiner Zeit als König hat er bei dem Versuch, herauszufinden, welche Geheimnisse wohl hinter dem Horizont verborgen liegen, fast die halbe Flotte verloren. Eine steile Falte bildet sich auf seiner hohen Stirn, als er daran denkt. Bisher ist noch keines seiner Schiffe zurückgekehrt, die er losschickt hat. Der Stachel sitzt tief, denn er sieht diese Tatsache als sein Versagen an.

Im Westen stehen riesige Wälder. Hier gilt dasselbe. Je tiefer seine Krieger in ihn eindringen, desto dichter und unüberwindlicher wird er. Bei diesem Gedanken presst er seine Lippen zusammen, sodass sie nur noch einen schmalen Riss bilden.

Sein Blick richtet sich nach Osten. Dort liegt eine weite Wüste. Auch hier kamen seine Forscher nicht sehr weit. Er selbst hatte einmal vierzig Tage in ihr verbracht. Beinahe wäre dies sein Ende gewesen.

Sein höchster Berater findet ihn im letzten Moment, als er nicht mehr an Rettung glaubt. Nur ungern denkt er daran zurück.

Der Norden seines Landes wird von einer Gebirgskette begrenzt, deren Gipfel den alles überdachenden Himmel berühren. Das Felsmassiv hält die eisigen Winde aus dem Norden auf. Kein noch so wagemutiger Abenteurer seines Volkes hat bisher diese Nordgrenze überwunden.

Deshalb bestimmt er, wie auch die Könige vor ihm, dass hinter dem Meer, hinter dem Wald, hinter der Wüste und hinter dem Gebirge das natürliche Ende der Welt liegt.

Im Verlaufe der Zeit steht er oft auf diesem Platz über seinem Reich. Dabei will er schließlich immer weniger akzeptieren, dass es für ihn Grenzen gibt, die nicht überwunden werden können.

Vielleicht weil eine innere Stimme ihm zuflüstert, dass hinter dem Horizont Gold und Edelsteine in Hülle und Fülle zu finden sind.

Vor etwa zehn Jahren hat er bestimmt, dass jeder, der die Enden der Welt überwindet, zu Ruhm und Ehre gelangen wird. Nicht ganz uneigennützig, denn er hofft, sein Reich endlich zu erweitern. Seit seinem Aufruf gab es viele Expeditionen, deren Ziel es war, hinter den Horizont zu blicken.

Erfolglos.

Deshalb fragte er sich.

Gibt es wirklich ein Ende der Welt?

Diese Frage treibt ihn an. Er will es unbedingt wissen. Er weiß oder hofft zumindest, dass jede enthüllte Wahrheit ihm Macht, Ruhm und Reichtum bringen wird. Er will als bedeutender und mächtiger König in die Geschichte eingehen. Seine Untertanen sollen noch lange Geschichten über ihn erzählen.

Die Nachwelt soll Lieder über ihn singen. Doch dafür muss er und die Wissenschaft herausfinden, was sich hinter dem Meer, hinter dem Wald, hinter der Wüste und hinter dem Gebirge verbirgt.

Doch schon das Meer erweist sich als mörderisch. Nur wenige von den Forschungsschiffen die er aussendet kehren zurück. Der Wald steht dem Meer in nichts nach. Viele seiner Krieger hat er darin verloren. Die Wüste zeigt sich ebenso unbarmherzig gegen jeden, der sie durchqueren will. Auch das Gebirge, in dem früher die Götter gewohnt haben sollen, bleibt bisher unbezwungen.

Jede von der Natur oder den Göttern vorgegebene Grenze stellt sich für seine Forscher, seine Krieger und jeden, der es versucht, als unüberwindbare Herausforderung heraus.

Der König gibt seinen Gedanken freien Lauf, wie immer, wenn er hier oben steht. Schon oft sind ihm hier, auf dem "Dach der Welt", wie dieser Ort wegen der höchsten Erhebung des Landes genannt wird, die besten Ideen gekommen.

Ein Lächeln huscht über sein Gesicht. Ihm fällt eine alte Geschichte ein, die ihm die Alten in seiner Kindheit erzählt haben. Der Gedanke, dass er einst Angst vor den alten Göttern hatte und heute auf ihrer Faust steht, belustigt ihn. Dabei erinnert er sich.

Die Alten haben, wenn seine Untertanen am Lagerfeuer saßen, eine uralte Legende über die Verwandlung eines Berges in eine Faust erzählt.

In einer einzigen Nacht soll dies geschehen sein. Der Grund dafür, so erklärten sie, liegt im zunehmenden Abwenden der Menschen vom Glauben an den Göttern.

Die Alten erzählen gerne von längst vergangenen Zeiten. In denen sich die Götter häufig ungefragt in die Belange der Könige und Menschen einmischten.

Damals, in einer Zeit, als der Wissenschaft noch keine Bedeutung zukam, so erzählte eine andere Legende, entbrannte ein Streit unter den Göttern. Die einen behaupteten, die Menschen liebten und brauchten die Götter, während die anderen sagten, dass sich die Menschen immer mehr von ihnen abwendeten.

Die Frage, wer auf der Seite des Lichts stand und wer die Dunkelheit anbetete, führte zu immer heftigeren und unversöhnlicheren Auseinandersetzung zwischen den Göttern. Schließlich gipfelten diese Kämpfe in ihrer eigenen Vernichtung. Die letzte Tat der Götter war ein gewaltiger Faustschlag. Sein Donnerhall erschütterte die Erde. Der Berg, der bis zu diesem Zeitpunkt in den Himmel gereicht hatte, wurde bis in seine Grundfesten erschüttert. Übrig blieb ein dreihundert Meter hoher Zwerg. Die Schwingungen dieses Faustschlags hallten noch tagelang durch die Welt. Doch nicht nur die Erde erzitterte. Auch die geistige Welt veränderte sich. Seit diesem Tag gab es den heiligen Zorn. Dies war die Geburtsstunde der sieben Todsünden. Als der Gottvater erkannte, was er zugelassen hatte, erfasste ihn tiefe Reue und zerfiel in Millionen Teile. Seitdem gibt es das funkelnde Firmament und den Sternenhimmel.

Für den König gehören die Erzählungen der Alten ins Reich der Märchen und Fabeln. Der einst himmelragende Berg ist für ihn nichts weiter als ein Opfer der sich ständig wandelnden Welt. Auch heute noch verändern Naturkatastrophen das Antlitz seines Reiches.

Einmal im Jahr, zur Zeit der Sonnenwende, feiert er mit seinem Volk ein großes Fest. Menschen aus allen Regionen des Reiches kommen zusammen, um sich auszutauschen und zu feiern.

Heute ist es wieder so weit.

Seine Diener haben ihn in einer Sänfte auf das Bergplateau getragen. Dies soll eine Demonstration seiner Macht sein. Sobald seine Diener das Zelt aufgeschlagen haben, das am Rand der Klippe gen Süden ausgerichtet ist, fühlt er sich frei. Mit Stolz im Herzen blickt er hinunter auf sein Volk, welches sich allmählich am Fuß des Berges versammelt.

Wie jedes Mal, wenn er hier oben auf dem Dach der Welt steht, betrachtet er seine Untertanen mit Wohlwollen. Doch sobald sein Blick nach Süden schweift, mischt sich eine Spur von Unsicherheit in seinen Stolz.

Dort im Süden gibt es seit einiger Zeit Hinweise auf eine hochentwickelte, jedoch längst untergegangene Kultur. Seitdem ihn seine Berater das erste Mal darauf hingewiesen haben, nagt ein ungutes Gefühl in ihm.

Er hat sich persönlich dorthin begeben und die Überreste dieser alten Zivilisation mit eigenen Augen gesehen. Sein erster Impuls war, die Zeugnisse dieser vergangenen Kultur beseitigen zu lassen. Doch sein Vorhaben scheiterte an den gewaltigen Steinmauern ihrer einstigen Festungen.

Jahr für Jahr, wenn er hier oben auf seinem Thron sitzt, fällt sein Blick, weit im Horizont, auf die alten Bauwerke. Sie erinnern ihn daran, dass es eine Zeit gab, die größer war als seine eigene. Auch nach so langer Zeit stehen sie noch immer imposant und herausfordernd da.

Warum, weiß er nicht. Doch er kann sich ihrer Magie, die sie weiterhin ausstrahlen, nicht entziehen. Beim Anblick der Errungenschaften dieser vergangenen Menschen spürt er einen Stachel in seinem Fleisch.

Wird sein Königreich Bestand haben?

Ist sein Stolz nur eine Illusion?

Wunschdenken!

Einer seiner Berater hat einmal gesagt.

»Nichts ist für die Ewigkeit. Alles fließt.«

Diese sicher kluge Aussage beseitigt jedoch das negative Gefühl nicht, welches ihn jedes Mal überfällt, wenn er nach Süden blickt. Vor einigen Jahren entdecken seine Forscher weitere Bauwerke aus dieser Epoche. Die meisten davon sind Pyramiden.

Grabmale.

Als die Forscher ihm davon berichten, gibt er ihnen den Auftrag, mehr über diese Gräber herauszufinden. Sie berichten ihm, in diesen Grabmälern sind seine Vorfahren begraben worden. Diese sahen sich als gottgleich an. Sie waren überzeugt, je größer ein Grabmal, umso näher sind sie den Göttern.

Erstaunt nimmt er dies zur Kenntnis.

Dass seine Vorgänger seinem Volk solche Mühen abverlangt haben, nur um eine Illusion zu leben, kann er nicht verstehen. Genauso wenig, dass sie irgendwelchen imaginären Göttern gleich sein wollten.

Als seine Wissenschaftler ihm auch noch berichten, dass sie mehrere Grabkammern geöffnet und eine uralte Schrift an den Wänden entdeckt haben, wird er neugierig.

Also beauftragt er seine Schriftgelehrten diese zu übersetzen. Das Ergebnis ließ Enttäuschung in ihm zurück.

Die Schriften erzählen nur von Göttern, von Pharaonen, wie sie sich wohl nannten, und deren Leben. Im Wissen, dass diese Pharaonen längst vergessen sind, bleibt Genugtuung in ihm zurück. Diese alte Kultur lebte in der Verblendung, und ihr Untergang war absehbar.

Denn Götter sind keine real existierenden Wesen.

Sein Königreich wird nie untergehen. Wenn er jetzt von hier oben auf die Pyramiden am Horizont schaut, erscheinen sie ihm klein und unbedeutend. Warum seine Vorfahren mit diesen künstlichen Steinbergen ihren Göttern gleich sein wollten, bleibt ihm unklar.

Das Einzige rationale Erklärung die ihm einfällt ist, vielleicht wollten sie ihre Macht demonstrieren. Allerdings ist es nur zu deutlich, dass sie sich überschätzt haben.

Ist dies der Grund für seinen Zorn, der ihn beim Anblick der Grabmale erfüllt?

Oder ist es die offensichtliche Dummheit, zu der Gottgläubigkeit führt?

Der Gedanke, dass er ein Volk regiert, das an die Wissenschaft glaubt, an das Begreifbare, erfüllt ihn mit einer gewissen Genugtuung und besänftigt seinen Zorn. Heute gibt es keine Götter mehr. Sie sind längst aus den Köpfen der Menschen verschwunden. Trotzdem hat er über die Pyramiden einen Bann ausgesprochen. Niemand darf sie betreten oder etwas für ihren Erhalt tun.

Und doch kann er nicht verhindern, dass ihn jedes Mal, wenn er die Pyramiden von hier oben betrachtet, Unbehagen erfüllt. Rasch wendet er seinen Blick von den weit entfernten Gemäuern ab und spricht mit seinen Begleitern, die einige Meter hinter ihm stehen.

Er fragt sie, wie es ihnen im vergangenen Jahr ergangen ist. Fragt nach ihren Erfolgen.

Mit den Antworten zufrieden steht er auf und geht an den Rand der Felswand. Verstärkt, durch eine neue Erfindung einer Wissenschaftsgruppe, spricht er zu seinem Volk. Seine Stimme wird weit über das Tal getragen.

Nach einigen anerkennenden Worten entwirft er für das kommende Jahr neue Visionen.

Prächtige Visionen, herrliche Visionen, wie er überzeugt ist, werden die Zukunft seines Volkes bestimmen.

Nachdem er diesen Teil seiner wiederkehrenden Pflichten erledigt hat, tritt er einen weiteren Schritt vor. Nur wenige Meter trennen ihn vor dem Abgrund. Dies soll seinem Volk zeigen, er hat vertrauen.

Dass sie ihn so besser sehen können ist ein gewollter Nebeneffekt.

Tief ein- und ausatmend reckt er seine Arme gen Himmel. Diese Geste soll eine Verbindung zum Himmel herstellen. Still, nur ein Flüstern dringt zu ihm. Der lauwarme Wind, der aus dem Westen kommt, bewegt im Osten riesige Reisfelder. Unzählige Wasserkanäle durchziehen die Felder und machen sie fruchtbar. Die Ernte für dieses Jahr ist sicher. Ein großer Teil der westlichen Ebene ist mit saftigem Gras bedeckt. Vereinzelte bunte Farbflecke unterbrechen das Grün. Auf der Graslandschaft bewegen sich träge und ungestört einige seiner wertvollen Tiere. Ungezählte Büffel, Antilopen und anderes Wild sorgen für Wohlstand und Frieden. Ein breiter Fluss schlängelt sich gemächlich durch die Ebene.

Während er sein Land in sich gekehrt betrachtet, taucht eine verdrängte Erinnerung auf. Jedes Mal trübt sie seine Stimmung. Ein bisher unerklärliches Ereignis, eines, das es so noch nie in der bekannten Geschichte gegeben hat, beschäftigt ihn seit einigen Wochen.

Seine Minister und Berater haben bisher keine Erklärung für dieses Ereignis gefunden, und seit einiger Zeit vermutet er, dass seine Minister keine Lösung für dieses Phänomen finden werden. Seit es sich im Land herumgesprochen hat, dass eine ungewöhnliche Frau aufgetaucht sei, lässt er sie suchen.

Es gibt unwissenschaftliche Berichte, dass diese Frau eines Tages vom Himmel gefallen sei. Seitdem schwebt ein seltsames Schwingungsmuster über seinem Land. Eine Schwingung, die ihn beunruhigt. Da er sie nicht einordnen kann, entscheidet er sich abzuwarten. Als er allerdings die beunruhigende Nachricht erhält, dass sie unter seinen Untertanen eine ihr nicht gebührende Beachtung gefunden

hat, lässt er diese plötzlich aufgetauchte Frau unter besondere Beobachtung stellen. Er ruft seine Wissenschaftler
und Forscher zusammen und verlangt eine Erklärung über
ihr Woher. Er will wissen warum sie hier ist.
Er weiß, dass es keinen Zufall gibt. Deshalb muss es eine
Erklärung, einen Sinn für ihr plötzliches Auftauchen geben. Doch weder in den Archiven noch in seiner privaten
Bibliothek gibt es Überlieferungen über ein solches Phänomen.
Wie soll er sich verhalten?
Da er keinen Plan hat, entscheidet er sich, erst einmal abzuwarten und Fakten zu sammeln.
Jeden Tag berichten seine Späher immer überraschendere
Dinge über die Frau. Sie verbreitet noch nie gehörte Ansichten über die Welt. Es sind zwar nur Worte, aber er
weiß, wie mächtig Worte sein können. Mit jedem Tag findet sie mehr Zuhörer. Als schließlich eine Pilgerwande-
rung zu ihr stattfindet, befiehlt er einzugreifen und sie zu
ihm zu bringen. Doch bevor es dazu kommt, verschwindet
sie, als hätte es sie nie gegeben.
Hat sie bemerkt, dass ihr Verhalten die Aufmerksamkeit
des Königs heraufbeschworen hat?
Warum will sie sich ihm nicht zeigen?
Zum ersten Mal in seinem Leben öffnet sich ein Spalt in
seiner Seele, und er ist bereit, an übernatürliche Mächte zu
glauben. denn alle seine bisherigen Informationen deuten
darauf hin, dass diese Frau nicht von dieser Welt stammt.
Zweifel und Chaos beherrschen seinen sonst rationalen,
wissenschaftlich geschulten Verstand. Es muss doch eine
Erklärung geben. Die unbeantworteten Fragen lassen ihn
wütend werden. Zweifel sind das Letzte was er benötigt.
Jedes Mal, wenn er zur Ruhe kommt, alarmiert ihn ein unterschwelliges Gefühl, das von Gefahr spricht.

Welche Gefahr sollte dies sein?

Was konnte eine einzelne Frau schon bewirken?

Doch es hilft nichts, er spürt, dass die Anwesenheit der Frau sein Reich auf intensivere Weise verändert.

Oder ist es nur er, der Veränderung spürt?

Er schilt sich einen Narren, sich von Gefühlen regieren zu lassen. Wenn es etwas in seinem Leben nicht geben darf, dann ist es, sich von Unwissenheit lenken zu lassen.

In einem Gefühl der Hilflosigkeit droht er mit Strafen, wenn die Unbekannte nicht bald gefunden und vor seinen Thron gebracht wird. Doch bisher ist dies nicht geschehen. Warum auch immer!

Eine Windböe bläst über das Plateau und berührt ihn. Er fröstelt und löst sich aus seiner Gedankenwelt. Um sich in seiner Wirklichkeit zu verankern, schaut er den Berg hinunter und ist für den Moment froh hier zu sein. Von hier oben sieht sein Land unverändert aus.

Langsam entspannt er sich und fragt sich zum wiederholten Mal, wie es möglich sein sollte, dass eine einzelne Person, und noch dazu eine Frau, sein Reich bedrohen könnte. Kaum ist dieser Gedanke gedacht, durchpulst ihn Stolz. Nichts wird jemals sein Reich erschüttern. Seit ungezählten Generationen stellt seine Familie den König, und daran wird sich auch in Zukunft nichts ändern. Seine Gedankenwelt hellt sich auf.

Die Sonne steht eindrucksvoll im Westen und wird bald untergehen. Das Mitsommerfest erreicht bald seinen Höhepunkt. Für ihn wird es Zeit, in sein Schloss zurückzukehren. Er mag diese Feiern nicht. Mit einem auffordernden Wink gibt er seinen Pagen zu verstehen, dass für ihn das Fest zu Ende ist.

>>>>>

Benommen schaut sie sich um. Alles um sie herum ist ihr fremd. Seltsame Bäume stehen vereinzelt am Rand eines Reisfeldes, das sich ausdehnt, soweit das Auge reicht. Ein leichter Wind bewegt die ungefähr dreißig Zentimeter hohen Reishalme in unterschiedliche Richtungen. Ab und zu glaubt sie, einige Menschen auf dem Feld zu entdecken. Offensichtlich arbeiten sie dort.

Mit jedem Eindruck, der in ihren Verstand dringt, fragt sie sich, wie sie hierhergekommen ist.

In ihrem Kopf herrscht Leere.

Hatte sie einen Blackout?

Mühsam steht sie auf und überlegt, was sie als nächstes tun soll.

Woher sie gekommen ist, weiß niemand. Plötzlich aufgetaucht, wie aus dem Nichts, war sie da. Diese Art aufzutauchen ist einer der Gründe, weshalb sich ihre Ankunft schnell, außerordentlich schnell, über das gesamte Land verbreitet hat. Nach den ersten Kontakten mit den Bewohnern des Landes, gilt sie als seltsam, ungewöhnlich und fremdartig. Das liegt nicht nur an ihrer Kleidung und an der Art wie sie sich ausdrückt. Sondern auch ihre Antworten überschreiten, wenn sie ihr Fragen stellen, häufig die Gesetze und Moralvorstellungen, die in diesem Land gelten. Sie schien sich vor Anfeindungen jeder Art nicht zu fürchten.

Obwohl sie nur wenige Wochen unter ihnen ist werden hinter vorgehaltener Hand von den meisten Bewohner unglaubliche Geschichten, über diese seltsame Frau erzählt. Damit verstoßen sie gegen ein ungeschriebenes Gesetz verstößt.

Ihre Eltern, ihre Vorfahren haben sie gelehrt, offen und ehrlich über den Nachbarn zu sprechen. Geheimnisse gibt es nicht. Heimlich über jemanden zu sprechen, verstößt gegen die guten Sitten. Jeder kennt jeden. Doch mit ihrer Person hat sich etwas geändert.

Vielleicht ist es ihre Fremdheit oder dass sie und mit ihren Vorstellungen immer wieder die Gesetze des Landes überschreitet.

Über ihre ungewöhnliche Ankunft im Land werden unterschiedliche Geschichten verbreitet. Immer mehr Gerüchte bekommen in diesem Zusammenhang Nahrung.

Manche berichteten, sie sei vom Himmel gefallen. Andere glauben sie ist gekommen, um ihnen neue Wege aufzuzeigen. Auf für sie ungewöhnliche Weise, spricht sie nie laut oder zeigt negative Reaktionen. Stattdessen verbreitet diese Frau Gedanken, die ihr eigenes Weltbild heftig ins Wanken bringen.

Bisher haben sie nie ihre eigene Welt hinterfragt. Der König ist das Maß aller Dinge. Er zeigt ihnen den Weg und bringt ihnen Wohlstand. Allen geht es gut.

Die starke, überwältigende Aura und die Erzählungen der eigenartigen Fremden lassen die Bewohner des Landes jedoch immer öfter darüber nachdenken, ob es auch andere Optionen gibt, ihr Leben zu leben.

Seit die Frau sich öfter auf dem Marktplatz sehen lässt, hören ihr immer mehr Leute zu. Nach einer solchen Begegnung stellen sich immer mehr ihr bisheriges Wissen in Frage. Ein Bild einer höheren Macht manifestiert sich bei einigen, und immer öfter setzen sie sich zusammen, um über die Möglichkeit zu diskutieren, dass es zwischen Himmel und Erde mehr gibt, als jeder sehen und anfassen kann. Während diesen Diskussionen wird die Verunsicherung immer größer.

Häufig prallen die Meinungen über das Gehörte heftig aufeinander. Einige wollen, dass sie sich ihren Werten anpasst, andere finden in ihrer neuen Sicht Inspiration. Doch die meisten sind nach einer Begegnung mit ihr verwirrt. Allerdings können sich einige sogar wieder Götter vorstellen. Jeder Einwohner des Landes hört oder erzählt, vielleicht gerade wegen ihres so deutlichen Andersseins, eine andere Geschichte von ihr. Die Vorstellung, dass sie nicht von dieser Welt stammt, da sie über Informationen zu verfügen scheint, wird immer wahrscheinlicher. Wie dies jedoch sein kann, darüber gibt es noch keine Antworten.

Obwohl oder gerade deswegen. löst sie bei vielen einerseits Neugier, andererseits aber auch Ängste aus. Immer öfter stellen die Bewohner ihr bisheriges Leben in Frage.

Warum leben wir?

Welchen Sinn hat das Leben?

Wohin streben wir?

Viele sprechen davon, dass die Frau eine Botin der alten Götter, Götterinnen ist, die sich zurückmelden. Je verwirrender ihr Predigen werden, manchmal dauert es Stunden, bis sie verstummt, desto häufiger versuchen sie, die "Botin Gottes", wie sie sie seit einiger Zeit genannt wird, in einem kleineren Kreis zu treffen.

Immer mehr Menschen suchen im direkten Kontakt Antworten auf ihre Fragen zu finden. Auch wenn weiterhin der Zweifel die Bewohner des Landes beherrscht, suchen sie die Frau vom Himmel immer öfter auf. Mit jeder Begegnung wird der Zweifel geringer, und die Menschen gewinnen Vertrauen zu ihr.

Die folgenden Fragen werden immer seltener.

Ist die Frau wirklich eine Botin der Götter?

Ist sie eine Prüfung?

Will sie die Menschen des Landes auf etwas vorbereiten?

Wird eine neue Zeit beginnen?

Nach jeder Predigt wird ihnen deutlich, dass sie in einer Zeit des Umbruchs leben. Menschen, die Tag für Tag auf die Reisfelder zum Arbeiten gehen, schöpfen Hoffnung auf ein anderes Leben. Sie wünschen sich eine Welt, in der nicht alles reglementiert ist, in der die Gedanken frei sind. Menschen, die ihren König schon lange in Frage stellen, schöpfen Hoffnung auf Veränderung.

Wenn sich die Botin zurückzieht, wirken ihre Predigten lange nach. Immer intensiver spüren sie die Kraft in ihren Worten.

Zuhause angekommen denken sie über ihre Worte nach und spüren tief in sich einen Widerspruch zwischen ihrem gelebten Leben und den vorgetragenen Möglichkeiten, ein Leben zu führen. Immer wieder spricht die Frau von Perspektiven, von einer anderen Sicht und einem veränderten Standpunkt.

Vor der Zeit, als es diese Frau in ihrer Welt noch nicht gab, wollte sich niemand mit seinen intimen Fragen der unmittelbaren Umgebung anvertrauen. Der Grund dafür ist einfach. Niemand zweifelt König und das Königreich an.

Für die suchenden Menschen, die schon immer mehr vom Leben erwartet haben, gibt es nun die Möglichkeit, ihre Fragen und Zweifel jemandem anzuvertrauen.

Diese Frau wird die ihr anvertrauten Geheimnisse sicherlich niemandem weitererzählen. Und so wenden sich immer mehr Menschen an die Gottesbotin.

>>>

Zum dritten Mal erlebt sie den dunkelroten Vollmond am Nachthimmel. Inzwischen hat sie sich in dieser für sie mittelalterlichen Welt ein Stückweit zurechtgefunden.

250

Als sie vor ungefähr drei Monaten auf dieser Welt gestrandet ist, hat sie weder eine Vorstellung noch eine Erinnerung daran, wie und woher sie hierhergekommen ist. Noch weniger hat sie eine Ahnung, warum sie an diesem Ort gestrandet ist.

Ihre erste Begegnung mit dieser Welt ist ein kühler Lehmboden. Nur langsam lichten sich ihre Sinne, und sie beginnt, eins mit dieser Welt zu werden. Dabei wird ihr bewusst, dass sie keine Kleidung trägt. Nackt kniet sie am Rand eines Feldes mit hochgewachsenen Reisgräsern. Sie richtet sich auf und blickt über ein weites Reisfeld, das sich bis zum Horizont ausdehnt. Nur langsam realisiert sie, dass in diesem Land Bauern wohnen.

Obwohl sie nackt ist, friert sie nicht. Als sie sich umwendet, blickt sie auf eine orangefarbene, ungewöhnlich große Sonne. Die Sonne steht tief am Horizont. Ihr wird bewusst, dass es nicht mehr lange dauert, bis die Nacht hereinbricht. Sie braucht dringend Schutz, vor wem auch immer und Kleidung. Die Sonne wird bald hinter dem Horizont untertauchen. Im Dunkeln wird es schwer werden sich zu orientieren.

Da sie keine Ahnung hat und auch nicht weiß, wohin sie sich wenden soll, läuft sie der Sonne entgegen. Ungefähr eine Stunde später erreicht sie das Ende des Reisfeldes. Überrascht, dass die Sonne noch nicht hinter dem Horizont verschwunden ist, blickt sie auf ein weites Tal. Erstaunt schaut sie sich in der zunehmenden Dämmerung um. Tatsächlich entdeckt sie, nicht allzu weit entfernt, ein idyllisch gelegenes Dorf. Ohne weiter nachzudenken geht sie auf das Dorf zu.

Am Rande des Dorfes angekommen, steht sie direkt vor einer Hütte, die verlassen scheint. Wenn es nicht zu absurd wäre, könnte sie glauben, dass sie erwartet wird.

Zögernd, leicht unterkühlt, schaut sie sich um.

Nichts – nur Stille.

Sie betritt die Hütte, sieht sich um und versucht, sich bemerkbar zu machen, indem sie laut „Hallo" ruft. Nichts geschieht. Kein Bewohner meldet sich. Langsam wird ihr Körper wieder wärmer. Sie fängt an, die Hütte zu inspizieren. Es gibt drei Zimmer, das Wohnzimmer, ein Schlafzimmer und die Küche.

Da sie sich ziemlich hungrig fühlt, geht sie zuerst in die Küche. Neugierig schaut sie sich um. An der Wand zu ihrer Linken entdeckt sie eine grün bemalte Holztür. Aus einem unbestimmten Gefühl heraus vermutet sie, dass die Bewohner dahinter Vorräte lagern. Als sich auch noch ihr Magen meldet, geht sie mit raschen Schritten auf die Tür zu. Angekommen sucht sie den Türgriff, findet ihn, zieht daran, und mit leisem Quietschen öffnet sie die Tür.

Ihr Gefühl erweist sich als richtig. Überrascht blickt sie auf einen größeren Vorrat an Lebensmitteln. Sie verschafft sich einen Überblick. Erstaunt nimmt sie zu Kenntnis, dass die Vorräte ihr mindestens einige Wochen reichen können. Sie entdeckt Brot und Käse, nimmt beides an sich und geht zum Küchentisch, der in der Mitte des Raumes steht. Dort legt sie ihre Beute ab, setzt sich auf einen der vier hölzernen Stühle und bricht ein Stück vom Brot und vom Käse ab. Nach einer viertel Stunde ist sie gesättigt und nimmt ihre Forschungsreise wieder auf. Diesmal auf der Suche nach Kleidung. Die wendet sich nach rechts und betritt das Schlafzimmer. Neugierig schaut sie sich um. Zweieinhalb Meter von ihr entfernt steht ein Bauernschrank. Sofort geht sie darauf zu und öffnet die Tür. Ihr Blick fällt auf altmodische Kleidung. Da sie nicht wählerisch sein kann, stöbert sie ein wenig und entscheidet sich für eine Bluse aus dünnem Stoff und einem knielangen Rock aus Wolle.

Hastig, sich ihrer Nacktheit bewusst, zieht sie beides an. Nun fühlt sie sich wohler und spürt ihre Müdigkeit. Der Fußmarsch hierher hat seinen Zoll gefordert. Sie benötigt Schlaf. Da sie neben dem Bett steht, lässt sie sich einfach fallen, schlüpft unter die Decke, rückt das Kopfkissen zurecht und schließt die Augen. Wenige Minuten später fällt sie in einen tiefen, traumlosen Schlaf.

Sonnenstrahlen, die ihr Gesicht sanft berühren, wecken sie auf. Vorsichtig öffnet sie die Augen und blickt direkt in eine übergroße Sonne. Mindestens doppelt so groß, wie sie sie bisher kannte.

Verwirrt fragt sie sich:

Wo bin ich? Wie bin ich hierhergekommen?

Die Sinnlosigkeit dieser Fragen erkennend, steht sie auf und sieht in einen Spiegel, der ihr genau gegenübersteht.

Erstaunt betrachtet sie ihr Spiegelbild.

Welch seltsame Kleidung, denkt sie beim Anblick ihres Outfits.

Was mögen die farbenfrohen Muster auf dem Rock wohl bedeuten?

Deuten die Muster auf eine hohe Kultur hin?

Vielleicht.

Irgendwie beruhigt sie der Gedanke. Möglicherweise wartet eine friedvolle Welt da draußen auf sie.

Sie schaut sich genauer um, und plötzlich tauchen verwirrende Bilder auf. Sie befindet sich in einem Hotel. Sie ist müde, erschöpft. Ein Mann steht neben ihr und ruft einen Namen.

Jennifer!

Bin ich Jennifer, fragt sie sich und Falten entstehen auf ihrer Stirn.

Bei dem Versuch die Bilder festzuhalten, verschwimmen sie, lösen sie sich schließlich auf.

Verwirrt denkt sie über die kurzen Eindrücke nach, doch da ist nichts mehr. Nur ein Name.

»Ich bin Jennifer«, flüstert sie vor sich hin.

Sie schüttelt den Kopf und entscheidet, dass sie ein Bad braucht.

Doch wo könnte sich eines befinden?

Während sie sich umsieht, entdeckt sie eine weitere Tür, die ihr gestern Abend entgangen ist. Augenblicklich steuert sie darauf zu. Ohne besondere Mühe findet sie die Türklinke. Sie öffnet die Tür und blickt in eine geräumige Nasszelle.

>>>

Seit zwei Tagen wohnt sie nun in dieser Harmonie ausstrahlenden Hütte und richtet sich mehr oder weniger ein.

Während sie sich allmählich immer besser an ihre Umgebung anpasst, tauchen Fragen nach dem Warum, Wieso und Wie in ihrem Verstand auf.

Da sie jedoch keine belastbaren Fakten besitzt, verdrängt sie diese Fragen.

Ab und zu sieht sie Dorfbewohner in der Ferne, doch sie halten Abstand und doch scheinen sie ihre Anwesenheit zu akzeptieren. Niemand fordert sie auf, die Hütte zu verlassen.

Merkwürdig?

Ist das der Gastfreundschaft geschuldet?

Vielleicht lebt sie in einer Gästehütte?

Da sie nicht weiß, wie sie Kontakt aufnehmen soll, nimmt sie erst einmal von einer solchen Aktion Abstand. Sie kennt die Landessitten nicht und will Fehler vermeiden, der Unmut auslösen könnte.

Tage vergehen, und aus für sie unerfindlichen Gründen entwickelt sich in ihr ein Gefühl der Fremdheit. Sie ist viel in ihrer vorherigen Welt herumgekommen und hat sich niemals fremd gefühlt. Immer hatte etwas an dem Ort, an dem sie sich aufhält, mit ihr zu tun. Hier ist es anders.

Das Verhalten der Menschen zeigt einerseits Scheu, andererseits Neugierde.

Bisher sah sie sich als einen offenen Menschen, eine Person, die auf Neues zugeht und sich beim Entdecken wohlfühlt. Doch hier ist es anders.

Da sie das Verhalten der Bewohner nicht richtig einschätzen kann, geht sie ihnen erst einmal so weit wie möglich aus dem Weg. Doch gestern greift irgendwie der Zufall ein. Sie ist auf dem Weg in den Garten hinter dem Haus. Vor einer Woche hat sie sich für Gartenarbeit entschieden, denn so kann sie sich von nutzlosen Gedanken ablenken. Während sie einen Korb mit Setzlingen im Garten trägt, taucht plötzlich eine Dorfbewohnerin auf. Diese geht direkt auf Jennifer zu und bleibt einen Meter vor ihr stehen. Schweigend sehen sie sich an.

»Vielleicht wollen die Dörfler endlich wissen, was sie hier will? Woher sie kommt«, überlegt Jennifer.

Sie stellt den Korb ab und lächelt die Frau an. Diese ist ungefähr ein Meter sechzig groß, hat eine füllige Figur und strahlt Selbstvertrauen und Stärke aus. Um ihren Hals trägt sie eine schwere, goldene Kette mit einem auffälligen Anhänger, auf dem ein Männerkopf mit Federschmuck zu erkennen ist. Ihr Haar ist dunkelglänzend und hochgesteckt, ihr Gesicht rund und von angenehmen Zügen geprägt. Ihre ungewöhnlich grünen Augen ziehen Jennifer sofort in ihren Bann. Ihre Kleidung entspricht derjenigen, die sie im Schrank gefunden hat, vielleicht sogar schmuckvoller. Sie meint sogar, Goldfäden im Oberteil zu sehen.

Offensichtlich steht eine wichtige Person vor ihr. Diese streckt sich ein wenig, wodurch sie ein Stück zu wachsen scheint.

»Mein Name ist Anat.«

Während sie ihren Namen ausspricht, legt sie eine Handfläche auf ihre Brust. Zu ihrer Überraschung versteht sie die Dorfbewohnerin.

»Ich heiße Jennifer.«

Anat scheint nicht wirklich erstaunt zu sein, dass sie beide sich verstehen können. Ihre Gesichtszüge entspannen sich. Sie lächelt.

»Woher kommst du, Jennifer?«

»Von einer anderen Welt«, antwortet Jennifer etwas zu spontan.

Tiefe Falten entstehen auf Anats Stirn.

»Es gibt andere Welten als die unsere?«

In ihrer Stimme ist deutlich Erstaunen zu hören.

»Sollten wir uns nicht im Haus oder auf der Bank im Garten weiter unterhalten?«, fragt Jennifer, ohne direkt aus ihr Gegenüber einzugehen.

Anat schaut sich um und entscheidet, dass die Strahlen der Sonne angenehm warm sind. Also wählt sie die Bank. Leichtfüßig geht Anat auf die rotverzierte Bank zu, die von einem hohen Baum mit weitausgreifenden Ästen beschattet wird. Jennifer folgt. Anat bleibt vor der Bank stehen und fordert Jennifer auf, sich zu setzen. Schweigend genießen sie einige Zeit die wärmenden Sonnenstrahlen.

»Danke, Anat. Es ist schön, dass du Kontakt mit mir aufnimmst. Auch ich war unsicher, da diese Welt mir fremd ist und ich nicht wusste, wie ich auf sie, auf euch, zugehen soll.«

»Mach dir keine Gedanken, Jennifer, wir haben abgewartet und dich beobachten. Du bist so unerwartet aus dem

Nichts aufgetaucht, und viele von uns sind noch jetzt verunsichert, wie wir mit dir umgehen sollen.«

Jennifer stimmt ihr sympathisches, warmes Lachen an. »Nun, Anat, ich bin sicher keine Gefahr für euere Welt.«

Später stellt sich heraus, dass dies nicht ganz der Realität entspricht.

Worte und Gedanken können sehr wohl die Welt verändern!

»Gerne würde ich etwas mehr über deine Welt erfahren, Anat. Was bedeutet zum Beispiel dein Name? Für mich hat er einen ungewöhnlichen Klang.«

»In unserer Welt bedeutet er Kriegerin. Welche Bedeutung hat dein Name?«

»Oh, du bist eine Kriegerin«, lacht Jennifer laut auf, »ich muss wohl vorsichtig sein. Mein Name bedeutet „schönes Gesicht" und „glatt und weich".«

»Klingt schön. Was möchtest du über unsere Welt wissen?«, fragt Anat mit einem nachdenklichen Gesichtsausdruck.

»Eigentlich alles! Auf jeden Fall so viel, wie du bereit bist, mir zu erzählen.«

»Viele der Bewohner unserer Gemeinde vertreten die Meinung, dass etwas mit dir nicht stimmt. Sie glauben du bist mit bösen Mächten im Bunde«, sagt Anat, mit einem sanften Lächeln.

»Nun, das überrascht mich nicht«, erwidert Jennifer lachend, »wenn in unserer Welt jemand aus dem Nichts auftaucht, würden wir bestimmt genauso reagieren. Zum meinem Glück sind die Menschen hier offensichtlich nicht gewalttätig. Bisher gehen sie mir aus dem Weg.«

»Mach dir darüber keine Gedanken, die Neugierde nimmt jeden Tag ein Stück mehr zu, und weshalb sie mich aufforderten zu dir zu gehen«, sagt Anat.

»Bist du die Wortführerin dieser Gemeinde?«
»Tatsächlich bin ich die Bürgermeisterin.«
Beide lächeln sich an.
Die anfangs unsichere Atmosphäre entspannt sich zunehmend.
»Also Anat, erzähl mir ein bisschen von deiner Welt. Wie lebt ihr? Welche Regierung habt ihr? Lebt ihr glücklich und zufrieden? Gibt es Hunger in deiner Welt? Existiert Frieden auf der Welt? Up's, jetzt überfalle ich dich direkt mit jeder Menge Fragen. Entschuldigung.«
»Alles gut, Jennifer. Ich kann dich und deine Fragen gut verstehen. Die Fragen sagen mir allerdings einiges über die Probleme deiner Welt.«
»Oh ja, du hast Recht. Bei uns gibt es noch viele Aufgaben zu lösen.«
Ein Seufzer unterstreicht Jennifers Erinnerung an ihre disharmonische Welt.
Wieso nur, wurde sie aus dieser vertrieben?
»Jeder hat sein Päckchen zu tragen«, sagt Anat nachdenklich, »ich denke, unsere Welten sind nicht so verschieden. Auch wir haben, obwohl es uns eigentlich gut geht, Probleme. Vielleicht von anderer Art, wie auf deiner Welt von der du kommst. aber trotzdem sind wir nicht immer im Gleichgewicht. Wer weiß, wie unser Leben aussehen würde, wenn wir einen anderen König hätten.«
Beide wenden sich der Sonne zu, schließen die Augen, und Anat beginnt, von ihrer Welt zu erzählen.
Sie erfährt, dass es einmal eine Zeit gab, in der die meisten des Volkes an einen Gott oder an Götter glaubten. Die sie verehrten und opferten. Dies stellt für Jennifer eine Parallele zu ihrer eigenen Welt dar. Heutzutage betrachten die Mehrheit der Bewohner ihrer Welt, das Leben nur noch aus der wissenschaftlichen Perspektive.

Am späten Abend trennen sie sich. Nicht ohne Aufforderung von Anat, dass sie sich vielleicht öfter auf dem Marktplatz sehen zu lassen.
Sie nimmt dieses Angebot gerne wahr.

>>>>>

In ruhigen Abendstunden denkt sie über die anregenden, bewegenden, irritierenden, aufwühlenden und manchmal mitreißenden Gespräche nach. Dabei kommt ihr immer wieder der Gedanke, dass es an der Zeit ist, über ihr hier sein nachzudenken.
Natürlich ist ihr bewusst, dass sie sich nicht in das Leben dieser Bewohner einmischen soll. Doch wenn sie sieht, dass die Menschen in vielen Dingen noch im Mittelalter leben und denken, kann sie sich nur schwer zurückhalten.
Die bisherige Erfahrung sagt ihr, dass es hier nur Schwarz- und Weißdenken gibt. Für Gefühle gibt es keinen allzu großen Platz.
Bei Jennifer ist das anders. Je mehr sie erfährt, desto vielfältiger muss sie die unterschiedlichsten Gefühle verarbeiten. Das lässt sie in letzter Zeit nicht ruhig schlafen.
In der letzten Nacht hatte sie einen seltsamen Traum. Sie befindet sich in einem ungewöhnlichen Hotel und betritt eine Suite. Sie ist müde, und als sie das große Bett im Zimmer sieht, lässt sie sich fallen und sinkt sofort hinein. Plötzlich hört sie jemanden ihren Namen rufen:
»Wer ruft mich?«
Sie sieht ein vertrautes Männergesicht über sich auftauchen. Sie weiß dieses Gesicht hat sie schon oft gesehen. Während sie noch versucht das Gesicht etwas Bekanntem zuzuordnen erkennt sie plötzlich. Es ist ihr Mann der auf sie herunterschaut.

Dominik!

Ein Gefühl des Verlassenseins weht durch ihren Traum. Liebe, Trauer und Sehnsucht durchströmen sie. Sie sucht nach irgendwelchen Erinnerungen an Dominik. Schnell bemerkt sie, dass es sinnlos ist, denn da ist nur Dunkelheit, wo Licht sein sollte. Schweißgebadet erwacht sie. Es ist dunkel im Zimmer. Sofort versucht sie, sich zu erinnern. Obwohl sie sich bemüht, findet sie nur einen Namen. Dominik festigt sich in ihrem sich langsam beruhigenden Verstand.

Wo mag ihr Mann wohl sein, fragt sie sich.

Warum ist er nicht an ihrer Seite?

Warum hat er nach ihr gerufen?

Während sie über diese Fragen nachdenkt, nimmt sie Morpheus erneut in seine Arme.

Am nächsten Tag steht sie früh auf und versucht, sich auf das Hier und Jetzt zu konzentrieren.

Ohne genaues Ziel geht sie in Richtung Dorf. Reges Treiben befreit sie aus einer Art Trance. Sie hört und sieht Menschen, die sich von hier nach da bewegen. Irgendwie kommt befindet sie sich auf dem Marktplatz neugierig schaut sie sich um.

Bevor sie es verhindern kann, was hätte sie auch dagegen tun sollen, versammelt sich eine Traube von Menschen um sie herum. Erschrocken weicht sie ein Stück zurück. Aus allen Richtungen dringen Fragen in ihre Ohren. Sie atmet tief ein, muss sich konzentrieren. Es gelingt ihr nur Sukzessive die Fragen auseinanderzuhalten.

Woher kommst du, Unbekannte?

Weshalb gehst du uns aus dem Weg?

Weshalb bist du hier?

Wurdest du von deinem Volk verstoßen?

Bist du gut oder böse?

Einige Fragen, die in ihren Verstand gelangen, bringen sie ins Grübeln.

Doch die Fragen nehmen noch abstrusere Formen an.

Bist du ein dämonisches Wesen?

Bist du eine Göttin?

Bist du eine Botin, aus einer anderen Welt?

Sie erinnert sich an die Mythen, die sie von Anat bekommen und gelesen hat, in denen erzählt wird, dass eines Tages eine Frau vom Himmel herabsteigen würde.

Die Fragen beginnen Wirkung zu zeigen.

Glauben die Menschen, die sie bedrängen, dass sie aus einer anderen Welt sei?

Könnte sie eine Gefahr für ihre Gemeinschaft darstellen?

»Stopp! Genug! Gerne will ich all eure Fragen beantworten, doch nicht an diesem Ort. Dort, am Rande eures Marktplatzes ist ein Hügel. Begeben wir uns dort hin und ich erzähle von meiner Welt.«

In den nächsten Wochen findet sie sich häufig auf diesem Hügel ein. Sie beginnt von sich und ihrer Welt zu erzählen. Irgendwann so meint sie, hat sie alles gesagt und sie zieht sich zurück.

Doch von nun an kommen die Menschen immer öfter, mit ihren Fragen, zu ihrer Hütte. Jennifer wird auf fast allen Ebenen des Lebens konsultiert. Irgendwie trifft sie den richtigen Ton. Ganz langsam normalisiert sich das Verhältnis zwischen ihr und den Landbewohnern. Jeder Tag bringt ihr neue Einsichten, und sie beginnt, sich heimisch zu fühlen.

Auch ihr Denken über diese Bewohner des Planeten verändert sich. Sie spürt immer mehr Verantwortung für diese einfachen Menschen. Schließlich werden die Gruppen, die zu ihr wollen, größer, und sie bekommt das Gefühl, dass sie eine Aufgabe hat.

Deutlich spürt Jennifer, wie die Menschen aufgeschlossener werden. Sie wollen mehr wissen von der Welt, aus der sie kommt. Immer detaillierter erzählen sie von ihrer Welt. Jennifer spricht über die Philosophie, über Religionen ihrer eigenen Welt und die unterschiedlichsten Lebensformen. Auch die kriegerischen Auseinandersetzungen auf ihrer Welt spart sie nicht aus. Sie erklärt, dass auf ihrer Welt die Bewohner versuchen auf diesem Weg, dem Leben einen individuellen Sinn zu geben. Als immer mehr Menschen, auch aus der weiteren Umgebung, sie aufsuchen, will sie eine andere Möglichkeit suchen um von ihrer Welt zu erzählen.

Sie hatte schon einmal von einem Hügel zu den Menschen gesprochen, vielleicht sollte sie dies Form wieder aufnehmen.

Sie bittet die Dorfvorsteherin, einen geeigneten Ort zu suchen. Natürlich weiß Anat von einem solchen. Dem Berg, den alle die Faust Gottes nennen. Gemeinsam suchen sie diesen Berg auf. Jennifer lässt den Ort auf sich wirken und entscheidet sich dagegen. Sie bittet Anat, einen anderen Platz zu finden. Schließlich ist es wieder der mit grünen Gräsern bewachsene Hügel. Ein hundert Jahre alter Baum gefällt ihr am besten. Mit einem Lächeln im Gesicht erinnert sie sich an Buddha. Deshalb ändert sie nun den Ablauf. Nach ihrer Predigt beantwortet sie persönliche Fragen. Dies geht häufig bis tief in die Nacht.

In den letzten Tagen fällt ihr auf, dass es Männer gibt, die versuchen etwas ungeschickt heimlich ihre Predigen beobachten. Doch sie ignoriert dies.

Auch in ihrer Welt gibt es einen sogenannten Sicherheitsdienst. Offensichtlich wird die Obrigkeit, der König, nervös, und sie vermuten, dass sie die Ordnung stört. Dieses Verhalten versteht sie und hat Verständnis dafür.

Inzwischen ist sie überzeugt, dass es nicht der Zufall, sondern das Schicksal ist, das sie genau hier stranden ließ. Sie will den ihr zugewiesenen Weg gehen und erleben wohin er sie führt.

Nachdem die Menschenansammlungen immer größer werden, erfährt sie, dass der König nach einer fremden Frau suchen lässt. Also nach ihr.

Jetzt stellt sich heraus, dass ihre Vermutung stimmt, diese Männer handeln im Auftrag des Königs. Offensichtlich will der König dieses Landes wissen, was sie tut und welche Absichten sie hat. Vielleicht hätte sie den König aufgesucht, wenn sie gewusst hätte, welche Mission sie hierhergeführt hat. Ohne Fakten will sie nicht vor den König treten.

Wie sollte sie seine bestimmt berechtigten Fragen beantworten?

Als immer weniger Menschen zu ihr kommen, ahnt sie, dass die Herrschenden eingegriffen haben und nervös werden.

Sie spricht mit Anat darüber, die inzwischen ihre Freundin ist.

»Es wird Zeit für dich, Jennifer. Der König wird nicht mehr lange zögern. Wahrscheinlich wird er dich bald mit Gewalt vorführen lassen. Sicher wird seine Geduld nicht mehr lange anhalten«, sagt Anat eindringlich. »Du solltest dich für einige Zeit zurückziehen. Vielleicht suchst du andere Orte auf, weit vom Königshaus entfernt, und lernst auf diese Weise unser Land von einer anderen Seite kennen.«

»Danke, Anat. Du bist eine gute Freundin. Du hast recht, es wird Zeit, dass ich mich zurückziehe.«

»Danke Jennifer. Du geh Richtung Süden. Dort gibt es Überreste einer alten Kultur. Vielleicht erzählen die fast verfallenen Stätten eine andere Geschichte von uns.«

»So soll es sein!«

Anat gibt ihr außer Nahrung für einige Wochen, eine warme Decke und einige Ratschläge mit für die Reise. Nach einer herzlichen Umarmung nehmen sie voneinander Abschied. In dieser Nacht verschwindet Jennifer mit leichtem Gepäck aus ihrer Hütte.

Auf ihrem Weg trifft sie freundliche Menschen, die ihre Gastfreundschaft anbieten. Durch diese Begegnungen lernt sie ganz individuelle Lebensweisen kennen.

Es ist früher Morgen, der siebte Tag bricht an.

Eine ungewöhnlich angenehme Schwingung durchströmt ihren Körper. Sie öffnet die Augen, schaut sich um und fühlt sich im Einklang mit der Umgebung.

Hat sie den für sie richtigen Platz gefunden?

Hat der Zufall sie hierhergeführt?

Sie wickelt sich aus der kuschelig warmen Decke, steht auf und geht einige Schritte, um ihre Glieder zu lockern. Die Sonne berührt den Horizont, und ihre Strahlen wärmen bereits. Glitzerndes Licht erreicht ihre Augen und lässt sie nach unten schauen. Sie blickt auf einen gemauerten Graben. In diesem fließt kristallklares Wasser an ihr vorüber. Leise und verführerisch. Lange hat sie frisches Wasser nicht mehr gesehen. Ein warmes Gefühl erfüllt ihr Herz. Dem Glücksgefühl folgend, entledigt sie sich ihres Rockes und tritt vorsichtig an den Grabenrand und testet mit ihren Füßen das kristallklare Nass. Zu ihrer Überraschung ist es nicht kalt, sondern angenehm kühl. Sie setzt sich an den Grabenrand und lässt ihre Beine im Wasser baumeln.

Wie tief mag der Graben sein, fragt sie sich.

Um die Tiefe auszuloten, rutscht sie vorsichtig vom Rand ins Wasser. Nachdem ihre Oberschenkel im Wasser eingetaucht sind berühren ihre Zehen den Boden.

Tief genug, um darin zu baden und sich zu waschen, überlegt Jennifer.

Gedacht, getan. Sie legt den Rest ihre Kleidung ab, steigt ins Wasser, taucht unter und fühlt sich erfrischt.

Für einen Moment ist alles gut!

>>>>>

In der Einsamkeit vergehen die Tage still und gleichmäßig. Auf dem obersten Plateau dieser Pyramide haben die Erbauer ein prächtiges Haus und davor diese Bank gebaut. Jennifer sitzt auf dieser Bank aus Stein. Nicht ohne Stolz blickt sie über ihr kleines Reich. Seit ihrer Ankunft vor einigen Tagen hat sich hier einiges verändert.

Bei der Vorstellung, was sie seit ihrer Ankunft geleistet hat, überkommt sie ein Gefühl ehrlicher Zufriedenheit. Doch dieses Gefühl währt nur kurz.

Die Einsamkeit nagt seit Tagen immer stärker an ihr. Wie so oft in letzter Zeit sitzt sie in der Sonne und träumt vor sich hin, taucht in eine verloren geglaubte Vergangenheit ein, die ihr nur bruchstückhaft zur Verfügung steht. Sie kann sich gut an die Menschen ihrer Welt erinnern. Doch wenn es um ihre ganz persönliche Welt geht verschwimmen die Bilder in ihrem Kopf. Je heftiger sie sich erinnern will, desto tiefer fällt sie in eine schmerzhafte Traurigkeit. Tränen laufen ihr in diesen Momenten über das Gesicht. In schwer zugängigen Winkel ihres Verstandes erinnert sie sich an das Lachen mit Freunden, an einen besonderen Mann namens Dominik, und sie wünscht sich, sie wären alle bei ihr. Auch jetzt gehen ihre Gedanken wieder auf Reisen in die Vergangenheit.

Konzentriere dich auf die Dinge, die du hast, ruft sie sich zur Ordnung.

Mit dem Unterarm streicht sie sich über ihr Gesicht, um ihre Tränen abzuwischen. Kaum klärt sich ihr Blick, geschieht es. Aus heiterem Himmel tauchen zwei Tiere links und rechts von ihr auf. Eine schneeweiße Katze und ein tiefschwarzer Hund. Wie selbstverständlich gesellen sich die beiden so unterschiedlichen Tiere zu ihr. Die Katze springt auf ihren Schoß und der Hund lässt sich neben ihr nieder. Sie kann es kaum fassen.

Neugierig schaut sie nach unten und sieht in erwartungsvolle Augen. Der Anblick erzeugt eine Glückswelle in ihr. Mit ihrer Hand streichelt sie die Katze. Eine höhere Macht muss ihre Sehnsucht nach Gesellschaft gehört, gespürt haben. Sie nimmt die weiße Katze mit hellblauen Augen in den Arm lacht befreit. Der Hund springt auf und wedelt erwartungsvoll mit seinem Schwanz. Jennifer streckt den anderen Arm aus und krault das volle Fell des Hundes sanft im Nacken. Dem scheint dies zu gefallen, denn er bleibt ruhig stehen. Schnell freunden sich die so unterschiedlichen Wesen an und bilden eine ungewöhnliche Gemeinschaft. Jeder achtet und beachtet den anderen mit Respekt. Endlich ist sie nicht mehr allein.

Mit der Hilfe ihrer neuen Begleiter sieht sie ihr Eremitenleben aus einer völlig anderen Perspektive und erkennt die Gelegenheit gelassener zu werden. Mit ihrem Selbst in Einklang zu kommen. Immer öfter denkt sie aus einer positiven Perspektive über den Sinn des Lebens nach. Sie beginnt in Begleitung des Hundes Pluto, die Katze Kleopatra hält sich im Hintergrund, aus einer Laune heraus hat sie diesen beiden ihren Namen gegeben, die unteren Etagen der Pyramide intensiver zu erforschen.

Auf einer dieser Forschungsreisen findet sie Räume mit seltsamen Schriftzeichen.

Jennifer wünscht sich, sie könnte die Zeichen lesen oder wenigstens interpretieren. Die Zeichen erinnern sie an die Hieroglyphen der frühen Ägypter. Sie weiß, dass diese Schrift dazu diente, der Nachwelt von der Größe Ägyptens und seiner Weltsicht zu erzählen.

Jeden zweiten Tag verlässt sie die Pyramide, um Nahrung zu suchen. Inzwischen lebt sie vegan und kommt gut damit zurecht. Auf ihren Streifzügen entdeckt sie ein wildes Kräuterfeld. Zu ihrer Überraschung erkennt sie viele der Pflanzen wieder. Vorsichtig gräbt sie einige aus und trägt sie nach Hause, um sie in ihrem kleinen Garten anzupflanzen.

An einem besonders klaren Tag wagt sie sich weiter von der Pyramide fort als sonst. Sie verlässt den gewohnten Pfad, und stolpert über eine Pflanze. Als sie sich bückt, entdeckt sie einen jungen, niedrigen Apfelbaum. Zwischen den zarten, grünen Blättern hängt ein einzelner Apfel mit leuchtend roten Wangen.

Erinnerungen durchfluten sie.

Vorsichtig gräbt sie den Baum aus und bringt ihn zu ihrem Dachgarten auf der Pyramide. Sorgfältig pflanzt sie ihn in ein Hochbeet. Schon am nächsten Morgen sieht sie, wie die Blätter und der Apfel sich der Sonne entgegenstrecken. Der Baum hat den Umzug überstanden.

Der Apfel leuchtet verführerisch in der Morgensonne. Sie kann der Versuchung nicht widerstehen und pflückt ihn. Glücklich und mit sich im Einklang setzt sie sich auf ihre Sonnenbank und genießt jeden einzelnen Bissen. Tief in ihrem Inneren spürt sie eine längst vergessene Sehnsucht.

Während sie den süßen Geschmack auf ihrer Zunge spürt, wandert ihr Blick über den wachsenden Kräutergarten und die ersten zarten Anfänge eines Obstgartens.

Ohne es genau erklären zu können, fühlt sie in diesem Moment zum ersten Mal eine echte Hoffnung auf die Zukunft.

Am nächsten Tag setzt sie ihre Erkundungen in den unteren Etagen der Pyramide fort. Sie durchsucht Raum um Raum, bis sie plötzlich auf eine ungewöhnliche Entdeckung stößt. Hinter einem verborgenen Mauervorsprung, findet sie einen Fahrstuhl. Erstaunt betrachtet sie die Konstruktion genauer.

»Es ist eher ein Flaschenzug«, murmelt sie schmunzelnd vor sich hin.

Sofort kommt ihr der Gedanke, dass dieses einfache, aber geniale Transportmittel ihre Welt verändern wird.

Ab sofort muss sie keine Erde und keine Pflanzen mühsam nach oben schleppen. Offenbar hatten die Bewohner der Pyramide ähnliche Probleme wie sie und diese Lösung gefunden.

Jennifer braucht einige Zeit, um die Mechanik des Flaschenzugs zu verstehen. Nach mehreren Fehlversuchen und vorsichtigem Herumprobieren begreift sie das Prinzip. Gegengewichte, die an Seilen befestigt sind, sorgen für ein müheloses auf und ab. Endlich bleibt ihr das mühsame hinauftragen erspart. Nebenbei kann sie ihn auch als Aufzug benützen, um sich das tägliche Erklimmen der dreihundertfünfundsechzig Stufen zur Spitze der Pyramide ersparen.

Bei ihren weiteren Erkundungen, nun mit erwachter Aufmerksamkeit, entdeckt sie eine Nasszelle. Einen Moment lang kann sie es kaum glauben. Und dann fällt ihr blick auf einen Wasserhahn. Sie geht zu ihm und zögernd dreht sie ihn auf.

Es überrascht sie nicht wirklich, doch auch jetzt nach Jahrhunderten fließt ihr Wasser entgegen. Von diesem Tag an kann sie sich regelmäßig waschen und ihre Pflanzen bewässern.

Dankbar saugt ihr kleiner Garten das kostbare Nass auf und beginnt, in einem noch üppigeren Grün zu erstrahlen. Exotische Blumen entfalten ihre leuchtenden Blüten, während die Kräuter kräftiger duften als je zuvor.

Die Tage vergehen ruhig und gleichmäßig. Jeden Morgen begrüßt sie die ungewöhnlich große Sonne. Jeden Morgen spendet sie ihr Wärme. Eines Tages fragt sie sich, wenn sie am Horizont auftaucht oder verschwindet.

Wie kann eine Sonne mit einem Meter Durchmesser nicht heißer sein und wieso regnet es nicht?

Sie steht auf dem Dach ihrer Welt, blickt über die weite grüne Ebene und seit Langem fühlt sich zum ersten Mal angekommen. Fast unmerklich beginnt sie, ihre Vergangenheit zu vergessen. Und wieder einmal ist es der Zufall, der in ihr Leben eingreift.

Jemand beobachtet Jennifer, wie sie verbotenerweise die Pyramide hinaufsteigt. Die Nachricht verbreitet sich bald durch Flüsterpropaganda über das Land. Wenig später weiß jeder, dass sie sich auf der Hochfläche einer Pyramide der alten Götter aufhalten soll. Es wundert die Menschen nicht, dass sie sich eine Pyramide ausgesucht hat.

Doch warum ausgerechnet diese?

Gehört diese Pyramide nicht einer der berüchtigtsten, gewalttätigsten Gottheiten?

Sprechen die alten Mythen nicht davon, dass jeder, der ihre Wohnstätten betritt, unweigerlich bestraft wird?

Hält diese Frau sich für mächtiger als die Götter?

Oder glaubt sie schlicht nicht an Götter?

Vernünftigere Stimmen melden sich zu Wort.

Die Fremde ist nicht vertraut mit ihren Sitten und Gebräu-
chen. Deshalb fürchtet sie nichts. Doch das Gesetz des Königs ist eindeutig.
Die Pyramide ist tabu.
Niemand darf sich jedem Bauwerk mehr als tausend
Schritte nähern. Wer es dennoch tut, riskiert den Tod oder
den Ausschluss aus der Gemeinschaft.
Vielleicht ist dies der Grund, warum niemand offen über
ihren Aufenthaltsort spricht. Niemand will in Verdacht geraten, sich zu nahe an das verbotene Bauwerk gewagt zu
haben oder sie verraten zu haben.
Die Pyramiden gehören einer vergessenen Zeit an. Nur
wenige der Ältesten erinnern sich an die alten Legenden.
Für die meisten Menschen sind sie nicht mehr als Steinhaufen ohne Bedeutung.
Trotz all diesen Verboten oder vielleicht deswegen, zieht
es besonders mutige oder leichtsinnige Jugendliche zu diesen uralten Bauwerken. Sie klettern darauf herum, suchen
nach Abenteuern. Bisher ist nie etwas geschehen.
Kein Fluch, keine Strafe, keine göttliche Vergeltung.
Auch jetzt, im Erwachsenenalter, verstehen viele nicht,
warum der König mit solcher Strenge verbietet, die Pyramiden zu betreten.
Jennifer weiß von all dem nichts, sie lebt hoch oben auf
der Pyramide, fernab der Welt. Es gefällt ihr hier und sie
möchte, dass dies so bleibt.

In kalten und langen Winternächten, wenn die Arbeit des
Tages erledigt ist, versammeln sich Jung und Alt um die
Dorfältesten, um ihren Erzählungen zu lauschen. Diese be-

richten von fast vergessenen Legenden und Sagen, in denen die uralten Bauwerke eine neue Bedeutung erhalten. Einst waren diese Bauwerke das Herzstück eines Stammes, und ihre Geschichten erzählen von einer längst vergangenen Zeit.

In dieser fast vergessenen Epoche ist das Land zersplittert. Dunkle Tage sind von großen Schlachten geprägt, in denen gegensätzliche Weltanschauungen und Vorstellungen von den Göttern die Stämme gegeneinander aufbringen. Schlachten, die viele Monde andauern, fordern schreckliche Opfer auf beiden Seiten.

Das Kriegsglück wechselt unberechenbar, und niemand kann den Grund dafür benennen. Deshalb schieben die Menschen die Schuld auf die mächtigen Götter und feiern immer häufiger Feste zu deren Ehren. Sie hoffen, die Götter für sich zu gewinnen und sich von dem Gefühl zu befreien, wie Schachfiguren in einem göttlichen Spiel agieren zu müssen.

Manchmal, wenn einer der Ältesten mit einer dunklen, beinahe grabesgleichen Stimme von den Göttern berichtet, flackern die Kerzen im Raum auf. In diesen Momenten stellen sie sich alle vor, dass auch Dämonen existieren.

In diesen Momenten senkt der Erzähler seine Stimme um eine ganze Oktave und spricht leise, sehr leise weiter.

»Damals sterben die Menschen, nicht nur in Kriegen, sondern auch an fürchterlichen Krankheiten, die völlig unerwartet über sie hereinbrechen. Diese Krisen verstärken den Glauben an das Böse und prägen eine Zeit der Finsternis und Ignoranz. Stellt euch vor, damals waren Körperpflege und Sauberkeit nahezu unbekannte Konzepte.

Eines Tages, als die Menschen den tiefsten Punkt ihres Lebens erreicht hatten, tauchten Priester auf. Niemand weiß, woher sie kamen. Sie durchkämmten jeden Winkel des

Landes und verkündeten, dass es weder Götter noch Dämonen gibt. Deshalb müssen die Menschen ihr Schicksal selbst in die Hand nehmen. Nur so verbessert sich ihr Leben. Diese Zeit war der beginn, die Geburt der Wissenschaft.

Heute wissen es alle, auch wenn es immer noch einige Unverbesserliche gibt, dass es nie Götter gegeben hat. Wenn doch seien diese längst ausgestorben. Oder, wie eine Legende erzählt, hätten sich selbst vernichtet. Der moderne Mensch weiß es gibt keine Götte. Jeder kann sein eigenes Schicksal lenken.«

Seit der Zeit des Erwachens kümmern sich die Menschen nicht mehr um die alten Bauwerke. Die Götter sind aus der Welt verschwunden, und ihre einst prächtigen Bauwerke verfallen zusehends. Nur wenige Bauwerke trotzen der Rückeroberung durch die Natur, und über all diese Ruinen legt der König einen Bann.

Einige Menschen, die nach Jennifers Predigten über den Sinn des Lebens nachgedacht haben, spüren eine tiefe innere Leere in sich und werden zu Suchenden.

Sie begeben sich auf einen Weg, der sie sowohl nach innen als auch nach außen führt. Ganz so, wie es die Predigerin empfohlen hat. Allein auf sich gestellt ist dieser Weg alles andere als einfach. Längst Vergessenes muss wiedergefunden und neu entdeckt werden. Manche geben nach kurzer Zeit auf, während andere dem Pfad treu bleiben.

Als sie erfahren, an welchem Ort die vom Himmel gefallene Frau anzutreffen ist, machen sich die Suchenden auf den Weg. Erreichen sie die Pyramide, scheitert jedoch so mancher von ihnen.

Der Grund liegt offenbar darin, dass man Hunderte von Treppen überwinden muss, um der Predigerin nahe zu kommen. Einige vermuten, dass diese vielen Stufen als natürliche Barriere dienen sollen. Nur jene, die bereits zahlreiche Hindernisse gemeistert haben, erkennen, dass dies die letzte Prüfung auf ihrem Weg sein könnte. Wer sich unsicher fühlt und doch Antworten erhofft, verweilt mehrere Tage am Fuße der Pyramide und wartet, während andere den Rückzug antreten.

Der Aufstieg erweist sich wie erwartet als beschwerlich. Bis zur Erschöpfung kämpfen sich die Suchenden einen Berg von Treppen hinauf. Doch jenseits der anstrengenden Stufen erwartet sie eine unerwartete Belohnung.

Oben angekommen wirkt alles leichter, und der weite Blick über das fruchtbare Land fesselt den Angekommenen. Auf dem Dach der Pyramide atmen die Lungen freier, und die suchende Seele scheint über die Ebene zu schweben. Hoffnung auf neue Einsichten erfüllt jedes Herz, das diesen Augenblick fühlt.

Wendet sich der Besucher von der Ferne ab und blickt umher, entdeckt er ein halbhohes, aus roten Steinen errichtetes Haus. Grün gestrichene Fensterrahmen und farbenfrohe Ornamente verleihen dem Gebäude einen märchenhaften Charakter. Es bleibt ein Rätsel, warum jemand die Mühe auf sich nimmt, eine Hütte auf der Pyramide zu errichten.

Bei näherer Betrachtung der Hütte ist eine 2,52 Meter hohe rote Eingangstür nicht zu übersehen.

Schwungvoll gegossene Formen schmücken ihre im Sonnenlicht leuchtende Oberfläche. Beim Näherkommen offenbaren sich magische Symbole.

Im Zentrum prangt ein stilisiertes Auge, das den Eindruck erweckt, jedem Ankömmling in die Seele zu blicken.

Jennifer hat sich, besonders während des Sonnenuntergangs, lange und intensiv auf dieses Auge eingelassen. Sie spürte sofort, dass es ein Geheimnis in sich birgt. Lange bleibt ihre Suche nach dem Rätsel erfolglos, bis sie schließlich etwas Erstaunliches entdeckt.

Wenn sie sich lange genug auf das Zentrum der Iris konzentriert, kann sie ein Stück in die Zukunft blicken. Es öffnet sich ein Fenster in der Zeit, vage und unbestimmt.

In diesem Moment kämpft sich ein schwer keuchender Mann die letzte Stufe der Pyramide hinauf. Er interessiert sich nicht für die Zukunft, sondern lebt ganz im Hier und Jetzt. Die letzten Stufen haben ihn an die Grenze seiner Belastbarkeit gebracht. Vor sich hin fluchend wünscht er sich, diese endlose Treppe nie wieder erklimmen zu müssen. Mit letzter Kraft zählt er.

»Dreihundertfünfundsechzig. Warum hat sich diese seltsame Frau gerade diese Pyramide ausgesucht? Verdammte Götter, unselige Vorfahren, verfluchte Sonne!«

Leise murmelt der, wie ein einfacher Bauer wirkende Mann vor sich hin.

Der dickliche, verschwitzte Mann richtet sich schwer atmend auf, zieht ein kariertes, abgewetztes Taschentuch aus seiner Hose, wischt sich die Schweißperlen von der Stirn und hebt mürrisch den Kopf. Mit hellen Augen, geschützt von buschigen Augenbrauen, blickt er in die Runde. Als er erkennt, dass er sein Ziel erreicht hat, entspannen sich die tief in sein braunes Gesicht eingegrabenen Falten. Für einen kurzen Moment wirkt er entspannt und fast freundlich.

»Du sollst den Göttern nicht fluchen«, murmelt er leise, eine alte Volksweisheit rezitierend.

Über ihm überdacht ein blauer Himmel mit einigen weißen Wolken die friedliche Szenerie. Doch diese Schönheit scheint ihn kaum zu berühren. Er schließt die Augen, atmet still vor sich hin. Sonnenstrahlen umschmeicheln seinen Körper. Schenken ihm ein wohltuendes Gefühl. Nach einiger Zeit fühlt er sich schließlich erholt. Seine Schmerzen verflüchtigen sich.

Er öffnet die Augen und entdeckt ein hausähnliches Gebäude. Eine Wohnstätte, die er hier nicht erwartet hätte.

Ohne einen klaren Plan schreitet er auf das Haus zu, greift nach dem eisernen Löwenkopf an der Tür schlägt ihn an die Türe. Solche Gewalt nicht gewohnt, öffnet sie sich in den Angeln quietschend. Vor ihm liegt ein dunkler Raum. Kaum hat er die Schwelle überschritten, kommt er zur Besinnung. Ein unterschwelliges Gefühl hält ihn in gebeugter Haltung. Damit will er Demut zeigen und für sein rüdes eindringen um Verzeihung bitten.

Langsam gewöhnen sich seine Augen an das Halbdunkel, und er erkundet den dämmrigen, kühlen Raum. Eine seltsame Faszination ergreift ihn, während er die verschiedenen Möbelstücke betrachtet, die zusammen eine Atmosphäre des Ankommens erzeugen.

Eine beruhigende Schwingung hüllt ihn ein, sodass er für einen Moment den Grund seines Kommens vergisst.

An der hinteren Wand des Zimmers entdeckt er zwei Tiere, die etwa zwei Meter voneinander entfernt friedlich nebeneinander liegen. Einen großen Hund mit glänzend schwarzem Fell und eine weiße Katze, die ihre Fellpflege unterbrochen hat. Der Hund hebt seinen massiven Kopf und mustert den Eindringling mit seinen schwarzen Augen, sodass der Mann sich bis in die tiefsten Seelenabgründe analysiert fühlt. Offensichtlich fällt die Prüfung positiv aus. Der Hund senkt seinen gewaltigen Schädel, legt den Kopf auf seine ausgestreckten Beine und schließt die Augen.

Seine aufgerichteten Ohren schenken ihm allerdings weiterhin Aufmerksamkeit. Die Katze verhält sich ähnlich. Nach einer kurzen Betrachtung setzt sie ihre Pflege fort. Keine Gefahr signalisiert das Verhalten der Tiere. Er wendet den Blick von den Tieren ab.

Der suchende Blick des Mannes findet Jennifer. Sie sitzt auf einem Stuhl, platziert zwischen Hund und Katze, und wird geheimnisvoll vom flackernden Kerzenlicht beleuchtet. Ohne ihr Zutun verspürt er eine besondere Anziehung zu ihr. Langsam gewöhnt er sich an die veränderten Lichtverhältnisse im Raum.

Alle Gerüchte, die er über die Frau gehört hat, lösen sich in diesem Moment wie Schnee in der Sonne auf. Völlig überwältigt verharrt er, während eine innere Unruhe sein Herz erfasst.

»Was wird nun geschehen?« fragt er sich leise.

Das Gesicht der Frau liegt im Schatten. Sein Blick wandert langsam an ihrem Körper entlang und verweilt an ihren Händen. Diese sind ungewöhnlich schlank, und an ihren langen Fingern glänzen reich verzierte, goldene Ringe. Ein Ring fällt ihm besonders auf. Dieser wirkt unscheinbar, dominiert jedoch die zierliche Hand. Vielleicht liegt gerade in seiner Schlichtheit der Schlüssel zu einem Geheimnis.

Der Ring an ihrem Mittelfinger hat die Form einer goldenen Schlange, die ihren eigenen Schwanz verschlingt. Zwei kleine Rubine, in den Kopf eingearbeitet, erinnern an funkelnde Augen, die strahlendes Feuer versprühen. Die filigran gearbeiteten Schuppen glänzen in einem goldsilbern. Fasziniert kann er seinen Blick kaum von den Schmuckstücken lösen und verliert sich für einen Moment in seinen Gedanken. Als er zur Realität zurückfindet, fragt er sich.

»Wie viel Lebenserfahrung mag sie besitzen?«
Zweifel steigen in ihm auf, und er fragt sich, ob er hier richtig ist. Er hält sich für einen einfachen Mann. Als er an seinen mühevollen Aufstieg denkt, schiebt er diese sinnlosen Gedanken beiseite.

Lass dich niemals vom äußeren Schein blenden, ruft er sich eine Weisheit ins Gedächtnis, die er vor Kurzem gehört hat. Zögernd schreitet er auf Jennifer zu.

Jennifer hebt mit einer leichten Bewegung die Hand. Die Innenfläche ist ihm zugewandt, der Zeigefinger leicht aufgerichtet. Mit dieser Geste gebietet sie ihm, stehen zu bleiben. Ohne den geringsten Widerstand folgt er dem Wink. Ungefähr einen Meter vor dem schwarzen Stuhl bleibt er stehen, wie er nun aus der Nähe erkennen kann. Irgendwie erinnert ihn die Szene an eine Zeremonie. Auf ein weiteres Zeichen von ihr setzt er sich auf einen gepolsterten Hocker, der neben ihm steht. Bewegungslos, aufrecht sitzend, schaut er sie ungeduldig an.

Jennifer beginnt, ihren Besucher zu mustern – so wie zuvor die Tiere. Einige Zeit scheint nichts zu geschehen, außer dass sich eine tiefe Stille ausbreitet. Er spürt, wie sie seinen Seelenzustand und seine verborgenen Schwächen auslotet.

Seine Stirn wird feucht.

Mit freundlicher Stimme fordert sie ihn auf: »Sei willkommen und stelle deine Fragen.«

Endlich. Ein Seufzer entfährt dem Suchenden. Seine aufgestauten Emotionen brechen sich Bahn. Hastig gesprochene Worte überschlagen sich.

»Mein Name ist Leander«, sagt er, die Nervosität steht ihm ins Gesicht geschrieben, »ich brauche Antworten. Antworten auf folgende Fragen. Wie werde ich endlich glücklich? Warum liebt mich niemand?

Weshalb besteht mein Leben nur aus Mühsal und Plage?«
Sie antwortet nicht sofort, sondern lässt den Fragen den
nötigen Raum.
Bedächtig erwidert sie:
»Das sind wichtige Fragen, Leander.« Jennifer lächelt.
»Lass mich dir eine Gegenfrage stellen.«
Sacht erreichen ihre Worte seine angespannten Nerven.
Der tiefe, eindringende Klang ihrer dunklen Stimme beru-
higt ihn. Zu seiner eigenen Verwunderung.
»Wann hast du bemerkt, dass du unglücklich bist?«
Leander ist verwirrt und schweigt. Es grollt in ihm. Er will
keine Fragen, sondern Antworten. Doch schließlich geht
er darauf ein.
»Ich glaube, schon als Kind war ich unglücklich. Niemand
verstand mich«, knurrt er und presst die Worte zwischen
den Lippen hervor.
»Könnte es sein, dass du dir noch nie ein Zuhause erschaffen hast?«
»Liebe Frau, diese Frage verstehe ich nicht. Wie soll ich
mir ein Zuhause erschaffen? Wenn du weiter in Rätseln
sprichst, werden wir uns nicht verstehen.«
Leanders Stimme nimmt einen leicht aggressiven Unterton an.
Schweigend sitzen sie sich gegenüber.
»Alle sagen, es gibt keine Frage, die du nicht beantworten
kannst«, unterbricht Leander das Schweigen mit poltriger,
leicht verunsicherter Stimme.
Jennifer lacht.
»Eigentlich habe ich deine erste Frage bereits beantwortet.«
Leander legt seine schwieligen Hände ineinander und reibt
sie heftig aneinander. Unübersehbar drückt er damit seine
Unsicherheit aus.

278

»Dann habe ich es wohl nicht verstanden! Bitte erkläre es mir so, dass ich es verstehe. Warum in aller Welt begleitet mich das Unglück, seit ich denken kann? Alle anderen sind glücklich, nur an meinen Schuhen klebt das Pech, und ich fühle mich nicht glücklich.«

Seine Stimme ist fordernd, voller Nachdruck.

Jennifer seufzt ergeben.

»Gut, ich werde es anders versuchen. Wann hast du Schönheit in dir und in der Welt, zum ersten Mal wahrgenommen?«

»Schönheit? Ich verstehe nicht. Was unterscheidet schön von hässlich? Ist nicht alles gleich?«

»Lass mich es anders formulieren. Wann hast du dein Herz an Materielles gehängt?«

»Wie kommst du jetzt darauf?«, fragt Leander, während ihm der Schweiß auf der Stirn steht, »ich besitze nichts, also kann ich auch an nichts hängen. Armut begleitet mich, seit ich denken kann. Das Wenige, das ich durch meiner Hände Arbeit bekomme, wollen der König und meine Frau.«

Zornig, mit einem Hauch Verzweiflung, kommen die Worte über seine Lippen.

In diesem Moment ist sich Leander sicher, dass er seine Zeit verschwendet. Die zarten Gesichtszüge der Frau verdunkeln sich für einen kurzen Augenblick, spiegeln seine Ungeduld wider.

Erschrocken über sich selbst, senkt Leander den Blick. Er beißt sich auf die Unterlippe. Schließlich kann er es nicht mehr zurückhalten. Es bricht förmlich aus ihm heraus.

»Die Welt ist nicht gewillt, mir meinen Anteil zu geben. Alles muss ich mir erkämpfen. Ich weiß, ich bin nicht schön. Ich weiß, ich bin nicht so intelligent wie andere. Ständig lastet eine unsichtbare Bürde auf mir.

Ständig fordert man von mir; Tu dies, tu das. Angst zu versagen ist mein ständiger Begleiter. Immer fürchte ich, dass das Wenige, was ich besitze, mir auch noch genommen wird. Aber am meisten belastet meine Seele, dass mich niemand liebt.«

Jennifer schaut den aufgebrachten Mann lange und ruhig an. Leander kann sich ihren Augen nicht entziehen, und langsam verschwindet sein Ärger über die Ungerechtigkeit der Welt. Seine Gedanken werden sanfter.

»So wie ich dich verstehe, fehlen in deinem Leben Vertrauen, Harmonie und Liebe. Du siehst auf der weiten Welt nur diejenigen, die fordern, von dir nehmen und dich gleichzeitig zurückweisen. Richtig?«

Sie lässt Leander kurz den ihm gebührenden Raum zum Nachdenken, gibt ihm jedoch, indem sie eine Hand hebt, keine Gelegenheit zu antworten.

»Als welchen Menschen würdest du dich selbst beschreiben? Denk darüber nach, welche positiven und welche negativen Eigenschaften dich zu dem Menschen machen, der du glaubst zu sein? Geh in dich und sei ehrlich. Wie, glaubst du, sehen dich deine Mitmenschen?"

Ein Anflug von Unmut huscht über Leanders Gesicht. So hatte er sich den Verlauf des Gesprächs nicht vorgestellt. Gab es denn keine einfache und klare Antwort für ihn?

»Ich will doch einfach nur wissen, wie ich glücklich werden kann. Ich muss doch auch glücklich werden dürfen!« ruft er wütend aus.

Zuhören und Nachdenken gehören offenbar nicht zu seinen Stärken.

»Den ersten Schritt hast du getan. Du hast dich den vielen Stufen bis nach oben gestellt. Versuche in der nächsten Zeit, den Augenblick zu leben. Frage nicht nach gestern und morgen. Freue dich, dass du erfahren darfst. Freue dich, dass du lieben darfst. Freue dich zu leben. Freue dich, dass du trotz aller Last geben kannst. Glaube nicht, dass dir etwas genommen wird. Verschenke alles, was du hast, und schaffe Raum für Neues. Du sollst wissen, in der ist ein Gefäß, welches du im Laufe deines Lebens anfüllst. Im Lauf deines bisherigen Lebens hast du es mit viel Negativem gefüllt wurde. Lass los, leere dieses Gefäß und vertraue. Denke daran, nur ein leeres Gefäß kann neu gefüllt werden.«

Sie schaut Leander lange an.

Will sie ihm Gelegenheit geben, dass die Worte einen Weg in seine Seele finden?

»Sei achtsam und lasse nur die guten Dinge in das jetzt leere Gefäß«, ein sanftes Lächeln lässt Jennifers Gesicht aufleuchten, »in dein Herz. Denke daran, es ist nicht wichtig, was die Welt über dich denkt. Es ist wichtig, wie du dich auf die Welt einlässt. Fordere von nun an nicht, klage nicht. Sei dir bewusst, das Leben ist ein Geschenk. Gib, was du entbehren kannst. Lerne anzunehmen. Versuche nicht, die anderen nach deinen Vorstellungen zu verändern. Töte und verletze nicht. Liebe dich selbst, die Menschen, die Tiere und die Pflanzen. Schenke den kleinen Dingen des Alltags deine Aufmerksamkeit und Zuneigung. Das größte Geschenk hat die Welt dir übrigens schon gemacht. Du lebst. Freue und entspanne dich, Leander.«

Ein friedvolles Lächeln liegt auf ihrem Gesicht.

Frustriert, gepaart mit Hoffnung, schaut Leander die Frau an. Schließlich breitet sich eine Erkenntnis in ihm aus.

Das Gefühl von Enttäuschung nimmt sein Herz in Besitz. Ein solches Gespräch, eine solche Ansprache hat er nicht erwartet. Noch spürt er es nicht, doch ein innerer Frieden durchströmt flüchtig seine Seele.

Dieser Augenblick verschwindet jedoch in den Tiefen seiner Gefühlswelt. Die friedvolle Stille, die den Raum erfüllt, beginnt in ihm zu wirken. Auf eine ihm bisher unbekannte Art.

Obwohl ihm nicht wirklich bewusst ist, was diese weise Frau ihm gesagt hat, beginnt er, über das Gehörte nachzudenken.

Ganz bedächtig dringen aus tiefen Schichten seines Bewusstseins Antworten an die Oberfläche seines Verstandes. Glücklichsein soll ganz einfach sein.

Fordere nichts!

Freue dich, wenn die Menschen auf dich zugehen.

Lass dich auf das Leben ein.

So, wie es ist, und nicht, wie du glaubst, dass es ist.

Langsam ziehen die Worte der Frau durch sein Bewusstsein. Doch kaum formen sich die neuen Gedanken, bricht sein festgefahrenes Wesen unvermittelt in ihm durch.

»So will und kann ich nicht leben. Das bedeutet doch ein Leben in Askese und Entsagung. Noch ärmer als das, was ich jetzt lebe.«

So schnell, wie sein altes Gedankenmuster als aufsteigendes negatives Gefühl auftaucht, so überraschend verliert es seine Kraft. Er hält inne. Trotz dieser ungewöhnlichen Ansage spürt er Stolz in sich.

Jennifer beugt sich nach vorne. Mit leicht abwesendem Ton in der Stimme beginnt sie zu sprechen. Es klingt, als würde sie aus einem Buch oder etwas Ähnlichem rezitieren.

»Verlange nichts, und du bekommst das, was du verdienst. Betrachte die dich umgebenden Dinge genauer. Überlege dir ihren Wert. Entscheide frei und unabhängig von anderen, wie du das Leben, dein Leben, leben willst. Lass los. Vertraue auf dich und deine Intuition.«

282

In Gedanken versunken sitzt Leander mit geschlossenen Augen still da. Plötzlich fliegt mit lautem Knall die Tür auf, und ein Mann steht mitten im Zimmer. Stolz und selbstbewusst, so als gehöre ihm die Welt.

Sein Auftritt sagt, diese hat sich ihm unterzuordnen.

Der Hund, der bisher vor sich hindöste, springt auf und lässt ein leises Knurren hören. Die Katze hebt den Kopf, richtet ihre Ohren auf, wendet sich Jennifer zu und drückt ihre Missachtung aus. Den Eindringling scheint dies alles nicht zu berühren. Er blickt sich um und geht ohne Umschweife auf Jennifer zu.

»Mein Name ist Edvard.«

Ohne eine Reaktion abzuwarten, stellt Edvard seine Fragen. Wie selbstverständlich tropfen die folgenden Sätze über seine Lippen. Dabei betont er jedes Wort einzeln mit seiner kräftigen, in einigen Nuancen zu lauten Baritonstimme. Weitgreifende Gesten unterstreichen sein anmaßendes Wesen.

»Du Frau, sage mir wie ich mein Glück finde. Mir wurde berichtet, du kennst alle Antworten. Antworte mir ohne Umschweife, denn meine Zeit ist kostbar.«

Gelassen, als wäre es das Selbstverständlichste der Welt, wendet sich Jennifer ihm zu. Auch sie streckt ihren Arm nach vorne, deutet mit ihrem Finger auf den Mann neben Edvard, der die Szene angespannt beobachtet, und spricht mit freundlichem Unterton. Als wolle sie einen Kontrast zur Unhöflichkeit des Eindringlings bilden.

»Du, Edvard, der du das wirkliche Leben nicht kennst, tausche mit diesem Mann. Sein Name ist Leander«, ihre Stimme wird lauter, und ein leiser Vorwurf schallt durch, »deine Stellung und deinen Reichtum.«

Edvard schaut Jennifer verblüfft an. Seine Lippen werden schmal, und nur schwerfällig sickern ihre Worte in seinen

Verstand. Nachdenklich wendet er seinen Blick zur Seite und sieht ein Häufchen Elend, das auf einem Hocker neben ihm sitzt. Sowohl der Bauer als auch der arrogante, unhöfliche Mann heben verlegen den Kopf.

In beiden Gesichtern zeichnet sich Erstaunen ab. Beide wissen offenbar nicht, wie sie mit Jennifers Aufforderung umgehen sollen. Als sie die Verwirrung bemerkt, wendet sich Jennifer Edvard zu.

»Bitte, Fremder, dort drüben ist ein Hocker, nimm ihn und setz dich neben Leander. Ich möchte euch eine Geschichte erzählen. Möglicherweise habt ihr beide Nutzen davon.«

Nacheinander schaut sie den beiden in die Augen, und als sie sicher ist, dass ihre Aufmerksamkeit ihr gilt, fängt sie an zu sprechen.

»Ein weit über die Lande hinaus bekannter Bankier, sein Name ist Osiander. Ist durch clevere und nicht immer ganz legale Geschäfte zu seinem Reichtum gelangt. An einem nicht näher bekannten Tag befindet sich Osiander auf der Heimfahrt zu seinem Château. Ein Gefühl der Zufriedenheit, des Glücks und des Erfolgs erfüllt ihn. Alles, was er sich je vorgenommen hat, gelingt ihm. Auch jetzt blickt er auf einen gelungenen Tag zurück. Er kommt von einem Fest, welches der Landesfürst für seine verdienten Bürger alljährlichen ausrichtet.«

Jennifer hält inne und schaut in eine undefinierbare Ferne, als suche sie nach längst vergangenen Bildern. Schließlich scheint sie gefunden zu haben, was sie sucht, denn sie blickt nachdenklich in die Augen ihrer Besucher.

»Osiander ist eigentlich kein Freund solcher Feiern, doch dieses will und kann er nicht versäumen, denn auf diesem Fest gibt es die Möglichkeit, den König zu treffen. Außerhalb des Protokolls. Tatsächlich hat sich die Chance ergeben, mit dem König in einer einmaligen Gartenlandschaft zu sprechen. Dieser ist guter Laune, und erfreut nutzt Osiander die Gelegenheit, mit ihm über einige Ideen zu sprechen. Es geht ihm um die er für die Zukunft des Landes. Dazu hat er einige Ideen entwickelt.«

In diesem Moment springt die Katze auf Jennifers Schoß und unterbricht damit ihre Schilderung. Die weiße Katze dreht sich im Kreis, als suche sie etwas. Schließlich legt sie sich hin, und ihr leises Schnurren erfüllt die Stille.

»Wenige Kilometer von seinem Haus entfernt, die Sonne hinter dem Horizont verschwindet, verfliegt bei Osiander das Gefühl von Zufriedenheit. Ein unseliger Gedanke, den er zu diesem Zeitpunkt allerdings noch nicht als solchen erkennt, kreist immer penetranter in seinem Kopf. Bilder, in denen der König und er durch dessen exklusiven Garten spazieren, kommen ihm in den Sinn. Der König weist ihn mit einem Lächeln auf Besonderheiten seines Gartens hin. Die Erinnerung daran nagt plötzlich heftig an ihm. Dieser königliche Garten stellt alle bisher von ihm gesehenen Gartenlandschaften weit in den Schatten.

Er nimmt sich vor, auch einen Garten anzulegen, der den Garten des Königs bei weitem übertrifft. Besonders die unterschiedlichsten Düfte, manche exotisch, andere die ihm bekannt sind, durchströmen auch jetzt noch seine Sinne und steigern sein Verlangen. Skulpturen, die die Wege säumen, vermitteln den Eindruck, als hätte jemand die Frauen und Männer mitten in ihren Bewegungen in Stein gegossen. Als er mit dem König den Garten verließ, empfand er eine tiefe Leere in sich. Je länger die Gerüche und Bilder in diesem Moment auf ihn einwirken, umso stärker entwickelt sich der Wunsch in ihm, ebenfalls einen so prächtigen Garten zu besitzen. Jeder im Land, auch der König, soll mit Bewunderung über seinen Garten sprechen.«

»Ein großartiger Kerl. Nur wer etwas Besonderes besitzt, wird anerkannt«, unterbricht Edvard.

»Wenn du es dir leisten kannst, andere für dich arbeiten zu lassen, dann ja. Ich bin überzeugt, dass dieser Osiander den Garten nicht mit seinen Händen geschaffen hat«, murmelt Leander vor sich hin.

»Euer beider Weg ist noch ein weiter«, sagt Jennifer seufzend, während sie den stolzen Mann mit einem tief gehenden Blick betrachtet, »wie auch immer. Aufgeregt fiebert Osiander dem Ende seiner Heimfahrt entgegen. Noch in derselben Nacht will er sein Ziel anpacken. Er ist kein Mann von großer Geduld, und die Tage sind ihm immer zu kurz für seine großartigen Pläne. Er beugt sich aus der Kutsche hinaus und fordert den Kutscher auf, sich zu beeilen. Tief in sich fühlt er, dass die Schicksalsgöttin es gut mit ihm meint. Wenn er erst einmal einen solchen Garten besitzt, ist seine Welt perfekt.«

Jennifer unterbricht sich, nimmt die Karaffe, die neben ihr steht, atmet tief ein, füllt ein Glas mit Wasser und trinkt. Die beiden so unterschiedlichen Männer schauen sich gegenseitig an. Ein hilfloses Lächeln zeichnet sich im Gesicht des einfachen Mannes ab. Der stolze Mann, der bis unter die Hutkrempe mit Selbstvertrauen angefüllt ist scheint sich unglücklich zu fühlen. Trotzdem setzt er ein wohlwollendes Lächeln auf. Ihm ist die geschilderte Welt nicht fremd. Im Gegenteil, er will auch so leben. Über eines sind sich die beiden jedoch stillschweigend einig. Sie haben keine Ahnung, worauf die Frau hinauswill. Was hat diese Geschichte mit ihnen zu tun? Was sollen sie aus der Geschichte lernen? Doch egal. Sie sitzen hier und lauschen der ungewöhnlichen Stimme der Frau.

»Zuhause angekommen, geht er direkt in sein Schlafgemach und entledigt sich seiner Kleider ohne die gewohnte Hilfe, da alle Diener in tiefem Schlaf liegen. Die Stille im Haus tut ihm gut, und sein aufgewühltes Innenleben beginnt sich zu beruhigen. Er geht zum Fenster, und bevor er die schweren Vorhänge zuzieht, blickt er auf seinen Garten. Ihm wird bewusst, dass es dort noch viel Spielraum nach oben gibt. Im Bewusstsein, dass morgen viel zu tun ist, legt er sich in sein übergroßes Bett, kriecht unter seine Decke, für die viele Gänse ihre Daunen verloren haben. doch jetzt hilft ihm dies nichts, er findet nicht den gewohnten tiefen Schlaf.

Unruhig wälzt er sich bis in den frühen Morgen im Bett hin und her. Sein Unterbewusstsein, seine Wünsche und Träume lassen eine Entspannung seines Geistes nicht zu. Sein Verstand arbeitet nur an einer Frage. Wie?«

Jennifer unterbricht ihre Schilderung längst vergangener Ereignisse und schaut ihre Zuhörer an. Nachdem sie tief eingeatmet hat, setzt sie die Geschichte fort.

»Als er erwacht, gibt es für ihn nur eine Frage. Wie lange muss ich auf die Erfüllung meines Seelenwunsches warten? Doch lange kann er darüber nicht nachdenken, denn im Haus erwacht das Leben und weicht einer betriebsamen Geschäftigkeit. Das Hauspersonal beginnt mit der allmorgendlichen Arbeit.

Ein Diener betritt das Schlafzimmer seines Herrn und öffnet leise die Tür. Vorsichtig betritt der Kammerdiener den Raum. Während er seinen Herrn mit „Es ist Zeit" begrüßt, zieht er die aus Goldbrokat gefertigten Vorhänge zur Seite. Die morgendliche Sonne strahlt warm und sanft durch das hohe Fenster. Unser Bankier öffnet die Augen, blinzelt in die Sonne und wird für einen kurzen Moment ruhig. Still betet er zu seinem Gott. Es ist eine kurze Zwiesprache.«

Plötzlich springt der Hund auf und knurrt leise, seine Ohren richten sich auf, und an seiner Körperhaltung ist Unruhe zu erkennen.
Jennifer unterbricht ihre Geschichte.
»Was ist los, Pluto?«, wendet sie sich an ihren Wächter. Dieser bleibt stehen. Seine Ohren stellen sich auf. Das Zimmer verdunkelt sich, und mitten im Raum entstehen orangegoldene Schriftzeichen die Sätze bilden. Die drei Personen im Raum können ihr Erstaunen nicht verbergen. Immer deutlicher können sie die Worte lesen.
Leise flüstert Jennifer, die in großen Lettern auf einer imaginären Wand stehende Worte:

„Um glücklich zu sein, musst du loslassen.
Nur in der Leere entsteht Neues"

Zuerst ist es still im Raum. Jeder hört die imaginäre Stecknadel auf den Boden fallen. Zuerst springt Edvard, anschließend Leander auf. Panik zeichnet sich in ihren Gesichtern ab. Verzweifelt schauen die beiden sich um. Offensichtlich beherrscht sie nur der Gedanke an Flucht. Sich gegenseitig behindernd, laufen sie gemeinsam Richtung Tür. Edvard reißt sie auf. Will nur noch ins Freie. Da Leander genauso denkt, durchkreuzen sie gegenseitig ihren Plan. Als erster diesem verhexten Haus zu entkommen. Nach einer kurzen Phase von Fluchen und wütenden Rufen schafft es zuerst Leander. Anschließend stürmt Edvard ins Freie. Übergangslos wird es ruhig im Raum. Jennifer, die den Vorgang widerwillig beobachtet hat, lehnt sich erleichtert in ihrem Sessel zurück.
Die Schrift im Zimmer hat sich aufgelöst. Für einen Moment lässt sie die Worte in sich nachklingen. Um sich zu fokussieren, steht sie auf und geht zum Fenster.

Nachdenklich schaut sie hinaus auf das weite Land.
Gleichmäßig atmend genießt sie die Ruhe.
Die untergehende Sonne zieht sie in ihren Bann. Nach und
nach entsteht eine angenehme Leere in ihrem Kopf und sie
lässt die Geschehnisse gehen.
Sie fühlt sich im Jetzt, Eins mit der Sonne.
Es wird still in ihr.
Erinnerungen werden unerwartet wach.
Als sie völlig losgelöst zwischen den Welten hin- und her-
reist, erreicht sie ein weit entfernter Ruf oder eine Schwin-
gung, die offensichtlich ihr gilt.
Sie schließt ihre Augen.
Im gleichen Augenblick wird der Ruf intensiver. Zweifel-
los scheint dieser sich an sie zu richten.
Der Ton wird laut, wird leise.
Jennifer verfällt in eine Art Meditation.
Ihr Körper entspannt sich, und ihre Seele begibt sich auf
den Weg.
Erwartungs- und hoffnungsvoll.
Plötzlich glaubt sie, die Schwingung zu erkennen. Sie ist
ihr vertraut. Farben tauchen auf, und ein Bild entsteht auf
ihrer inneren Leinwand.
Erstaunt betrachtet sie das Bild sehr lange, bis schließlich
eine Erkenntnis in ihren Verstand dringt.
Es ist ihr Mann, den sie sieht, aus einer fast verblassten
Vergangenheit.

Die Sehnsucht fühlen.

Sterbende Flügel tragen.

Der Rausch der Rosen.

12

In der Ruhe liegt die Kraft

Langsam treibe ich dahin. Dunkelheit umgibt mich – wie so oft. Endlich erreiche ich einen vom Mondlicht erhellten Raum. Das fahle Licht verleiht ihm etwas Unwirkliches. Die Luft schmeckt metallisch und unangenehm, sodass mein Atem flacher wird.

Ein raschelndes Geräusch lässt mich aufhorchen. Ich versuche, den Ursprung auszumachen.

Vergeblich!

Das fahle Licht löst in mir eine beklemmende Stille aus, die immer surrealer auf mich wirkt. Um mir einen Eindruck von meinem Umfeld zu verschaffen, schärfe ich meine Sinne.

Ich spüre die Kälte, die sich in meinen Körper frisst. Ich sehe Wände, wenige Meter entfernt, mit stellenweise abgelösten Tapeten. Dahinter tritt feuchtes, baufälliges Mauerwerk hervor. Ich rieche Schimmel und Verfall. Allerdings höre ich – nichts.

Warum bin ich hier?

Bevor ich eine Antwort finde, durchzuckt mich eine unangenehme Empfindung. Etwas tastet meine Beine ab. Langsam steigt dieser Eindruck an mir empor, nimmt immer mehr Raum in meiner Wahrnehmung ein. Bis mich ein heftiger Luftzug trifft. Erschrocken will ich zurückweichen. Vergeblich. Das Etwas hält mich schmerzhaft fest.

Plötzlich durchbricht ein Splittern die Stille.

Glas zerspringt.

Irgendwo ist eine Scheibe zerbrochen ist mein erster Gedanke.

Bin ich nicht allein in einem verfallenen Geisterhaus?

Der Name erscheint mir irgendwie passend. Meine innere Unruhe wächst, doch ich zwinge mich, ruhig zu atmen. Entspannen gelingt mir dadurch nicht. Plötzlich fühle ich mich schwerelos. Der Boden unter mir verschwindet. Wie ist das möglich?

Ich blicke auf den Boden. Dichter Nebel umhüllt meine Beine. Mein Magen zieht sich zusammen. Panisch rudere ich mit den Armen durch die Luft und versuche, mich zu befreien. Zu meiner Überraschung bewege ich mich tatsächlich, allerdings nach oben, in Richtung Decke.

Der Mond erscheint in meinem Sichtfeld. Blutrot. Fasziniert halte ich den Anblick fest, bis ich silbrig glänzende Fäden im fahlen Licht bemerke.

Ein Netz.

Kurz bevor ich die Decke erreiche, stoppt dieses Netz meine Bewegung. Wieder steigt Panik in mir auf. Ich versuche, mich von den klebrigen Fäden zu lösen. Doch je heftiger ich dies will, desto tiefer verstricke ich mich im Spinnennetz. Klebriger Schleim bedeckt meine Haut, ein widerliches Gefühl kriecht über meinen Körper. Ekel nimmt Besitz von mir. Ich wehre mich, doch mit jeder Bewegung verstricke ich mich mehr.

Jedes Mal, wenn ich einen Faden zerreiße, umschlingen mich neue Fäden noch fester – Hände, Arme, Gesicht sind gefesselt. Schließlich gebe ich auf. Ich lasse los. Wie eine Fliege bleibe ich im Netz kleben. Mein Atem stockt, mein Puls rast. Ich bin zur Beute geworden.

Vibrationen durchfahren das Netz. Ich ahne es, bevor ich es sehe – mein Feind nähert sich.

Facettenartige Augen tauchen in meinem begrenzten Sichtfeld auf. Sie mustern mich. Stumme Fragen dringen an meinen Verstand:

Beute? Wertvoll?

Solche Augen habe ich schon einmal gesehen. Ich glaube auf einer Fotografie. Die Augen weichen zurück, und etwas zangenähnliches greift nach mir und umschließt nach einigen Fehlversuchen meine Hüfte. Panisch versuche ich, mich zu wehren. Sinnlos. Die Zange hebt mich wie eine Puppe an. Ich beginne, mich zu drehen, dabei verliere ich fast das Bewusstsein. Ein haariges Bein schiebt sich über mein Gesicht. Ein scharfer Stich durchfährt meine Brust. Schmerz. Zorn. Wut. Verzweiflung.

Eine orangefarbene, leuchtende Kugel nähert sich mir. Im Zentrum des Lichtes glaube ich, ein bekanntes Gesicht zu erkennen.

Jennifer!

Krächzend verlässt ihr Name meine ausgetrocknete Kehle. Heftiges Wetterleuchten flutet meinen Verstand, während ein Strahlenglanz ihr Gesicht umgibt. Jede gequälte Zelle meines Körpers ist elektrisiert.

Ein gewaltiger Impuls katapultiert mich – wohin?

In die Wirklichkeit?

In eine bessere Realität?

Jennifer. Die nächsten Worte sind ein kaum noch hörbares Flüstern.

Wo ist sie?

Wie geht es ihr?

Etwas Vertrautes berührt mich.

Die orangefarbene Kugel scheint ihr Ziel erreicht zu haben. Kaum einen Meter entfernt. Plötzlich durchströmt mich Geborgenheit. Ich will nach der Kugel greifen, doch eine entgegenwirkende Kraft hält mich zurück.

Mein Körper und mein Wille geraten in Konflikt.
Ich versuche, Jennifers Bild festzuhalten.
Vergeblich!
Es verblasst, löst sich auf, verschwindet im Nichts.
Enttäuscht richte ich meinen Blick wieder auf meine Umgebung. Etwas Klebriges haftet an meinen Fingern. Ich will meine Hände lösen. Es gelingt mir nicht.
Ohne nachzudenken versuche ich verschiedene Möglichkeiten, mich irgendwie doch noch zu befreien.
Doch jeder Versuch scheitert. Langsam wird mir bewusst, ich bin in einem Netz gefangen.
Einem Spinnennetz.
Dieser eigentlich absurde Gedanke findet Eingang in mein Bewusstsein.
War dies kein Albtraum, sondern Realität?
Diese Ungewissheit versetzt mich in eine Vorstufe der Panik und lässt mich noch heftiger aktiv werden.
Auf irgendeinem Weg muss ich der Spinne doch entkommen können. Unkoordiniert fange ich an, an den Fäden zu zerren. Doch mit jedem geglaubten Erfolg verheddere ich mich nur noch mehr im Netz. Mir wird allmählich deutlich, dass dieses Netz mich nicht freigeben wird. Trotzdem oder genau deswegen, kämpfe ich umso intensiver. Bis ich mir eingestehen muss, dass eine Meisterin der Sinnenkunst es gewoben hat. Schließlich wird mir bewusst, dass es ohne Hilfe keinen Weg gibt, mich zu befreien.
Die Hoffnung, die ja bekanntlich als Letztes das Bewusstsein verlässt, beginnt zu verblassen. Als die Verzweiflung ihren Höhepunkt erreicht, kommt mir ein Gedanke, vielleicht gibt es doch einen gangbaren Weg, der mich erlösen könnte. In meinem Leben bin ich ihn schon oft gegangen.
Loslassen.
Zulassen.

Als ich mich darauf einlassen will, spricht eine sonore Stimme:

»Du stehst auf verlorenem Posten. Du kannst nicht gewinnen. Nenn es Schicksal.«

Während ich noch darüber nachdenke, wie ich mit dieser Botschaft umgehen soll, knipst jemand das Licht aus. Ein seltsames Geräusch kommt näher und bringt meine Arme und Hände zum Zittern. Um nicht den Halt zu verlieren, umschließe ich die Fäden in meinen Händen fester. Dann verändert sich etwas. Die Schwingung beruhigt sich.

Ist sie da, die Spinne?

Belauert sie mich?

Ich drehe meinen Kopf so weit wie möglich in beide Richtungen. Dann sehe ich sie.

Bilder aus den unterschiedlichsten Horrorfilmen überschwemmen mich. Schweiß rinnt schlagartig über meine Stirn, als ich eine Reihe Reißzähne erkenne. Impulsiv versuche ich auszuweichen. Nur um direkt auf einen überdimensionalen Kopf zu blicken. Durch die Behaarung und die vielen, mich verwirrenden Augen, ist unschwer zu erkennen, die Spinne belauert mich.

Mein erster Impuls ist. nichts wie weg!

Doch tief in mir weiß ich, dass ich mich den Tatsachen stellen muss. Ich bin nicht nur ein Gefangener, sondern auch ein Opfer.

Um diesen Gedanken auszublenden, konzentriere ich mich auf meinen Atem. Tief einatmen – langsam ausatmen. Ich vermeide jede Bewegung. Mein Puls beruhigt sich, schlägt schließlich gleichmäßig, und dann berührt mich etwas. Erst sanft, dann fester.

Erschrocken reiße ich die Augen auf und blicke wieder in zwei handtellergroße, facettenreiche, schwarzglitzernde Augen. Die Spinne bewegt ihren Kopf leicht hin und her, als würde sie darüber nachdenken wie sie mich einzuschätzen hat. Mein Körper verfällt in eine Art Todesstarre. Während ich mich immer stärker versteife, drängt sich ein verzweifelter Gedanke auf.

Ich denke das war's.

Nein, rufe ich mich heftig zur Ordnung. Das kann es nicht gewesen sein!

Tief in mein Inneres zurückgezogen, frage ich mich überraschend ruhig.

Wo ist Gott?

Wo ist meine Schicksalsgöttin?

Während mich diese Fragen beschäftigen und ablenken, schöpfe ich Hoffnung. Doch nur für einen Augenblick.

Haarige Fühler tasten über meine Haut. Plötzlich glaube ich, dass sich meine Hände vom Netz lösen. Meine Hoffnung wächst.

Dann verändert sich noch etwas. Mein Körper dreht sich. Ohne es zu sehen spüre ich, wie ich von den Spinnenfäden befreit werde.

Mit jeder Drehung ahne ich es – nein, ich weiß es. Es ist vorbei. Wie lange dieser Zustand der Erleichterung anhält, weiß ich nicht. Doch plötzlich verändert sich etwas. Unerwartetes geschieht mit meinem Bewusstsein, mit meinem Sein. Es fühlt sich an wie die Katharsis meiner Seele. Alles in mir scheint neu gestaltet zu werden. Während meine Seele zuließ kam es mir so vor, als wäre ich ein Phönix. Ein Neugeborener.

War dies der entscheidende Wendepunkt in meinem Leben?

War ich endlich auf dem Weg zu erwachen?

Konnte ich endlich Verantwortung für mein Leben übernehmen?

War ich angekommen?

Viele Fragen.

Als sich meine Sinne beruhigen, bleibt das Gefühl zurück, gereinigt, erneuert, frei zu sein. Meine Verbindung zur Realität fühlt sich intensiver, irgendwie neu an. in diesem Moment glaube ich tiefer sehen zu können. Der Schleier, der bisher über der Wirklichkeit lag, hat sich scheinbar gelüftet. Dies ist zumindest mein Eindruck!

Während ich darüber nachdenke, geschieht etwas Unerwartetes. Die Fäden, die mich bisher gefangen hielten, zerfallen. Innerhalb eines Wimpernschlags bin ich frei. Während ich über das Wie und Warum nachdenke, stellt sich das Gefühl ein, ins Bodenlose zu stürzen. Obwohl es unangenehm ist, blicke ich meiner Zukunft entspannt entgegen. Weich wird mein Flug in die Tiefe gestoppt. Vorsichtig öffne ich die Augen und finde mich, ich zähle schon gar nicht mehr mit, in einer mir unbekannten, fremden Realität wieder.

Der Boden, auf dem ich stehe, scheint zu schwanken. Nur leicht. Wie immer schaue ich mich um, und sofort kommt mir irgendetwas eigenartig vor. Die Dinge um mich herum scheinen da zu sein, und dann wieder nicht. Es wirkt, als könnten sie sich nicht entscheiden, in welche Wirklichkeit sie gehören. Nach einiger Zeit stabilisiert sich meine Umgebung. Mitten in dem Raum, der mich umgibt und dessen Ausmaße sechsundsechzig mal sechsundsechzig Meter betragen, steht ein mächtiger Tisch aus sehr altem Wurzelholz, sechs mal sechs Meter groß.

(Du wirst dich fragen, woher ich so oft weiß, welche Größe ein Raum hat. Als ich versuchte, den Raum zu verstehen, war es die Zahl 6, die sich in meinem Kopf manifestierte. Warum? Nun vielleicht weil die Zahl 6 eine bestimmte Bedeutung hat. Die sechs steht für „Solve et Coagula" – „Löse und Binde". Irgendwie interessant.)

Auf dem imposanten Tisch liegt ein goldglänzendes Buch. Aufgeschlagen. Daneben steht ein silberner Becher. Beides erscheint mir ungewöhnlich groß. In der linken Ecke, vor einer grauen Wand, steht eine mit chinesischen Motiven bemalte Vase. Ebenfalls in Übergröße. Eine einzelne, dunkelrote Rose zieht meine Aufmerksamkeit magisch an. Während ich den Raum auf mich wirken lasse, verändert sich meine Umgebung. Die Zahl 5 taucht in meinem Verstand auf. Obwohl sich ein seltsamer Verdacht in mir regt, stelle ich die Antwort auf die Frage nach dem Wieso und dem Warum erst einmal zurück.

Ohne besondere Hast nähere ich mich dem Tisch und schaue auf die aufgeschlagenen Seiten. Aus einem unbestimmten Grund heraus, bin ich mir sicher, dass weitere Hinweise auf warten mich. Meine Enttäuschung ist übergroß, denn ich erkenne, dass mir der Text aus dem Buch, nur weitere Rätsel aufzeigt. Die Schriftzeichen sind mir unbekannt, für mich unmöglich zu entschlüsseln. Auch die Symbole, die den Text einrahmen, sagen mir nichts.

Enttäuscht wende ich mich vom Buch ab, um nach verständlicheren Hinweisen zu suchen. Es muss doch einen Grund geben, weshalb ich hier bin. Also begebe ich mich vorbehaltlos auf die Suche nach diesen.

Vielleicht liegt es an der ungewohnten Beschaffenheit des Bodens, dass ich ins Stolpern gerate und beinahe falle. Zum Glück habe ich mich noch nicht allzu weit vom Tisch entfernt. Rasch strecke ich meine Arme in seine Richtung aus. Tatsächlich kann ich mich an der Tischkante festhalten und so einen möglicherweise schmerzhaften Sturz verhindern.

Was nun geschieht, kann ich bis heute nicht verstehen. Obwohl eine Stimme mich vor dem Kommenden gewarnt hat.

Meine halt suchenden Hände sinken in den bisher massiv erscheinenden Tisch ein. Während ich verzweifelt überlege, was ich tun soll, loslassen oder den vorgegebenen Weg weitergehen, fühle ich, wie der Wurzeltisch sich wieder verdichtet. Meine Arme, inzwischen fast zur Hälfte im Tisch verschwunden, werden für mich unsichtbar. Doch bevor ich in Panik gerate, lösen sie sich wieder aus dem Tisch. Frei bewege ich sie, neugierig betrachtend, hin und her.

Dabei beschleicht mich das Gefühl, dass nicht die Dinge sich bewegen, sondern ich. Ich schwanke zwischen dem Hier und dem Dort.

Der Gedanke lässt mich innehalten.

Wechsle ich zwischen zwei Welten?

Existiere ich in einer Zwischenwelt?

Meine ausgetrocknete Kehle spürend, greife ich nach dem Becher auf dem Tisch und hebe ihn an meinen Mund. Als er meine Lippen berührt und etwas von der Flüssigkeit in meinen Mund gelangt, lasse ich das Trinkgefäß erschrocken los. Die Flüssigkeit läuft an meinen Mundwinkeln herunter. Während mein Gehirn fieberhaft nach einer Erklärung sucht, kommt mir ein schrecklicher Gedanke.

Obwohl ich mich nicht erinnern kann, wann und wo, muss ich irgendwie, irgendwo meine Wirklichkeit verlassen haben. Endgültig!

Erst allmählich wird mir das eigentlich Unmögliche klar. Hätte ich beim Berühren meiner Umgebung nicht stutzen müssen?

Ich kann weder Wärme noch Kälte spüren. Um das Maß meiner Verwirrung zu vollenden, fällt mein Blick noch einmal auf die Seiten des aufgeschlagenen Buches. Etwas hat sich verändert. Die rechte Buchseite ist jetzt schneeweiß, und auf der linken Seite steht jetzt ein Text.

Um den Text besser lesen zu können atme ich durch. Ich lege meinen Zeigefinger auf das Buch. Langsam bewege ich ihn von links nach rechts, um die einzelnen Worte besser aufzunehmen. Dabei spüre ich, wie das Buch nachgibt. Mein Finger sinkt ein Stück weit in die Tiefe. Fasziniert, den Vorgang beobachtend, lasse ich mich nicht beirren. Sorgfältig lese ich den mit goldenen Buchstaben aufgeschriebenen Vers. Was ich lese, berührt mich bis ins Mark. Die Leuchte deines Leibes ist dein Auge. Ist dein Auge klar, so ist dein ganzer Leib im Lichte.

Einem Reflex nachgebend, den ich nicht steuern kann, ziehe ich meinen Finger zurück. Als sich mein Herzschlag beruhigt, lese ich weiter.

Ist aber dein Auge trübe, so ist dein ganzer Leib im Finstern.

In meinem Kopf entsteht ein unübersichtliches Durcheinander. Es fällt mir schwer, wenigstens den Anfang eines Fadens zu finden. Ich kann den Text einfach nicht einordnen.

Ist mit dem Auge wirklich das materielle Auge gemeint? Stellt das Auge eine Metapher für die Seele dar?

Plötzlich bekomme ich doch ein Fadenende zu fassen. Als ich es festhalte, habe ich so eine Ahnung, als hätte ich diesen Text schon einmal gelesen.

Nur wo und in welchem Zusammenhang, kann ich es nicht wirklich eruieren.

Ist der Text speziell für mich?

Zeigt das Buch mir zufällig diesen Text?

Meine Herzfrequenz erhöht sich. Indem ich intensiver ein- und ausatme, beruhigt sich mein Herz, und ich fühle mich schließlich *Eins* mit diesem seltsamen Ort.

Im gleichen Verhältnis, wie meine Erregung abnimmt, wächst meine Neugierde.

Mit der gewohnten Distanz lasse ich mich ein weiteres Mal auf den Raum ein. Ein ungewöhnliches Phänomen erreicht meinen Verstand. Ich wundere mich, warum es mir nicht früher aufgefallen ist. Die Decke wechselt ständig ihre Farbe. Abwechselnd taucht sie den Raum in Blau, Rot oder Gelb. Nur für einen Moment.

Erst jetzt wird mir bewusst, dass diese Farbenwechsel etwas in mir bewirken. Im Gleichklang verändert sich meine Stimmung. Die Farben geben mir einmal das Gefühl, passiv, aktiv oder neutral zu sein. Dabei fühle ich mich entweder schwer, bewegt oder leicht. Während ich noch darüber nachdenke, stabilisiert sich die Farbe Rot.

Eine kraftvolle Schwingung erfüllt urplötzlich mein Sein. Mein Blick fällt auf das Buch. Ich trete an den Tisch heran, strecke meine Hand aus und blättere die Seite um. Ohne Eile lese ich dort eine Art Aufzählung oder Steigerung:

Do = Gott der Schöpfer = Gottesbewusstsein.

Re = die Himmelskönigin = der Mond = die Seele = die unbelebte Materie.

Mi = der Mensch = die Erde = das Leben.

Fa = die Planeten = das Wort = das Schicksal = die astrale Einbindung.

So = die Sonne = die Individualität = das Menschsein

La = die Milchstraße = kosmisches Bewusstsein

Si = die Fixsterne = Christusbewusstsein

Do =

Ich muss nicht nachdenken um zu wissen, dies ist die Tonleiter. Natürlich!

Während mir dies durch den Kopf schießt, schlage ich mir mit der flachen Hand an die Stirn. Natürlich – das ist die Tonleiter.

Do, Re, Mi, Fa, So, La, Si stehen für die Töne einer Oktave. Das bedeutet, überlege ich weiter, dass jeder Ton eine bestimmte Beziehung zur Welt, zum Universum hat und zu meinem Leb…

Ein Knall der meine Ohren überfordert, zerlegt meinen Bewusstseinsinhalt in tausend Teile. Auf der gegenüberliegenden Wand fällt eine Tür mit einem markerschütternden Knall in den Türrahmen. Während ich noch auf die misshandelte Tür starre, spüre ich, noch bevor ich ihn sehe, die Nähe eines Mannes. Er steht, wie aus dem Nichts geboren, auf der anderen Seite des Tisches.

Spontan will ich zu ihm gehen. Doch dann kommt mir in den Sinn, dass es besser wäre, eine gewisse Distanz zu ihm einzuhalten.

Dunkel erinnere ich mich, dass ich eine ähnliche Situation schon einmal erlebt habe. Trotzdem oder genau deswegen konzentriere ich mich auf den Mann, der circa vier Meter von mir entfernt steht.

Er ist schlank, beinahe schmal, schlicht gekleidet. Er überragt mich um Haupteslänge. Auf eine unbestimmte Weise ist er schön. Es kommt mir so vor, als würde er das Weibliche und Männliche auf vollkommene Weise vereinen. Seine Hände, die er gefaltet vor die Brust hält, sind lang und schmal. In seinen schulterlangen Haaren schimmern silberne Fäden. Zwischen seinen halbgeöffneten, vollen Lippen blitzt eine Reihe blendend weißer Zähne hervor. Zwei Augen unter buschigen Augenbrauen, welche Farbe sie genau haben, kann ich nicht deuten, schauen mich neugierig und eindringlich an. Ich verweile kurz auf den silbergrauen Augenbrauen, die dem Gesicht etwas Gelöstes verleihen. Über den Brauen breitet sich eine hohe, lichte Stirn aus; für einen Augenblick habe ich das Gefühl, als wäre diese transparent.

Mein Körper entspannt sich bei diesem Anblick. Meine Augen kehren zu seinen zurück.

301

Sie haben einen forschenden Ausdruck und scheinen in meinen Verstand einzudringen. Ohne dass ich mich wehren kann, durchbrechen sie eine Grenze. Während ich dem Eindringen etwas entgegne setzen will, werde ich immer unruhiger. Plötzlich glaube ich, dass um seine Augen herum ein Anflug von Lächeln entsteht. Meine anfängliche Nervosität löst sich auf.

Ich befreie mich von seinen Augen und konzentriere mich auf den Rest des Mannes. Und so trifft mich das Folgende unvorbereitet. Es dauert einige Zeit, bis ich akzeptiere, dass seine Aura zu leuchten beginnt und sich um ihn herum ausbreitet. Zu meinem Erstaunen, sehe ich, wenn auch nebulös, fünf weiße Lilienblüten oder, vielleicht, Tauben um seinen Kopf schweben.

Die erste Frage, die mir bei diesem Anblick einfällt.

Warum fünf?

Doch mir bleibt keine Zeit, darüber nachzudenken.

»Weshalb bist du hier?«

Seine Stimme klingt weich und gelassen und dringt tief in mein Bewusstsein ein. Aus Erfahrung, nicht zu vorschnell zu handeln, denke ich intensiv über seine Frage nach.

Ja genau, wieso bin ich hier, frage ich mich.

Während ich überlege, komme ich zu dem entmutigenden Ergebnis, dass ich weder weiß, wie ich hierhergekommen bin, noch was ich hier soll. Ganz besonders habe ich keinen Plan, wie ich hier wegkomme.

»Entschuldigung«, versuche ich, ein Gespräch zu eröffnen, »das wüsste ich selber auch gerne.«

Das Lächeln des Mannes vertieft sich. Unmittelbar fasse ich Vertrauen zu meinem Gegenüber. Das in die tiefen Schichten meines Seins eindringende Lächeln löst lang verborgene Verspannungen, und ich fühle mich irgendwie geborgen und glücklich.

»Sind wir uns nicht schon einmal begegnet?« unterbricht der hochgewachsene Mann meine Gefühlswelt.

Diese Frage überrascht mich, und ich schaue ihn genauer an, während ich nach einer Antwort suche.

»Woher sollte ich dich kennen?«

Noch nie bin ich jemandem wie ihm begegnet. Da bin ich mir sicher! Allerdings wie er diese Frage stellt, bringt mich dazu, in meinen Erinnerungen zu suchen. Dabei gibt es aber keinen Treffer.

»Ich glaube nicht. An jemanden wie dich würde ich mich erinnern. Müsste ich mich erinnern.«

»Überlege genauer! Denke daran, dass dem ersten Eindruck, dem äußeren Schein nicht immer zu trauen ist.«

Seine Stimme bekommt eine unerwartete Färbung, die mich aufhorchen lässt. Um ihn zufriedenzustellen, durchforste ich meine Begegnungen in diesem Labyrinth. Zuerst glaube ich, es sei sinnlos und ich bleibe erfolglos. Doch dann schleicht sich eine Erinnerung in meinen Verstand.

Ich bin schon einmal in einer solchen Welt gewesen, die ist und doch nicht ist. Dieses Gefühl, das mich die ganze Zeit begleitet, kommt mir plötzlich sehr bekannt vor. Ist es möglich, dass er derselbe Mann ist, dem ich in einem Raum mit einem Löwen begegnet bin?

An seinem Äußeren kann ich ihn nicht erkennen, doch die Ausstrahlung, die Aura die ihn umgibt, kommt mir bekannt vor.

Eine schwache Ahnung erreicht mich.

»Ob wir uns schon vorgestellt wurden, da bin ich mir nicht sicher. Allerdings ahne ich, es könnte sein, dass wir uns schon einmal unter anderen Umständen begegnet sind.«

In der Erwartung, dass mein Gegenüber auf meine Worte reagiert, schaue ich ihn erwartungsvoll an. Doch er schweigt.

»Meine Vermutung ist, dass wir uns unter anderen Umständen begegnet sind. Damals war mir die Welt fremd und der Grund genauso schleierhaft wie heute. Und wenn ich daran zurückdenke, behaupte ich, dass wir uns damals nicht wirklich kennengelernt haben. Allerdings erinnere ich mich gut an eine verpasste Chance. Diesmal werde ich aber bestimmt vorsichtiger sein«, sage ich, lege eine kleine Pause ein und fahre fort, »wenigstens werde ich es versuchen. Beginnen wir doch damit, dass du dich vorstellst.«

Eine Augenbraue meines Gegenübers hebt sich, und das darunter liegende Auge schaut mich schärfer an.

»Du solltest doch inzwischen wissen«, während er lächelt und Harmonie ausstrahlt, »dass Namen wenig bedeuten. Solltest du allerdings die Welt der Illusionen und der Wirklichkeit auseinanderhalten, dann gewinnen sie an Bedeutung.«

»Ja, ich weiß, Namen entstehen, wenn wir etwas unserer Realität zuordnen. Sie sagen etwas darüber aus, wie wir die Dinge wahrnehmen.«

Ich glaube, in meiner Stimme schwingt Trotz mit. Mein Gegenüber richtet sich auf und blickt mich wohlwollend an.

»Vielleicht soll es denn so sein! In meiner Realität nennen mich die Menschen den Hierophanten. Dies ist jedoch nur einer meiner Namen.«

»Einen solchen Namen habe ich noch nie in meinem Leben gehört.«

Als diese Worte mehr oder weniger spontan aus mir heraussprudeln, weiß ich, dass meine Aussage so nicht ganz stimmt. Vor langer Zeit spielte ich mit einer Freundin Tarot. In diesem Tarot Spiel gibt es eine Karte mit dem Namen Hierophant. Er soll der Enthüller der heiligen Geheimnisse und Hohepriester im Tempel von Demeter sein.

Das Lächeln des Hohepriesters wirkt belustigt.

Liest er meine Gedanken?

»Ich weiß, du bist auf der Suche.«

Das ist ohne Zweifel keine Frage, sondern eine Feststellung. Jetzt muss ich lächeln.

»Natürlich – so lange, wie ich mich zurückerinnere.«

Für einen Augenblick fühle ich, wie der Boden unter meinen Füßen nachgibt. Die Farbe des Raumes scheint sich zu verändern. Die gelb leuchtende Korona verstärkt sich, die den Hierophanten umgibt.

»Was hältst du davon, wenn du deine Reise unterbrichst und mich für eine kurze Zeit begleitest?«

Obwohl mir das Angebot im ersten Augenblick verlockend erscheint, ich habe in dieser Welt schon einiges erlebt, nehme ich vorsichtshalber eine zurückhaltende Position ein. Seine Art aufzutreten, die geheimnisvolle Aura, die ihn umgibt, und der verlockende Gedanke, mit einem Wissenden zu reisen, all das wirkt verführerisch.

»Denke nach«, meldet sich der Zweifel.

»Wohin soll es denn gehen? Werde ich meinen Weg verlassen müssen? Wie lange soll ich dir folgen?«

»Das Wohin liegt an dir. Du hast immer die Wahl. Auch das Wie-lange liegt an dir. Entscheide du!«

Während die Anspannung in mir nachlässt, kommen mir meine Freunde in den Sinn.

Würde mich der Hohepriester zu ihnen führen?

Sollte ich ihn fragen?

Darf ich diese Chance verpassen?

Würde sich mir eine solche Möglichkeit noch einmal bieten?

Der Gedanke, dass jeder seinen eigenen Weg geht beruhigt mich ein wenig. Jeder muss sein ganz persönliches Schicksal erfüllen!

Darf ich mich einmischen?

Kann ich Ihnen nicht besser helfen, wenn ich mehr über den Weg und die Möglichkeiten des Hierophanten erfahre?

Bietet sich mir hier nicht die einmalige Chance, endlich den Ausweg aus den labyrinthischen Verwirrungen zu finden?

In welcher Lage befinden Sie sich in diesem Moment?

Ich habe weder eine Ahnung noch eine Vorstellung.

Wenn ich es wüsste, darf ich mich überhaupt einmischen?

Da ich keine Antworten finde, lasse ich die nutzlosen Gedanken und richte meine Aufmerksamkeit auf das Hier.

Trotzdem, soll ich mich auf ein Abenteuer einlassen?

Gibt es in seiner Begleitung eine Gefahr?

Plötzlich spüre ich, dass mein Gegenüber mir direkt in die Augen schaut. Für einen Moment vergesse ich meine Umgebung und sehe nur noch sein Gesicht und seine Augen. Allerdings nutzt das nicht viel. Das Gefühl von Hilflosigkeit verstärkt sich in mir. Die Angst, eine falsche Entscheidung zu treffen, löst die unterschiedlichsten Emotionen in mir aus und lähmt mein Denken.

Wie so oft, seit dem Beginn meiner Reise, fühle ich mich allein gelassen. Wie gern hätte ich jetzt meine Freunde und Jennifer neben mir. Beim Gedanken an Jennifer strömt ein warmes Gefühl der Stärke durch mich hindurch.

»Wir beide wissen, du bist auf der Suche. Nach dem Wieso, dem Warum, dem Weshalb, zusammengefasst nach deiner Bestimmung.«

Seine Stimme klingt leise, sanft, und ich glaube, eine Spur Bedauern herauszuhören. Seine klaren, hellen Augen dringen in meine Seele und halten sie fest. Noch nie spüre ich meine spirituelle Seite so deutlich. Auch nicht während meiner Meditationen.

»Wer ist das nicht?«, reagiere ich etwas hilflos.

»Du fragst dich. Gibt es eine spirituelle Welt? Sind wir nur biologische Computer?«

Die letzten Worte werden von ihm mit einem einnehmenden Lachen unterlegt.

»Stimmt! So begann meine Suche. Ich wollte wissen, ob es mehr gibt als unsere materielle Welt.«

»Nun, vielleicht bist du deinem Ziel näher, als du glaubst. Ich wünsche dir Beharrlichkeit. Höre auf die Botschaften deines Herzens. Vertraue! Mit jeder Aufgabe, die das Schicksal für dich bereithält, kommst du deinem Ziel näher. Vertraue!«

Eine unglaubliche positive Welle fließt mit jedem Satz über mich hinweg. Genugtuung, Vertrauen und Hoffnung füllen mein Sein aus.

Dann geschieht etwas in mir, worauf ich keinen Einfluss habe.

Wieder einmal!

Mit einer rasanten Bewegung, kaum wahrnehmbar vom menschlichen Auge, schießt etwas auf mich zu. Erschrocken will ich zurückweichen, doch ich bin wieder einmal erstarrt. Die wildesten Gedanken schießen durch meinen Kopf.

Ist alles Erlebte eine Illusion?

Ist alles ein Traum?

Wird aus dem harmonischen Weisen ein zorniger Kämpfer?

Abrupt stoppt seine Hand wenige Zentimeter vor meinem Gesicht. Aus dem Nichts taucht seine Hand in meinem Gesichtskreis auf. In Zeitlupe bilden seinen Fingern Symbole. Seine schlanken Hände öffnen sich. Langsam nähern sich seine Hände meinen Augen. Die Innenseiten seiner Hände sehen schneeweiß aus.

307

Während ich seine Handflächen fassungslos anstarre, tauchen auf ihnen unzählige Flammen auf. Mein Blut, das sonst mühelos durch meine Aorta fließt, gerät schlagartig ins Stocken. Seine Hände und die zündelnden Flammen verlassen mein Blickfeld. Seine Arme bewegen sich nach oben.

Was hat der Hierophant vor?

Will er mich mit Feuer übergießen?

Wenn ja wieso!

Schüttet er den Heiligen Geist über mich aus?

Woher dieser Gedanke kommt bleibt mir schleierhaft.

Pfingsten kommt mir in den Sinn. Die Christen feiern in dieser Zeit die Aussendung des Heiligen Geistes.

Geschieht dies in diesem Augenblick.

Werde ich ein zweites Mal brennen und mich erneuern?

Egal, was nun geschieht, ich bin fest entschlossen loszulassen.

Obwohl alles in Sekundenschnelle abläuft, bleibt jedoch genügend Zeit, alle Eindrücke irgendwie einzuordnen. Der intensivste Eindruck ist, ich brenne von innen.

Seltsamerweise spüre ich keine Schmerzen. Im Gegensatz das Feuer, das meine Adern durchströmt, vermittelt mir ein warmes, angenehmes Gefühl. Ein lauter Knall bringt mich zurück in die Realität. Orientierung suchend schaue ich mich um. Aus dem Augenwinkel heraus sehe ich, dass etwas aufgeschlagen neben meinen Füßen liegt.

Das Buch.

Ich bücke mich, hebe es auf, lege es auf den Tisch zurück. Aufgeschlagen liegt das in Leder gebundene großformatige Buch vor mir. Neugierig betrachte ich einen in ungewöhnlichen Lettern geschriebenen Text. Wort für Wort lese ich ihn laut vor. Obwohl ich ihn nicht wirklich verstehe, bringt jedes Wort eine Saite in mir zum Klingen.

Sieben Lichter sind im Allerhöchsten
und darin wohnt der Alte der Alten.
Das Mysterium der Mysterien
das Geheimnis aller Gehei...

Bevor den Text verinnerlichen kann und er einen Sinn für mich ergibt, werde ich unterbrochen. In der Ferne durchdringt eine vertraute Stimme die Stille. Irgendjemand ruft meinen Namen.
Dominik!
Da der Text mich fasziniert versuche ich, mich nicht ablenken zu lassen.
Vergeblich!
Der Ruf wird intensiver. Als ich mich langsam akzeptiere, dass ich mich dem Ruf nichtlänger entziehen kann, bleibt die Frage, wer ruft so fordernd nach mir.
»Dominik!«
Indem ich diesem Namen nachlausche, wird mir bewusst, dass es Boris ist, der nach mir ruft.
Versucht Boris Kontakt mit mir aufzunehmen?
Weshalb?
Ist er in Gefahr?
Übergangslos entsteht in mir der starke Wunsch, meinem Freund beizustehen. Ohne nachzudenken lasse ich mich fallen, suche einen Weg zu meinem Freund. Plötzlich spüre ich, wie mein Körper ungleichmäßig und immer unkontrollierter sich hin und her schwingt. Mein Kopf kann dem nicht schnell genug folgen, und in meinem Verstand beginnt sich alles zu drehen. Um dem heftiger werdenden Schwindelgefühl etwas entgegenzusetzen, konzentriere ich mich auf meine Sinne. Als ich meine Augen öffne, sehe ich direkt über mir Boris. Heftig schüttelt er meine Schultern.

Er wirkt auf mich, als wäre er in Panik. Wir blicken uns in die Augen, und plötzlich scheint eine Last von Boris abzufallen. Augenblicklich lässt er meine Schultern los, und ich verliere den Halt, falle nach hinten. Reflexartig greift Boris unter meinen Kopf, um Schlimmeres zu vermeiden. Langsam legt er meinen Kopf auf den harten Boden. Stille umgibt mich, und ich beginne mich umzublicken.

Als Boris bemerkt, dass mein Blick klarer wird, lässt er von mir ab. Vorübergehend ergreift mich ein vertrautes Gefühl. Während ich immer mehr zu mir zurückfinde und mich besser fühle, erkenne ich, dass mein Freund alles andere als im Gleichgewicht ist.

»Was ist los?«, frage ich ihn deshalb so ruhig wie möglich. »Du siehst aus, als hättest du einen Geist gesehen.«

Für mich unerklärlich fängt Boris übergangslos an zu lachen. Obwohl es eindeutig hysterisch klingt, erweckt mein Freund einen positiven Eindruck in mir. Boris hat sich offensichtlich überraschend gut erholt.

»Das ist ein Scherz«, sagt er, während er sichtlich mit seinem inneren Gleichgewicht kämpft, »als ich mich einigermaßen erholt hatte und mich umblickte, warst du verschwunden.«

Boris kämpft mit den Tränen.

»Kannst du dir vorstellen, in welche Panik ich geriet, als ich bemerkte, dass du nicht mehr da warst? Ich dachte, ich hätte dich verloren.«

Er muss schlucken, und Tränen tropfen auf meine Brust. Verständnislos schaue ich meinen Freund an und sage mit ironischem Unterton.

»Natürlich, -- ich und verschwunden. Das meinst du nicht ernst?«

Noch während ich dies sage, tauchen Bilder aus meiner jüngsten Vergangenheit auf.

310

Bilder, die mich stutzen lassen. Solange ich nicht weiß, wie ich diese einordnen soll, werde ich schweigen. Zuerst muss ich mit mir im Reinen sein.

»Lass uns darüber reden, wenn ich mich erholt habe. Du hast natürlich recht, irgendetwas ist mit mir geschehen. Allerdings denke ich, ich habe geträumt.«

Tief durchatmend stehe ich auf. Erst vorsichtig, dann sicherer bewege ich mich durch den Raum. Mein Kreislauf stabilisiert sich, mein Verstand findet sein Gleichgewicht. Doch dies hält nur einen kurzen Moment an. Erneut tauchen Bilder auf. Erst wahllos, dann fügen sich die Bilder zu Szenen zusammen. Zuerst kann ich sie in ihrer Komplexität nicht erfassen, doch dann verlangsamt sich die Bilderflut, bis der Film schließlich anhält.

Verwirrt betrachte ich das eingefrorene Bild.

Es ähnelt einem Werk des Expressionismus. In einem Farbenmeer kristallisiert sich eine Landschaft heraus. Im Vordergrund erkenne ich ein Blumenfeld, gleich dahinter eine Fläche in den unterschiedlichsten Gelbtönen, links sechs grüne Zypressen, am Horizont ein Bergmassiv aus grauen und weißen Farbtönen. Je länger ich es betrachte, desto stärker zieht es mich hinein. Als ich mich von dem Landschaftsbild löse, geschieht, was ich vermeiden wollte.

Nicht schon wieder, schießt mir durch den Kopf.

Erst unmerklich, dann deutlicher glaube ich, mich zu bewegen. Mit steigender Geschwindigkeit werde ich in das Bild hineingezogen.

Mit einem kurzen Schmerzimpuls wird die Reise beendet. Am Rand einer Klippe stehend beuge mich nach vorne, starre in einen tiefen, schwarzen Abgrund.

In dieser Stellung verharre ich eine unbestimmte Zeit. Plötzlich habe ich das Gefühl, der Abgrund starrt zurück. Lädt mich ein zu springen.

311

»Dominik, was ist los? Du willst doch nicht schon wieder verschwinden?!«

Ein kräftiger Puff in meine Seite reißt mich aus dieser merkwürdigen Situation. Das Gefühl, aus der Zeit gefallen zu sein, verdichtet sich.

Mir wird deutlich, dass Boris Antworten auf seine vielen Fragen erwartet. Also setze ich mich hin und frage ihn.

»Wie kommst du darauf, dass ich verschwunden bin?«

Boris schaut mich erstaunt an.

»Ist es nicht so, dass, wenn jemand nicht zu sehen ist, er offensichtlich verschwunden ist?«

Kurz denke ich über seine Gegenfrage nach.

»Mir stellt sich erst einmal eine andere Frage. Warum schaust du mich erstaunt an?«

»Mir fiel sofort auf, keine Ahnung, weshalb, dass du dein Amulett nicht mehr trägst. Es war dir doch immer wichtig. Wie kannst du es verlieren? Oder anders gefragt. Wo ist es?«

Sein Blick verliert den Kontakt zu mir und taucht in imaginären Fernen unter.

»Wie auch immer es sein mag«, wendet er seine Aufmerksamkeit mir wieder zu, »ich bin froh, dass du nicht wieder verschwunden bist.«

Boris verändert seine Sitzposition, während ich mich fragte wo und wann ich das Amulett verloren habe.

Also begebe ich mich auf die Suche.

Ich will meine letzten Schritte nachvollzuziehen.

Doch wo soll ich anfangen?

Mir fiel im Moment keine Situation ein, an dem ich das Amulett samt Goldkette verloren haben könnte. Oder wurde sie gestohlen. Unbemerkt von mir

Um mich von meinen nutzlosen Gedanken abzulenken konzentrierte ich mich auf Boris.

Da mein Freund schweigt denke ich, ich könnte die Zeit für ein Resümee über all das bisher erlebte nutzen und so eine Antwort finden
»Wie soll es nun weitergehen Dominik?«, unterbricht Boris meine innere Reise.
Ja wie?!
»Es gibt immer Hoffnung. Zum Beispiel habe ich während ich meine Mitte suchte und fand darüber nachgedacht, was mit mir tatsächlich geschehen ist. Nun weiß ich, du hast mich von einer wichtigen Begegnung weggerissen und ich gebe dir recht, diese war kein Traum.«
Bevor ich meinen Faden weiterspinne, lege ich eine theatralische Pause ein. Nach einem kräftigen Atemzug spreche ich weiter.
»Aber vielleicht ist es gut so, dass du mich gerufen hast. Soweit ich mich erinnere, war ich in diesem Augenblick, durch verschiedene Einflüsse, stark verunsichert. Wie du vermutest fand ich mich plötzlich in einer fremden Umgebung wieder.«
»Und wie kamst du dort hin?«, unterbricht mich Boris, »bist du dich eventuell teleportiert?«
Ohne erkennbaren Grund fängt Boris an zu lachen. Genauso plötzlich, wie sein Heiterkeitsausbruch ausbricht, beendet er seinen Lachanfall und fängt an zu husten. Nachdem er sich gefangen hat, wird er ernst.
»Oder noch schöner. Du hast dich auf eine Zeitreise begeben. Eine Reise durch Raum und Zeit.«
»Warum nicht«, erwidere ich ärgerlich.
Offensichtlich trifft er einen empfindlichen Nerv. Boris starrt mich erstaunt an.
»Das glaubst du doch nicht wirklich. Wo soll diese Zeitmaschine sein? Wie willst du durch die Zeit reisen ohne eine solche Technik?«

313

»Woher willst du wissen, welche Möglichkeiten und hier zur Verfügung stehen?«, sage ich, während ich tief durchatme in dem Versuch, ruhiger zu werden, »wir können alles, wenn wir glauben.«

Boris schaut mich fragend, möglicherweise verwundert an.

»Du Boris übrigens auch! Na ja, vielleicht auch nicht. Irgendwie habe ich eine Grenze überschritten. Wann kann ich nicht genau sagen. Doch bei aller Skepsis bin ich überzeugt, dass ich einem seltsamen Mann begegnete.«

»Ach ja«, unterbricht Boris.

»Dieser Mann war ein Hüne und er schien ein Hohepriester zu sein. Seine Art aufzutreten erweckte in mir den Eindruck, als stünde ich vor einem Gottesgericht. Nachdem er mich ansprach, glaubte ich, dass ich diesem Mann zum zweiten Mal begegne. Auch wenn er beim ersten Treffen ein anderes Aussehen hat, wirkt seine Ausstrahlung wie ein Déjà-vu auf mich.«

»Wie zum zweiten Mal?«, fragt Boris erstaunt, »wie oft hast du schon Grenzen überschritten, von denen ich nichts weiß?«

»Ich zähle schon nicht mehr mit! Doch schon oft. Inzwischen glaube ich, eine Spielfigur in einem Schachspiel zu sein. Oft hatte ich Zweifel warum. Doch diesmal nicht. Diesmal hatte ich den starken Eindruck, dass diese Begegnung mir helfen soll. Uns, mich aus dem Labyrinth zu befreien. Er sagte mir, es gibt einen Weg. Deshalb müssen wir unbedingt am Ball bleiben. Aufgeben ist keine Option.«

Ein unüberhörbarer Seufzer von Boris lässt mich verstummen.

»Das mag ja sein. Jedoch frage ich mich. Was können wir jetzt Aktuell tun?«

»Boris, ich denke, in dieser irrealen Welt müssen wir jede Möglichkeit nutzen, die sich uns bietet. Wenn ich den Priester richtig verstanden habe, sollen wir unserem Herzen vertrauen, und er meinte außerdem, dass wir, sobald die Zeit reif ist und wir bereit sind, alle nötigen Antworten erhalten, die uns den weiteren Weg weisen.«

Boris schaut mich nachdenklich an.

»OK, gehen wir davon aus, dass es eine Möglichkeit gibt, hier herauszukommen. Wie finden wir sie? Hat dir dieser Priester nicht weitere Infos gegeben? Außer der Information, dass wir unserem Herzen«, Boris verstummt kurz, sortiert seine Gedanken, »ich würde sagen, er meinte unserer Intuition vertrauen sollen. Hast du vielleicht etwas überhört? Eigentlich glaube ich nicht an Zufall, dass du ihm einfach nur so begegnest. Er muss dir doch noch einen Hinweis gegeben haben.«

Boris spricht einen wunden Punkt an. da es den Zufall nicht gibt, muss es einen wichtigen Grund geben, der mich mit ihm zusammengeführt hat.

Kaum wird mir dies bewusst, tauchen die ersten Vorwürfe auf.

Habe ich wirklich alle Möglichkeiten genutzt, mehr über meinen und unseren Weg zu erfahren?

Habe ich nicht lange genug nachgedacht?

»In einem muss ich dir Recht geben«, sage ich, da es mir eine gute Gelegenheit erscheint, von meinem Versagen abzulenken. Das Gefühl, einen schwerwiegenden Fehler begangen zu haben, beginnt in mir zu nagen.

»Zufall hängt ja irgendwie von Ursache und Wirkung ab. Welche Ursache habe ich unbewusst angestoßen? Hätte es auch anders kommen können«, ich ließ mir wie immer ein Hintertürchen offen, »könnte Zufall nicht auch zufallen bedeuten?«

Boris steht urplötzlich auf und geht im Kreis. Eine häufige Reaktion von uns, um den Kopf freizubekommen.

»Vielleicht gibt es einen Plan«, sage ich, »vielleicht arbeiten wir im Moment an unserem Schicksal. Auch wenn uns beiden partout nicht klar ist, wie dies aussieht und wie wir es ändern können. Doch wir tragen die Verantwortung für unser Handeln. Was mich allerdings am meisten beschäftigt, ist die Frage, welche Kräfte uns zu Spielfiguren degradieren. Mein Eindruck ist, dass es irgendjemanden gibt, der an einem undurchsichtigen Netz aus Täuschungen, Lügen und Wahrheit spinnt.«

Boris bleibt stehen, unterbricht mich indem er sich mir zuwendet.

»Was ist eigentlich mit unseren Frauen?«, fragt er, während sich ein dunkler Schatten über seine Augen legt, »was mag mit ihnen geschehen sein?«

»Das frage ich mich auch schon seit einiger Zeit«, sage ich leise.

Das Gesicht meines Gegenübers verfinstert sich.

»Wir müssen schnell einen Ausweg finden. Vielleicht sind sie in einer genauso misslichen Lage wie wir«, murmelt er vor sich hin.

Für einige Zeit verfallen wir in dumpfes Schweigen. Schwer legt sich die Stille auf unsere Seelen, bis Boris das Schweigen durchbricht.

»Vergessen wir mal den Zufall, oder das Schicksal oder dass wir von unbekannten Mächten manipuliert werden. Wenn deine Gedanken nur ein Stückchen Wahrheit beinhalten, könnte das bedeuten, dass es andere Welten gibt. Welten außerhalb oder neben der unseren.«

»Boris, Boris, Boris. Ich frage mich im Augenblick. Wo sind wir hier? Wie sind wir in der Welt, die uns umgibt, gelandet?

Offensichtlich ist sie völlig anders als die Welt, die uns vertraut ist. Oder bist du anderer Meinung?«

Boris schweigt.

»In unserer jetzigen Situation ist verleugnen zwecklos. Ganz offensichtlich gibt es mindestens eine weitere Welt. In meinem bisherigen Leben wäre es lächerlich, zumindest für mich, an andere Dimensionen zu glauben. Doch nun? Wahrscheinlich ist es doch möglich, dass es mehr als nur eine Dimension gibt.«

»Dominik, Dominik. Egal, was du sagst, ich behaupte, wir sind noch immer in der uns bekannten Welt, auch wenn sie schwer zu erklären ist. Für mich besteht daran kein Zweifel. Alles andere erscheint mir irreal«, sagt Boris, während er eine weit ausholende Geste macht, »wann sollten wir denn deiner Meinung nach unsere Welt verlassen haben? Es gibt keine anderen Welten und schon gar nicht Paralleluniversen. Davon bin ich überzeugt.«

Wie kann er da so sicher sein?

Erleben wir nicht genau das Gegenteil?

Für mich gibt es nur diese Erklärung, auch wenn sie sich als unmöglich anhört.

»Nun gut. Wahrscheinlich sehen wir unsere Situation aus verschiedenen Perspektiven. Doch sicherlich, werden wir, wenn wir herausfinden welches Geheimnis es zu lösen gilt, aus diesem Labyrinth herauskommen.«

»Dein Wort in Gottes Ohr.«

Die Stimme meines Freundes klingt nicht überzeugt, doch offensichtlich hat er keine Lust auf weitere Diskussionen.

»Eines würde mich auf jeden Fall interessieren«, sage ich, während ich seine Stimmungslage ignoriere, »sollte ich richtig liegen, wüsste ich nur zu gerne, wie wir durch diese Wand kommen«, grinsend deute ich auf die gegenüberliegende Felswand.

317

»Schön Dominik, dass du nicht sagst in andere Welt, sondern auf die andere Seite? Was mich in diesem Zusammenhang, nehmen wir mal an deine These ist nicht ganz unwahrscheinlich, wie verschaffst du dir Zugang in diese Anderswelt. Mir fällt jetzt kein besserer Begriff ein?«
Was meint er damit, wie ich mir einen Zugang verschaffe?
Würden wir den Weg kennen und könnten wir ihn selbstbestimmt gehen, wären wir bestimmt ein ganzes Stück auf unserem/meinem Weg weiter. Eines weiß ich, bisher verläuft der Weg in die Anderswelt, eine gute Formulierung von Boris, nicht ohne Schmerz und ohne das Gefühl fremdgesteuert zu sein. Freilich muss ich mir eingestehen, dass ich nach jedem Übergang eine wichtige, weitere Erfahrung mitnehme.
Sollte ich verstehen, nichts ist Zufall, sondern ein Zufallen?
»Da muss ich passen, Boris. Wann, wie oder weshalb ich in andere Welten gestoßen werde, bleibt mir ein Rätsel. Doch ich glaube jetzt, dass es dabei darum geht, Unbekanntes zu hinterfragen. Mehrmals wurde ich mit Informationen konfrontiert, die ich im Nachhinein als äußerst interessant einstufte.«
Warum war mir dies nicht früher bewusst?
Wenn ja, ist dies eine Aufforderung meinen Weg zu verlassen und einen anderen gehen?
Die Gegenwart eröffnet mir Möglichkeiten, die Zukunft neu zu gestalten.
Also sollte ich die Vergangenheit loslassen und mich auf meine Zukunft konzentrieren!
»Was ich mich in diesem Zusammenhang frage, du warst doch in einem einzigartigen Garten. Wie bist du von dort eigentlich hierhergekommen? In diese Kammer, in der wir scheinbar gefangen sind.«

»Das würde ich auch gerne wissen«, erwidert Boris.

Eine nachdenkliche Stimmung breitet sich im Raum aus.

»Lass uns das Thema wechseln«, fordere ich Boris auf.

Da Boris schweigt, schaue ich mich um.

Das bereits bekannte Bild zeigt sich mir. Schmutz am Boden und kahle, modrige Wände. Überall Verfall. Kein Ort zum Verweilen. Doch etwas ist anders. Plötzlich wird mir bewusst, dass uns Licht umgibt, das den Raum aus der Dunkelheit befreit. Diese Helligkeit, dieses Licht verstößt gegen die bisher allgemein bekannten Regeln der Physik, die in dieser Welt bisher herrschten.

Ein weiteres Rätsel, das es zu lösen gilt. Mein schweifender Blick bleibt auf dem von mir vor der Reise ins Anderswo geschaffenen Loch im Boden hängen.

»Was hältst du davon, wenn wir beide uns nach unten begeben?«

Kann Boris meine Gedanken lesen?

»Meinst du, du könntest es schaffen?«, lautet meine Gegenfrage.

»Ich denke schon. Zumindest fühle ich mich kräftig genug. Vielleicht finden wir da unten einen Weg, um aus diesem verdammten Höhlensystem herauszukommen.«

Etwas skeptisch betrachte ich seinen Körper. Er sieht zwar von außen erstaunlich genesen aus, doch ich traue dem Frieden nicht wirklich.

Doch wer kann schon wissen, was alles möglich ist in dieser Welt?

Zögernd stimme ich Boris zu.

»Nun, wenn du sicher bist und dich stark genug fühlst, sollten wir zusammen diesen Raum verlassen. Hier gibt es für uns beide nichts mehr zu tun. Denkbar ist, dass wir gemeinsam dort unten neue Möglichkeiten entdecken um einen Weg hinausfinden.«

319

»Genau meine Meinung. Die Logik sagt mir, dass es einen Weg aus diesem Labyrinth geben muss. Alles andere wäre sinnlos. Gemeinsam werden wir einen Ausweg finden.« Boris erscheint mir plötzlich voller Tatendrang.

Endlich!

Von nun an marschieren wir zusammen in die gleiche Richtung. Zusammen werden wir stark sein.

»Also zögern wir nicht noch länger. Begeben wir uns auf den Weg«, fordere ich Boris auf, »lass uns hinabsteigen. Hier gibt es nichts mehr, was uns halten könnte! Wir sollten allerdings besondere Sorgfalt walten lassen. Der Boden scheint an manchen Stellen ziemlich brüchig zu sein.«

»Ist in Ordnung. Ich passe auf. Im Moment benötigen wir wirklich keine neuen Überraschungen.«

Mit der gebotenen Vorsicht nähern wir uns dem Loch im Boden, Ein mulmiges Gefühl breitet sich in mir aus.

Was, wenn der Lochrand nachgibt?

Wenn der Boden instabiler ist, als er aussieht?

Angekommen, schaue ich nach unten, blicke auf einen Schutthaufen und denke. Ziemlich unsicherer Untergrund.

Wird es Boris ohne Hilfe nach unten schaffen?

Ich traue seiner wundersamen Genesung nicht so richtig.

»Zuerst werde ich hinunterklettern. Dann kann ich dich abstützen, wenn du mir nach unten folgst.«

Ohne eine Antwort abzuwarten, lasse ich mich zentimeterweise, mit den Beinen voraus, in den unteren Raum hinab.

Bis nur noch meine Hände ein Abrutschen verhindern. Mit ein wenig Gottvertrauen lasse ich mich fallen. Der von mir aus Knochen und Schutt geschaffene Berg erfüllt meine Erwartungen.

Er fängt mich auf. Herunterrollendes Geröll erinnert mich jedoch an die Fragilität meiner Arbeit. Mein Gleichgewicht austarierend, rufe ich nach oben.

»Boris, folge mir! Der Untergrund hier unten ist nur bedingt stabil!«

Ohne weitere Nachfrage folgt Boris meinem Beispiel. Überraschenderweise benötigt er meine Hilfe nicht. Ohne ein von mir erwartetes Problem, steht er lächelnd neben mir. Erwartungsvoll schauen wir uns an.

Einem stillen Übereinkommen folgend klettern wir gemeinsam den Hügel hinunter. Auf dem Weg nach unten setzen sich weitere Teile des Schuttberges in Bewegung. Vorsichtig setzen wir unseren Weg fort.

Ohne Blessuren stehen wir schließlich auf sicherem Boden. Nach einer Türe suchend schaue ich mich in alle Richtungen um. Doch anstatt eines Ausgangs, erregen bleiche Knochen meine Aufmerksamkeit. Eine Gänsehaut kriecht langsam über meine Haut. Der Gedanke, dass ich sie angefasst habe, setzt unangenehme Gefühle frei.

Sind andere vor mir hier gewesen und fanden den Ausgang nicht?

»Wem mögen diese Knochen wohl gehören?«

Muss Boris, der offenbar auch die Knochen entdeckt hat, die Skelettreste thematisieren?

Zum Glück werde ich abgelenkt. Ein mir nicht unbekannter Duft überflutet meinen Geruchssinn und erinnert mich an das Wunderwasser aus dem Brunnen. Ziemlich abrupt werde ich an meine ausgedörrte Kehle erinnert.

»Vergessen wir die Knochen. Wir werden sowieso keine Antwort erhalten. Lass uns zuerst einmal von diesem köstlichen Brunnenwasser trinken«, fordere ich Boris auf.

»Kommt daher das Wasser, welches mir geholfen hat?« fragt Boris, während er meiner Aufforderung nachkommt. Mit wenigen Schritten erreicht er den Brunnen, greift nach der Seilwinde und fördert nach einigen Umdrehungen ein leeres Seilende zutage.

»Verdammt, wir haben oben den Eimer vergessen«, schimpfe ich laut in Richtung meines Freundes, als hätte er Schuld.

Das Geräusch von plätscherndem Wasser dringt in mein Bewusstsein und lenkt mich von meinem Frust ab. Mich umdrehend sehe ich auf der gegenüberliegenden Seite Wasser direkt aus der Wand sprudeln. Genau wie im oberen Raum. Damit hat sich meine vorschnelle Aufregung erledigt. Mein Freund geht, ohne auf mein Fluchen einzugehen, direkt auf die aus der Wand sprudelnde Quelle zu. Mit seinen Händen fängt er das Wasser auf und führt es an seinen Mund.

Boris folgend, tue ich es ihm nach.

Wie einst Diogenes schöpfe ich mit zur Kelle geformten Händen das aromatische Wasser in meinen Mund.

Sofort schießt eine sich gut anfühlende Energie durch meinen Körper. Dieses Wasser scheint alles zu enthalten, was ein Mensch zum Leben benötigt. Schon nach wenigen Schlucken ist mein Durst gestillt. Mich meinen Freund zuwendend sehe ich einen flimmernden Lichtkranz, der ihn einhüllt. Sein Körper strafft sich erstaunt, und leicht verwundert sehe ich, wie das Gesicht von Boris immer jugendlicher aussieht. Amüsiert fällt mir die manchmal in die abstruse gehende Suche vieler Esoteriker nach dem Wasser des Lebens ein.

Sie suchten danach, und wir haben es vielleicht gefunden haben, und das unabsichtlich. Wie so oft in der Geschichte der Menschen.

Mit neuem Elan und Schwung durchmisst Boris den Raum mit weiten Schritten.

Will er die Größe unseres Gefängnisses ausmessen? Abrupt bleibt er stehen.

Er schaut mich direkt an.

»Lass uns nach einer Lösung aus unserer verworrenen Lage suchen, Dominik«, fordert er mich auf, während ein Lächeln der Gewissheit meine Gefühlswelt erreicht, »ich habe das starke Gefühl, dass wir auf einem guten Weg sind. Mit ein wenig Geduld und Beharrlichkeit werden wir einen Ausgang finden.«

Nach dieser Ansage setzt sich Boris im Schneidersitz auf den Boden, schließt die Augen und ich höre seinen Atem. Ein und aus!

Wolken im Sturmwind.
Gedanken eilen dahin.
Verloren im Nichts.

13
Ohne Ursache keine Wirkung

N ur langsam findet mein inneres Gleichgewicht seine Mitte. Boris lässt los. Für einige Zeit hat er sich von dieser Welt getrennt.
Meditation.
Ich höre ihn tief durchatmen. Er öffnet die Augen. Starrt mich an. Erhebt sich mit einer geschmeidigen Bewegung. Ohne ein Wort nimmt er die vor einer halben Stunde unterbrochene Wanderung wieder auf.
Im Moment, als ich seine offenbar ins Nichts führende Wanderung unwirsch unterbrechen will, beendet er seinen Rundgang. Interessiert, so scheint es mir, bleibt vor dem Brunnenrand stehen, beugt sich über ihn und versinkt in dumpfes Brüten. Vermutend, dass er angestrengt ein Gefühl oder eine Idee analysiert, unterdrücke ich meinen aufsteigenden Ärger.
»Du wirst es wahrscheinlich nicht glauben, Dominik«, sagt er, sieht mich an und grinst, »unser weiterer Weg wird uns durch diesen Schachtbrunnen führen. Davon bin ich überzeugt. Dieser Brunnen ist nicht nur ein Wasserbrunnen, sondern auch ein Ausgang. Du kannst auch Übergang sagen. Ich bin fest überzeugt, dass wir dort unten unserem Ziel frei zu sein näherkommen.«
Mangels eigener Ideen schließe ich mich seiner Vision an. Mit drei ausgedehnten Schritten stelle ich mich neben ihn und blicke in den dunklen Schacht.

Sofort stellen sich für mich wichtige Fragen ein.

»Wieso glaubst du, dass wir ohne abzustürzen auf den Grund des Brunnens hinabsteigen können? Wie kommst du auf die Idee, dass da unten ein Weg weitergeht? Was glaubst du, wie tief der Brunnen ist?«

Boris schüttelt nur den Kopf, geht nicht weiter auf meine Fragen ein. Stattdessen greift er nach dem Seil, das so friedlich und absichtslos über dem Brunnenrand liegt. Er nimmt es in die Hand und wirft es in den Schacht.

Ein klatschender Ton erreicht mein Ohr nach einer geschätzten Sekunde. Offensichtlich fällt das Tau nicht sehr tief ins Wasser.

»Es klingt fast so, Boris, als sei der Schacht nicht allzu tief.«

»Warum sollten wir nicht auch mal Glück haben?«

»Du hast recht Boris, warum eigentlich nicht. Allerdings klingt es so, als wäre das Tau ins Wasser gefallen. Was, wenn wir dort unten nur Wasser finden und es kein Weiterkommen gibt?«

»Warum so negativ? Wir unternehmen einen Schritt nach dem anderen«, lacht er mit seinem lange nicht mehr gehörten Lausbubenlachen, »doch sollten wir ertrinken, können wir uns immer noch den nächsten Schritt überlegen.«

»Deinen Humor möchte ich haben«, erwidere ich lachend. Seltsam, wie der Mensch sich in eigentlich aussichtslosen Situationen verhält.

»Haben wir eine Wahl?«, fragt Boris ernst werdend.

Trotz seines positiven Denkens überkommt mich ein dunkles Gefühl.

»Bevor wir jetzt hinuntersteigen«, sage ich und versuche, meine Nervosität zu unterdrücken, »wer weiß, welche Abenteuer uns dort unten erwartet, will ich dich fragen, sind wir auf dem richtigen Weg? Haben wir wirklich eine

Wahl? Sind wir darauf vorbereitet, wenn es da unten«, ich zeige in den Brunnen,»keinen Ausweg gibt?«

Bevor Boris, dem ich deutlich ansehe, dass er mich unterbrechen will, spreche ich mit Nachdruck weiter.

»Warum so negativ? Mir ist bewusst, jedes Handeln hat seinen Preis. Wurden wir nicht gewarnt, ihn zu beschreiten?«

»Stopp, Dominik! Natürlich frage ich mich auch, welche Opfer wir noch ertragen müssen? Reicht es denn noch nicht? Ein ‚was wäre, wenn‘ nützt uns nichts. Wir sind hier, weil wir glauben, dass dieser Weg uns weiterbringt, dass wir unser Sein, unsere Seele weiterentwickeln können. Dass wir Eins werden.« Boris verstummt kurz, »warum fühlen wir uns nicht komplett?«

Er ringt sichtlich mit seiner Fassung.

»Ich stimme dir zu. Allerdings sollten wir uns nicht mit der Zukunft aufhalten, sondern mit dem Jetzt!«

»Stimmt! Und wir sollten an unsere Frauen denken. Im Grunde sind sie uns nur aus Liebe gefolgt und müssen, wenn es ihnen so geht wie uns, einen hohen Preis für unseren Egoismus zahlen.«

Boris berührt einen wunden Punkt. Wir denken viel zu oft zuerst an uns selbst, an unsere eigenen Bedürfnisse. Leider bin ich keine Ausnahme. Plötzlich erscheint mir unsere Situation weniger bedeutsam, und Schuldgefühle steigen in mir auf.

Wie wird es Jennifer und Sandra wohl gehen?

»Lass uns endlich diesen Brunnen hinunterklettern und sehen, was uns erwartet«, unterbricht Boris meine Gedanken.

»Du hast recht«, sage ich und deute auf den Brunnenschacht. »Wer von uns klettert zuerst hinunter?«

Doch noch bevor ich die Frage ganz ausgesprochen habe, greift Boris nach dem Seil, setzt sich mit Schwung auf den Brunnenschacht, und seine Beine folgen ihm. Mit beiden Händen umfasst er das Seil und hangelt sich langsam in die Tiefe. Als sein Kopf unter dem Brunnenrand verschwindet, beuge ich mich nach vorne. Ich blicke in den Schacht. Boris ist nur noch schemenhaft zu erkennen. Offensichtlich hat er es eilig.

Wie schnell wird er unten ankommen, frage ich mich.

Kurz darauf bekomme ich eine Antwort. Platschen, gefolgt von einem gedämpften Aufschrei meines Freundes. Dringt nach oben. Offenbar ist er unsanft im Brunnenwasser gelandet. Hoffentlich ist er unversehrt.

Zur Bestätigung meiner Hoffnung ruft er zu mir hinauf. »Ich bin zwar nass, aber ansonsten ist alles in Ordnung. Es ist nichts passiert«, seine Stimme klingt hohl, doch ich verstehe ihn gut. »Dominik, du bist dran. Pass auf das Seilende auf, es ist ziemlich rutschig.«

Ich blicke mich ein letztes Mal um, um eine Distanz zwischen meiner Unsicherheit und dem Notwendigen zu schaffen. Da mir bewusst ist, dass es kein Zurück mehr gibt, lasse ich die Umgebung auf mich wirken.

Still nehme ich Abschied von dem, was hinter mir liegt. als der Gedanke auftaucht, dass ich etwas übersehen habe. Tatsächlich fällt mein Blick auf einen verschütteten Gegenstand aus dem Geröllhügel. Er reflektiert Licht.

Meine Neugierde ist geweckt.

»Boris«, meinen Kopf über den Brunnen haltend rufe ich nach unten, »ich glaube ich habe etwas Interessantes entdeckt. Warte einen Moment, ich will es kurz überprüfen. Vielleicht kann meine Entdeckung uns irgendwie helfen.« Boris brummelt etwas, das wie „Beeile dich" klingt. Dies ignorierend begebe ich mich auf den Weg.

Am Schuttberg angekommen greife ich ein wenig zögerlich nach dem aus dem Schutt ragenden Gegenstand und
befühle ihn. Er fühlt sich wie Leder an.

Mit einem kräftigen Ruck ziehe daran. Der Berg aus Unrat
gibt den Gegenstand ohne großen Widerstand frei. Ich betrachte meinen Besitz von allen Seiten und stelle fest, dass
ich einen silberbeschlagenen Schlauch in den Händen
halte. Während ich diesen nachdenklich anstarre, reift eine
Idee in mir. Entschlossen sie umzusetzen, gehe ich zur
Wasserquelle an der Wand.

Die Öffnung des Schlauchs ist mit einem Korken ver-
schlossen. Mit festem Griff ziehe ich diesen heraus. Langsam fülle ich das wertvolle Wasser hinein. Schließlich
quillt Wasser heraus. Ich nehme den Korken in die Hand,
drücke ihn in die Öffnung und verschließe den Wasserbeutel mit einem kräftigen Schlag.

Nach getaner Arbeit gönne ich mir, wer kann schon sagen,
wann ich wieder direkt aus der Quelle trinken kann, noch
einen kräftigen Schluck.

Inzwischen kann mich die außerordentliche Wirkung des
Wassers nicht mehr überraschen.

Wie schnell nimmt der Mensch Wunder als selbstverständlich hin?

Ein Blick zum Brunnen sagt mir, es wird Zeit, dass ich
mich zu Boris begebe. Entschlossen gehe ich zum Brunnen und meiner Zukunft entgegen.

Am Brunnen angekommen greife ich nach dem Seil und
beuge mich nach vorne.

»Vorsicht, Boris, ich komme jetzt runter«, rufe ich zu meinem Freund hinunter.

»Beeil dich, Dominik! Das musst du sehen. Es erwartet
dich eine Überraschung.«

Meint mein Freund das ernst?

Von Überraschungen habe ich die Schnauze voll. Natürlich greife ich trotzdem ohne zu zögern nach dem Seil, überwinde den Brunnenrand, schultere den Wasserschlauch und arbeite mich vorsichtig nach unten.

Abstürzen ist keine Option.

Achtsam nähere ich mich Stück für Stück dem Grund des Brunnens. Für einen Augenblick halte ich inne und frage mich.

Kommt nun der Teil des Abstürzens?

Auf keinen Fall will ich unsanft und schmerzhaft im Wasser landen und anschließend in nassen Klamotten herumlaufen. Bevor ich diesen Gedanken zu Ende denken kann, verliert das Seil übergangslos seine Griffigkeit, und das Unvermeidliche geschieht. Unsanft lande ich im nicht allzu tiefen Wasser und blicke auf den neben mir, verdutzt dreinblickenden Freund.

»Habe ich dich nicht gewarnt?«

Vorsichtig richte ich mich auf. Boris streckt mir die Hand entgegen, um mir beim Aufstehen zu helfen. Begleitet von leichtem Stöhnen stehe ich endlich auf meinen Beinen. An mir herabblickend spüre, wie das kalte Wasser an mir heruntertropft.

Ein seltsam süßlicher, vertrauter Geruch erreicht meine Nase. Während ich Boris fragend anschaue, sehe an seinem Gesichtsausdruck, dass er die Herkunft des Geruchs erfasst hat. Lächelnd schiebt er einen hervorstehenden Stein in die Wand.

Mit einem knirschenden Ton beginnt sich ein Teil der Brunnenwand zu bewegen. Staunend sehe ich dem Vorgang zu, bis eine Öffnung entsteht, die einen Durchgang freigibt.

»Wenn ich den Stein wieder herausziehe, schließt sich der Eingang. Der Zufall hat mich wohl geführt.«

In seinem Gesicht erkenne ich eine gewisse Befriedigung, während sich der Geruch in meiner Nase verstärkt.

»Lass uns hindurchgehen. Dann werden wir auch diesen Geruch los«, fordert mich Boris auf, »da du mich hast warten lassen, bin ich schon einmal ein Stück hineingegangen. Du wirst erstaunt sein, was uns erwartet.«

Boris geht voraus, ich folge ihm und betrete nach circa hundert Metern ein hohes Gewölbe. Vom Deckengewölbe ausgehend werden die Wände in orangegelbes, hell leuchtendes Licht getaucht. Angenehme Wärme durchströmt meinen Körper. Der süßliche Duft erreicht noch immer, über meine nackten Füße, meine sensible Nase.

Nur langsam wird mir bewusst, dass ich mit den Füssen in einem Bach stehe. Nicht weit entfernt schaue ich auf eine blühende Landschaft.

Wie ist das möglich – in einer Höhle?

Während ich noch versuche, Ordnung in meinem Kopf zu schaffen, zieht die im Bach träge dahinfließende Flüssigkeit mich magisch in ihren Bann, und langsam wird mir klar, dass der süßliche Geruch seinen Ursprung in dieser Flüssigkeit hat. Kurzfristig werde ich nur noch von einem Gedanken beherrscht.

Ist die Flüssigkeit das, was ich glaube?

Was ich glaube wahrzunehmen, kann unmöglich Wirklichkeit sein.

Doch ist in diesem Universum nicht alles möglich?

Erschrocken springe ich ans Ufer.

Um mir Klarheit zu verschaffen, knie ich nieder und tauche, einen inneren Widerstand überwindend, meine Hand in das Wasser. Es fühlt sich dickflüssig und warm an. Ein unangenehmes Gefühl, ein Schauer läuft über meine Haut und greift nach mir, bis ich erkenne.

Von meiner Hand tropft Blut.

Unentschlossen führe ich die Hand an meinen Mund. Ich will es wissen. Zögernd berühre ich meine Fingerspitzen mit meiner Zunge. Der Geschmack erzeugt Ekel in meinem Verstand.

Es gibt keinen Zweifel mehr, Boris und ich sind erneut in einer unheimlichen Welt. Diesmal zusammen.

Als ich zu Boris hinüberschaue, wird mir deutlich, dass auch er zwischen Panik und der Suche nach seinem Gleichgewicht schwankt. Das Wasser im Bach besteht aus dem Träger des Lebens – Blut.

Es dauert, bis mein Verstand bereit ist, dies zu akzeptieren. Fassungslos schaue ich auf den Bach zu meinen Füßen und nehme wahr, wie das Blut pulsierend und träge an mir vorüberfließt. Übergangslos wird mir schwindelig.

Betäubt nehme ich die Welt um mich herum nur noch unscharf wahr. Mir wird schwarz vor Augen, und wie von meiner Seele herbeigesehnt finde ich mich in einer friedvollen Dunkelheit wieder.

Plötzlich dringt durch all das Chaos in meinem Kopf eine wütende Stimme an mein Ohr.

»Verdammt, verflixt, verflucht, verteufelt und verwünscht! Was ist das für eine Welt? Hast du eine Ahnung, Dominik, wie es jetzt weitergehen soll? Ich persönlich will diesen Bach, in dem Blut fließt, soweit hinter mich bringen wie möglich.«

»Wer will dies nicht«, erwidere ich mit schwacher Stimme.

»Dieses Gewölbe hat riesige Ausmaße, soweit ich das erkennen kann! Du hast mir erzählst, dass du schon einiges erlebt hast, doch das hier übertrifft bestimmt alles Bisherige! Wenn ich mich umschaue, kann ich keinen gangbaren Weg erkenne. Nur eine überbordende Natur.«

Boris ist offensichtlich überfordert.

Ich erhebe mich aus meiner Hocke und versuche, ihn zu beruhigen, indem ich meine Hände auf seine Schultern lege.

»Beruhige dich, Boris. Meine Erfahrung ist, dass nichts in diesem Universum ohne Sinn ist. Alles, womit wir konfrontiert werden, bestimmt unser Leben und gibt unserer Zukunft einen Rahmen. Mit Geduld und indem wir uns auf die Angebote einlassen, schaffen wir das. Das Schicksal verlangt von uns nicht mehr, als wir geben können.«

Bei jedem meiner Worte gewinne ich den Eindruck, dass Boris mir nicht zuhört, sondern in mich hineinschaut. Sucht er Sicherheit oder Halt?

»Warum unterzieht der Strippenzieher uns all diesen Mühen? Hat er überhaupt eine Vorstellung davon, was mit uns geschieht? Ich habe die Schnauze voll! Eigentlich ist es mir egal, was ER oder wer auch immer von mir will. Ich will, dass es ein Ende hat!«

Lange schaue ich ihn an und durchsuche meinen Erfahrungsschatz nach einer passenden Antwort.

»Boris, du meinst doch nicht wirklich, dass Aufgeben eine Option ist. Außerdem bin ich mir sicher, dass wir eine Zukunft haben.«

Mit jedem Wort fließen Vertrauen und Mut durch mein Herz. Tief atme ich die süßliche Luft ein und werfe, in der Hoffnung, mich getäuscht zu haben, einen Blick auf diesen Bachlauf. Doch es ist keine Täuschung.

Träge fließt der rote Saft an mir vorüber. Die Absurdität, die ich zu meinen Füßen sehe, spielt eine immer größere Rolle in meinem Kopf.

Wo ist die Quelle des Blutes?

Wohin fließt das Blut?

Ist das Blut Ursache, dass sich in diesem Gewölbe, die Natur zum Leben erweckt?

»Was ist los, Dominik?« Boris unterbricht meine Gedanken mit lauter Stimme, »du siehst aus, als ob du deinen eigenen Worten nicht vertraust. So lange wir leben haben wir eine Zukunft. Hast du vielleicht eine akzeptable Lösung? Eine Idee. wie wir hier herauskommen?«

»Noch nicht, Boris. Im Moment beschäftigt mich das Blut in diesem Bach. Ich frage mich, woher es kommt und warum es durch diese Welt fließt. Mich beschäftigt der Gedanke, dass wir uns vielleicht in einem lebenden Organismus befinden.«

»Das ist unmöglich, Boris. Schau dich doch um. Felswände, Blumen. Da hinten sind sogar Bäume und Sträucher.«

»Das sehe ich auch. Doch es könnte auch eine Illusion sein. Warum fließt Blut an uns vorbei und nicht Wasser? Das Blut muss eine Bedeutung haben. Wie alles, was ich bisher in dieser Unterwelt erlebe, soll das Blut uns auf etwas hinweisen. Blut verbinde ich mit Leben.«

Boris setzt ein nachdenkliches Gesicht auf.

»Nichts existiert ohne eine Ursache. Ursache und Wirkung. Leben ist Bewegung.«

»Du hast ja recht. Blut gibt uns Kraft. Doch jede Medaille hat zwei Seiten. Die positive Seite ermöglicht Leben, die negative zerstört und erneuert. Das Eine bedingt das Andere.«

Ich schließe die Augen und suche nach weiteren Erklärungen.

»Blut ist ein unübersehbarer Beweis für die Wichtigkeit von Bewegung. Würde das Blut zum Stillstand kommen, wäre dies das Ende des Lebens. Alles wäre Tod.«

»Und alles fließende lebt!« unterbricht mich Boris, »schlaue Sprüche kenne ich auch, Dominik. Eine Wahrheit zu erkennen bedeutet reif für sie zu sein.«

333

Wieder einmal setzt mich mein Freund in Erstaunen. »Was glaubst du, woher kommt der Blutstrom? Welchem Ziel strebt es entgegen?«

»So wie ich das sehe«, unterbricht Boris meine Überlegungen, »vielleicht ist das Wasser, das wir beide trinken, mich geheilt und dich gekräftigt hat, aus diesem Lebensfluss«, er hält inne, geht in sich, »vielleicht wurde es auf dem Weg nach oben irgendwie gefiltert. Noch immer spüre ich das klare und reine Wasser auf meiner Zunge. Wie kann das beste Quellwasser, welches ich je in meinem Leben getrunken habe, Blut sein?«

Während ich nachdenke, dringen überirdisch zu nennende Töne in meine Ohren. Sanft durchdringen sie jeden Winkel meines Seins. Die Schwingungen entwickeln sich immer deutlicher zu einer Melodie, die mich immer leidenschaftlicher einhüllt. Die Welt um mich herum verliert ihre Konturen. Willenlos tauche ich in eine schemenhafte Welt ein, magisch angezogen von den harmonischen Tönen. Werde ich in eine andere Dimension hineingezogen?

Doch meine Befürchtungen verflüchtigen sich rasch. Deutlich spüre ich, dass es anders ist. Mein Verstand befreit sich von den Tönen. Der Bann, den die Musik erzeugt, löst sich auf. Das Bild der Landschaft, in der ich stehe, wird klar. Die Melodie ist kaum noch zu hören. Ein unbestimmtes Gefühl veranlasst mich sorgfältiger hinzuhören. Aus Erfahrung meines Lebens weiß ich, dass Musik mehr ist als nur Klang oder Geräusch.

Im Hintergrund des Klangteppichs nehme ich eine einschmeichelnde Violine wahr. Deren Töne kommen mir näher. Einschmeichelnd, gepaart mit einer Nuance Sehnsucht, greift sie nach einem bestimmten Bereich meiner Gefühlswelt.

Unverhofft erweitert sich das Klangbild.

Traurig, doch voller Hoffnung auf Leben, spielt sie einsam ein Klagelied. Bis eine Piccoloflöte die Geige erhört und sich zu ihr gesellt. Eine Trompete stimmt mit ein. Erst leise, dann immer lauter. Gemeinsam steigern sie sich in unbekannte musikalische Gefilde.

Vereint schwingen sie sich in eine morbide, brüchige Traurigkeit auf. Weitere Piccoloflöten und Violinen knüpfen an dem immer einnehmenden Musikteppich. Eine Trompete drängt sich in den Vordergrund. Die Musik erobert die dritte Dimension. Eine Klangwolke entsteht, die mich einhüllt und tief in mein Inneres dringt. Im Glauben, dass die Musik nach mir ruft, gehe ich los.

Mein Ziel steht fest, ich muss die Quelle des Klangs aufsuchen. Doch schon mein zweiter Schritt ist ein Fehltritt, und ich stolpere über einen Stein, eine Wurzel. Boris verhindert den Sturz, der sich anbahnt, indem er mich mit seinen Händen an meinen Schultern festhält. Bevor ich mir über meine Situation klar werde, dringen unangenehm laute Worte in meine Ohren. Die Realität holt mich ein.

»Für dich scheint die Musik wohl eine magnetische Kraft zu besitzen«, also hört er sie auch, »ich weiß zwar nicht, was du vorhast, aber wenn du zum Ursprung der Musik gelangen willst, solltest du dich zuerst einmal auf den Weg konzentrieren. Es fehlte nicht viel, und du hättest im Blut gebadet.«

»Danke mein Freund«, sage ich schlicht.

»Woher mag die Musik wohl kommen? Hast du auch das Gefühl, dass etwas magisches von ihr ausgeht«, Boris schien sich mit denselben Gedanken zu beschäftigen wie ich, »ich glaube es wäre sinnvoll den Ursprung der Musik zu finden. Doch«, Boris schaute mich direkt an, »dürfen wir nicht unsere Sicherheit vernachlässigen und unser eigentliches Ziel aus den Augen verlieren.«

»Ich glaube, die Musik entsteht auf der anderen Seite des kleinen Flusses.«

»Dies ist auch mein Eindruck. Also lass uns diesen Blutstrom überqueren, mag es auch unangenehm sein. Wir sollten herausfinden, ob diese Melodie von Bedeutung ist, sagt Boris, schüttelt leicht den Kopf,»eine Stimme in mir rät zur Vorsicht. Wer weiß, was wir finden werden? Hoffentlich nicht neue Probleme?«

Ein nachdenklicher Ausdruck breitet sich auf dem Gesicht von Boris aus, als er mich ernst anschaut.

»Wie tief mag der kleine Fluss wohl sein?«, er schaut nach unten und fügt hinzu, »können wir ihn durchschreiten, ohne zu sehr mit der Flüssigkeit in Kontakt zu kommen?«

Das ist zwar eine naheliegende Frage, doch im Moment beschäftigen mich ganz andere Gedanken. Tief in mir breitet sich eine Ahnung von Gefahr in meinem Verstand aus. Allerdings kann sie nicht einordnen.

Geht es Boris ähnlich?

Um meine Empfindung zu artikulieren und herauszufinden, ob es Boris genauso geht, stelle ich ihm einige Fragen.

»Klingt das Thema der Musik nicht wie eine Anklage? Hörst du genau wie ich Trauer heraus? Könnte es sein, dass wir am Ursprungsort der Musik nur Trostlosigkeit vorfinden? Vielleicht sollten wir die Musik ignorieren. Ich denke an die Sirenen, des Odysseus. Der auf seiner Reise in die Falle gelockt werden sollte.«

Während ich Fragen stelle, nimmt die Intensität der Musik ab. Boris wischt meine Fragen beiseite. Mit einer lässigen Handbewegung fordert er mich auf nicht alles zu hinterfragen.

»Fragen helfen uns nicht weiter, Dominik. Lass uns einfach der Musik folgen. Schauen wir was uns erwartet.

Falle oder nicht. Wenn wir an der Quelle der Musik ankommen. Können wir uns auf die Situation einstellen. Uns jetzt verrückt zu machen, bringt niemanden weiter. Angst ist kein zuverlässiger Partner.«

»Eigentlich hast du recht, mein Freund. Unangenehmer, als mit diesem Blut konfrontiert zu sein, kann es nirgendwo anders sein.«

Ich sollte mich getäuscht haben.

Jeden weiteren Widerstand aufgebend, ergreife ich zielstrebig den wertvollen Wasserbeutel. Überrascht stelle ich fest, dass er noch ziemlich nass ist. Während ein Teil von mir darüber nachdenkt, bemerke ich, dass die Umgebung kühler geworden ist. Darüber nachzudenken, habe ich im Moment keine Lust.

Vorsichtig, um zu testen, wie tief der Bach ist, setze ich meinen Fuß hinein und stelle fest, dass er nicht allzu tief ist. Erleichtert atme ich auf.

»Boris, du kannst mir folgen, es ist nicht besonders tief. Vielleicht dreißig Zentimeter.«

Um meine Worte zu unterstreichen, gehe ich weiter und erreiche nach vier Schritten das andere Ufer. Als ich wieder auf dem trockenen Ufer stehe, schaue ich zurück und sehe, wie Boris mir mit kleinen Schritten vorsichtig folgt. Ins Blut zu fallen, ist das Letzte, was er oder ich im Moment wollen. Bei jedem seiner Schritte beobachte ich, wie sich kleine Wirbel um seine Beine bilden. Die kreisenden Bewegungen des Blutes lassen mich mal wieder die Umgebung vergessen.

Trotz all meiner Bemühungen fühle ich, wie mich die dunkle Seite in mir von den kreisenden Bewegungen des Blutes immer stärker anzieht. Sekundenlang starre ich in die immer dunkelrote werdende Flüssigkeit. Kleine Blasen an der Oberfläche fallen mir auf.

Dunkle Bilder von Zerstörung, Sterben und Schmerz tauchen in mir auf. Der Versuch sie abzuschütteln gelingt mir nur unvollständig. Als ich mich auf die Musik konzentrieren will, stelle ich fest, dass sie inzwischen verstummt ist. Um mich abzulenken konzentriere ich mich auf meine Füße. Träge fließt das Blut daran in Richtung Erde. Überraschend schnell verschwindet es im Boden.

Wohin verschwindet es?

Die Frage lässt mich in eine Art Traumwelt hinabgleiten. Ein Stoß in meine Seite von Boris befreit mich aus meinem tranceartigen Zustand.

»Träumst du schon wieder, Dominik?«

»Nicht wirklich, Boris«, während ich den Kopf schüttle, um meine Aussage zu untermauern, »lass uns weitergehen.«

»In welche Richtung«, fragt Boris, der ins Nichts lauscht, »ich höre die Musik nicht mehr.«

»Ich kann die Musik auch nicht mehr hören. Wenn ich mich richtig erinnere, kam sie aus dem Süden.«

Ich zeige nach rechts.

»Okay, ich bin bei dir. So soll es sein. Lass uns gehen.«

»Vorher sollten wir noch einen Schluck vom Wasser trinken. Es wird uns stärken.«

nach dem Wasserbeutel greifend reiche ich ihn meinem Freund. Mit leuchtenden Augen nimmt er ihn in die Hand, zieht an dem Korken, bis dieser sich mit einem Plopp löst. Danach setzt er den Schlauch an seine Lippen, trinkt einen langen Schluck und gibt ihn zurück.

Nachdem wir unseren Durst gestillt haben, marschieren wir am Ufer entlang. Die Kraft des Wassers in mir spürend, werden meine Schritte raumgreifender. Boris folgt mir dicht auf. Der Uferweg wird breiter. Ein gutes Gefühl begleitet mich auf meinen nächsten Schritten.

Jedoch nur für kurze Zeit, denn plötzlich versperren hohe Büsche, wie aus dem Nichts, unseren weiteren Weg.

Irritiert bleibe ich stehen.

Ich schaue mich um und entdecke einen Trampelpfad.

»Wie der wohl entstanden ist? Welche Menschen ihn wohl ausgetreten? Was meinst du Boris, welche Menschen sind vor uns diesen Weg gegangen?«

»Hörst du das auch, Dominik? Die Musik kommt zurück.«

Boris geht nicht auf meine Fragen ein.

Aus meinen Gedanken gerissen lausche ich der Landschaft, die sich vor mir ausbreitet.

»Ich höre sie. Ich glaube, sie kommt aus dem Zentrum des Felsendoms.«

Boris dreht seinen Kopf, um seinen Ohren die Chance zu geben aus welcher Richtung sie kommt.

»Könnte stimmen. Also, weiter.«

Mit einem auffordernden Wink, mir zu folgen, betritt er den Pfad in Richtung der Melodie. Ich folge ihm.

Der Musik näherkommend versuche ich, mir das Orchester vorzustellen, und wie so oft beginnt meine Fantasie auszuschweifen.

Vor meinem inneren Auge sehe ich die Orchestermitglieder. Die Damen in eleganten, bodenlangen Kleidern, die Männer im schwarzen Frack. Alle sitzen hoch aufgerichtet, ein Instrument haltend, auf dunkelglänzenden Stühlen. Eine unbestimmte, doch deutlich spürbare Spannung geht von ihnen allen aus. Ihre Blicke sind nach vorne gerichtet. Auf den Dirigenten.

Konzentriert schwingt dieser seinen Taktstock. Sein weißes, schulterlanges Haar bewegt sich wild hin und her. Tief in ihre Musik versunken, spielen das Orchester virtuos auf den Instrumenten. Die Dramaturgie der Musik erinnert mich irgendwie an Richard Wagner.

Mit jedem Schritt trägt mich der Klangteppich in unbekannte musikalische Höhen.

Während ich mich dem Klang hingebe schlägt plötzlich eine Meldung in meinem Bewusstsein ein.

»Achtung! Sturzgefahr!«

Doch zu späte, mein Fuß verliert den Bezug zum Boden. Verzweifelt kämpfe ich mit meinem Gleichgewicht. Kurz vor dem Fall packt mich eine starke Hand am Arm.

»Du wolltest doch aufhören zu träumen«, dringt laut an mein Ohr, »und auf den Weg achten!«

Der Schmerz in meinem Arm und die heftig vorgetragenen Worte bringen mich schlagartig zurück in die Realität. Nachdem ich das mehrere Zentimeter tiefe Loch vor meinen Füßen inspiziert habe, blicke ich Boris kurz an.

»Danke«, sage ich schlicht, der Situation kaum angepasst, »ziemlich tief.«

Indem ich mich verstärkt auf den Pfad vor mir konzentriere, gelingt es mir, der Suggestion der Musik zu entziehen. Nachdem wir circa hundert Meter ohne Probleme vorangekommen sind, ändert sich unsere Umgebung schlagartig. Überirdisches Licht flutet durch eine vier Meter hohe Öffnung und blendet meine Augen. Mein Herz springt tigergleich in meine Kehle und bildet dort einen dicken Kloß. Mein Pulsschlag erhöht sich.

Standen wir am Ausgang des Labyrinths?

»Ich kanns nicht glauben.«

In Boris Stimme war Hoffnung und geleichzeitig ungläubiges Staunen herauszuhören.

»Vorsicht Boris! Noch sind wir nicht diesem Höhlendom entkommen. Lass keine falschen Hoffnungen aufkommen bevor du nicht mehr Informationen hast. Wir sollten nicht leichtsinnig werden.«

Allmählich gewöhne ich mich an das helle Licht.

Mit einer gewissen Anspannung gehe ich auf die Öffnung zu, ohne mich zu versichern, ob Boris mir folgt. An der Schwelle zwischen hier und da angekommen, überschreite ich diese, in eine vielleicht andere Welt.

Der Gedanke lässt mich zögern und ich bleibe stehen. Tauche in das wärmende, mich unaufdringlich durchströmende Licht ein. Frieden umgibt mich. Alles, was hinter mir liegt, ist vergessen. Für einen Augenblick genieße ich das Gefühl von Leichtigkeit, bleibe einfach auf der Schwelle stehen und gebe mich der über mir stehenden Sonne hin.

Mein Freund, der mir gefolgt ist, stößt mich von der Seite an. Der Schubs befreit mein Gefühl des Losgelöstseins, ich drehe mich zu ihm um und blicke in zwei strahlende Augen.

»Dass wir dies erleben dürfen.«

Seine Stimme klingt andächtig. Genau wie ich scheint er von der Kraft des Lichts überwältigt zu sein. Erst jetzt wird mir richtig bewusst, wie sehr mir das Sonnenlicht gefehlt hat. Nach einiger Zeit der Hingabe fangen meine Augen an zu schmerzen.

Den Kopf senkend, um dem allzu grellen Licht zu entgehen, werden mir drei Dinge bewusst.

Vertraue nicht dem ersten Schein, wir sind nicht am Ziel, wir stehen am Rande eines Abgrunds.

Der erste Gedanke der mich bedrängt ist.

Wie sollen wir diesen Abgrund überwinden?

Um einen Weg zu finden schaue ich mich um. Schließlich bemerke ich Stufen direkt rechts neben mir. Diese sind Teil einer Treppe nach oben. Ziemlich steil führen sie zu einem fünf Meter hoch liegenden Höhleneingang.

»Siehst du das auch, Dominik«, fragt Boris, während er nach oben auf den Höhleneingang zeigt.

»Ja. Ich denke, da müssen wir hin, und so wie es aussieht, gibt es nur eine Möglichkeit, die ich sehe. Wir müssen die Treppe benutzen.«

»Meinst du das im Ernst? Besonders vertrauenswürdig wirkt sie nicht auf mich.«

»Wie es aussieht, ist es die einzige Möglichkeit, nach oben zu kommen, um unseren Weg fortzusetzen.«

Schweigen.

»Und wenn der Weg nach oben nur eine Ablenkung ist und wir in den scheinbaren Abgrund hinabsteigen sollten?«

Tatsächlich könnte Boris recht haben. Als ich allerdings in die Tiefe blicke, sehe ich nur Dunkelheit.

»Du hast recht, aber ich sehe nur einen schwarzen Abgrund.«

»Genauso wie ich. Doch ich frage mich, wie tief es wohl nach unten gehen wird? Vielleicht ist der Boden da unten mit einem Sprung zu erreichen.«

»Keine Ahnung. Vielleicht.«

Um einen Stein oder ähnliches zu finden, um die Frage auf diese Weise zu beantworten, blicke ich mich um.

Nichts!

»Ich wüsste schon gerne, ob da unten unser weiterer Weg sein könnte, der uns weiterhelfen kann. Wie wir in der Dunkelheit des Abgrunds dies allerdings herausfinden können, «, sage ich und blicke Boris direkt an, » ich kann keinen Gegenstand finden der eine Antwort ermöglicht. Lass es uns lieber mit den Stufen versuchen.«

»Okay, und wer versucht es als Erster?« fragt Boris nachdenklich.

»Ich werde als Erster gehen.«

Bevor Boris etwas erwidern kann, drehe ich mich nach rechts und drücke mich gegen die Wand.

Der starke Drang, das hinter mir liegende so schnell wie möglich zu verlassen, verleiht mir Flügel. Wie ich genau nach oben komme, bleibt mir schleierhaft. Doch wie auch immer, ich habe es geschafft. Aufmerksam blicke ich in durch den Höhleneingang, an dessen Ende ein Licht strahlt.

»Du kannst mir folgen«, rufe ich zu Boris hinunter. Doch meine Aufforderung läuft ins Leere. Boris hat schon die Hälfte der Stufen überwunden. Auch er kommt erstaunlich gut voran. Wenige Minuten später steht er neben mir.

»Ehrlich, ich kann es kaum glauben, dass wir es geschaffen haben,«, sagt Boris, während er tief die klare Luft einatmet, die uns aus dem Eingang entgegenbläst, »nun nachdem wir es bis hierhergeschafft haben, kann ich mir gut vorstellen, dass wir unseren weiteren Weg erfolgreich gehen werden.«

Boris strahlt Zufriedenheit aus.

»Sehe ich da Licht am Ende anderen Ende der Höhle?«

Boris geht einige Schritte in die Höhle hinein und dreht sich zu mir um.

»Das ist doch ein gutes Zeichen, mein Freund.«

Irgendwie fühle ich mich veranlasst, meinen Freund aufzufordern, auf dem Boden der Tatsachen zu bleiben. Wir dürfen uns, so verlockend es auch ist, nicht einem trügerischen Hochgefühl hingeben.

»Stimmt, doch ob das Licht da hinten das Ende unserer Reise ansagt, möchte ich bezweifeln. Wir wissen zu wenig über den Weg der vor uns liegt. Allerdings bin ich wie du für einen vorsichtigen Optimismus. Vielleicht wird uns das Erreichen des Lichts Erleuchten.«

»Na ja wie auch immer. Lass uns jetzt einfach diese Welt entdecken.«

Ohne weitere Worte gehen wir los.

Nach dreißig Minuten, in denen nichts geschieht, bietet sich unseren Augen unerwartetes. Es lässt uns eine Weile in Stille verharren. Vor uns liegt ein zerklüftetes, granitgraues Plateau, das darauf wartet, dass ich es betrete. Fünfzig Meter vor uns erhebt sich ein steinerner Torbogen. Wir gehen auf ihn zu. Schließlich stehen wir davor. Wenige Meter links und rechts geht es steil in die Tiefe. Mir wird bewusst, dass wir auf dem Gipfel eines Berges stehen. Somit ist klar wir haben keine Wahl.

Wortlos ist mir Boris gefolgt.

»Wow!«

Ich könnte das unerwartete Geschehen nicht besser ausdrücken. Zwischen dem Torbogen befindet sich, von einem Augenblick zum anderen, eine flimmernde Wand. Diese lässt nicht zu, dass wir hindurchsehen können. Um zu erkennen, was hinter der flimmernden Wand liegt, trete ich einen Schritt darauf zu. Nach kurzem Zögern, strecke ich meine Hand aus, sie verschwindet hinter der flimmernden Wand.

Nichts geschieht.

Ich wage es schließlich, die wesenlose Wand zu durchschreiten. Eine endlose, sonnenbestrahlte, weite Ebene breitet sich unter mir aus. Die Dimension, die sich mir erschließt, überwältigt mich. Bei genauerem Hinsehen entdecke ich eine Fläche, die aus der Entfernung einer Geröllwüste gleicht.

Aufsteigende Staubwolken werden vom Wind vor sich hergeschoben. Inzwischen haben sich meine Augen an die Weite gewöhnt, und Einzelheiten schälen sich aus dem Bild vor mir heraus. Drei Flüsse durchfließen in Schlangenlinien die Ebene. Während ich sie auf mich wirken lasse, wird mir ein Phänomen bewusst.

Jeder Fluss hat eine andere Farbe. Der mittlere erinnert, mich durch seine dunkelrote Farbe an den Bach, den wir vor kurzem überquert haben. Der linke glitzert im Licht der Sonne silbern, der rechte strahlt in einer orangenen Farbe.

Was hat das zu bedeuten?

»Wie sollen wir nach unten kommen?«, unterbricht Boris, der urplötzlich neben mir steht, meine übliche Orientierungsphase.

»Kann ja wohl nicht allzu schwer sein. Mit einem Schritt nach dem anderen wird es schon gehen.«

»Sind dir die Flüsse aufgefallen?«

»Oh ja! Sehr seltsame Flüsse. Ob sie Botschaften über unseren weiten Weg darstellen?«

»Wer weiß.«

Auf der Suche nach einer Ansiedlung, nach Menschen, durchsuche ich Quadrat für Quadrat die Landschaft.

Nichts!

»Wie viel Wasser haben wir noch«, unterbricht Boris meinen Gedankenfluss. Ich greife nach dem Lederbeutel und fühle ihn ab.

»Vielleicht noch zwei Liter.«

»Nicht besonders viel«, murmelt Boris vor sich hin.

»Sicher steht das Portal nicht ohne Sinn hier«, sage ich.

»Welche Geheimnisse und welche Überraschungen erwarten uns nachdem wir das Portal durchschritten haben«, fragt Boris und legt die Hand auf die eigentliche Wunde, »bist du nicht neugierig zu erfahren, wohin uns der Weg führt?«

»Stimmt, sich nur auf Vertrautes einzulassen, bringt keine Entwicklung. Wenn wir dem Unbekannten ausweichen, könnten wir zu Hause bleiben.«

»Also ist es entschieden! Gehen wir los.«

Da wir unmöglich wissen können, was uns erwartet, will ich kurz innehalten. Im nächsten Moment setze ich mich auf den Boden und nehme den Lotussitz ein. Nach einigen Atemzügen lasse ich meine Seele baumeln. Boris sieht mir erstaunt zu. Dann setzt er sich ohne ein Wort neben mich. Ein sanfter Wind hüllt mich ein und plötzlich erklingt die fast vergessene Musik. Neugierig lausche ich den Tönen nach.

»Hörst du auch die Musik?« fragt Boris.

Erschrocken versuche ich mich aus dem Musikteppich zu befreien. Langsam wende mich meinem Freund zu.

»Oh ja, ich höre die Musik, und ich glaube zu spüren, dass sie sich verändert hat? Wenn ich mich nicht alles täuscht, ist sie negativer. Mir kommt es vor, als würde die Musik mich langsam in ein Meer von negativen Gefühlen hineinziehen.«

Boris legt seinen Kopf schief und scheint der Musik erneut zu lauschen. Sein Gesicht drückt plötzlich Trauer aus.

»Ich habe zwar Zweifel, doch ich glaube, ihr Leitmotiv ist sie will uns zur Quelle führen. Etwas in mir sagt, dort wartet eine wichtige Nachricht auf uns. Lass uns also nicht länger zögern und den Schritt wagen.«

»So liebe ich dich, Boris. Kopfüber ins Abenteuer«, erwidere ich und blicke wie zum Abschied kurz auf die sich unter uns ausbreitende Landschaft, »den nächsten Schritt hinauszuzögern, empfinde auch ich als sinnlos.«

Boris hat natürlich Recht. Wir sollten nicht länger zögern.

»Stopp, Dominik, ein unterschwelliges Gefühl sagt mir, dass wir etwas übersehen haben. Geht es dir nicht auch so?«

Innehaltend drehe ich mich zu Boris um und schaue ihn leicht irritiert an.

»Ist es nicht so, dass über den Torbögen immer Inschriften sind?«

»Richtig, mein Freund. Also sollten wir vor dem nächsten Schritt, nochmals einen Schritt zurückgehen und danach suchen.«

Gemeinsam gehen wir durch Torbogen und einige Schritte zurück, sodass wir das gesamte Tor im Blick haben. Erst jetzt wird mir bewusst, dass dieser von Efeu bedeckt ist. Sicher der Grund, weshalb uns keine Inschrift aufgefallen ist. Mein Blick fällt auf die rechte Seite des Torbogens, und ich glaube tatsächlich, ungefähr auf Kniehöhe, eine unter Efeu fast verborgene Schrift zu erkennen.

Meine Neugier ist geweckt, und ich gehe auf den Torbogen zu, bücke mich und schiebe den Efeu zur Seite. Verwitterte Buchstaben tauchen auf. Unkontrolliert reiße ich an dem Efeu, wobei ich ihn teilweise von der Steinwand entferne. Je weiter ich mit meinen Bemühungen voranschreite, umso mehr Schriftzeichen tauchen auf. Schließlich lege ich einen Text frei.

Vielleicht eine Nachricht?

An uns oder einen Wanderer?

»Boris, ich habe tatsächlich einen Text entdeckt«, wende ich mich aufgeregt an Boris, der auf der anderen Seite des Torbogens kniet, »vielleicht eine Botschaft für jemanden, der wie wir seinen Weg sucht!«

Auch Boris scheint etwas entdeckt zu haben. Er wirkt aufgeregt.

»Dominik bei mir gibt es auch eine Nachricht, einen ungewöhnlichen Text. Soll ich ihn dir vorlesen?«

Bevor ich etwas erwidern konnte, beginnt er mit zittriger Stimme den Text zu rezitieren.

BLEIB EIN KIND,
SEI VOLLER NEUGIER
GLAUBE AN WUNDER,
DANN IST ALLES MÖGLICH.
TRITT MUTIG VORAN,
UND DU ENTDECKST,
WER DU WIRKLICH BIST.
WACH AUF, BEENDE DEINEN TRAUM,
UND LASS DAS ABENTEUER BEGINNEN!

Boris verstummt.

»Was soll das bedeuten, ‚Erwache'?«, ich schaue zu Boris hinüber, »ich glaube doch wir sind erwacht, wir schlafen nicht!«

»Bist du sicher?«, versucht Boris lachend die Spannung aus der Situation zu nehmen, »gibt es da nicht ein profanes Mittel, um festzustellen ob wir träumen? Zwick in deinen Arm und du weißt es!«

Lachend greift Boris an seinen Arm und drückt zu.

„Aua, offensichtlich bin ich wach. Doch Spaß beiseite. Wie lautet denn dein Text?«

So aufgefordert wende ich mich dem Text auf meiner Seite zu.

Laut lese ich vor:

NUR IM FRAGEN WÄCHST DIE ERKENNTNIS,
UND IM MUT, DIE WAHRHEIT ZU UMARMEN,
ERBLÜHT DAS LICHT DER SEELE.
ODER BLEIBE BLIND.
VERLOREN IN DER TRÜGERISCHEN STILLE
DER UNWISSENHEIT, WO DIE WELT
IHRE FARBEN VERLIERT.
WAGE ZU FRAGEN,
DENN IN JEDEM ZWEIFEL
LIEGT DER FUNKE
EINER NEUEN, HELLEN ERKENNTNIS.

Während ich versuche, den Text irgendwie einzuordnen, tritt Boris an meine Seite.

»Gut, dass wir noch einmal einen Schritt zurückgegangen sind«, wiederholt er nachdenklich, ich gebe gerne zu, dass ich nicht alles verstehe. Möglicherweise werden wir auf der anderen Seite verstehen lernen?"

„Alles ist möglich", sage ich nachdenklich.

Erfahrungen der letzten Zeit schießen durch meinen Kopf.

»Ob es noch mehr dieser alten Inschriften gibt«, unterbricht Boris meine Gedankenkette.

Irgendwie fühle ich mich dadurch aufgefordert, weitere Mauersteine vom Efeu zu befreien. Doch mehr als zwei Meter hoch, kann ich die Säule nicht vom Efeu befreien. Wahrscheinlich ist dies auch nicht nötig, denn es zeigt sich kein neuer Text.

»Ich denke, das war's«, sage ich, während ich tief durchatmend, um die Anstrengung zu vertreiben.

»Können wir kurz über das Wort ‚Erwache' nachdenken, bevor wir endgültig die Schwelle nach Drüben überschreiten?«

»Niemand hetzt uns, also warum nicht?«

Wir setzen uns vor die flimmernde Wand, atmen durch, finden Ruhe.

»Wie wahrscheinlich kann es sein, dass wir unser Leben träumen? Ist alles, was uns im Moment geschieht, nur ein Traum?«, fragt Boris in die Stille hinein.

»Interessant, dass du dich dies fragst, Boris. Doch ich glaube es ist wichtig, um uns nicht zu verirren, dass das, was uns umgibt Realität ist. Auch jetzt, obwohl es wirklich schwer ist das alles als Wirklichkeit anzusehen. Doch ich komme nicht umhin zu glauben, dass sich meine Umgebung real anfühlt.«

Laut Boris rufend, können wir beide ein Echo hören.

351

»Okay. Trotzdem hat mich die Textzeile vom Erwachen zum Nachdenken gebracht, Dominik. Ich frage mich, ob wir im Moment eine auf uns abgestimmte Wirklichkeit erleben. Doch genauso denke ich, das was geschieht ist nicht zufällig. Ist echt!«

Mein Freund hat es tatsächlich geschafft, mich zu verunsichern. Um mir zu bestätigen, dass ich und die Umgebung real sind, schaue ich mich um, atme die etwas abgestandene Luft ein und lege meine Hände auf den Boden.

»Für mich fühlt sich alles echt an. Ich rieche die nicht ganz klare Luft, spüre den Boden, sehe Tor mit einer flimmernden Wand vor mir und fühle, wie mich alles berührt. Lass uns jetzt einfach auf das Hier konzentrieren. Eine Auseinandersetzung über die Frage, ob wir unser Leben träumen oder nicht, halte ich für den Moment wenig sinnvoll. Wir sollten es nicht weiter hinauszögern, sondern uns ein Herz fassen und das Portal durchschreiten. Ich glaube«, ich schaue mich nochmals sorgfältig um, »hier gibt es für uns nichts mehr zu entdecken. Behalten wir die Sprüche in unserem Kopf, und wenn wir endlich zuhause sind, erfahren wir vielleicht eine Antwort.«

»Glaubst du eigentlich, dass wir unsere Zukunft visualisieren können?«

»Wie kommst du jetzt darauf?«

»Haben wir jetzt nicht Gelegenheit, dies zu testen, indem wir uns vorstellen, was uns außer einer weiten Landschaft auf der anderen Seite erwartet?«

»Wie soll das funktionieren? Wie sollen wir eine Vorstellung entwickeln, über dass, was uns in der Zukunft erwartet.«

Wir schauen uns an und müssen lachen. Boris, hebt sich mit seinem erfrischenden aufmunternden Lachen, deutlich von mir ab.

Nachdem unser Lachanfall abgeklungen ist, greife ich nach dem Wasserbeutel und wende mich Boris zu.

»Na dann, stellt sich halt jeder vor was auf der anderen Seite sein wird. Dann können wir ja überprüfen, wer von uns einigermaßen richtig lag«

Mit einem auffordernden Wink meinerseits und einem zustimmenden Blick von Boris, der mir seine Bereitschaft signalisiert, den entscheidenden Schritt zu tun, treten wir über die imaginäre Schwelle. Übergangslos verändert sich wieder einmal alles.

Warm der Regen fällt.
Weiße Segel verschwinden.
Wasser fließt ins Meer.

14
Kreislauf des Lebens

Verblüfft schaue ich mich um. Nur langsam sickert in mein Bewusstsein, dass ich in einer überdimensionalen Halle stehe. Während ich mich umsehe, stelle ich fest – ich bin allein. Boris ist nirgendwo zu entdecken.

Wo ist er?

Hat das Schicksal ein anderes Ziel für ihn?

»Jeder geht seinen eigenen Weg«, versuche ich, meine aufkommende Unruhe in den Griff zu bekommen. Wieder bin ich auf mich allein gestellt!

Doch es bleibt mir keine Zeit, darüber nachzudenken. Zu viele Informationen stürmen auf mich ein.

Erstaunt erkenne ich, dass die Halle ein Rechteck ist. Geschätzt fünfzig Meter breit und hundert Meter lang. An den Wänden sehe ich Nischen, in denen irgendwelche Statuen stehen. Zwischen den Nischen befinden sich gotische Fenster. Buntes Glas lässt Licht in den Raum. Die Farben vereinen sich zu einem goldgelben Licht und leuchten jeden Winkel aus. Ehrfurcht erfüllt mein Sein.

Während ich die auf mich einstürmenden Eindrücke zu verarbeiten versuche, trete ich in die Halle und orientiere mich weiter. Wenige Meter vor mir steht ein etwa zwei Meter hoher Sockel aus Glas. Regenbogenfarben entstehen im Licht, das sich im gläsernen Sockel bricht.

Nach oben schauend sehe ich eine mir nicht ganz unbekannte Figur. Auch sie ist aus Glas. Einige Schritte nähertretend, sehe ich die dargestellte Figur in ihrer ganzen erhabenen Größe.

Es ist Buddha!

Gelassenheit ausstrahlend, sitzt er auf dem Sockel.

Noch einmal lasse ich das gesamte Bild auf mich wirken und stelle fest, dass der Sockel eine Lotusblüte darstellen könnte. Eine Hand Buddhas, die in seinem Schoß ruht, bildet ein flaches Gefäß. Die andere Hand zeigt Richtung Himmel. Mittelfinger und Daumen berühren sich an den Spitzen und bilden eine Einheit. Deutlich erinnere ich mich an eine Zeit, in der Buddha eine wichtige Rolle in meinem Leben spielte.

Nachdem ich mich einen Moment an die Vergangenheit aufhielt, konzentriere ich mich auf das Heute. Etwas erweckt meine Aufmerksamkeit. In der Mitte des Sockels erkenne ich eine eingravierte Schrift. Bei genauerem Hinsehen lese ich einen Spruch, der an mich gerichtet sein könnte:

Jedes Leben hat sein Maß an Leid.
Und Manchmal bewirkt eben dieses unser Erwachen.

Über den Spruch nachdenkend lasse ich Buddha los und gehe tiefer in die Halle. Eine Ahnung sagt mir, dass es noch vieles zu entdecken gibt. Aufmerksam blicke ich mich um.

Linkerhand sehe ich eine drei Meter hohe Statue in einer Nische stehen. Sie hält ein Schild, das auf den Boden gestützt ist. Auf diesem Schild sitzen zwei Raben. Als ich ihr bärtiges Gesicht betrachte, fällt mir eine Augenklappe auf. Die Komposition erinnert mich stark an den Göttervater

Odin, der in Asgard lebt. Ragnarök kommt mir in den Sinn. Die Schlacht der Asen gegen die Riesen leitete den Untergang seiner Welt ein. Auf dem Schild steht.

Gedanke und Erinnerung

Ist das eine weitere Botschaft an mich?
Während ich die Worte abspeichere, blicke ich in die Nische daneben und sehe Zeus, der bei den Griechen auch als Schicksalsgott bekannt war. Ein Gott aus der Vergangenheit.
Sollte mich die Statue darauf hinweisen, dass es das Schicksal gibt?
Unter den Göttern der Antike gab es eine Schicksalsgöttin, Tyche genannt.
In der nordischen Mythologie gibt es eine Schicksalsgöttin. Ihr Name ist Urd.
Befinde ich mich aus einem bestimmten Grund in der Halle der Götter, frage ich mich.
Langsam gehe ich weiter.
In Gedanken versunken nehme ich meine Umgebung nur unbewusst wahr und gehe an den Nischen und an den unterschiedlichsten Gestalten vorbei, ohne ihnen besondere Aufmerksamkeit zu schenken. Plötzlich drängt sich eine Skulptur in meinen Verstand. Stehenbleibend scanne ich sie von oben nach unten.
Ein Kopfschmuck aus Federn, der fast bis zum Boden reicht, verrät mir; ein Indianer. Es muss ein besonderer Indianer sein.
Vielleicht Manitu?
Manitu, ein weiterer Gott?
Vielleicht ist Manitu der Gott, in dem das allumfassende Geheimnis der Wirklichkeit innewohnt.

Die große Kraft und die Summe aller heiligen Kräfte.

Möge der Große Geist mit Dir sein und Dich führen.

Seit geraumer Zeit lasse ich das Brustschild des würdevollen Manitou auf mich wirken --- ein Symbol uralter Kraft, das Stolz, Stärke und die tiefe Verbundenheit zur Natur verkörpert.

Plötzlich schweift mein Geist zu den Irokesen, jenem stolzen Volk, das als Hüter der Erde gilt.

Eine alte Legende, die mir einst begegnete, kehrt nun in meinen Gedanken zurück.

Ein Postbote, der zufällig Zeuge eines Gesprächs zwischen zwei Stammesältesten wurde, vernahm in ehrfurchtvollem Ton von einer Macht, die in jedem von uns wohnt.

Sie sprachen von einem Geschenk, das allein vom Schöpfer verliehen werden kann --- einer Adlerfeder.

Als der Postbote diese Worte hörte, überkam ihn ein unbändiges Verlangen. Er war überzeugt, dass der Besitz dieser Feder ihm Macht und Weisheit schenken würde. So verschlang ihn der Gedanke an dieses Symbol, während Familie, Freunde und die einfachen Freuden des Alltags in den Hintergrund traten.

Doch mit den Jahren kehrten Müdigkeit und Einsicht ein. Eines Tages, am Rande eines weiten Feldes, hielt er inne, um die unermessliche Schönheit der Natur zu betrachten. In diesem stillen Moment wandte er sich an seinen Schöpfer:

»Ich gebe meine Suche auf. Fortan will ich mich meinen Liebsten widmen. Vielleicht kann ich auf diese Weise einen Ausgleich finden.«

Kaum hatte er diese Worte ausgesprochen, fühlte er, wie eine schwere Last von seinem Herzen fiel und eine neue Leichtigkeit einkehrte.

Gerade als er seine Wanderung fortsetzen wollte, zog ein Schatten über ihn hinweg. Er hob den Blick und erblickte einen majestätischen Adler, der hoch am Himmel dahinzog. Kurz darauf schwebte etwas Zartes in seine Richtung. Mit ausgestreckter Hand fing er eine wunderschöne Schwanzfeder auf. Während er die Feder zwischen seinen Fingern drehte, begriff er.

Erst als er seine unablässige Suche aufgab und sich in Einklang mit seinem Schöpfer begab, offenbarte sich ihm das wahre Geschenk.

Diese Erkenntnis lehrte ihn, dass wahre Weisheit nicht im blinden Streben nach Macht liegt, sondern im Loslassen und im Annehmen dessen, was das Leben authentisch schenkt. Nicht der Besitz eines Symbols erfüllt uns, sondern die liebevolle Zuwendung zu unseren Mitmenschen und die Harmonie mit der Natur. So wurde dem einst suchenden Herzen offenbart, dass die wahren Schätze des Lebens im Erleben des Augenblicks und im Miteinander zu finden sind.

Der Postbote, der in dieser Erzählung mehr als nur einen Briefboten darstellt, erkannte, dass der Sinn des Lebens nicht im Besitzen großer Macht oder in der Anhäufung von Gold liegt.

Vielmehr entfaltet sich die wahre Größe eines Menschen in der Fähigkeit, Liebe, Fürsorge und Dankbarkeit zu empfinden und diese Gaben mit anderen zu teilen.

In den stillen Momenten der Selbstbesinnung, wenn die Hektik des Alltags nachlässt, offenbart sich uns oft, dass der Schlüssel zur Weisheit im Loslassen liegt. Es ist nicht der unablässige Drang nach mehr, der uns weiterbringt, sondern die Kunst, im Hier und Jetzt zu leben. Es gilt die Schönheit der kleinen Dinge wahrzunehmen und die Liebe zu denen, die uns nahestehen, nicht aus den Augen zu verlieren. So wurde dem einst suchenden Herzen des Postboten eine neue Perspektive geschenkt.

Er erkannte, dass die wahre Weisheit erst dann kommt, wenn wir ein Leben jenseits von materiellen Besitztümern und flüchtigen Sehnsüchten leben. Wenn wir das Leben leben, welches uns zugedacht ist.

Nachdenklich gehe ich weiter.

Ein Sockel unterbricht meinen Weg.

Dieser besteht allerdings nicht aus Glas, sondern aus schwarzem Ebenholz. In dem Moment als ich ihn wahrnehme bin ich schon zu nahe. Deshalb muss ich ein Stück zurücktreten. Erstaunt sehe ich eine Figur, die eine Erinnerung in mir wachruft.

In sich versunken, auf seinen Händen liegt sein Gesicht verborgen, die auf muskulösen Beinen ruhen.

Von irgendwo her glaube ich eine Schwingung zu spüren.

Meine Seele erreicht Verzweiflung und Sühne.

Für mich stellt er den ewigen Krieger dar!

Ich habe gelesen, dass dieser Krieger einen ewigen Kampf führen soll. Gegen einen sich immer wieder neu inkarnierenden Sterblichen.

In der esoterischen Welt wird er unsterblicher Feind oder letzter Feind genannt.

Der Kampf zwischen dem Es, dem Ich und dem Über-Ich wird erst enden, wenn unsere Suche beendet ist.

Die Gegenwart
kann erst dann in ihrer vollen Schönheit erlebt werden,
wenn wir uns auf den Pfad des Verstehens begeben.

Höre mit deinem Herzen.
Kämpfen bedeutet nichts, ohne zu verstehen.

Ich denke, dass ich verstehe. Leben bedeutet einen inneren Kampf zu führen. Auf der Suche nach der Wahrheit, der Wirklichkeit. Ein Stück des ewigen Kriegers zu sein, ist bestimmt eine großartige Aufgabe.
Allmählich glaube ich immer fester, dass es ist kein Zufall ist, dass ich hier gelandet bin.
Welche weiteren Informationen erwarten mich noch?
Werde ich am Ende meiner Reise meinen Weg vollenden?
Nachdenklich bin ich mich weiter durch die Halle geschritten.
Eine Statue zur Linken, die ich aus dem Augenwinkel sehe, erweckt meine Neugierde.
Die Plastik in der Nische sieht aus als stamme sie aus dem achtzehnten Jahrhundert.
Sie ist schlank, trägt eine Perücke und ein ungewöhnliches Kleidungsstück. Irgendwie kommt sie mir bekannt vor. Beim durchstöbern meiner inneren Bilder glaube ich Kant einen bedeutenden Philosophen der Aufklärung zu erkennen. Ich wusste, dass seine größte Arbeit die" Kritik der reinen Vernunft", war.
Meinen Kurs wechselnd trete ich auf die Nische zu und ohne bestimmten Grund erweckt eine Inschrift meine Neugierde.

Glaube an die, die die Wahrheit suchen,
zweifle an denen, die sie gefunden haben!

Nachdenklich bleibe ich noch eine Weile vor Kant stehen. Ohne nachzudenken weiß ich, dieser Rat ist nicht von Kant, sondern von Andre Gide.

Schließlich drehe ich mich um hundertachtzig Grad und gegenüber auf der anderen Seite der Halle sehe ich Goethe. Die Statue sieht aus, wie ich ihn aus Bildern kenne.
Ein breitkrempiger Hut, mit etwas gespreizten Beinen fest mit dem Boden verbunden, einem langen Schal und Kleidung seiner Zeit.
Stolz blickt er in eine ferne Zukunft, seine Gesichtszüge strahlen Erfahrung, Wissen aus.

Die beste Bildung findet ein gescheiter Mensch auf Reisen.

Während ich dies lese, steigt in mir ein für mich stimmiger Verdacht auf. Ich befinde mich nicht nur in einer Götterhalle, sondern auch in einer Halle der Suchenden. Suchende, die durch Erfahrungen ihr Wissen erweitern und die Welt durchwandern.
Hält sich Boris in einer anderen Halle auf?
Ich schüttle den Kopf.
Ist das in diesem Moment, in dieser Umgebung wichtig?
Die Frage verneinend, konzentriere ich mich lieber auf die Halle der Suchenden.
Muss ich jede Nische aufsuchen, um am Ende zu verstehen, oder kann ich mich treiben lassen?
Soll ich dem Schicksal oder dem Zufall vertrauen?
Dem Schicksal vertrauen erscheint mir richtig, also gehe ich weiter.
Ein Sockel, genau im Mittelgang, zieht mich magisch an. Beim Näherkommen erkenne ich, dass er einer Bergspitze gleicht. Auf ihm thront ein Kreuz, an dem ein Mensch hängt. Zwei Schritte später bleibe ich stehen und korrigiere mich.
Kein Mensch – eindeutig Jesus.

Die Dornenkrone, die Wunde unter dem Herzen und sein, bei all dem Schmerz, dass sein makelloses Gesicht ausdrückt, lassen keinen Zweifel zu.

Der Anblick lässt mich über die Grausamkeit der Menschen schaudern.

Die Intoleranz der Religionsvertreter kannte und kennt keine Grenzen.

Während ich Jesus betrachte, erinnere ich mich an den Spruch am Sockel des Buddha. Schließlich gehe ich auf den Felssockel zu und entdecke eine Tafel mit Schriftzeichen:

Liebe – Glaube – Hoffnung

Drei Worte, die für mich den Welteninhalt auf den Punkt bringen. Die Stille um mich herum wahrnehmend, über die Botschaft Jesu nachdenkend, spürc ich Seelenschmerz.

Wie gewalttätig, wie intolerant, wie unbarmherzig Menschen sein können. Kopfschüttelnd befreie ich mich von den eindringenden negativen Gedanken und gehe weiter.

Ohne zu wissen, wie, stehe ich plötzlich vor einem hohen Eisentor. Beinahe wäre ich dagegen gelaufen.

Der Ausgang?

Kurz zögere ich, dann entscheide ich mich, die Halle zu verlassen, ohne zurückzublicken. Mit beiden Händen drücke ich gegen die Türflügel, und tatsächlich bewegen sie sich überraschend leicht nach vorne. Einströmendes Sonnenlicht lässt mich kurz innehalten.

Ein letztes Zögern, und ich verlasse die Ehrenhalle, und trete in die Sonne.

Um mich zu orientieren, bleibe ich stehen.

Während ich mich umschaue, entsteht in mir die Frage: Habe ich es vermasselt?

Habe ich mich zu schnell entschieden die Halle zu verlassen?

Als das Tor hinter mir mit einem heftigen Knall zuschlägt, weiß ich, dass es zu spät ist, etwas zu bedauern.

In diesem Augenblick erfasst mich eine mir bereits vertraute Kraft, und ich begebe mich auf eine Reise.

Diese wird abrupt gestoppt, und ich finde mich in einem Rosengarten wieder. Während ich versuche, ihn in mir zu verankern, verlässt mich mein Zeitgefühl. Plötzlich ertönt eine Stimme.

»Er hat sich tatsächlich verändert«, meldet sich Boris aus dem Nichts.

Ungläubig und mit unterschwelligem Staunen presst er die Worte über seine Lippen.

»Es ist nicht zu leugnen, wenn ich mich an deine Schilderung richtig erinnere lag hier alles im Sterben«, bemerke ich trocken.

In meinem Kopf klingt diese Feststellung abgeklärt, als wäre es das Normalste der Welt, einen Garten zum Leben zu erwecken, dabei schlägt mein Herz bis zum Hals.

Ehrlich gesagt habe ich nicht wirklich daran geglaubt, dass ich, dass wir erwacht genug sind, um etwas zu bewirken. Um etwas so Gewaltiges zu initiieren. Und doch kann ich mich der Veränderung um mich herum unmöglich verschließen. Ehrfürchtig beobachte ich das Erwachen des Gartens. Von meinem Standort ausgehend, bahnt sich die Erneuerung unaufhaltsam seinen Weg.

»Ehrlich gesagt hätte ich das, was hier geschieht, für unmöglich gehalten. Da könnte ich wirklich gläubig werden«, flüstert Boris andächtig.

Während ich ihm leicht abwesend zustimme, wird mir bis in die letzte Faser meines Herzens bewusst. Das unendliche Universum ist eine vielstimmige Sinfonie.

Durch die Schwingungen der Musik entstehen die uns umgebenden Welten. Als öffnet sich mein drittes Auge, erkenne ich den Zusammenhang zwischen den Musiktönen, unserem Denken und der Wirklichkeit. Mir wird deutlich, dass wir nicht direkt die Dinge um uns herum verändern, sondern als Katalysatoren dienen.

Als eine Art Initialzünder.

Sind wir verantwortlich für das Wachstum der Natur und einer höheren Kraft?

»Ist das nicht alles unglaublich?«

Boris gibt mir einen Stoß in die Seite.

»Mir scheint, der Garten findet tatsächlich zurück in seinen Ursprung.«

»Oder seiner Quelle«, flüstere ich mit belegter Stimme, »haben wir tatsächlich durch unser Denken die Realität verändert?«

Nach einer Antwort suchend fällt mein Blick auf den Lederbeutel. Erschrocken stelle ich fest, dass sich der Verschluss geöffnet hat und nun der letzte Tropfen im Erdreich versinkt.

»Verdammt, Boris! Das darf doch nicht wahr sein. Unser lebensspendendes Wasser, es ist weg!«

»Dominik, bitte, du solltest in solch einem heiligen Moment nicht fluchen. Es gibt Wichtigeres als vergossenes Wasser.«

Während mein Freund mich ermahnt, blickt er gebannt auf die sich immer rasanter verändernde Landschaft. Es wirkt, als würde ein unsichtbarer Künstler mit einem riesigen Pinsel über den Garten malen. Mein Blick fällt auf einen blutroten See. In dessen Mitte sich ein schwarzer Monolith befindet. Bei diesem Anblick kann ich nicht verhindern, dass ich zum staunenden Kind werde. Der Felsblock glänzt in einem silbernen Kleid, während klares, reines

Wasser aus seiner Spitze quillt. Beim Anblick des leisen dahinfließenden Wassers, überkommt mich leichte Hoffnung. Tatsächlich beginnt der dunkelrote See sich aufzuhellen. In mir reift eine Idee, der ich folgen will, sobald ich nicht mehr abgelenkt bin.

Aus den Augenwinkeln bemerke ich Katzen die sich dicht zusammenschmiegen. Um schließlich *Eins* zu werden. Fasziniert beobachte ich diesen ungewöhnlichen Vorgang. Es ist schwer, sich diesem beeindruckenden Bild zu entziehen.

Die Konturen des Katzenknäuels verlieren allmählich ihre Form. Vor meinen Augen, ich kann kaum glauben, was sich nur zwei, drei Meter entfernt abspielt, verwandeln sich die Katzen in eine Frau.

Fassungslos starre ich sie an.

Nackt steht sie vor mir. Ihr langes, blondes Haar, das bis zur Hüfte fließt, verhüllt notdürftig ihre Blöße. Wie ein Schuljunge kann ich meinen Blick nicht abwenden. Mein Puls beschleunigt sich, als ihre Nacktheit meinen Verstand erreicht. Verlegenheit lässt mir das Blut ins Gesicht steigen. Dennoch kann ich mich nicht von ihrem bloßen Körper lösen. Die Erinnerung an Boris Schilderung der Gärtnerin drängt sich in meinen Verstand. Doch seine Beschreibung erreicht nicht annähernd die Wirklichkeit.

In einem Punkt hatte er jedoch recht. Diese Frau scheint nicht von dieser Welt zu sein.

Dieser Gedanke löst tief in mir etwas aus. Irgendwann, irgendwo in der Vergangenheit, habe ich sie schon einmal gesehen. Mein Puls überschlägt sich, als mir bewusst wird, dass ich dieser Frau schon einmal begegnet bin. Trotz aller Bemühungen meine Fassung zu wahren, will mir nicht einfallen wo. Mit unergründlichen Augen blickt sie intensiv und forschend in mein Gesicht.

Ihre Nacktheit scheint sie überhaupt nicht zu beunruhigen. Ein mildes, wissendes Lächeln lässt ihr Gesicht erstrahlen.

»Danke«, sagt sie schlicht und leise.

Wofür frage ich mich.

Dann geht sie einen Schritt auf mich zu, streckt ihre graziöse Hand in meine Richtung aus. Auf unerklärliche Weise wird diese durchsichtig, verschwindet kurz aus meinem Blickfeld. Als sie ihre Hand wieder zurückzieht, hält sie eine mir vertraute goldene Kette in der Hand. Das Amulett an der Kette erkenne ich augenblicklich.

»Dieses Amulett möchte ich dir erneut geben. Es soll dich, wie bisher, beschützen und dir immer in Erinnerung rufen, wer du bist. Bewahre es gut und verliere es nicht wieder.«

Für einen Moment hallen ihre Worte in meinem Kopf nach.

Sie tritt näher, ich spüre ihren Atem und ein betörender, rosenartiger Duft hüllt mich ein. Sie streckt ihre Arme aus und zieht die Kette über meinen Kopf. Perfekt schmiegen sich die goldenen Glieder um meinen Hals, und ich spüre, wie eine unbestimmte Kraft von dem Amulett auf mich übergeht. Ihre Hände berühren mich sacht, und ein Schwindelgefühl ergreift mich. Fast verliere ich die Kontrolle über meinen Körper. Die geheimnisvolle Frau, deren Auftreten in keine meiner bisherigen Erfahrungen einzuordnen ist, tritt einen Schritt zurück. Heiße und kalte Wellen durchziehen in wechselnder Intensität meinen gesamten Körper.

Um meine Mitte zu finden, greife ich nach dem Amulett an meiner Brust, hebe es vor meine Augen und betrachte es aufmerksam.

Blutrote Rubine umschließen einen Schmuckstein, einen Chalcedon, einen Heilstein, wie ich wusste. Lange betrachte ich das in den Chalcedon eingearbeitete Antlitz.

Plötzlich wird mir klar, es stellt das Gesicht meines Gegenübers dar.

Während ich über diese Erkenntnis nachdenke, trifft mich blitzartig eine weitere Einsicht. Vor einiger Zeit hatte ich diese geheimnisvolle Frau schon einmal getroffen.

An jenem Ort, der mir jetzt weit entfernt erscheint, die letzte reale Station, bevor ich in dieses Labyrinth gelangte.

Ich schaue mich um, will mich durch Boris Anwesenheit versichern, dass alles keine Illusion ist. Doch ich kann ihn nirgends zu entdecken.

Wohin ist er verschwunden?

Bevor ich meinen Mund öffnen kann, um nach ihm zu rufen, legt mein Gegenüber mir sanft ihre Finger auf die Lippen.

»Bleibe in Harmonie, konzentriere dich auf dein Ki und lass dich auf das Jetzt ein.«

»Einfacher gesagt als getan«, entgegne ich noch immer benommen, »welchen Part spielst du in diesem«, ich suche nach dem richtigen Wort, »in diesem Spiel? Kannst du mir helfen meine jetzige Frau und meine Freunde zu finden. Damit wir gemeinsam in unsere Welt zurückkönnen.«

Nachdenklich blickt mich die mir so vertraute Frau an. Ich spüre, dass sie mein aufgewühltes Inneres registriert hat. Das Überreichen der Halskette kann nur der Anfang sein, denke ich. Schließlich tritt sie einen Schritt zurück und sagt.

»Du hast Recht Dominik. Du hast ein Anrecht, dass ich dir einige Fragen beantworte.«

Woher sie meinen Namen kennt, bleibt mir rätselhaft.

»Nach allem, was du in letzter Zeit erlebt hast, verdienst du Antworten. Allerdings glaube ich, dass ich dir nicht das geben kann, was du erwartest.«

Sie verstummt, als ob sie in sich hineinhorcht.

Schließlich spricht sie leise weiter.

»Es ist lange her, dass du mir die Gemme schenktest, als Ausdruck unserer ewiger Liebe. Ich starb damals. Du lebtest fort. Das Amulett begleitete dich von diesem Augenblick an bis zum Ende deines damaligen Lebens. Welches Geheimnis es ist, wie das Amulett durch die Zeiten reisen kann, weiß ich nicht. Doch es ist zu einem untrennbaren Teil von uns beiden geworden.«

Während sie zu mir spricht Nähert sie sich. Ich nehme ihren Atem und den betörenden Duft wahr. Dann legt sie ihre Hände auf meine Arme und sagt.

»Ich denke, ich sollte dich erinnern, dass deine Suche nun zu Ende ist. Alle Antworten auf all deine Fragen trägst du nun in dir.«

Ein Moment lang stockt mein Herz. und plötzlich drängen sich Bilder eines früheren Traums in meinen Geist.

Schon die erste Szene lässt meinen Körper verkrampfen. Eine junge Frau, ohne nachzudenken weiß ich es ist Elisabeth, liegt sterbend in meinen Armen. Ihre blauen Augen blicken mich mitfühlend an. Blut, schon wieder, lässt mein Herz erstarren. Während meine Augen mit Tränen gefüllt werden, wird Elisabeth in meinen Armen ganz leicht. während ich versuche zu verstehen, spüre ich warme Haut auf meiner Brust und einen kräftigen Herzschlag. Signale, die mich zurück ins Jetzt holen.

Elisabeth legt beide Arme um mich und hält mich sanft fest. Ohne nachzudenken umfange ich sie, drücke sie an mich. Es dauert nicht lange, bis unsere Herzen im Gleichklang schlagen. Für einen unschuldigen Moment vergesse ich Jennifer.

Jeder Gedanke verblasst, löst sich auf, und ein wundervoller Frieden durchströmt mich. Ich will nie mehr loslassen. Dann ist es vorbei.

Sanft löst sich Elisabeth von mir, und jeder Zweifel verfliegt. Der Traum war ein Blick in ein vergangenes Leben.
»Wie ist das möglich«, frage ich, während eine heiße
Welle meinen Körper durchströmt.
»Wegen unserer gemeinsamen Liebe und…«, höre ich ein
verwehendes Flüstern.
»Du bist einen langen Weg gegangen. Mit vielen Umwe-
gen. Du hast erfahren, nichts ist so beständig wie der Wandel. Leben ist ein ewiger Kreislauf. Das Schicksal, das du
manchmal verflucht hast, hat eingegriffen und dich hierhergeführt, um dich zu erinnern.«
»Oh ja, das Leben erscheint mir wie ein einziger Dschungel. Unwissenheit begleitete mich bis hierher, und ich bin
mir nicht sicher, ob sich durch diese Reise etwas verändert
hat. Manchmal glaubte ich, Erkenntnis erlangt zu haben,
nur um schließlich wieder am Anfang zu stehen. Auf dem
Weg hierher war ich oft am Rande der Verzweiflung, verlor die Hoffnung, verfluchte mein Schicksal und fragte
mich nach dem Sinn des Lebens, wollte aufgeben.«
»Alles Wissen ist in deinem Unbewussten bewahrt«, Elisabeth lächelt, während sie mich sacht am Arm berührt,
»es ist an der Zeit für dich loszulassen.«
Für einen Moment verstummt sie, sodass ich in Ruhe über
ihre Worte nachdenken kann.
Dann ergänzt sie.
»Wenn du allerdings noch nicht loslassen kannst, dann
gehe vielleicht in ein christliches oder buddhistisches
Kloster gehen. Lass zu! Erkenne die Stärken des Glau-
bens. Entscheide so über den Rest deines Lebens.«
Nachdenklich schließe ich die Augen. Nehme die Worte
Elisabeths in mir auf.
Dabei kommt mit in den Sinn, dass ganz offensichtlich
mein bisheriger Weg meine Seele erweitert hat.

Teile in mir sind erweckt worden, die zuvor schliefen.
Bevor ich mich endgültig über meinen weiteren Weg entscheiden kann, verliere ich den Bezug zum Boden.
»Nicht jetzt abheben«, ermahne ich mich instinktiv.
Instinktiv greife ich nach dem Amulett an meiner Halskette, um einen Anker im Hier und Jetzt zu finden. Mit
meinen Fingern umfasse ich fest die Gemme, von der ich
nun weiß, dass sie aus einer längst vergangenen Zeit
stammt.
Überraschenderweise scheint mein Vorhaben zu gelingen.
Nichts und niemand könnte mich gegen meinen Willen
hier vertreiben.
Der Mensch denkt – und Gott lenkt.

15
Der Weg im Zen

Eine sanfte Schwingung umgibt mich. Eine leise Melodie der Ruhe und des Friedens erreicht meine Ohren. Langsam öffne ich die Augen und lasse meinen Blick durch den Raum schweifen. Fünf Meter über meinem Kopf spannt sich eine hohe, kunstvoll gearbeitete Decke. Der Raum wird in alle vier Himmelsrichtungen durch solide Wände, die sich in einem gleichmäßigen Abstand von etwa sieben Metern begrenzt. Der Raum ist überwiegend aus warmem, poliertem Holz gefertigt, dessen Maserung Geschichten längst vergangener Zeiten erzählt.

An der linken Wand hängen Bilder, die mich an die geheimnisvolle Welt Asiens erinnern. Darauf hat ein Künstler Szenen, mit traditionellem Pinselstrich und harmonischen Farben gezeichnet.

Auf der gegenüberliegenden Seite schmücken kunstvoll arrangierte Schriftrollen die Wand. Ich kann die Zeichen nicht entziffern, doch ich weiß, dass sie uralte Weisheiten offenbaren. Nachdem ich einige Zeit in diese beruhigende Umgebung verweilt habe, richte ich meinen Blick auf meine nähere Umgebung. Wenige Meter vor mir sitzt ein Mann in reinweißem Gewand. Seine langen, schneeweißen Haare sind kunstvoll hochgesteckt und werden von zwei Elfenbeinstäben gehalten.

Er erinnert mich an vergangene Zeiten und spirituelle Kraft. Ein schimmernder Bart, der ihm bis zur Brust reicht, verstärkt den Eindruck eines in sich ruhenden, meditativen Mannes. Hinter ihm prangt an der Wand eine rechteckige Tafel, etwa drei Meter lang und einen Meter hoch. Diese Tafel ist übersät mit japanischen Schriftzeichen.

Ein wohliges Gefühl der Zugehörigkeit überkommt mich, und schließlich beginne ich zu ahnen, an welchem Ort ich mich befinde. Mit jedem gleichmäßigen Ein- und Ausatmen keimt in mir die Gewissheit, dass ich in einem buddhistischen Raum der Stille und Kontemplation verweilen darf. Ein heiliger Ort, der zum Innehalten und Nachdenken einlädt.

Ich schließe die Augen, lasse mich vollständig auf diese Umgebung ein und tauche ein in das Hier und Jetzt.

Habe ich mich bewusst für diesen Weg entschieden, frage ich mich.

Einem Weg nach innen?

Bin ich in einem Zen-Kloster?

Während ich meinem Verstand Zeit einräume Antworten zu finden, entstehen in meinem Geist lebhafte Szenen.

Ich stehe in einem üppigen Garten, umgeben von duftenden Blüten und sanft raschelnden Blättern. Vor mir blicke ich in die tiefen, weisen Augen Elisabeth. Mit eindringlichen Worten fordert sie mich auf, weniger in der äußeren Welt umherzureisen und endlich den Schatz meiner inneren Welt zu entdecken.

Plötzlich beginnt das Bild von Elisabeth zu verblassen, und in mir regt sich aufkommende Panik, die vergeblich versucht, diesen Prozess aufzuhalten. Ihre Stimme wird immer schwächer, während ihre Worte in meinen Ohren nachhallen. Ein liebevoller, sanfter Blick dringt, wie zum Abschied, tief in mein Herz.

Meine Augen füllen sich mit Tränen als sich Elisabeth endgültig im Licht auflöst. Obwohl mein Sichtfeld unscharf wird, erkenne ich, dass ich den Weg zu mir selbst antreten muss.

Tief in mir kommen mir die Worte über den Pfad in den Sinn, der Weg existiert gleichzeitig und doch er nicht. Bis sie sich tief in meinem Bewusstsein verankert haben.

Als ich überzeugt bin, diese Botschaft in mir aufgenommen zu haben, wische ich das Seelenwasser aus meinen Augen. Etwas klarer sehend wende ich mich der Welt um mich herum zu. Ein Gefühl der Gelassenheit durchströmt mich, während es scheint, als würde ich durch meinen eigenen Körper reisen. Sanft löse ich mich und richte meinen Blick auf den Mann, der mir gegenübersitzt.

Übergangslos habe ich ein Déjà-vu.

Der ehrwürdige Mann, dem ich aufmerksam anschaue, entpuppt sich als mein Zen-Meister Niwa Rempo Zenji. Der mich schon einmal geführt hat.

Wird er mich auf meinem inneren Pfad begleiten?

Beginnt meine Reise der Selbsterkenntnis neu in diesem spirituellen Raum. In dem Vergangenheit, Gegenwart und Zukunft miteinander zu verschmelzen scheinen.

Die Stille des Raumes und die Weisheit meines Meisters erinnern mich daran, dass der innere Weg kein geradliniger Pfad ist, sondern ein stetiges Werden, in dem jede Erfahrung, sei sie schmerzhaft oder erleuchtend, ihren festen Platz hat. In diesem Augenblick bin ich bereit, die Geheimnisse meines Herzens zu erforschen und den Pfad der inneren Weisheit mutig zu beschreiten.

In den ersten Wochen meines Hierseins empfinde ich eine seltsame Distanz – als ob ich nicht erwünscht wäre. Doch nach und nach ändert sich alles. Mein Mentor beginnt, mir Fragen zu stellen, die tief in mein Inneres dringen und meine Seele berühren. Mit der Zeit zeigt sich sein inneres Wohlgefallen, und er führt mich behutsam in die Praxis des Zazens ein. Eine besondere Meditationstechnik des Zen-Buddhismus. Diese öffnet mir die Augen, wie oberflächlich in den letzten Jahren meine meditativen Versuche gewesen sind.

Je intensiver ich Zazen praktiziere, desto deutlicher wird mir die Einheit von Körper und Geist. Diese Technik vermag es, beide in eine harmonische Balance zu bringen und sie in eine wohltuende Stille zu hüllen. Oft vergehen Stunden, bis ich jene mystischen Momente erlebe. Jenes Erkennen, das in der Zen-Tradition als Kenshō bezeichnet wird.

Was ist Kenshō?

Ganz einfach und zugleich schwer fassbar.

Kenshō bedeutet, das eigene Ich zu erkennen.

Inmitten meiner Meditation, in der ich immer mehr loslasse, schwebt unerwartet die Inschrift des Apollotempels von Delphi an meinen inneren Augen vorbei.

Erkenne dich selbst.

Dieser antike Gedanke, den bereits die griechischen Philosophen als Fundament des Erkenntnisprozesses verstanden haben, veranlasst mich innezuhalten und in den Abgrund meines Seins zu blicken.

In meinem Kopf nehme ich eine Art Klick wahr. Tief in mir hat sich etwas verändert. Doch ich kann nicht in Worte fassen, welche Auswirkungen die Veränderung auf mich hat. Während meiner Zeit im Kloster empfange ich von meinem Meister immer wieder subtile Signale, denen ich zunächst nur zaghaft folge. Mit jedem Treffen werde ich sicherer und empfinde zunehmend eine innere Klarheit.

In einer kleinen, sorgfältig zusammengestellten Bibliothek entdecke ich (zufällig?) ein Buch über Satori. Es ist ein Glücksfall, denn in meiner Muttersprache verfasst, hilft es mir, besser die Lehren des Zens in ihrer Tiefe zu verstehen. In Gesprächen über das Buch mit meinen Sensei erfahre ich, dass Satori die plötzliche Erkenntnis des universellen Wesens des Daseins darstellt. Den Urgrund der Buddha-Natur, der in jedem von uns schlummert.

Ein besonderes Geschenk meines Meisters ist ein Koan. Dies ist ein scheinbar paradoxes Rätsel. So ein Koan ist dazu gedacht, den rationalen Geist zu überlisten und den Weg zur intuitiven Erkenntnis zu ebnen.

Über Wochen hinweg meditiere ich unermüdlich darüber. Bis an die Grenzen meiner Vorstellungskraft. Verzweifelt beginne ich irgendwann zu verstehen, dass die Antwort, jenseits meiner bisherigen Sicht auf die Wirklichkeit liegt.

In meinen freien Stunden suche ich den Austausch mit den anderen Schülern. Deren tiefgehende und oft unerwartete Fragen und Antworten führen mir meine eigene Ahnungslosigkeit vor Augen.

Diese Gespräche eröffnen mir neue Perspektiven und lassen mich erkennen, wie viel es noch zu lernen gibt.

In manch hitzigen Diskursen über Vergänglichkeit, Achtsamkeit und das Wesen des Seins spüre ich, wie mein Horizont sich erweitert und mein innerer Kompass neu justiert wird.

Zwei- bis dreimal in der Woche widmet mir mein Meister in Einzelsitzungen seine ungeteilte Aufmerksamkeit. In einem dieser intensiven Gespräche spricht er von *Karuna*. Mit der vertrauten Zen-Gelassenheit weckt er mein Interesse für diesen Begriff, der in der buddhistischen Ethik und Geistesschulung eine zentrale Rolle spielt.

Auch jetzt hilft mir die Bibliothek.

Nach einer längeren Suche kommt mir ein Buch in die Finger, welches mir hilft, Karuna als echtes Mitgefühl und Mitfühlen zu verstehen.

Dies ist weit entfernt von oberflächlichem Mitleid. Es reicht weit in das tägliche Handeln hinein. Im Austausch mit meinen Mitschülern wird mir außerdem bewusst, dass Karuna weit mehr bedeutet als eine bloße Emotion. Es ist ein lebendiger Impuls, der uns dazu anregt, in jeder Begegnung Mitgefühl und Achtsamkeit walten zu lassen. Diese Erkenntnis verändert nicht nur meine Meditationspraxis, sondern auch meinen Alltag.

Ich beginne, in den einfachen Gesten des Alltags, einem freundlichen Lächeln, einer aufmerksamen Berührung oder einem stillen Moment des Zuhörens, die Essenz von Karuna zu entdecken.

Karuna lehrt mich, dass der wahre Pfad zur Selbstfindung nicht in der Flucht vor dem Schmerz liegt, sondern im bewussten Annehmen und Verstehen unserer inneren Empfindungen.

Mit jeder Meditation vertiefe ich mein Verständnis für mich selbst. Ich bemerke, wie mein Atem in sanftem Rhythmus durch meinen Körper fließt und wie jeder Atemzug mich näher an die Essenz meines Seins bringt. Die Schatten vergangener Zweifel weichen einem Gefühl tiefer Verbundenheit. Sowohl zu mir selbst als auch zu den Menschen um mich herum.

Die Natur des Augenblicks enthüllt mir, dass jeder Moment ein kostbarer Lehrer ist. Der mir Hinweise auf den Weg zu meiner wahren Identität gibt. So beginnt eine innere Transformation, die mich Schritt für Schritt näher zu meinem wahren Selbst führt. Ein Weg, der mir zeigt, dass das Streben nach Erkenntnis und Mitgefühl der einzige Pfad ist, der über das oberflächliche Leben hinausführt.

Jeder Atemzug, jeder meditative Moment und jedes aufrichtige Gespräch mit meinen Mitmenschen trägt dazu bei, dass ich endlich zu der Erkenntnis gelange, die mir mein Meister einst als Geschenk überreicht.

Nur wer sich selbst erkennt, kann wahrhaft im Einklang mit sich und der Welt leben.

Wochen vergehen, während ich weiter auf diesem Pfad wandere, spüre ich, wie die Grenzen zwischen Innen und Außen immer mehr verschwimmen. Die Klostermauern, die mich bisher schützend umgaben, wirken nun wie ein Spiegel, der mein inneres Universum reflektiert.

In den Stunden der Dämmerung sitze ich oft am Fenster, beobachte den sanften Tanz des Windes und fühle, wie mein Geist sich mit der unendlichen Weite des Himmels verbindet. In diesen Momenten wird mir bewusst, dass jede Erfahrung, jede Herausforderung und jede Begegnung ein Teil des großen Mosaiks meines Seins ist.

Mit fortschreitender Zeit und wachsender Achtsamkeit wird mein Alltag zu einer fortwährenden Meditation. Selbst die kleinsten Details, das Klingen einer entfernten Glocke, das Rascheln der Blätter oder das Flüstern des Regens, werden zu wertvollen Impulsen.

Diese Offenheit für das Leben, diese unaufhörliche Suche nach tiefer Wahrheit und echtem Mitgefühl, lässt mich erkennen, dass der Weg des Zens nicht nur eine Praxis ist, sondern eine Lebensweise.

Ein ständiges Werden, ein immerwährender Tanz zwischen Sein und Werden, in dem jede Sekunde zählt und jeder Augenblick mich weiter zu meinem wahren Selbst führt.

Warm der Regen fällt.
Weiße Segel verschwinden.
Wasser ins Meer fließt.

16

Vom Alpha zum Omega

Vor einer Stunde wurde das lange nicht mehr geölte Schlagwerk einer alten Wanduhr in Gang gesetzt. Die Schläge des Schlagwerkes zähle ich neugierig mit. Beim dreiundzwanzigsten Schlag verstummt es. Seit etwa sechs Stunden sitzen wir vier am Tisch.

Wieder einmal referiere ich leidenschaftlich über meine Ansichten zur Welt. Ein Thema, das für mich scheinbar kein Ende hat. Je später es wird, desto wacher scheint mein Verstand zu arbeiten. Während in der Runde die Worte, bis auf mich, rarer werden. Müdigkeit hält Einzug in jeder Seele.

»Dominik, ich finde, es ist spät«, bemerkt mein Freund und reckt sein kantiges Kinn nach vorne.

»Können wir nicht morgen deine Themen erneut aufgreifen? Frisch und ausgeschlafen lassen sich die aufgeworfenen Fragen viel besser lösen. Unsere Mädchen sind müde, genau wie ich. Es ist höchste Zeit, dass wir unsere Schlafstatt aufsuchen und ein wenig schlafen. Morgen erwarten uns wieder neue Abenteuer, für die wir aufnahmefähig sein sollten.«

Demonstrativ hält Boris seine Hand vor den Mund und gähnt herzhaft in meine Richtung.

»Danke, Boris, ja es ist wirklich spät«, flüstert Sandra leise,»wir alle benötigen Schlaf. Morgen erwartet uns ein anstrengender, aufregender Tag. Ich zumindest bin mittlerweile recht erschöpft. Also lasst uns diese Diskussion beenden.«

Jennifer schließt sich den beiden an. Ihr provokantes Gähnen signalisiert, dass der feuchtfröhliche, nachdenkliche Abend zu Ende gehen muss.

»Keine Frage, ihr habt recht. Allerding ihr müsst mir verzeihen. Bevor ich diese Nacht ruhig durchschlafen kann, muss ich nur noch einen wichtigen Gedanken loswerden.«

»Na hoffentlich«, meldet sich Boris.

»Und der wäre« fragt Sandra.

Sandra zeigt deutlich ihre Ungeduld. Indem sie ihre Hand vor den Mund hält, versucht sie ihr Schlafbedürfnis zu unterdrücken. Um die Situation etwas aufzulockern, lächle ich sie an und nehme ihre Frage als Einladung.

»Erinnert ihr euch, wie wir bei unserer letzten Diskussion davon sprachen, dass unsere Sprache Wirklichkeit erschaffen kann. Vielleicht sogar erst die eigentliche Realität erschafft? Als ich darauf eingehen wollte, wolltet ihr mir nicht folgen, und ich kam nicht dazu, mein wichtigstes Argument ins Gespräch einzubringen.«

»Dominik, komm zur Sache, wir sind alle müde«, unterbricht mich Jennifer scharf.

Müdigkeit verleiht ihrer Stimme einen ungefilterten Ton.

»Meine liebe Jennifer«, reagiere ich, während ich ihr direkt in die Augen blicke, »es dauert nicht mehr als fünf Minuten. Es geht um das wichtigste Buch der Menschheit. Jeder kennt den Anfang, doch nur selten denken wir wirklich über die Worte nach.«

Wie bei Synchronschwimmerinnen zeichnen sich Falten des Unmuts auf Sandras und Jennifers Stirn ab.

»Du strapazierst wirklich unsere Geduld.«

Sandras Stimme kling etwas heftig.

»Du sprichst von der Bibel«, meldet sich Jennifer zu Wort, »und willst dich auf den ersten Satz berufen. Am Anfang schuf Gott den Himmel und die Erde. Wenn du deinen so einzigartigen Gedanken nicht gleich bringst, dann ist Schluss mit lustig und du wirst heute Nacht schlecht schlafen müssen.«

»Eigentlich heißt es präziser«, beginne ich und lege bewusst eine Pause ein, »im Anfang war das Wort und das Wort war bei Gott, und Gott schuf Himmel und Erde.«

»Im«, knurrt Boris unvermittelt, »was soll das ‚im‘ bedeuten?«

»Genau! Welchen Unterschied sollte ‚im‘ und ‚am‘ machen? Doch alles hat Bedeutung. Lasst uns die Sprache ernst nehmen, denn sie ist nicht zufällig«, entgegne ich bestimmt.

»Das mag sein, doch worauf willst du hinaus?«

Ein Gedanke schießt mir durch den Kopf.

Hast du etwa angebissen, Jennifer?

»Nun, überlege doch, Jennifer. Was kommt vor dem Sprechen?«, ich blicke gespannt in die Runde, sehe jedoch nur müde Gesichter, und so füge ich hinzu, »na, ich nehme an – das Denken?«

»Na, jetzt bist du ja endlich beim Wesentlichen angekommen“, meint Sandra süffisant und sarkastisch zugleich, »worauf du auch hinauswillst, wir beenden das Gespräch und gehen schlafen! Ich glaube nicht, dass dir im Moment jemand folgen kann.«

Enttäuschung breitet sich in mir aus und sage.

»Ich hatte gehofft, einen von euch von meinem Gedanken überzeugen zu können. Es sollte doch nicht so schwierig sein, zu verstehen, worauf ich hinauswill. Deshalb noch eine allerletzte Bemerkung. Quasi als Schlafhupferl. Denken bestimmt das Sein. Könnte es also sein, dass wir in einer Welt leben, die nur gedacht oder geträumt wird?«

Ich schaue gespannt in die Gesichter meiner Freunde, erwarte eine Reaktion. Doch Schweigen antwortet mir.

Also gebe ich gebe leicht enttäuscht auf.

»Nun wie ihr wollt, lasst uns den Abend beenden.«

Als hätten sie nur darauf gewartet, stehen meine Freunde auf, und mit einem leisen „Gute Nacht" zieht sich einer nach dem anderen in sein Zimmer zurück.

Ich blicke ihnen nach, und es wird mir warm ums Herz. Bessere Freunde könnte man sich kaum wünschen. Ich bin mir bewusst, wie außerordentlich sie sind. Irgendwann werden sie vielleicht die Tragweite meiner Überlegungen verstehen. Mit mir über die Konsequenzen der Sprache zu diskutieren.

Trotz allem bin ich zufrieden mit mir und der Welt. Langsam folge ich meiner Frau in die Nacht.

Sechs Stunden später, noch nicht ganz ausgeschlafen, sitzen wir still am Frühstückstisch. Aromatischer türkischer Mokkaduft erfüllt die Gaststube und breitet sich in meiner Nase aus. Wortlos genießen wir das üppige Büffet und lassen uns auf den Tag einstimmen.

Nachdem wir gefrühstückt haben, danken wir dem Koch für seine unerwartete Speisenauswahl und packen unsere Koffer und Taschen.

Herzlich verabschieden wir uns von Ayk, unserem Gastgeber, der es sich nicht nehmen lässt, uns persönlich zu verabschieden. Mit dem Versprechen, wiederzukommen, treten wir hinaus in die frühmorgendliche Kühle.

Eine orangerote Sonne blinzelt über die Dächer der geduckten Häuser. Über die staubige Dorfstraße begeben wir uns zur nahegelegenen Garage, wo ein in die Jahre gekommener Land Rover auf uns wartet. Voller Vorfreude auf das Abenteuer verstauen wir unser Gepäck, steigen ein und fahren der lockenden Sonne entgegen.

Kurz bevor wir das Dorf verlassen, taucht aus einer Seitengasse ein großer, schwarz-weißer Hund auf.

Schwanzwedelnd springt er auf unser Auto zu. Wegen der frühen Stunde, die Bewohner schlafen noch, rollt mein Rover im Schritttempo die staubige Hauptstraße hinunter. Der Hund erreicht unser Fahrzeug und läuft neben uns her. Für ihn ist dies offensichtlich eine willkommene Abwechslung zum erwachenden Tag.

An der einzigen Kreuzung des Dorfes halte ich aus Gewohnheit an. Obwohl der Verkehr hier vernachlässigbar ist. Bellend springt der Hund an der Autotür hoch. Nach einigen Versuchen steckt er kurz seine Schnauze durch das Seitenfenster, schaut sich neugierig um. Lässt sich fallen und landet mit einem Satz auf der Straße. Er setzt zu einem Sprint an, will uns wohl den Weg zeigen, denn er läuft vor dem Auto her.

Kaum haben wir die Dorfgrenze hinter uns gelassen und ich will auf das Gaspedal treten, gesellt sich eine schwarze Katze zu dem Hund. Gemeinsam trotten die beiden, sie mit erhobenem Schwanz, vor dem Wagen her. Die Szene bringt mich zum Schmunzeln, und ich bremse nochmals ab. Es kommt mir vor, als seien die beiden Tiere unsere Eskorte.

Wollten sie uns den Weg zeigen?

Einige hundert Meter später werde ich ungeduldig und spüre, dass es an der Zeit ist, schneller voranzukommen. Also beschleunige ich vorsichtig und fahre an den Tieren

vorbei. Im Rückspiegel sehe ich unsere tierischen Beglei-
ter, die traurig hinter uns herzuschauen scheinen.
Dann verschwindet zuerst die Katze, anschließend der
Hund in den Büschen. Verwirrt und nachdenklich blicke
ich auf die Landstraße vor mir.
Wieder ein Déjà-vu?
Ich bin mir nicht ganz sicher, doch tief in mir glaube ich,
diesen Hund, die Katze und die Fahrt auf dieser Land-
straße bereits einmal erlebt zu haben.
In einem anderen, früheren Leben?
Habe ich den Anfang meiner Reise erreicht?
Muss ich mich verabschieden – von was auch immer?

ENDE

ENDE

ENDE

ENDE

ENDE

ENDE

ENDE

Loderndes Feuer.
Flamme erfasst die Fülle.
Glut wird zu Asche.

17
Spirale oder Kreis

anges, blondes Haar umrahmt ein leicht gebräuntes Gesicht. Beine, in schwarze Netzstrümpfe gehüllt, liegen entspannt auf einer Couch, leicht angewinkelt. Ein schmaler, schwarzer Minirock bedeckt einen Teil ihrer langen Beine. Ihr schmaler Oberkörper, zart umspielt von einer fast durchsichtigen, schwarzen Bluse, offenbart in feinen Konturen Sinnlichkeit.

Ich muss nicht lange in meinen Erinnerungen suchen, denn ich erkenne sie sofort.

»Jennifer.«

Das Wort entweicht mir zunächst als ein rauer Hauch, ein Flüstern, das in der Stille verhallt.

»Jennifer.«

Meine Stimme gewinnt an Stärke, getragen von der Sehnsucht, dass wahr ist, was ich sehe, und die Freude darüber sie Wiederzusehen.

»Jennifer!«

Doch zunächst geschieht nichts. Sie bleibt regungslos liegen. Der Rhythmus ihres Atems, gleichmäßig und beruhigend, lässt ihre Brust sanft auf- und absteigen. Glücklich betrachte ich ihr Gesicht. Eine Mischung aus Erschöpfung und verborgener Traurigkeit, spiegelt sich in ihren feinen Gesichtszügen wider. Eine leichte Bewegung ist darin zu erkennen.

Offensichtlich hat mein Rufen sie aus einem Traumzustand gerissen. Zögerlich beginnt sie sich stärker zu bewegen. Ihre Augen öffnen sich langsam, und als sie mich erblickt, wird ihr Gesicht von ungläubigen Leuchten überzogen.

»Dominik.«

Mein Name schwebt als sanftes Flüstern durch den Raum. Jennifer reißt die Augen weiter auf, als könne sie kaum glauben, dass ich vor ihr stehe.

»Dominik!«

Nun gleicht das Wort einem Schrei, angefüllt mit überwältigender Freude und Erleichterung.

Überrascht von der Intensität ihrer Emotionen, die mich unerwartet erreichen, weiche ich einen Schritt zurück. In mir brodelt ein explosiver Mix aus widersprüchlichen Gefühlen. Freude, Verwirrung, Erleichterung und ein Hauch von Wehmut überschwemmen mich in Wellen.

Diese Wogen muss ich erst einmal bändigen.

»Dominik, ... bist du es wirklich?«

Die Worte, die Jennifer, jetzt wieder leise, hervorbringt, erreichen meine Ohren. Mehrmals öffnet und schließt sie die Augen. So als wolle sie ein trügerisches Bild vertreiben. In diesem Moment fühle ich, wie sehr sie um ihre Fassung ringt.

Verwirrt, frage ich mich auf welchem Weg ich hergekommen bin. Um mich zu vergewissern, dass ich genau da bin, wo ich denke zu sein, blicke ich mich um.

Unser Wohnzimmer ist unverändert, als ob die Zeit innegehalten hat. Mein suchender Blick kehrt zu Jennifer zurück. Es scheint, als hätte sie den Kampf mit den Bildern in ihrem Geist beendet und beginnt nun, die Realität anzunehmen. Warmes Licht erobert den Raum.

Jennifer lächelt.

In diesem Augenblick wird mir bewusst, dass unser Wiedersehen mehr ist als ein Zufall.
Es ist ein Wendepunkt.
Vielleicht das Ende meiner Reise, ein zarter Neubeginn.
Melancholie sehe ich in Jennifers Augen.
Kann sie nicht glauben was sie sieht?
Darüber nachdenkend erkenne ich noch eine weitere Seite.
Es ist Freude des Wiedersehens, und für einen flüchtigen Moment das verschmelzen von Vergangenheit und Zukunft. Mit jedem Atemzug meinerseits und dem Blick in ihr Gesicht wächst in mir das Gefühl, dass unser gemeinsamer Weg erst jetzt beginnt.
Während der Tag allmählich anbricht und die Schatten der Nacht weichen, spüre ich, dass wir beide bereit sind Versprechen auf Zukunft zu geben. Dieser Moment, so flüchtig und doch unendlich bedeutungsvoll, trägt den Zauber des Lebens in sich.
Während der Tag Sieger über die Nacht wird und die Schatten der Nacht weichen, spüre ich tief in mir, alles wird gut.
Ein neuer Morgen ist angebrochen. Mit ihm erwacht nicht nur die Natur, sondern auch die Hoffnung.
»Wie kommst du hierher? Wo warst du?«
Diese Fragen sind gemischt mit Freude, Erstaunen und Unglauben. Jennifer springt auf. Tränen spiegeln sich in ihren Augen, während mein Verstand noch die Grenze zwischen Traum und Wirklichkeit auslotet.
Instinktiv ziehe ich sie in meine Arme und halte sie fest.
»Was ist los, Jennifer? Es gibt keinen Grund zu weinen. Was meinst du damit, wo kommst du her?«
Mit Hilflosigkeit in der Stimme lasse ich sie los, um selbst nach Antworten zu suchen. Mein Geist verlangt nach einer Verschnaufpause.

Ich entferne mich von ihr, um emotional freier nachzudenken, gehe zu meinem vertrauten Sessel und setze mich.
Zurückgelehnt, versuche ich, die vagen Erinnerungen in
meinem Kopf zu ordnen. Plötzlich drängt sich eine Erinnerung in mein Bewusstsein.
Jennifer ist auch aufgestanden. Ist mir gefolgt. Setzt sich
auf meinen Schoß. Legt ihren Arm fest um meine Schulter.
Als wir später über diese Situation sprechen, offenbart sie
mir, wie sehr sie fürchtete, dass ich ohne Vorwarnung in
meinen alten Zustand zurückfallen könnte.
Eine lange, schweigende Stille legt sich über uns.
Nach einem tiefen Atemzug steht Jennifer auf. Der Sessel
wurde unbequem für uns beide. Sie begibt sich zum Sofa
und lässt sich dort nieder. Um die erdrückende Stille zu
brechen, wage ich endlich die Frage, die mir schon seit einiger Zeit im Kopf herumspukt.
»Haben wir uns nicht, bevor du in die Küche gingst, über
Zeit und Raum unterhalten?«
Ihre Augen weiten sich, runzelt die Stirn, als hätte ich einen unerwünschten Gedanken geweckt. Ein seltsames Gefühl erfasst mich.
Irgendetwas ist mir unbemerkt entglitten, doch was?
»Als ich mit dem Zucker aus der Küche kam, lagst du auf
dem Boden.«
Ein unerwarteter Blitz der Erkenntnis durchzuckt meinen
Geist. Bruchstückhafte Bilder und Puzzleteile tauchen vor
meinem inneren Auge auf.
»Ich erinnere mich, dass du in der Küche verschwunden
warst, als ich zum Fenster ging, um über den seltsamen
Traum der Nacht nachzudenken. Irgendwie fühlte ich
mich plötzlich mich mit unbekannten Energien verbun-
den. als hätte ein Schleier meine Wahrnehmung umhüllt.
Was genau mit mir geschehen ist, entzieht sich meinem

388

Gedächtnis, aber ich spürte, wie ich in etwas Fremdartiges hineingezogen wurde.«

Jennifer lehnt sich zurück und lauscht gespannt.

»Und was geschah dann?«

»Ich bin mir nicht sicher«, antworte ich zögerlich, »es war, als wäre ich Teil meines nächtlichen Traums. Als würde dieser Traum Wirklichkeit. Ich fand mich, ganz real, im Jahr 2095 wieder.«

Während ich verstumme, suche ich weiter nach Antworten in mir.

»Dominik, was soll das bedeuten? Meinst du, du seist in eine Zeitfalle geraten? Willst du sagen, dass dein Bewusstsein den Raum – ja, unser Zeitkontinuum verlassen hat?«

»Wenn ich es nur wüsste, was ich denken soll«, erwidere ich verzweifelt, »ich weiß es klingt absurd, fast unglaublich. Wie könnten in unserer jetzigen Wirklichkeit Zeitreisen möglich sein? Und doch drängen sich mir immer wieder Bilder in den Kopf, so falsch und unwirklich sie mir vorkommen mögen, die den Verdacht nähren. Ich bin genauso ratlos wie du und habe keine Ahnung, was wirklich geschehen ist…«

Mit zittriger Hand greift Jennifer nach einem Taschentuch, wischt sich die feuchten Augen ab.

»Ich höre deine Stimme, ich sehe dich. Das macht mich in meinem Herzen glücklich, auch wenn ich noch immer nicht verstehe, was dir widerfahren ist.«

Eine unübersehbare Hilflosigkeit in ihren Augen erreicht mein Herz.

Ich stehe auf, gehe zu ihr hinüber und setze mich so dicht wie möglich neben sie. Sanft nehme ich sie wieder in meine Arme. Sie legt den Kopf an meine Schulter, und für einen Augenblick werden wir *Eins*.

Schweigend, vereint im Moment.

Nach einiger Zeit beuge ich mich erneut zu ihr hinüber, um sie für immer festzuhalten. Doch meine Hände treffen ins Leere.

Enttäuschung und Erstaunen breiten sich in mir aus, und während ich über das "Wieso" nachdenke, versinke ich in einer dunklen Leere.

Irgendjemand – oder etwas – hat mal wieder in mein Leben eingegriffen.

Gott, Buddha erwacht.
Harmonie in Raum und Zeit
Wirkt in uns allen.

18
Erwachen

Meine Stirn fühlt sich nass an. Wasser rinnt in meine Augen. Instinktiv hebe ich meinen Arm, um die Feuchtigkeit wegzuwischen, doch jemand hält mich sanft zurück. Weiche Lippen berühren meine Augenlider, und mit diesem zarten Kuss scheint die Nässe zu verschwinden. Sanft streicht eine warme Hand über meine Wange, während ich gleichzeitig einen warmen Atem an meinem Ohr spüre.

»Dominik«, dringt mein Name sanft und eindringlich in mein Bewusstsein, »wach bitte, bitte wach endlich auf.«

Wer ruft mich?

Die Frage hallt in meinem Inneren wider. Es folgt Stille, keine Antwort.

Während ich meine Erinnerungen durchforste, wird mir plötzlich klar, dass diesmal etwas anders ist als bisher. Zögernd öffne ich die Augen. Es dauert einige Zeit, bis ich glauben kann, was ich sehe.

Die strahlenden Augen meiner Frau blicken auf mich herunter. Mein Herz stockt, nimmt jedoch schnell seine Aufgabe wieder auf, als ich Erleichterung in Jennifers Blick entdecke.

»Endlich«, haucht sie, und ihre Stimme trägt sowohl Sorge als auch unendliche Erleichterung mit sich.

»Was ist passiert?« frage ich, noch immer benommen.

Konnte es wirklich sein, dass alles vorbei ist?

Habe ich wirklich meine Zukunft verlassen?

»Also ich kam aus der Küche, und du lagst bewusstlos auf dem Boden«, sagt sie leise, als könne sie selbst noch nicht glauben, was in diesem Moment geschieht.

»Bewusstlos?« wiederhole ich ungläubig.

Erinnerungen eilen durch mein Bewusstsein. Ich befand mich in einem Labyrinth. Sah mich in einem Hotel. Eine Welle bestehend aus Ratten kam auf mich zu.

Erschrocken weiche ich zurück

»Was ist los Dominik bedrängen dich unangenehme Erinnerungen.«

Sie nimmt mich in den Arm, drückt mich zärtlich an sich.

»Ja«, antwortet sie nach einer kurzen Pause, »und ich muss dir gestehen, es war nicht einfach, dich auf die Couch zu legen.«

»Wie lange war ich bewusstlos?« frage ich ungläubig.

Noch immer versuche ich, die sublimen Szenen in meinem Verstand, mit meiner Umgebung in Einklang zu bringen.

»Genau in dem Moment, als ich den Notruf absetzen wollte«, Jennifer geht nicht direkt auf mich ein, »hörte ich ein leises Stöhnen von dir. Du hattest dich zur Seite gedreht. Also legte ich das Handy wieder auf den Tisch und wandte mich dir zu. Ich legte meine Hand über deinen Mund. Dein Atem war gleichmäßig. Um wirklich sicherzugehen, dass alles in Ordnung ist, fühlte ich deinen Puls. Auch dieser schlug in einem akzeptablen Rhythmus.«

Noch nicht ganz im Hier und Jetzt richtet ich mich auf. Mein Kreislauf kommt in Bewegung, Schwindel erfasst mich, und ich lasse mich fallen.

»Kannst du dich erinnern, dass ich, bevor ich den Kontakt zum Jetzt verlor zu dir sagte ‚Seltsam‘?«

»Natürlich. Wir haben doch erst vor circa sechs Stunden über die Traumreise, während deines nächtlichen Traums, in eine andere Zeit gesprochen.«
Jennifer und legt den Kopf leicht schief und sucht offensichtlich nach Erinnerungen.
»Du meintest, du wärst im Traum ins Jahr 2095 gereist.«
»Genau! Und jetzt habe ich das Gefühl, dass diese Reise tatsächlich stattgefunden hat. In meinem Kopf schwirren irre Bilder kreuz und quer durcheinander. Natürlich ist es unmöglich. Es gibt keine Zeitreisen und keine Maschine die dies ermöglichen könnte.«
»Dies könnte erklären, weshalb du so tief geschlafen hast. Du warst weit weg von Hier«, Jennifer unterbricht sich mit gekünstelten lachen, »meine Versuche dich aufzuwecken, blieben lange erfolglos. Schließlich beruhigte ich mich und dachte, wenn du nicht endlich aufwachst, werde ich einen Arzt rufen. Doch dann erinnerte ich mich an deine Worte ‚Panik ist der kleine Bruder vom Tod‘, also übte ich mich in Geduld.«
»Danke dafür. Wer weiß welche Maßnahmen ein Arzt eingeleitet hätte. Und wir beide wissen, wie wichtig Träume sind und diese sollten nicht ohne Grund ab- oder untergebrochen werden«, für einen Moment werde ich nachdenklich, »an eines erinnere ich mich allerdings. Ich hatte tatsächlich einen Traum, der sich zeitweise wie ein Alptraum anfühlte und öfter wäre ich diesem Traum unbedingt entkommen. Doch jeder Traum, auch ein scheinbar schlechter ist wichtig. Denn in einem Traum verarbeiten wir sowohl die Vergangenheit wie wir uns auf die Zukunft vorbereiten. Möglicherweise erinnern wir uns auch daran, dass es mehr im Leben gibt, als unsere Schulweisheit uns vermitteln möchte.«
Bei diesen Worten verfalle ich in lautes Lachen.

Jennifer stimmt ein, und unsere angespannte Situation entspannt sich ein wenig.

Um die Situation endgültig zu beruhigen frage ich.

»Liebling, was gibt's zu essen? Ich habe einen mordsmäßigen Hunger. Ich könnte, wäre ich nicht Vegetarier ein ganzes Rind vertilgen.«

»Liebling«, sie lächelte, »das kann ich gut verstehen. Was hältst du von einer Pasta? Die kann ich schnell zubereiten, bevor du mir vom "Fleisch" fällst.«

Nach einem langen, befreienden Kuss verschwindet sie in der Küche.

Tief in mir, in stillen Momenten der Erinnerung, bleibt dieses Erwachen als fast vergessene Traumstunde zurück. Jahre später, als ich meinen eigenen Weg gefunden hatte, tauchten die Traumerlebnisse, bruchstückhaft, immer wieder in meinen Gedanken auf.

Für mich gilt seitdem Achtsamkeit. Mir wurde in dieser Zeit die Zerbrechlichkeit des Lebens und der Liebe bewusst. Traum oder kein Traum, mir wurde klar, dass die bedingungslose Fürsorge für meine Lieben elementar wichtig ist.

In stillen Stunden erinnerte ich mich ungewöhnlich intensiv an jene Zeiten, in denen ich in einer Anderswelt lebte. An das leise Flüstern der Hoffnung und daran, wie wichtig es ist, jedem Augenblick Qualität zu verleihen.

ENDE

Die Sprache ist die Brücke
zwischen uns Menschen
und der Wirklichkeit.
Wie wir diese erleben und erfahren,
hängt von unseren Worten ab.
Deshalb achte auf deine Sprache.

Möchtest du mich kontaktieren
dann wäre dies eine
Möglichkeit.

wq.wernerdoris@gmx.de